I0599430

Johann August Ernesti

**Denkmäler und Lobschriften auf Gelehrte, verdienstvolle Männer,**

seine Zeitgenossen nebst der Biographie Johann Matthias Geßners, in einer

Erzählung für David Ruhnken

Johann August Ernesti

**Denkmäler und Lobschriften auf Gelehrte, verdienstvolle Männer,**
*seine Zeitgenossen nebst der Biographie Johann Matthias Geßners, in einer Erzählung für David Ruhnken*

ISBN/EAN: 9783743477148

Hergestellt in Europa, USA, Kanada, Australien, Japan

Cover: Foto ©Raphael Reischuk / pixelio.de

Weitere Bücher finden Sie auf **www.hansebooks.com**

D. Johann August Ernesti,

# Denkmäler und Lobschriften

auf

gelehrte, verdienstvolle Männer,

feine Zeitgenoffen,

nebst

## der Biographie

Johann Matthias Geßners,

in einer Erzählung

für

David Ruhnken,

aus dem Lateinischen überfetzt, mit eingewebten
Anmerkungen,

von

Gottlob Friedrich Rothe,

Küfter an der Thomasfirche zu Leipzig.

Leipzig,

im Schwickertschen Verlage 1792.

Denen Wohlgebohrnen, Hochwürdigem,
Magnificis, Hochehrwürdigem, Vesten,
Hochgelahrten und Hochweisen Herrn,

## Herrn D. Carl Wilhelm Müller,

Churfürstl. Sächß geheimbden Kriegsrath, des Schöppenstuhls Beysitzern, ältesten Burgemeistern, der Kirche
und Schule zu St. Nicolai, auch der Bibliothek des Raths zu Leipzig, Vorstehern,

## Herrn D. Adolph Christian Wendler,

Churfürstl. Sächß. Hofrath, des Schöppenstuhls Beysitzern, d. Z. regierenden Burgemeistern und Vorstehern der Kirche zu St. Thomas zu Leipzig,

## Herrn D. Johann Georg Rosenmüller,

der Theol. dritten Prof. des Stifts Zeitz Canonicus, des
Churfürstl. Consistorium Beysitzern, der Kirche zu St.
Thomas Pastorn, der Leipziger Diöces Superintendenten
und des montägl. Prediger-Collegium Präses,

## Herrn D. Christ. Gottl. Kühnöl,

Pastorn der Kirche zu St. Nicolai und des Leipziger Priester-Witben Fiscus Administratorn,

Seinen verehrungswürdigen Gönnern,

voll tiefster Ehrfurcht zugeeignet,

von dem Uibersetzer.

Wem sonst als Euch, die Ihr dem Staat und
Fürsten,
Der Kirch' und Gott zur Ehr und Diensten lebt,
Euch, deren Herzen nur nach Menschen Wohlfarth
dürsten
Die Ihr stets zu befördern strebt.
Wem sonst als Euch, die Kunst und Wissenschaft,
Lichtvoll an Einsicht und mit Männerkraft
Erweitern und erhöh'n und die Verdienste
schätzen,
Konnt' ich die Schrift Ernestis weihn —?
Wer wird es mir wohl mehr verzeihn
Als Ihr, ihr Eure Namen vorzusetzen?


Kein Held schämt sich des Standorts neben Hel-
den: —
Ihr schließt Euch hier an große Männer an,
Nicht an alltägliche; denn, Männer sind nur selten,
Die, was Ihr jetzt thut, einst gethan,
An Männer, groß durch wahre Würde, die
Dem Fürsten, Staat und der Akademie
Und der Religion durch edeln Eifer nützten:
Die, als des Vaterlandes Zier,
Durch Wissenschaft und Fleiß, wie Ihr,
Den alten Ruhm von Leipzig unterstützten.

Ernesti schrieb ihr Lob der Nachwelt nieder
Und stellt' es ihr einst zur Bewundrung auf:
Kein falscher Zug entstellt's: so wahr, so ernst, so
                               bieder,
Wie er, ist jeder Lebenslauf.
Wenn einst auch Ihr (lebt Greisen Jahre viel
Und seyd noch fern von dem bestimmten Ziel!)
Wenn einst auch Ihr uns laßt auf Eure Urnen
                             weinen
Und man für Euch den Redner wählt,
Der Euer Lob uns schön erzählt,
So wähle man Euch, wie Ernesti, einen.


Nach Eurer Huld vergebt dem vollen Drange
Des Herzens, das die Ehrfurcht für Euch regt,
Und seiner Dankbegier und dem verjährten Hange,
Zu zeigen, wie für Euch es schlägt.
Verzeiht den Schwächen, die Ihr etwan seht:
Wenn irgendwo vielleicht ein Fehler steht,
So deckt ihn zu nach der Euch angebohrnen
                             Milde.
Darf ich mich Eurer Liebe freun,
Wie froh und sicher kann ich seyn,
Wie Musen unter Pallas sicherm Schilde.

# Etwas

# über, Ernesti, über und für die Uibersetzung.

Ernesti der Große — wer nennt nicht mit dankbarster und entzückendster Hochachtung den Mann, der nicht blos für seine Zeitgenossen, sondern auch für alle Zeiten, im Reiche der Litteratur, durch die solidesten Sprachkenntnisse Epoche machte und durch gründliche, vernünftigere Exegese über heilige und Profan = Schriftsteller, so helles Licht verbreitete, Ernesti ließ im Jahr 1762 bey den Gebrüdern Luchtmanns in Leiden, nach gemachter Auswahl, verschiedene seiner Gelegenheits = Schriften, unter dem Titel: Opuscula Oratoria drucken, und wie er in der Vorrede sagt, mehr abgedrungen als willig: so wenig stolz war der große Mann auf Arbeiten, die im Auge des Kenners meisterhafte Originale seiner ausgebreiteten Gelehrsamkeit und Eleganz des Styls sind. Die Hälfte dieser rednerischen Kunstwerke enthält Gedächtniß = und Lobschriften auf verdienstvolle Gelehrten seines Zeitalters, die er noch als Professor der Eloqvenz schrieb und welche Art von Schriften mit dieser Professur verbunden sind, in der ihm sein würdiger Vetter, Herr

August Wilhelm Ernesti, mit so anerkanntem
Ruhm folgte und die, zur Ehre unsrer Akademie,
an ihm wieder ihren eignen Mann hat.

Ich habe die vielleicht unverzeihliche Verwegenheit gehabt, diesen Memorien und Elogien
den Römischen Habit auszuziehen und, um sie
auch in teutsche Gesellschaften einführen zu können, sie in die National-Tracht gekleidet, da
sie so gar empfehlend und liebenswürdig sind. Ob
ich den teutschen Schnitt, nach dem Kostume getroffen, ob ich teutsche und lateinische Sprachkenntniß genug und den guten Geschmack in der
National-Sprache gnüglich innen hatte, darüber
darf und kann ich nicht entscheiden: wenigstens
war es mein ganzer Wunsch und mein ganzes
Streben, der Güte der lateinischen Arbeit durch
die teutsche nichts zu vergeben. Ich werde weise Belehrungen und gütige Zurechtweisung mit
dem dankbarsten Herzen erkennen, wenn meine
Uibersetzung nicht vielleicht unter aller Kritik
seyn dürfte.

Die Veranlassung zu dieser Arbeit war son-
derbar. Ein angesehener Kaufmann, ein Mann,
dem Procent-Berechnungen und Wechsel-Nego-
ce nicht eben sein Element sind und sich ihm für
das bischen Erdenleben so ganz zur einzigen Bestimmung machen, daß er die Kultur und Veredelung seiner Geisteskräfte darüber vernachläßigen und nicht durch eine ausgewählte fruchtbare
Lektür, Geschäft - und Ziffernleere Stunden

ausfüllen und Verſtand und Herzen gedeyhliche
Nahrung geben ſollte, ſprach unter andern einſt
mit mir über die ſo graſſirende Romanen ⸗ Lektüre
in einem ganz exemplariſchen Eifer. „Mein älte⸗
rer Sohn und meine Tochter, fieng er an, leſen
ſehr gern: aber, was ſoll ich ihnen in die Hän⸗
de geben, das das Herz bildet, den Verſtand
erweitert, angenehm und nützlich unterhält, ab⸗
wechſelt und nicht ermüdet: das nicht abſtrakte
Philoſophie, nicht trockne Moral, nicht ſyſtema⸗
tiſche Geſchichte, nicht ſpielenden oft ſchiefen und
lockern Witz, nicht Romanen ⸗ Unſinn oder ver⸗
zuckerten Romanen ⸗ Gift enthält. — Weiſens
vortreflichen Kinderfreund und ſeine Briefe, Gel⸗
lerts Schriften, von Campen alles, Hermes So⸗
phie, Richardſons Pamela, Clariſſe und Gran⸗
diſon, auch einige andere, haben ſie auf meine
Angabe und unter meinen Augen geleſen. Carl
v. Carlsberg von Salzmann und die ſonſt gar
treſliche Schrift, für Frauenzimmer edler Her⸗
kunft von Hermes, habe ich ihnen aus guten Ur⸗
ſachen nicht oder noch nicht geben wollen. Ich
wünſchte ſo etwas, das Biographien, nicht wäß⸗
rige unbedeutende, ſondern kernigte, lehrreiche,
von Männern geſchriebene und Männer von Be⸗
lang betreffende, enthielt, auch nähern Bezug auf
uns und auf unſre Stadt, habe. Wir leben auf
einer großen Akademie, haben, und haben die größ⸗
ten Männer von ausgebreitetem Ruhm gehabt, die
aber blos Gelehrten von Profeſſion und ſelbſt im
Auslande bekannt ſind, die wir Laien aber weiter
nicht, als dem Namen nach und durch den Ruf

kennen, wenn irgend einer unsrer Informato-
ren uns einen oder den andern schönen Zug von
ihnen zeichnet."

Ich freute mich über die Reflexionen dieses
klugen und vernünftigen Kaufmanns, fand es gegründet, daß Akademien auch auf Bildung und
Aufklärung jeder Menschen-Klasse ihres Orts
wohlthätigen Einfluß haben, und daß es in unsrer Stadt, Bürger und Einwohner gebe, die
durch polierten Umgang und Gelegenheit zur Lektüre, wären es auch nur Journale und gelehrte
Zeitungen, Fortschritte im Wissenschaftlichen und
im Denken machen.    Besonders gefiel mir des
Mannes väterliche Vorsicht, seiner Tochter, in
Erholungs-Stunden von häuslichen frauenzim-
merlichen Geschäften, das Lesen, und doch nicht
alles Lesen zu erlauben, sondern den Hang zur Lektüre weislich und mit Einschränkung zu ordnen, da
unkluge Lesesucht, ohne Prüfung, bekannt, schon
so manches junge Mädchen Herz, durch Schriften von glänzender reizender Schaale und tödli-
chem Kerne, wie Mutter Evens fromme unschuldige Seele, der schöne Apfel im Paradiese, ver-
führt, verdorben und unglücklich gemacht hat.
Ich gab ihm recht und äußerte mit ihm den Wunsch,
so etwas zu haben, das unsre Gelehrten in
Leipzig und ihre Verdienste, auch dem Nicht-
Gelehrten in kurzen Lebensgeschichten aufstelle
und nützliche angenehme Lektüre für ihn werden
könne.

Kaum war ich weg von ihm, ſo fiel ich auf
den Gedanken, da ich kurz vorher Erneſti Memo-
rias und Elogia flüchtig durchgeleſen, und Styl,
Vortrag und Sachen-Inhalt oft bewundert hatte, daß die Uiberſetzung dieſer meiſterhaften Biographien vielleicht gerade ſo etwas ſeyn dürfte,
das dem Wunſche des redlichen Mannes entſprä-
che und die Abſicht erreichen könne, Teutſchen,
das Leben hieſiger Gelehrten, von einem ihrer
größten Männer geſchrieben, in die Hände zu geben. Ich fand es im mindeſten für unſchicklich
und unnütz: und je mehr ich darüber dachte, je
mehr fand ich Gründe, die mir, eine, für den
Gelehrten ganz entbehrliche Arbeit einredeten und
ſie von Seiten anſcheinender Verwegenheit, im
Auge des Gutdenkenden verzeihlicher machten. Der
Gelehrte oder nur der Sprachkenner lieſt Original-Schrift und nicht Uiberſetzung: aber Gegeneinanderhaltung letzterer mit der erſtern und die
Kritik darüber, das gehört in ſeine Sphäre.
Doch, auch der Gelehrte, dachte ich, will nicht
immer Griechiſch und Lateiniſch, er will, zur Ab-
wechſelung, in Stunden der Muße, auch einmal
etwas in der Sprache der Nation leſen. Er hat
Erneſti Original-Schrift vor mehrern Jahren
geleſen: ſeit der Zeit iſt ihm dieſes oder jenes
Merkwürdige aus dem Leben dieſes oder jenes
Gelehrten, ſeines Zeitgenoſſen, ſeines Gönners,
Lehrers und Freundes entfallen: es iſt überſetzt
und er will es, vielleicht das Lateiniſche neben
ſich, mit Kritik und prüfendem Auge, in der
Uiberſetzung leſen.

Und die Ueberſetzung der Urſchrift eines Mannes von Belange, wie Erneſti, deſſen Name allein ſchon jeder ſeiner Arbeiten das Präjudiz von gutem Gehalt und feinem Gepräge verſchaft, der mit ſo kernigten ausgebreiteten Wiſſenſchaften und ſolider Kenntniß der Diſciplinen, die Kunſt des Redners, im beſten Styl des Römers, in ſo hohem Grade verband, daß er, wenn ſein Urbild Cicero durch den Zufall verloren ging, dieſen erſten proſaiſch = klaſſiſchen Schriftſteller Latiums erſetzen würde, hat nicht blos in dieſer Rückſicht, ſondern auch in Betref des Sachen= Inhalts, des Lehrreichen und Nutzbaren, Entſchuldigung und Legitimation zu erwarten. Der ſtudierende junge Theolog, Juriſt, Arzt, Philolog; Hiſtoriker und künftige Schulmann, dem es entweder zu läſtig oder zu ſchwer wäre, da gute und elegante Latinität nicht immer eines jeden Sache ſo mehr ſeyn ſoll, Erneſti Plan, wie jeder in ſeiner Art und was er ſtudieren ſoll, um nach denen in dieſen Biographien aufgeführten Muſtern groß und ausgezeichnet zu werden, im Grundtext zu leſen, findet hier das nach dem Original kopirte Gemählde in ſeiner Mutter = Sprache; der fleißige und arme Jüngling aber, ſichtbare Beweiſe der Vorſehung an dürftigen Studierenden, Ermunterung zum Vertrauen auf Gott und zur muthigen Ausdauer.

Was für reichhaltigen Stoff hierzu, findet der junge Theolog, in Jahann Chriſtian Hebenſtreits, Jöchers und Zehmiſchens, der Juriſt in

Rivinus, Boſecks, und Winklers, der Arzt in
Johann Ernſt Hebenſtreits, Platners, Güntzens,
Sandels und Nedderhofs, der Philolog und künftige Lehrer auf Akademien und Schulen in Chriſts
und Geßners Leben?

Zudem glaubte ich, daß dieſe Uiberſetzung
ein eigenes nicht geringes Intereſſe für die verehrungswürdigen Familien und künftigen Ab-
ſtammungen derer vortreflichen Männer haben
dürfe, deren Biographien hier aufgeſtellt werden. Die Witbe, der Sohn, die Tochter, der
Enkel und Urenkel, überhaupt nähere und ent-
ferntere Verwandten irgend eines derſelben, konnten das, von dem Profeſſor der Eloquenz, nach
dem Tode ihres Mannes, Vaters, Groß- und
Ur-Groß-Vaters geſchriebne Leben und Elo-
gium nicht im Lateiniſchen leſen, und hatten ſie
es ſich auch vor mehrern zwanzig Jahren von
einem Sachkundigen vorleſen laſſen, ſo hatte doch
der ſo lange Zeitraum die wichtigſten Momente
aus ihrem Gedächtniß verwiſcht. Hier ſehen ſie
den Geliebten ihres Herzens, in der teutſchen
Uiberſetzung ſeiner Geſchichte, nach dem Leben,
und es wird für ſie nicht nur die angenehmſte Erinnerung ſondern auch die unterhaltendſte lehrreich-
ſte Lektüre: ſie wird ein neuer Sporn zur Hochachtung und Nacheiferung. Im ſchönſten Gemählde von des Hof-Mahlers Grafens und im
treffendſten Stiche von Bauſens Meiſter-Hand,
ſehn ſie blos die Geſichtszüge, hier aber die gei-
ſtigen Verdienſte, das Herz und die nachahmungswürdigen Eigenſchaften deſſelben.

Jedoch, läßt sich vielleicht unter mehrern Ta=
del, auch der vermuthen, daß diese Biographien
sehr entbehrlich schienen, weil sie zu lokal wá=
ren.   Sie sind Beydes, lokal und nicht lokal.
Das erstere darum, weil sie größten Theils Ge=
lehrte unsrer Akademie aufführen, und ihre Ge=
schichte blos für Leipzig und für ihre Familien in=
teressant scheinen dürften.   Wenn aber Charak=
tere und Verdienste großer Männer von dem Ge=
halt sind, daß sie vollgültigen Werth für den Ken=
ner haben und das Publikum allgemein interessi=
ren: wenn sie Muster zur Nachahmung für die
Allgemeinheit sind, dann erstreckt sich ihr Nutzen,
eben so weit über das Lokale, als sich Cor=
nelius Lebens=Geschichte und Plutarchs Paral=
lel=Leben, nicht blos auf Carthaginienser, Grie=
chen und Römer erstrecken.   In dieser Rücksicht
sind denn nun auch diese Lebens Geschichte im
mindesten lokal, sondern sie haben einen ausge=
breiteten Vortheil.   Und die Prologen oder Dis=
coure vor Christs, Hebenstreits, Rivinus, Bo=
secks, Jöchers, Sandels und Winklers Leben,
enthalten sie nicht eine Menge der vortreflich=
sten Bemerkungen und Reflexionen über gründ=
liches Studium der Alterthümer, der Theolo=
gie, Jurisprudenz, Medicin und Geschichte?
Die Biographie von Geßnern, ist sie nicht ein
Meisterstück, ist sie nicht der Plan des Stu=
dium für künftige Schulmänner und Professo=
soren? sind wohl dergleichen Materien lokal?
sind sie nicht für jeden Ort, für jeden Gelehrten,

für jedes Zeitalter, von gleichem Intereſſe und
von allgemeiner Brauchbarkeit?

Wenn ſchrieb Erneſti irgend etwas, das
blos für einen Tag und blos für einen Mann geſchrieben wäre? Was er ſchrieb, ſchrieb er für
Zeitgenoſſen und Nachwelt. Der kleinſten Bro-
chüre, dem kleinſten Programm von ihm, giebt
ſchon ſein Name den ſchwerſten Gehalt und es
wird von Italienern, Engländern, Franzoſen
und Holländern, ſo wie dieſe Biographien geleſen. Seine tiefen Sprachkenntniſſe, ſeine ſolide
viel umfaſſende Gelehrſamkeit und ſeine nicht ſpie-
lende, etwan blos durch ſchöne Floskeln und
Phraſen glänzende, ſondern männlich Römiſche
klaſſiſche Beredſamkeit, erwarben ihm die Würde
eines Kamerarius und wie Melanchton, den großen Namen eines praeceptoris totius Germaniae,
und machen alles wichtig und lehrreich, was er
ſchrieb. Ihm aber hat Teuſchland auch mehrern ſeiner vortreflichen Lehrer auf Schulen und
Akademien, ſeine Morus, Teller, Tittmann,
Dathe, Thalemann, Wolf, ſeine Bach,
Hommel, Heyne, v. Winkler, Platner, Se-
ger, Rau, ſeine Erneſti, Zeune, Reiß, Krebß,
Beck, Löſner, die beſten Lehrer unſrer Für-
ſten - und Landes-Schulen, auch viel andre
nicht minder ausgezeichnete Männer, ſeine ver-
nünftigſten, gründlichſten Exegeten und Styliſten
zu danken.

Wo ächte Schüler von Erneſti auf dem Katheder ſitzen, da ſitzen Männer, Männer von denen

solideſten Kenntniſſen und anerkanntem Werthe
und ſie alle erkennen in ihm ihr Glück und ihre
Ehre, mit dem innigſten Dank und heilig iſt ihnen ſeine Aſche.

Um ſo mehr befremdend muß es jedem recht-
ſchaffnen Mann, und um ſo empfindlicher jedem
erkenntlichen Schüler Ernesti ſeyn, den geschickten, verdienſtvollen und arbeitſamen Grammatiker und Lexicographen, den Herrn Rektor Scheller in Brieg, Ernesti Schüler, auf dieſen ſeinen
großen Wohlthäter, dem er ſo viel zu danken hatte, in der Vorrede zur Ausgabe ſeines Lexikon
vom Jahr 1783 ſo entehrende, verkleinerliche
Ausfälle thun und dem großen Mann kleine unbedeutende Mückenſtiche anbringen zu ſehen. Wie
konnte doch der liebe Mann ſich ſo vergeſſen und
ſo ſehr ſich an Ernesti, der ihm und der ganzen
gelehrten Republik ſo viel zu gute gethan und vorgearbeitet hat, verſündigen? Ich beſitze noch
das Gedicht, das der Herr Rektor Scheller auf
den ſeeligen Doktor Ernesti, noch als Rektor der
Thomas-Schule, im Namen der Alumnen ſeiner
erſten Klaſſe, beym Antritt der Profeſſion der
Eloqvenz verfertigte, aus welchem ich folgende
ehrenvolle Stelle ausheben will:

Erneſti ſalve, per totum nobilis orbem!
Te celebrare ſolet, libros qui tractat humanos,
Divinae ſtudium qui doctrinae tribuendum
Cenſuit, is digna neſcit Te extollere laude.
Omnes mirantur, docti quicunque vocantur;

Vel nomen ſolum leviter quibus attigit aures,
Hos pietas implet, calidoque agitantur amore.
Poſteritas Te obſervabit, reddetque perennem
Famam grata Tuam, atque nepoti tradet
alendam.
Artes cum pereunt, Erneſti Fama peribit.

Dieſe Eloge neben die verkleinernde Vorrede ge-
ſtellt, macht den herrlichſten Contraſt und läßt
den dankbaren Schüler Erneſti in einem Lichte ſehen, durch welches der Charakter des Herzens wenigſtens ſehr zweydeutig werden könnte. Doch,
der gelehrte Rektor in Lucca, Herr M. Wolf,
ein ächter erkenntlicher Schüler von Erneſti, hat
in dem bekannten ſehr gründlichen Sendſchreiben,
an den Herrn Rektor Scheller, als Sachverſtän-
diger, mit ihm, ſeinem ehemaligen Coätan und
Schulfreund, einleuchtend und überzeugend genug
hierüber geſprochen.

Erneſti Verdienſte ſind ſo allgemein aner-
kannt und ſein Ruhm als eines der erſten und
größten Litteratoren unſres Zeitalters, iſt ſo un-
erſchütterlich gegründet, daß, ſo lange es Kenner
wahrer Gelehrſamkeit geben wird, der größte
Windſtoß ihm ſo wenig als das kleinſte Hunds-
tags-Lüftchen, ſchaden wird. Wie wahr das
ſey, darüber darf man unter andern nur, die Akademiſche Gedächtnißſchrift auf ihn, von ſeinem
würdigen Vetter und Nachfolger in der Profeſſur der Eloqvenz, Herrn Auguſt Wilhelm Erneſti und die trefliche Piece des ungenannten aber
einſichtvollen Verfaſſers, unter dem Titel: „Uiber

Ernesti und den Zustand der teutschen Litteratur
bey seinem Tode, an die studierende Jugend in
Teutschland" lesen.

Wenn denn nun alles, was Ernesti schrieb,
das Gepräge wahrer Gelehrsamkeit, des reinen
Geschmacks, der Eleganz im Styl und der Allge-
meinnützigkeit hat, so können auch die Denk- und
Lobschriften auf verdienstvolle Männer seiner
Zeitgenossen, die besonders den eigenen Stempel
der Wahrheit haben, von nicht geringerer Güte
und Gehalt seyn: so müssen sie gewiß nebst der
Biographie von Johann Mathias Geßnern, an
den berühmten Ruhnken, da er sie als Professor
der Eloquenz arbeitete, von Seiten des Styls,
für Meisterstücke der lateinischen Beredsamkeit und
des historischen Vortrags gelten. 'Sollte sich
eine teutsche Uibersetzung davon nicht rechtfertigen
lassen?

Aber diese Uibersetzung? — Wenn sie nicht
für die unfehlerhafteste, wozu andre Männer gehören als ich, einer der kleinsten Schüler Ernesti,
wenigstens doch für eine gute Uibersetzung gelten
könnte, so würde ich mich der erreichten Absicht
im Stillen freuen, eine so schöne, lehrreiche, unterhaltende Schrift des Mannes, der die Ehre
Leipzigs, der Nation und der Litteratur war, dem
teutschen Publikum in die Hände gegeben, teutschen Jünglingen und Mädchen, die Modelektür,
den Roman auf einige Stunden aus der Hand
gespielt und einen ernstern, doch anziehenden Zeit-
vertreib gemacht zu haben.

Da ein guter Uiberſetzer der Sprache der
Urſchrift und derjenigen, in die er ſie überträgt,
gewachſen ſeyn ſoll, ſo muß ich mich hier ganz
der Entſcheidung des billigern Publikum, und de⸗
rer, ſo im Collegium der Kritik, Sitz und Stim⸗
me haben, auf Gnade und Ungnade überlaſſen.
Ich hatte mir von guten Muſtern in Uiberſetzun⸗
gen, Regeln abſtrahiret: habe ich ſie genau be⸗
folgt, ſo ſchätze ich mich glücklich. Eine gute
Uiberſetzung ſoll genau, muß treu ſeyn: ſie muß
den ganzen Sinn des Originals, ſie muß jeden
Gedanken des Schriftſtellers treffen und ihn ver⸗
gegenwärtigen. Sie darf nie ganz frey und nie
ganz ſklaviſch ſeyn. Im erſtern Falle wäre ſie
ſelbſt mehr originell als Kopie: im zweyten würde
ſie, da jede Sprache ihren eigenen Genius, ihre
eigene Struktur und Bindungen, eigene nationelle
Wörter und Redensarten hat, unnatürlich, ſchwer⸗
fällig, ſteif, geſchmacklos, ſtatt fließend, leicht,
angenehm und nach Geſchmack ſeyn. Gewiſſe la⸗
teiniſche und griechiſche Wörter haben beym Reich⸗
thum der teutſchen Sprache dennoch kein ſo aus⸗
drückendes, treffendes Wort im Teutſchen und
müſſen, wenn ſie einmal das Bürgerrecht darin⸗
nen erhalten haben und durch den Gebrauch jedem
nach ihrem Sinne bekannt ſind, lieber beybehal⸗
ten als durch ein unſchickliches verunſtaltet und un⸗
verſtändlich werden. Der Herr Abt Moßheim ſagt
in ſeiner Vorrede zur Uiberſetzung von Lenffants
Vorbereitung, die Bücher des N. Teſt. zu leſen:
„Wir Teutſchen haben bisher in unſrer Sprache
noch nicht alle die Weiſen zu reden, noch alle die

Verbindungs = Wörter, wodurch die Franzosen
sich geschickt ausdrücken und wir würden undeutlich,
wenigstens dem Leser unangenehm werden, wenn
wir Wort für Wort übersetzen wollten." Eben das
gilt von der Lateinischen und jedern andern Spra=
che. Der Herr Professor Garve hat als großer
Philosoph und Sprachkenner, durch Uibersetzung
der Bücher des Cicero von den Pflichten, ein
Meisterstück geliefert und den Maasstab angege=
ben, nach welchem eine gute Uibersetzung gemes=
sen werden und wie der Uibersetzer seinen Autor
behandeln muß. Ich fühle es, wie weit diese
Uibersetzung unter den Seinigen steht — aber es
giebt auch nur wenig Garven. So nahm ich mir
auch an des jüngern Herrn Prof. Johann Chri=
stian Gottlieb Ernesti vortreflicher Uebersetzung
einiger Briefe des Cicero und der ausgezeichneten
Uibersetzung der Saurinischen Paßions=Predig=
ten von Herrn M. Heyern, Beyspiel, gut zu über=
setzen, wenn ich auch vielleicht nicht so glücklich
war, diese Männer zu erreichen. Ich fand, daß
es schwerer ist als man es denkt, immer das Wort
der Urschrift mit einem teutschen von gleicher
Schönheit und Stärke umzutauschen und daß es
auch durch die kürzeste Paraphrase verliert, daher
ich solche sehr gern vermieden habe. Da der Pe=
rioden=Bau des Lateiners oft ganz ein andrer ist
als der des Teutschen, und ersterer öfters mit vieler
Schönheit, viel sogenannte commata incisa hin=
einwirft, so, daß man über eine periodus com=
posita oft mehrmalen Odem schöpfen muß, um
sie bis zu Ende zu lesen, (wovon denn auch eine

dergleichen halbeſeitenlange Periode, die Benennung eines Pneuma ſehr richtig erhielt) der
Geſchmack der Teutſchen aber, die Perioden kürzer zu machen gewöhnt iſt; ſo habe ich, dem
Geſchmack zu folgen und der natürlichern Flüſſig-
keit und dem Wohlklang zum Beſten, doch nur
in ſehr wenig Fällen, den lateiniſchen Perioden
getheilt, in noch wenigern aber, ohne dem Sinn
des Autors zu ſchaden, die Stellung der Wörter
und Phraſen anders und nach dem Sprach-Ge-
brauch geordnet. Ich habe, wie der Uiberſetzer
von Saurins Paſſions-Predigten ſagt, die Pflichten eines Uiberſetzers nicht vergeſſen, die kleinen
Freyheiten aber, die er haben muß, nicht gemiß-
braucht. Die Verzeihlichkeit ſolcher kleinen Freyheiten privilegiert ein Mann, der eben ſo viel Gelehrſamkeit und Geſchmack als elegante Jurisprudenz beſaß, der unvergeßliche Ordinarius der hieſigen Juriſten-Fakultät, der Domherr und Hofrath Doktor
Hommel, der in der Vorrede, zu der von ihm ver-
anſtalteten beſſern Ueberſetzung des Beccaria, aus
dem Italieniſchen, ſagt: „ich habe den Ueberſe-
ter gebeten, daß er den Sinn und den Geiſt des
Beccaria treffen, und keinen demüthigen und ge-
horſamſten Diener der Redensarten und Worte
abgeben möchte; die langen und zierlich in einander geflochtenen Perioden ſollte er lieber zerglie-
dern und mit einem Worte, frey überſetzen.“
Ich denke wenigſtens mit ſo viel Gewiſſenhaftig-
keit überſetzt zu haben, daß ich, wo möglich den
Worten, am wenigſten dem Sinn des Autors, etwas nicht vergäbe.

b

Zwischen Uiberſetzung und Uiberſetzung iſt
doch ein ſehr wichtiger Unterſchied. Aber, kann
er anders als groß ſeyn, wenn man Fremdling in
einer oder der andern Sprache iſt? Wie unteutſch,
fade, und übelgerathen ſind nicht ſelten die Uiberſe-
tzungen auf Schulen, wo zwar junge Leute in
den alten Sprachen von den treflichſten Lehrern
aufs gründlichſte unterrichtet ſind, ſelbſt das be-
ſte Latein ſchreiben, auch wohl ſprechen, ſo bald
ſie aber den Autor eben ſo gut teutſch überſetzen
und den wahren Sinn deſſelben nach dem richtigſten Geſchmack und nach Eleganz der teutſchen
Sprache ausdrücken ſollen, wie unnatürlich, wie
geradebrecht und elend wird doch oft die Uiberſetzung, wenn der Lehrer bey der ſolideſten alten
Sprachkenntniß ein nicht eben ſo geübter und ſtar-
ker Mann in ſeiner Mutterſprache iſt, nicht das
äſthetiſche Schöne dieſer und jener kennt, nicht
ſeinen Schülern Regeln über die teutſche wie über
die lateiniſche und griechiſche Sprache und Beredſamkeit giebt, ihnen nicht mit unter gute teutſche
Muſter vorlegt, ihnen nicht das Natürliche, das
Schöne, das Matte und Naive, das Niedrige
und Edle, das Erhabene, Starke und Geſchmackvolle in mancher hier und dort ausgehobenen
Stelle, finden und fühlen lehrt, nicht ſelbſt durch
ſeine eigne Uiberſetzung der ſchönſten Stellen des
lateiniſchen oder griechiſchen Autors, die durch
Auswahl der beſten Redensarten und des ge-
ſchmackvollſten Ausdrucks erhöhte Schönheit derſelben, ihnen empfindbar werden läßt, nicht ihnen
zur Nacheiferung Muth und Luſt macht, es ihnen

nicht zur nöthigen Pflicht und zur Ehre anrechnet,
das lateiniſch Schöne, eben ſo teutſch ſchön zu
überſetzen, ihnen die National-Sprache nicht lie-
bens- nicht achtungswürdig; oder wohl gar, welches man von einſichtsvollen Gelehrten Teutſch-
lands kaum denken und erwarten ſollte, dieſelbe
verächtlich macht und über ſie ſpöttelt. Alte Sprachen ſind freylich wie feines Gold, wenn neuere
Sprachen nur Silber ſind: ſind ſie aber geläutert
und bis zur Vollkommenheit verfeinert, ſo ſtehn ſie
doch in ſo reſpektabeln Gehalt und Werth, wie
feines Silber. Ausgemacht und nothwendig ſind
die alten Sprachen, die Haupt-Sprachen für
niedre und höhere Schulen und ſehr glücklich ſind
junge Leute, die unter Lehrern ſtehen, die anerkann-
te Meiſter darinnen ſind.    Aus den alten Sprachen mußten die modernen erſt ihr Edles, Schönes und Reizbares entlehnen, ihrer Armuth durch
ſie aufhelfen und aus denen unermeßlichen Schätzen derſelben ſich bereichern. So mußten die neuern Künſtler, Architekte, Bildhaner und Mahler
bey den Alten in die Schule gehn, ſie ſtudieren und
nachahmen, wenn ſie es in der Kunſt zu etwas
Ausgezeichneten und Vollkommenen bringen wollten.    Wenn aber jungen Studierenden die Manier nicht gezeigt wird, wie ſie aus der reichen
Quelle und aus denen muſterhaften Originalen
der Alten, ihre Mutterſprache bereichern, wie ſie
das natürlich Schöne, Edle und Geſchmackvolle
eben ſo natürlich ſchön, edel und nach Geſchmack
in ihre Mutterſprache übertragen ſollen, ſo ſchei-
nen ſie blos für Rom und Griechenland, nicht aber

fürs Vaterland und für allgemeine Brauchbarkeit
gebohren und erzogen zu werden.

Welche der kultiviertesten Völkerschaften ist
nicht eingenommen für und stolz auf ihre National‑Sprache und beeifert sich nicht sie auf die
höchste Stufe der Vollkommenheit zu bringen
und sie stets durch neue Reize zu verschönern? Der
junge Italiäner, Engländer und Franzos, wird
er nicht beym ernstlichsten Studium der Alten, seine Volkssprache lieben, vorzüglich ehren und
sich viel darauf zu gut thun, wenn er in derselben
gut denken, gut reden und schreiben und sich besser als der gemeine Savoyarde, und Matrose
ausdrücken kann? Hätten wir wohl, wenn diese Nationen beym Studium der Alten nicht die
Muttersprache so Kunst‑ und Regelmäßig studierten, die Metastasio, Tasso, Bentivoglio, Ganganelli, Quirini, die Flechiers, Masillons, Bourdaloue, Saurins, Fenelons, Racinen, die Addisons, Youngs, Richardsons, Steelens Thomsons ꝛc.? Und der Teutsche allein, sollte für die
Sprache seiner Nation so wenig Patriotismus
haben, so gleichgültig und unleidenschaftlich seyn?
nicht streben, neben dem Studium der Alten sich
darinnen zu vervollkommen und ihren Glanz und
Ansehn zu erhalten, nachdem sie durch einsichtsvolle Sprachlehrer und musterhafte Redner und
Dichter, ihre alte Roheit verlor, rein, polirt,
bereichert, des Schmuckes jeder andern Sprache
empfänglich und so liebenswürdig und respektabel
wurde, daß Franzosen und Engländer, die ehedem die Sprache und die Geistes‑Produkte der

Teutſchen ſo tief herabwürdigten und wie die Teutſchen ſelbſt für dumm hielten, die proſaiſchen und
dichteriſchen Werke einiger ausgezeichneten Genies
der Nation bewunderten, überſetzten und teutſche
Sprachlehrer für ihre Kinder ſuchten?

Kanzelredner, Rechtsgelehrte, Aerzte, Phi-
loſophen und Schulmänner, wenn ſie nicht trockne Schwätzer und ekelhafte Tavtologiſten, Rabu-
liſten, Empiriker, Rocken-Philoſophen und kleine Mädchen-Schulmeiſter werden wollen, ſollen
und müſſen die alten Sprachen fundamentell lernen und verſtehen.   Je gründlicher und mit je
mehrerer Kritik ſie das Studium derſelben betreiben, deſto nutzbarer, und verehrungswürdiger ſind
ſie.   Doch der teutſche Prediger halte die beredteſte griechiſche Parentation und lateiniſche Pre-
digt, der Juriſt arbeite die eleganteſte lateiniſche
Klage, Defenſion und Deduktion, der Medikus
ſey ſelbſt Hippokrates und ſchreibe den ſchönſten
griechiſchen Sektions- und Wundbericht, der Phi-
loſoph ſchreibe wie Plato, der Schulmann wie
Cicero — wird nicht jeder für ſein teutſches Publikum der unbrauchbarſte und unbehaglichſte
Mann ſeyn, wenn er ſeine Vorträge für Teutſche
nicht in regelmäßiges ſchönes Teutſch, nicht in einen
angenehmen Styl einzukleiden gelernt hat? wird
er ſich bey allen ſeinen tiefgelehrten Kenntniſſen,
nicht ſelbſt am Nutzen ſeiner Arbeit ſchaden? nicht
etwas an Hochachtung und Liebe, an Beyfall und
Ruhm verliehren? wird man den geſchmackloſen,
unberedten, elenden deutſchen Prediger, Juri-

sten, Arzt, Philosophen und Schulmann gern hören und gern lesen?

       Männer für den teutschen Staat, für teutsche Kanzeln, für Gerichts = Höfe und für jeden
Stand zu bilden, dazu wird der Anfang auf Schulen gemacht. Wie einleuchtend ist es doch, daß
nebst vorzüglicher Betreibung der alten Sprachen
und anderer gelehrten Kenntnisse, auch auf die
Erlernung und Kultur der National = Sprache einige Rücksicht genommen werden sollte, um junge Leute, als künftige Volks = Lehrer und brauchbare Männer für jeden Stand, zum gut teutsch denken, und sprechen und schreiben anzugewöhnen.
Indessen müßte das Studium der alten Sprachen immer Haupt = Sache, der teutschen aber
immer nur Neben = Sache seyn, nur immer eine
Stunde auf teutsche Sprachkunde verwendet werden gegen sechs Stunden, die der griechischen und
lateinischen Litteratur gewidmet wären. Hier erhielt der junge Mensch teutsche Sprachlehre, läß
die besten moralischen teutschen Schriftsteller unter der Leitung seines geschickten Lehrers, empfing
Gefühle vom Natürlichen, vom Matten und Starken, vom Feinen und Plumpen, vom Niedrigen
und Erhabenen, von Edeln und Naiven und Witzigen: müßte ausarbeiten, bald teutsche Briefe
aller Art, bald Reden aller Art aufsetzen und um
den Nutzen zu vervielfältigen gut gearbeitete Reden halten, um richtigen Accent, richtige Deklamation und Anstand zu lernen, worauf doch so
gar viel ankömmt und woran es auch bey sonst

guten rednerischen Auffätzen, so gar vielen fehlt, denen es dann beym Hersagen, wie dem schönsten Hauben = Kopf, an der Seele fehlt: müßte ausge= wählte Stellen aus Griechen und Römern, Pro= saikern und Dichtern nach dem Geiste des Origi= nals im schönsten Teutsch übersetzen — der Lehrer selbst müßte von der oder jener aufgegebenen Stelle, seine eigne fleißig gearbeitete, musterhafte Ueberse= tzung deklamiren und so dem Schüler durch Gegen= einanderhaltung dieser Arbeit mit der Seinen, sein Mattes, Schleppendes, Unschickliches, Fehler= haftes und Unrichtiges finden und fühlen lehren, wodurch der gute Kopf aufgereizt, zur Nacheif= tung ermuntert und so nach und nach auch in seiner Landes = Sprache vervollkommet würde. Man muß erstaunen und lachen, wenn man mit un= ter von teutschen, in der griechischen und latei= nischen Litteratur sonst völlig sprachgerechten Ge= lehrten, einen teutschen Brief, einen Aufsatz, ein Empfehlungsschreiben, an seinen teutschen Mäce= naten, eine Supplik an einen Minister oder gar an den Fürsten, zufällig in die Hände bekömmt, die so griechisch und lateinisch gedacht und con= struirt aussieht und so unteutsch klingt, daß selbst das teutsche feine witzige Mädchen von guter Bürger = Familie, dem sein kluger Informator gut teutsch denken und einen regelmäßigen schön= teutschen Brief schreiben lehrte, über den ganz entsetzlich griechisch und lateinisch gelehrten Herrn Magister eine helle Lache aufschlagen und solchem, wenn er ihm sein loderndes Herz noch so schön griechisch und lateinisch anböt, ein schön teutsches

Herz rund abschlagen würde. Noch einmal,
teutsche Sprachkunde sollte in allem Betracht auf
Schulen betrieben, doch bloß als Nebensache betrieben werden. Wie bald würde alte Litteratur,
die wie Sachkundige sprechen, bereits in großen
Verfall geräth, ihrem völligen Umsturz nahe seyn,
wenn das Studium der teutschen Sprache und
Litteratur, statt Nebensache zu seyn, zur Hauptsache erhoben werden wollte. Auch hier, ne
quid nimis.

Wie sehr habe ich den gütigen Leser um Nachsicht für diese Excursion zu bitten, die ich anders
nicht erwarten kann, als wenn er so wohlwollend
seyn will, sie auf Rechnung eines rechtschafnen
offnen Herzens und des Enthusiasmus eines teutschen Mannes für Vaterland und vaterländische
Sprache zu schreiben und nach dem Maaße der
geringen Fähigkeiten und Einsichten eines Nicht-
gelehrten zu beurtheilen. Im Ganzen genommen,
denke ich mich wegen dieser Arbeit eines billigen
und geneigten Urtheils versichern zu dürfen, so
bald man die gute Absicht hiervon nicht aus dem
Auge verliert. Außer der guten Meynung, dieses schöne Stück von Arbeiten eines der ersten
und größten Gelehrten Teutschlands, des unsterblichen Ernesti, bey dem Interesse, das sie so wohl
allgemein, als für die noch lebenden Familien der
hier aufgeführten Männer besonders haben, auch
für den Teutschen lesbar zu machen, wollte ich
nach einem Decennium, seit dem Tode des ver-
ewigten Mannes, den das lateinische Publikum

bey der ewigen Brauchbarkeit ſeiner Werke nie
einen Tag vergeſſen kann, dem teutſchen Publikum deſſen Andenken erneuern und dieſem meinem
ehemaligen Lehrer auf der Thomasſchule, (die
Gott mit ihren verehrungswürdigen Pflegern,
Lehrern, Wohlthätern und Zöglingen ſeegnen
möge!) dem ich nebſt ſeinem würdigſten Nachfolger im Rektorate, dem gelehrten und verdienſtvollen Herrn Prof. Fiſcher, meine geringen
Kenntniſſe, den Geſchmack und die fortklimmen-
de Liebe an und zu den Wiſſenſchaften zu danken
habe, zugleich ein kleines Opfer der Erkenntlich-
keit bringen, und gleichſam ein friſches Blüm-
chen auf Erneſti Grab pflanzen. Armes Blüm-
chen! wie bald, wie bald wirſt du verwelken! —
wollteſt du auch keimen und durch die wohlthätige
Hand edler Menſchenfreunde begoſſen und ange-
bunden, eine Zeit fortblühen, wie bald wird der
Sturmwind, von einem hartherzigen Recenſen-
ten ausgeſandt, dich niederſchleudern!

Aber warum Leipzig und Sachſen und
Teutſchland, deren beſten Schulen und Akademien ihre beſten Lehrer aus der Schule des gro-
ſen Erneſti empfingen, warum Männer von
Uiberfluß an Glücksgütern, deren Söhne Erneſti zu wichtigen und brauchbaren Gliedern
des Staats bildete, warum dankbare Schüler
Erneſti, das Grab deſſelben verfallen laſſen und
ihm nicht, wie dem teutſchen Lieblings-Schriftſtel-
ler der Nation, Gellert, wenigſtens zum dankbaren Andenken, ein marmornes oder ehrnes Denkmal ſetzen — warum Edle, Fühlende und Er-

kenntliche, gegen den allgemeinen Lehrer der Nation, nicht zusammentreten und ihm ein Grabmal, vom großen Meister, errichten lassen — Leipzig, Sachsen, Teutschland, daß du noch immer Ruhm durch wahre Würderung und Hochachtung deiner Gelehrten verdientest; das solltest du dir nicht verzeihen! Nur den Ton angegeben: jeder dankbare Schüler Ernesti würde sich schämen, zu Beförderung eines so ehrenvollen Werks, nicht durch seinen Beytrag der erste zu seyn.

At sibi exegit monumentum, aere perennius.

# Inhalt.

# Inhalt:

# Denkmal

# Johann Friedrich Christs,

### ordentlichen öffentlichen Lehrers der Dichtkunst.

Es haben die Alterthümer, von Seiten des Angenehmen, sehr viel Empfehlendes: sey es nun, daß
selbst die Natur uns solches Gefühl ins Herz goß, oder
daß eine gewisse Einbildung diese Grazie mit ihnen verbunden hat. Doch, nichts geht über den Reiz jener gelehrten Alterthümer von Griechenland und Rom, deren
Spuren wir entweder vermittelst der alten Denkmäler
der griechischen und römischen Literatur, mit Forschungs-
geist ausspähen, oder deren Ueberreste selbst uns die Kunstwerke, nicht ohne Erstaunen, darstellen. Man sollte,
wenn hierbey sonst etwas sich nicht fände, das Beyfall
verdiente, doch wenigstens der guten Meinung derer
das dankbare Lob nicht versagen, die uns so vortrefliche
Belehrungen über die schönen Künste überhaupt und, was
von weit größerm Belange ist, herrliche Originalkunst-
werke geliefert haben. Doch, es werden diejenigen gar
sehr getäuscht, die in dem Wahn stehen, daß beym Studium der Alterthümer, außer einem gewissen Vergnügen,
das zwar edel aber doch nutzlos sey, nichts zu finden
wäre. Wenn auch selbst diejenigen weit rühmlicher und
richtiger urtheilen, die die Kenntnisse der Alterthümer
allgemein zum Verständniß der heiligen und profan
Schriftsteller und für die alte Geschichte für nützlich halten, und das ist eine Sache von vieler Beträchtlichkeit:
so schränken sie dennoch ihren Nutzen in viel engere Gränzen ein, als es die Sache und ihr Gebrauch verstattet.
Es ist daher das Urtheil des bekannten so Einsichtsvollen
und feinen Forschers und Erklärers alter Kunstwerke,
des Grafen Caylus sehr richtig, daß es die Ausleger alter Denkmäler nicht zum Besten gemacht hätten, wenn

A

sie entweder sonst nichts, oder höchstens nur so viel geleistet hätten, daß sie vermittelst der Reste griechischer
und lateinischer Alterthümer, einiges Licht über die alten
Schriftsteller und über die Geschichte verbreiteten: und
er selbst giebt die kluge Regel, daß man bey den alten
Kunstwerken, auf denen man den Ausdruck einer be-
wundrungswürdigen Eleganz der Kunst bemerkt, nicht
hierauf bloß Bedacht nehmen müsse, sondern daß man,
worauf er auch selbst Bedacht nimmt, den Fortschritt
und die Vervollkommung der schönen Künste, nebst den
Genies der Künstler bemerke, und diese Einsicht den
Künstlern zur Nacheiferung, das heißt zum Studium
und zur Vervollkommung der Kunst, nuzbar gemacht
werde. Doch, was Caylus den Erklärern alter Kunstwerke zur Pflicht macht, er hingegen neuerlich selbst, bey
deren Erklärung auf die feinste Manier und mit größtem
Beyfall der Kunstverständigen zu befolgen den Anfang
gemacht hat, das haben längst bereits die größten Künstler in jeder Gattung von Künsten gethan, die mit den
Denkmälern des alten Griechenlands und Roms in einer
Verbindung stehen. Denn, wenn man der Wahrheit
entsprechen will, so ist das alles, was in den neuern
Zeiten, die Mahlerey, Bilderhauerey, getriebene oder
erhöhte, geschnittene oder gegrabene Arbeiten und was
endlich die Baukunst Bewundrungswürdiges, Reizen-
des und Ausgezeichnetes haben, von den alten Kunstwerken copiert, worauf die größten Meister in irgend
einer von diesen Arten, und diejenigen, so sich auszeich-
nen wollen, alle Rücksicht genommen haben. Zu welcher Vollkommenheit die Mahlerey bey den Griechen gestiegen sey, und welche Aehnlichkeit mit der Natur selbst
sie ziemlich erreicht habe, das ist jedem bekannt, der den
Zeugnissen der Alten trauen gelernt hat. Auch die Köpfe
der Römer waren sowohl zur Erlernung dieser Kunst ge-
lehrig, als auch zur Erreichung derselben betriebsam und
für das Schöne fühlbar, nachdem besonders die Kunstwerke der Griechen dem Publicum zu Rom bekannt

und zur Nachahmung aufgestellet wurden. Ja, Ita=
lien hatte einen solchen Ueberfluß an den vortreflichsten
Kunstwerken, daß manche sogar in die Leichengrüfte hin=
absteigen und ihnen zum Aufputz dienen mußten: so eine
feine List spielte das Glück, als Günstling der Künste,
daß in jenem Dunkel, der Künste Schönste einen Zu=
fluchtsort habe, woher sie, nach Italiens Befreyung
von den Barbaren und nach dem wiederhergestellten Glanze
der Wissenschaften, in den Provinzen, auch selbst ein=
mal wieder ans Licht hervorgerufen werden könnte. Daß
dieses auch wirklich geschehen sey, das ist eine bekannte
Sache. Denn, da die Leute von Liebe und Neigung für
die schönen Wissenschaften eingenommen waren, und
nach Vertilgung der Barbarey der scholastischen Philo=
sophie, in den griechischen und lateinischen Schriftstel=
lern, Weisheit aufzusuchen begannen, so fieng man auch
an, den Uiberresten des alten Roms und jeder alten Kunst
wieder nachzuforschen. Da nun diese von den Liebha=
bern der Antiquitäten, hier und da aus der Erde her=
vorgearbeitet wurden, so wurde auch die Mahlerey, die
zu damaliger Zeit in keiner andern Manier mahlte, als
in welcher sie ehemals in den Begräbnissen, zu verstehen,
an Decken und Wänden, und ohne Oehl gemahlt hatte,
wieder ans Licht und aus den Gräbern gleichsam ins Le=
ben hervorgerufen. Doch, weit einleuchtender ist die
Sache in den übrigen Arten, von denen wir noch größe=
re und herrlichere Reste des eleganten Alterthums besi=
tzen. Heut zu Tage sind die Werke im longobardischen
und Gothischen Geschmack bey uns in Verachtung und
wir spotten über das, was darnach schmeckt: so sehr auf=
fallend ist die unregelmäßige Rohheit desselben, oder eine
Manier, die so wohl an Einfalt als Schönheit weit von
der Natur abweicht: ja, kein Mensch will sie in irgend
einer Art nachahmen und für schön halten, oder hätte
Lust, in solchem Geschmack, etwas an Gebäuden und
Statuen, es sey in Stein oder Metall oder in Gemmen
fertigen zu lassen. Es gefällt uns allen etwas Geschmack=

volleres und Reitzenderes. Wem anders aber sind wir
in allen dergleichen Dingen diesen verfeinerten Geschmack,
den jeder schön denkende und feine Mann zu haben wünscht,
wem sind wir die Grundlage zu solcher Verbesserung der
schönen Künste schuldig, als denen, die die alten Kunst=
werke überall aufsuchten, daß man sie theils an öffentli=
chen Plätzen und in Cabinetten, theils in Büchern durch
Kupferstiche betrachten könne?

Wer aber hat so gar wenig Menschengefühl und ist
so wenig von gutem Geschmack, daß er nicht das Große,
das Mannigfaltige und liebenswürdige dieser Wohlthat
empfände? Ich weiß aber auch sehr gut, daß von den
Dingen allen kein Stück zum Menschenleben unentbehr=
lich ist, welches auch ohne Prunk in der Bauart und
andern dergleichen Annehmlichkeiten bestehen kann und
bey vielen Völkerschaften viele Jahrhunderte hindurch be=
standen hat. Doch, deshalber kömmt der Verächter
und Tadler aller dieser Dinge, als entbehrlicher Sachen,
nicht in Betrachtung. Man würde jede andere Ergöz=
lichkeit im menschlichen Leben, und das Vergnügen an
Kleidertracht, an Speisen, am übrigen Auspuz fürs Le=
ben und an Gärten ohnfehlbar verbannen müssen, wenn
man alles auf Lebensbedürfnisse anwendbar machen wollte.
Indessen ist niemand so wenig Mensch, daß ihm diese
Lebensnothdurft so gar liebenswürdig wäre, und niemand
ist von allen Freuden des Lebens ein solcher Feind, daß
er nicht an irgend einer Art von Künsten ein Vergnügen
finden sollte. Das Menschenleben kann sie alle entbeh=
ren: aber, ungern mag es sie entbehren, aber weh mag
es ihm thun, wenn sie ihm versagt, wenn sie ihm ge=
nommen sind. Um so viel mehr ists ihm zu vergeben,
als um so viel edler man ein solches Vergnügen halten
muß, das nicht, wie bey Speisen und Getränken und
andern dergleichen Dingen auf sinnliche Wollust, son=
dern auf Empfindung fürs Auge, und zwar auf eine sol=
che Empfindung Bezug hat, die man nicht, ohne eine
gewisse Feinheit des Genie, zu erlangen so glücklich ist,

das entweder die Güte der Natur uns gab, oder das
man durch das Stubium der Künste und durch Nachben-
ken erhöhte. Wenn eine gewisse Eitelkeit bey solchen
Dingen Tadel verdient, so sollte er wahrhaftig weit eher
diejenigen treffen, die eine uneingeschränkte Begierde
nach dem Besitz solcher Dinge durchglüht, als die, deren Absicht es ist, durch deren Betrachtung und Beurtheilung theils Auge und Herz, eins wie das andere, zu
sättigen, theils den Verstand zum Gefühl für alles Schöne scharfsichtig und das Leben selbst geschmackvoller zu
machen: das ist der vorzüglichste und alleredelste Vortheil von dergleichen Dingen. Denn, daraus muß man
kein Geheimniß machen, aus welchem Gesichtspunkte die
alten und neuern Kunstwerke, nebst dem Stubium, Kenntnisse und Einsichten davon zu erlangen, am mehresten
scheinen empfohlen werden zu können.

Das vornehmste im Menschencharakter und beyna-
nahe die allgemeine Zierde des Menschenlebens, die unsern Abstand vom Thier ausmacht, besteht vorzüglich in
einem gewissen Gefühl von Ordnung, von Anstand und
vom Schönen, nachher in den Reden und in jeder Handlung, in der Anordnung und Einrichtung der äußerlichen
Zubehörungen zum menschlichen Leben, nach der Vor-
schrift und Regel dieses Gefühls. Roheit im Verstande
und in Sitten unterdrückt und erstickt dieses Gefühl: ist
dieses aber verloren, so zieht es eine Entstellung aller
Dinge nach sich, die von den Gesetzen der menschlichen
Natur und ihrer Würde abweicht. Da nun, wo dieses Gefühl recht lebhaft ist und durch gehörige Unterhaltungsmittel genährt, und durch hiezu schickliche Wissenschaften verfeinert wird, erhält auch alles seine, der
Würde des Menschen angemessene Zierde und Auspuß,
und da entsteht eine gewisse Eleganz, die sich über alle
Stücke des menschlichen Lebens ausbreitet und überall
sichtbar wird. Es erzeugt wahre Beredtsamkeit, nicht
die bekannte alltägliche und freye blos, sondern auch die
feinere und an bestimmte Regeln gebundene zweyte Gat-

tung derselben: daher kömmt das Gefällige in der Conduite, Artigkeit und liebenswürdiger Reiz: daher Schönheit und Nettigkeit in allen Werken der Kunst. Alle diese
Stücke aber stehen unter sich in einer solchen Verbindung, daß eins dem andern die Hand bietet, daß sie immer an einem und eben demselben Orte sind, und so zu reden, einen gemeinschaftlichen Wohnsitz haben. Und jedermann weiß, daß zu eben der Zeit, da Beredtsamkeit,
Dichtkunst und andere schöne Künste in Griechenland
und Italien in ihrem höchsten Flor stunden, zu der nämlichen Zeit Mahlerey, Bildhauerey, Baukunst und andere dergleichen Künste in größter Vollkommenheit waren, damals zum wenigsten die geschmackvollsten Urtheile
über solche Dinge gefällt worden sind. Wie nun diejenigen so die alten Griechischen und lateinischen Schriften
entweder ans Licht hervorzogen, oder sichs zum Geschäft
machten sie mit Einsicht zu verbessern, und gelehrt zu erklären, und die vorzüglich die Leute nicht blos zum Ver-
ständniß derselben anweisen, sondern auch zum Gefühl
ihres Schönen, womit da alles überwebt ist, gewöhnen; wie sage ich, diese Männer sich aus dem Grunde
um das Menschengeschlecht und ums Menschenleben
verdient machen*), weil aus diesen Schriften die Quelle
aller wahren Weisheit, der eleganten und angenehmen
Beredtsamkeit entspringt: eben so bringen auch diejenigen dem menschlichen Leben den größten Vortheil, und
befördern dessen Annehmlichkeiten, die entweder die Uiberreste der Werke des Alterthums von Griechenland und
Rom aus den Eingeweiden der Erde herausgraben lassen, welches nicht nur viele der gelehrtesten Männer, son-

*) Eben dieses große Verdienst um das Menschengeschlecht
hatte der große Ernesti bey seinen seltenen Kenntnissen der
griechischen und lateinischen Litteratur, durch die er so
manches Licht über die alten Schriftsteller verbreitete. Er
hatte hierzu alle Subsidien, auch die Kenntniß der alten
Kunstwerke und gelehrten Alterthümer. Seine Archäolo-
gie ist hievon ein einleuchtender Beweis.    d. U.

dem auch Fürsten thaten, und welches vorzüglich Carl,
der König beider Sicilien thut, der mit großem und kö-
niglichem Aufwand die Reste des Herculans in der Absicht herausgraben läßt, um sich durch diese auf die ganze
Nachwelt fortlebende Wohlthat, die Wissenschaften und
schönen Künste zu verbinden: oder die durch Erklärung
ihrer Künstlichkeit und reizenden Schönheit, die Leute
zur Empfindung des Schönen, das solchen Dingen eigenthümlich ist, scharffüchtig machen; welches Gefühl nicht
nur zur Beurtheilung und Selbstbearbeitung solcher Künste selbst, wozu das im eigentlichen Verstande gehört,
sondern auch für die übrigen, bei denen man auf Eleganz sieht, und fürs ganze Leben nützlich werden muß.

Ich weiß indessen sehr gut, daß Leute, die bey der
Spötterey über andere, sich über ihre eigenen Schwächen lustig machen, den Erklärern der Alterthümer gewisse Fehler vorwerfen, wodurch sie die Bemühungen
derselben der Verachtung bloß zu stellen suchen, unter
denen einige gänzlich nichts bedeutend sind. Von dieser
Art giebt es verschiedene unter denen, die Lagomarsin
unter dem Namen Sektanus über sie ausgeschüttet hat;
die übrigens gewöhnliche oder von geringem Belang oder
ganz und gar keine Fehler sind. Denn, daß man vor-
giebt, sie jagten Kleinigkeiten auf, das ist blos Tadel
eines außerordentlichen mühsamen Fleißes, der sehr
schlüpfrig und täuschend ist. Und dann ist das entschei-
dende Resultat über dasjenige, was besonders in jenen
Arten von schönen Künsten, davon er selbst kein Kenner
zu seyn gesteht, geringfügig und unbedeutend ist, nicht
für Jeden. Auch die vollkommenste Kunst hat ihre mannigfaltigen Kleinigkeiten: und überdem giebt es keinen
Theil von gelehrten Wissenschaften, wo man nicht denen,
die sich damit beschäftigen, Kleinigkeiten vorzuwerfen
gewohnt wäre. Wie vielmals sehen sie etwas z. B. auf
Münzen und Gemmen, was niemand weiter sieht und
das ganz und gar nicht darauf befindlich ist. Uiberhaupt
sollte man sich nicht wundern, wenn das Auge, das in

einem gewissen Stücke geübt ist, sieht, was das Auge
anderer, die sich auf die nämliche Wissenschaft nicht gelegt haben, nicht siehet, da auch Ohren, die zu Anhörung musikalischer Concerte geübt wurden, hören, was
die Ohren anderer nicht darinnen finden.     Sieht denn
aber nun in den übrigen Wissenschaften und Künsten niemand sonst etwas, als was vor dem Auge und was natürlich in der Sache liegt? O, wie viel sehen in den göttlichen Büchern etwas, dem hier nicht die mindeste Spur
von göttlicher Eingebung eingedruckt ist? — in den Gesetzen etwas, wovon dem Gesetzgeber nichts in den Sinn
kam.     Wie oft wurden diejenigen Natur-forscher, die
Versuche machten, vermittelst des Vergrößerungsglases,
die Geheimnisse der Natur zu durchschauen, lächerlich,
wenn sie Dinge sahen, die kein anderer durch das nämliche Mikroscop ergückeln konnte? Die Metaphysiker aber,
weil sie in leeren Worten Begriffe von Dingen fanden?
Ja, was noch von weit größerer Beträchtlichkeit ist, wie
mancher sieht an seinem Ich und in seiner Seele, Weisheit, Gelehrsamkeit, Tugend, wenn sie auch noch so weit
von ihm entfernt sind? Wie viel Gutes sehen nicht Eltern an den Kindern, Liebhaber an ihren Göttinnen, wovon andere nicht eben viel bemerken? Ferner wie viel Laster und Vergehungen sehen nicht tückisch scharfsüchtige
Leute an andern, von denen sie das billige Auge anderer
gern frei spricht? Sollte nun dem Alterthümer-For-
scher ein unschädlicher Irrthum des Auges nicht zu verzeihen seyn, da sehr viel andere durch weit beträchtlichere
Verirrung des Herzens fehlen? allerdings, wird man
ihm des übrigen Guten wegen vergeben, das man seinem
Fleiße zu verdanken hat: und er wird um so viel größere
Hochachtung erhalten, je seltener Männer sind, die sich
damit abgeben, in dieser Art entweder mit Anstrengung
zu arbeiten, oder die etwas leisten können, das Beifalls
würdig wäre.

     Und dann ist es eben nicht leicht und die Sache
eines Jeden, sich mit gedachten Überresten des Alters

thums, mit Ruhm zu beschäftigen: so sehr mannigfaltige Hülfsmittel des Talents, der Gelehrsamkeit und der
Künste sowohl, als des Studiums, der Arbeitsamkeit
und der Uibung, sind hierzu erforderlich. Vorzüglich
muß man eine gewisse Feinheit des Genies und zunächst
des Auges selbst haben, welches die Schönheit solcher
Werke, und die Meisterstücke der Hand empfinden und
bemerken kann, und ohne welche aller mögliche sorgfältige Fleiß, in jeder solchen Art, nichts bewirken würde.
Es gehört überdem ein sehr ansehnlicher Vorrath von gelehrten Kenntnissen der Alten dazu, wodurch man den
Innhalt der Gemmen, Münzen und Bogen und Säu-
len voll alter Figuren und anderer dergleichen Kunstwerke heraus bringt, und die sie uns richtig erklären lehren.
Auch mit den Künsten selbst, die solche Werke hervor-
brachten, muß man ziemliche Bekanntschaft haben, wenigstens muß man Zeichenkunst verstehen, worinnen der
Urstof aller jener Künste liegt, und ohne welche man kein
sicheres Urtheil von dergleichen Werken fällen kann. Was
wird übrigens, theils in Ansehung eines öftern Umgangs
mit denselben und deren genauen Betrachtung, theils
bey Vergleichung derselben mit andern ähnlichen, für
besonderer Fleiß erfordert, damit man, nicht zu Muthmaßungen seine Zuflucht zu nehmen genöthigt ist, nicht
mit unsichern Errathungen zufrieden seyn muß, oder
sich einbildet zu sehen, was nicht zu sehen ist: dieses ist
eine untrügliche Art eine dergleichen Antique recht zu kennen, so wie es gründliche Naturforscher bey Betrachtung und Beobachtung der Werke der Natur zu machen
pflegen. Wem leuchtet nicht von selbst ein, was für
große Schwierigkeiten, die nur wenige überwinden können, sich bei solchen Dingen äußern?
Daß wir aber leider! an Johann Friedrich
Christen einen Mann von der Art verloren haben, das
wird jeder zugeben, der nur mittelmäßige Kenntnisse von
solchen Dingen besitzt. Wie groß besonders der Reichthum dieses Mannes an gelehrten Kenntnissen der Alten

nicht nur überhaupt, sondern vorzüglich solcher gewesen
sey, die auf dieses Fach Bezug haben, davon sind theils
seine Schriften redende Beweise, theils haben diejenigen
es erfahren, die ihn als Schüler über solche Dinge entweder discuriren hörten, oder sich mit ihm über solche
Materien in vertrauliche Unterredungen einließen. Er
kannte alle Denkmäler von lateinischen Schriftstellern,
vornehmlich diejenigen, in denen so zu reden der Sitz jener antiquarischen Kenntniß enthalten ist, z. B. die letztern Bücher des ältern Plinius und die Lieder der Dichter, für die er, aus einer gewissen Lieblingsneigung zur
Dichtkunst, besonders eingenommen war, und sie gründlich und mit großer Beurtheilung, studierte; worunter
auch solche waren, die andere liegen zu lassen pflegen,
und dann die sämmtlichen Geschichtschreiber. In einem
jeden aber, hatte er jeden Fußtappen des Alterthums, auch
den er noch so seicht eingedruckt und von andern kaum bemerkt worden war, mit größter Sorgfalt ausgespäht und
versucht, entweder aus seinen Münzen und Gemmen
über die Schriftsteller selbst einiges Licht zu verbreiten
oder jene aus diesen zu erhellen. Hiermit verband er die
Uiberreste des Alterthums, die gelehrte Männer in allen
Weltgegenden durch Zeichnungen auf Kupferplatten herausgegeben hatten, von welchen Werken und Büchern,
er sich einen großen und herrlichen Vorrath mit nicht geringem Aufwand angeschaft hatte, nicht um sie zu besi-
tzen, und bey Ungelehrten damit groß zu thun, sondern
um sie durchzustudieren, genau zu prüfen, und dann
hieraus seine Kenntnisse dieser Art zu bereichern und Kunstverständigen nützlich zu werden. Ja, noch mehr, er
hatte so gar auf gewisse Classen antiquarischer Geräthe,
z. B. auf Münzen und alte Gemmen ein ansehnliches
Geld verwendet, wovon er eine nicht geringe Anzahl,
darunter verschiedene von ausgezeichneter Künstlichkeit
und nicht gemeiner Seltenheit sich befinden, hinterließ.
Auf der Reise, die er durch Teutschland und einen Theil
von Italien gemacht hatte, hatte er vieles von der Art

gesehen, nicht flüchtig, wie es meistens die Mode derer
Reisenden ist, sondern wie Kenner und Künstler Werke
ihrer Kunst zu besehen pflegen.    Und er war ein um de=
sto besserer Beobachter sowohl der Kunstwerke selbst, als
auch ein um so besserer Beurtheiler derer davon genom=
menen Abrisse in Büchern, weil er nicht nur von Natur
ein gewisses Gefühl vom Feinen und Schönen in dieser
Art besaß, sondern auch solches auf alle Weise verfei=
nert hatte.    Denn, er verstund einen Riß zu machen,
und hatte in Kupfer radiren gelernt: hierinnen hatte er
zwar nicht die Stärke, daß er eben die Schönheit und
Feinheit des Künstlers erreicht hätte, jedoch aber in so
fern, daß er wieß, er verstehe die Kunst.    Hierzu war
die fleißige und einsichtsvolle Uibung in Beobachtung und
Gegeneinanderhaltung der Kunstwerke gekommen, so,
daß er auch die Gemählde der neuern Mahler, von de=
nen selbst er sehr fein urtheilte, so eigen, so oft besehen,
so genau aus gewissen eigenthümlichen Zeichen unterschei=
den gelernt hatte, daß es ihm ein leichtes war zu sagen,
von was für einem Meister dieses oder jenes Stück sey.
Er hatte sich in diesem Stück so viel Mühe gegeben, daß
er sogar das Kennzeichen jeden Mahlers, mit dem er
seine Stücke anzugeben gewohnt war, gesammlet und eine
Erklärung darüber in einer besondern Schrift ( de Monogrammatis Pictorum ) mit vieler Einsicht gegeben hat,
die ohnlängst zu Paris aus dem teutschen ins französische
übersetzt worden ist.    Wer daher in unserer Stadt we=
gen irgend einer solchen Sache in Ungewißheit war, oder
über Etwas Auskunft verlangte, erhohlte sich Raths bei
Christen, von dem man das, was man wissen wollte,
am besten zu erfahren dachte.    Mehrentheils gab er ihm
nun aus dem Stegreif eine solche Antwort, daß er ge=
stund, er sey aufs vollkommenste durch ihn befriediget
worden.    Und diejenigen, so irgend ein Stück von An=
tiquitäten z. B. den Innhalt von Gemmen erklärt haben
wollten, nahmen entweder, wie es bey Eröfnung des
Richterischen Cabinets geschah, blos ihn zum Ausleger,

ober man wendete sich, wenn in den Aufsätzen der Actor.
Erudit. über Schriften von Alterthümern, Critiken zu
machen waren, leicht an keinen andern Recensenten, als
an ihn. Eine um desto größere Zierde glaubte unsre
Akademie an ihm zu haben: und sie klagt billig bey seinem
Verluste, nicht nur im Namen der Litteratur allgemein,
sondern auch ganz besonders um ihrer selbst willen, als
über das härteste Schicksal, da er zumal so wohl von
Seiten der Wissenschaften, als von Seiten der Rechtschaffenheit und Klugheit, auch andere große Verdienste
besaß, deren sie sich für die Zukunft sehr ungern beraubt sieht.

Wir hatten ihn Coburg in Franken zu verdanken,
in welcher Stadt er im ersten Jahre des jetzigen nämlichen Jahrhunderts aus einem alten berühmten Fränkischen Geschlecht geboren war. Sein Vater war Johann Sebastian Christ, Hofrath bey denen Herzogen
zu Sachsen, aus dem Coburg-Ernestinischen Hause,
und Vorsteher des Gymnasium; der Großvater väterlicher Seite, Georg Julius Christ, Markgräflich Bay-
reuthischer Cammerrath; mütterlicher Seite, Johann
Adam Drechßel, Hofrath am nämlichen Hofe. Weil
der Vater nicht nur seinen Sohn, da sich sonderlich an
ihm Merkmale eines vortreflichen Genies zeigten, sondern auch die Wissenschaften, darinnen er nicht gemeine
Kenntnisse besaß, liebte, so hielt er ihm zuförderst die
besten Privatlehrer, die er erhalten konnte, und dann
übergab er ihn, nachdem er von diesen gut vorbereitet
war, den öffentlichen Lehrern des Gymnasium, zur Unterweisung. Durch deren Unterricht und nicht minder
auch durch die väterliche Erziehung zu Hause gebildet,
schickte man ihn auf die Akademie nach Jena. Da er hier
binnen Zeit von drey Jahren, Philosophie, Mathematik,
sammt allen Theilen der Rechtswissenschaften, und auch die
teutsche Reichsgeschichte gehöret hatte, wurde er, nach
Zurückkunft ins Vaterland Hofmeister bey jungen Adlichen: zuerst bey dreyen Vollzogen, dem einen, mit wel-

chem er auf ebengedachte Universität gieng, und sowohl
die Kenntnisse jener Wissenschaften, als den Eifer für
dieselben vermehrte: Zween von dessen Brüdern, die nach
Halle in Sachsen gehen wollten, und so dann bey Ru-
dolphen, Grafen von Bünau, des bekannten großen
Heinrichs, Grafen von Bünau Bruder, mit dem er auf
die hohe Schule zu Leipzig gieng, welche er während seines Aufenthalts in Halle, durch die Nachbarschaft hatte
kennen lernen, und die ihm vor allen am' besten gefiel.
Unterdessen hatte er auf Vollzogens Empfehlung beym
Hofe zu Meinungen, die Stelle eines herzoglichen Se-
kretärs, unter der gegebenen Anwartschaft zu höhern
Würden, erhalten.      Doch, er hatte eine so außerordentliche Liebe für die Wissenschaften, sonderlich für die
lateinische Litteratur und schönen Künste, daß er das akademische Leben, unter Wissenschaften, dem Hofleben vor-
zog, und nichts lieber wünschte, als daß er, als Lehrer
der literarischen Kenntnisse, auf die er sich gelegt hatte,
auf der Akademie, vorzüglich der Leipziger, angestellt werden möchte. Das Bünauische Haus gewährte ihm diesen
Wunsch, indem es ihm zur außerordentlichen Professur
der Geschichte verhalf, zu welcher er sich, durch die erhaltene Magisterwürde und die gewöhnlichen Disputationen, vornehmlich durch die gute Meinung von seiner Gelehrsamkeit und Verdiensten, den Weg gebahnt hatte.
Doch, das hinderte ihn nicht, mit dem Grafen von Bünau eine Reise erst durchs Niedre-Teutschland, die Niederlande und Holland nach England, dann durch Böhmen, Mähren, Oesterreich nach Venedig zu machen,
von da er durch Schwaben, Bayern, Franken und Böhmen nach Leipzig zurück kam: denn, die Unruhen des
Kriegs hatten ihm nicht verstattet das noch übrige Italien, welches sein vornehmster Wunsch gewesen war, nebst
Frankreich zu besehen.

      Nach der Rückkunft nach Leipzig, wiedmete er sich
ganz dem Unterrichte junger Leute, die sich auf die schönen Wissenschaften legten, und erhielt kurz hernach die er-

dentliche Profeſſur der Dichtkunſt: der er ſo wohl durch
ununterbrochene hiſtoriſche, literariſche und in die Alterthümer einſchlagende Vorleſungen, als auch durch mancherley Schriften, durch die er allgemein denen Wiſſenſchaften nutzte und die Würde der ſchönen Künſte behauptete, bis an ſeinen Tob Ehre machte. Er hat bei Academi-
ſchen Veranlaßungen verſchiedenes an Einladungs-Streit-
ſchriften, Gedichten, auch einigen andern Büchern, z. B.
Noctes, de monogrammatis Pictorum, Fabulas Eſopi-
cas voll ausgeſuchter Gelehrſamkeit geſchrieben, und es
giebt kein Fach eleganter Wiſſenſchaften, über welches
er nicht einiges licht durch ſeine Schriften verbreitet hätte, deren faſt ſämmtlicher Titel und Materien zuſammen herauszugeben, er ſelbſt beſorgt war. Er hinterließ auch einige angefangene Arbeiten *), wovon zu bedauren iſt, daß ſie nicht von ihm vollendet und herausgegeben werden konnten. Die Art ſeines Vortrags
beym Diſputiren war rein, deutlich, reichhaltig und flieſ-
ſend: wenn er ſchrieb, ſorgfältiger in Auswahl der Wörter und von mehr gekünſtelter Stellung, auch denen,
eines feinern Lateins Kundigern, mehr behaglich und
nach Geſchmack, als denen, die weniger lateiniſche Sprachkunde hatten. Die Methode des Lehrunterrichts wendete er nicht blos auf Wiſſenſchaft, ſondern auch auf Tugend und gutes Herz an, da er gewohnt war, Lehren der
Weisheit und Tugend und die Anempfehlung einer liebenswürdigen Moralität des Lebens mit einzuweben: die
er ſowohl deſto beſſer lehrte als aupries, je feiner und
artiger ſeine ganze Art zu leben ſelbſt war, da er ehedem
in jüngern Jahren, durch die Anweiſung ſeines Vaters
zu Hauſe, Geſchmack an liebenswürdiger Conduite und
feiner Lebensart hatte finden lernen, auch durch den Um-

*) Darunter gehören J. F. Chriſts Abhandlungen über die
Litteratur und Kunſtwerke vornehmlich des Alterthums,
die Herr Prof. Zeune in Wittenberg in der Handſchrift erhielt, durchgeſehen und mit Anmerkungen herausgegeben
hat, Leipzig 1776. 8. d. Ueb.

gang mit großen Männern ganz hierzu war gebildet worden, indem ihm theils die Führung junger Adelichen,
theils seine Reisen Gelegenheit dazu verschaft hatten. Er
lebte auf eine Art, so wie sie sich für den Gelehrten am
besten schickt; still, ohne unthätig und einsiedlerisch zu
seyn: weder beständig und von mancherley Gesellschaft
anderer überladen und zerstreut, noch für allzu großer
Gierigkeit nach Wissenschaften, fern von Menschen und
im Dunkel. Nie glaubte er weniger einsam zu seyn, als
wenn er sich mit seinen Büchern unterhielt, niemals mehr,
als unter Leuten, mit denen er nichts von gemeinschaftlicher Literatur sprechen durfte, oder etwas, das ihm Stof
gäbe, den Tag nachher Verstand und Herz zu vergnügen. Seine Liebe zu den schönen Wissenschaften war so
groß, so stark sein Eifer dafür, daß er lieber die Gränzen in Behauptung ihres Ruhms und ihrer Würde überschreiten, wenn es anders Gränzen in solchen Sachen
giebt, als nicht für den eifrigsten Vertheidiger derselben
angesehen seyn wollte.

.Doch, eben eine solche Lebensart, die er größtentheils auf der Stube und unter gelehrten Arbeiten führte,
hatte den Mann von trocknem Körper und nicht sonderlich festen Nerven, ob er gleich von Jugend auf eine
ziemlich gute Gesundheit genoß, dennoch nach und nach
entkräftet. Die Heftigkeit dieser Schwäche fieng aller-
erst vor wenigen Jahren an, durch einen häufigen Spei-
chelfluß auszubrechen, der zu gewissen Zeiten wieder kam
und auch mit unter Heben und Brechen verursachte.
Wiewohl unser D. Ludwig, dessen vortreflicher Kenntniß und treuen Raths sich Christ bediente, denselben oftmals gehemmt und die Schlaffigkeit in den ersten Wegen zu stärken versucht hatte, so war die Gewalt des
Uibels dennoch so groß, daß sie durch keine Kunst gehoben werden konnte. Denn im vorigen Winter nahm
die Schwäche so sehr zu, daß der Arzt an der Wiederherstellung des Mannes zu zweifeln anfieng, nach einer
kurzen Erleichterung aber, die ihm ein wohlthätiges Früh-

jahr gab, so gar alle Hofnung benahm, da mit Eintritt
des Herbstes die Kräfte so erschöpft wurden, und der
Körper durch ein dazu kommendes schleichendes Fieber
so sehr sich abzehrte, daß er endlich dem Uibel unterlag
und sanft entschlief.

Bey so großer Körperschwäche behielt dennoch
die Seele ihre Denkkraft bis ans Ende: welches seinen
Freunden sowohl als ihm selbst einige Hofnung zur Wiederherstellung der Gesundheit übrig ließ. Er konnte daher durch unterhaltende Discoure mit guten Freunden
die ihn besuchten, und mit Durchblättern und lesen der
Bücher das Gefühl der Krankheit mit unter, theils mindern, theils betäuben, und es war, als ob er durch angestrengtes Denken mehr gestärkt als ermattet würde.
Um destomehr wurde auch sein Herz durch das, von der
Hand Herrn D. Christoph Wollens *) empfangene Stärkungsmittel des Leibes und Blutes Jesu Christi, nicht
weniger durch Anhörung der Gespräche erquickt, die auf
die Verachtung der Mühseligkeiten dieses so hinfälligen
Lebens, und auf die Versicherung und Vermehrung der
Hofnung und des Verlangens nach einem bessern Leben,
abzweckten. Er ließ sich aber auch weder durch Ungeduld
wegen so langwierigem Leiden niederschlagen, noch wurde
er jemand durch Klagen lästig, sondern er verbarg viel-

---

*) D. Christoph Wolle, Prof. Theol. Extraord. Archidiako-
nus und Dienstags-Prediger zu St. Thomas. Damals
einer der ersten Theologen und beliebtesten Canzelredner in
Leipzig. Er las unter vielem Beyfall, Dogmatik, Moral, Canzelberedsamkeit ꝛc. Seine Doctor-Disputation
handelt, de Christo, Pontifice Maximo Sedente, die ihm
viel Ehre machte. Unter vielen Schriften, zeichnet sich die
Abhandlung de Ecclesia Pharisaica und seine theol. Moral
aus: ein sehr mühsames und brauchbares Werk, das jedoch nicht sonderlich Glück machte. Er hatte das traurige
Schicksal, daß er einige Jahr vor seinem Tode blind ward,
sich dreymal ohne gehoften Effect operiren ließ, doch aber
bis ans Ende predigen und Beicht-Sitzen konnte. Er
starb 1760. d. U.

mehr einen großen Theil der mißlichen Umstände: und
das, was die Furcht zu vergrößern pflegt, gab er, dem
Vorgeben nach, für weit unbedeutender aus. Die Nachricht von dem Ausbruch des plötzlichen Krieges, worunter das Vaterland seufzete, war es allein, was ihn äuf-
serst rührte. Aber diese traurige Empfindung dauerte
nur sehr kurze Zeit, da er den dritten Tag nachher aus
dem Elende und den Unruhen dieses Lebens in die Freuden des Himmels und ewig dauernde Ruhe versetzt wurde. Wir, auf unserer Seite, so viel unserer Liebhaber der schönen Wissenschaften sind, wollen das Andenken des Mannes, der um dieselben so ausgezeichnete Verdienste hatte, erhalten, und solches durch die gerechte-
sten Lobsprüche auf die Nachkommenschaft fortpflanzen:
vorzüglich aber wollen wir seinem vortreflichen Eifer in
Erlernung derselben sowohl, als durch deren Beförderung, nachzuahmen uns bestreben.

# Gedächtnißschrift

auf

# D. Johann Christian Hebenstreit

Prof. der Theologie und Domherr zu Meissen rc.

Durch das Ableben Johann Christian Hebenstreits, eines Gottesgelehrten vom ersten Range,
haben wir ein Muster gründlicher und pünktlicher Gelehrsamkeit sowohl, als der unbescholtensten Frömmigkeit
verlohren: und es ist schwer zu entscheiden, ob der Verlust von dieser oder jener Seite mehr zu beklagen seyn
dürfte. Es ist wahrhaftig eine große, theils für den
Ruhm eines Lehrers Ehrenvolle, theils für den Nutzen
der Studierenden unglaublich vortheilhafte Sache, wenn
einer alle und jede Theile einer Wissenschaft so ganz innen hat, und sie ihm so geläufig sind, daß er nirgend
irrt und zweifelhaft herumschweift, nirgend anstößt, nirgend strauchelt oder gleitet, sondern alles so in der Gewalt hat, daß er an jeder Stelle und zu jeder Zeit, das,
was zur Sache gehört, vortragen und eine deutliche und
gründliche Erklärung darüber geben kann: vorzüglich bey
der Theologie, die, so wie sie ihrer Würde nach, unter
allen Disciplinen für die vornehmste, so auch ihrem Umfange nach für die größte, und ihren Schwierigkeiten
halber, für die schwerste gehalten wird. Denn, sie
heischt große Kenntnisse so vieler und ihrer Natur nach
sehr von einander abgehenden Sprachen, und eine so große
Subtilität, sowohl bey Erläuterung und Vertheidigung
der Glaubenslehren als Widerlegung der Irrlehren, daß
derjenige ganz ohnfehlbar fast ein göttliches Genie haben
muß, der das alles mit Einsicht gelernt und ins Gedächtniß gefaßt oder durch Nachdenken sich eigen gemacht und
nun durch Uibung gänzlich in seiner Gewalt hat. Wie
nun eine Academie, die durch ein Geschenk der Vorse-

jung einen dergleichen und so großen Theologen zu haben
das Glück hat, eine ganz außerordentliche Zierde besitzt;
so haben junge Leute, die sich mit Eifer bestreben die Theologie zu studieren, an ihm ein größeres Kleinod, als weder die Trägheit, noch der Leichtsinn unsers Zeitalters es
würdert, welches die ganze Größe vollkommner Gelehrsamkeit theils nicht zu übersehen pflegt, theils sich nicht
darum bekümmert, sie zu erreichen. Denn, so wie er
für seine Person nicht nur mit Leichtigkeit und ohne verdrüßlich zu sehn, sondern mit einem gewissen Vergnügen
seine Lehrvorträge hält, so lernen auch die, so sich seines
Unterrichts bedienen, gründlicher, leichter, geschwinder,
und überdem mit mehrerer Lust, da sie sammt dem Docenten nie in Verlegenheit sind, auf weit umherführen-
renden Abwegen herum zu schweifen, sondern die gerade-
ste, ebenste und kürzeste Straße gehen. Er allein ver-
steht, wo man anhalten und wo man schneller gehen soll;
nur er befriedigt die Fähigkeiten außerordentlicher Genies, und stillt ihre Wißbegierde; mittelmäßigen und
langsamen Köpfen aber thut er beynahe Gewalt an, so,
daß es das Ansehn hat, als ob er die Eingeschränktheit
der Natur erweitere und selbst die Trägheit aufsporne.
Wie viel aber hat das Werth, der würklich sehr beträchtlich ist, daß junge Leute nicht nur an ihm ein Muster
der Lehrart haben, nach welchem sie sich bilden und dessen
Vollkommenheit sie zu erreichen suchen sollen, sondern
daß auch Männer, die sich gegenwärtig ganz ohnstreitig
zu Docenten rechnen, gleichsam den Maaßstab einer richtigen und vollkommnen Lehrart haben, und wenn sie sich
darnach messen das, woran es ihnen fehlt, und das, was sie
noch zu thun und zu vervollkommnen haben, lernen können.

Wiewohl aber jene Vollkommenheit im Lehr-Un-
terrichte, weder in anderer Art noch in der Theologie,
jemals so gar gemein war; so gab es doch kein Zetal-
ter, das so unglücklich gewesen wäre, um nicht einige
aufzuweisen, die dieses Ruhms würdig gewesen wären.
Und man dürfte sich wirklich nicht wundern, wenn bey

so vieler Ehre und ausgesetzten Belohnungen, die Anzahl
solcher Männer größer wäre, als man es bemerkt; besonders auf Academien, wo Ruhmsucht und Jalousie
mehr als zu sehr grassiren und Beyspiele aufgestellt sind,
die die Methode zur Nachahmung zeigen, und wo junge
Genies durch ununterbrochene und anhaltende Uibungen
unterstützt werden. Aber jene Gattung hielt man immer
nicht eben für sehr zahlreich, die nicht mit der Zunge
blos den Vortrag göttlicher Lehren verrichtete, die man
keineswegs bis zum Herzen hinabbringen ließ, sondern
die auch mit der Heiligkeit des Herzens und des Wandels, die Heiligkeit der Lehre, so weit es der bekannten
menschlichen Schwachheit möglich ist, verbände: es
mag das nun wirklich wahr seyn, oder man mag,
wie es zu geschehen pflegt, von den Verdiensten lebender
Männer nicht das günstigste Urtheil fällen. Ja, es darf
in der That auch nicht sehr auffallend scheinen, wenn man
bemerkt, daß die Menge der letztern Art geringer ist, als
die Anzahl jener. Denn zur Erreichung der Vollkommenheit in jener Lehrart, giebt es nichts, das den menschlichen Leidenschaften nicht eben sehr entspräche, von denen
er so gar unterstützt zu werden pflegt, da solche von
ihm bald theils Nahrung erwarten, theils öfters durch
ihn erhalten: bey dieser Lehr-Methode aber wird allen
Leidenschaften immerwährender Krieg angekündigt und
wir selbst liegen unter. Allein, es übersteigt allen Glauben, was für eine vielbedeutende und vortrefliche Sache,
wie liebenswürdig und wie allgemeinnützig ein Theologe
ist, dessen Lehrstuhl nicht nur, sondern dessen ganzes Leben, ein Innbegriff der Lehre und der Lebensart Christi
ist, dessen Handlungen Christum mehr als die Worte
predigen, und bey dem man endlich ἀκριβειαν und εἰλ-
κρινειαν *) sowohl in der Lehre als im Leben antrifft.

Es giebt warlich keine vollkommnere Moral als diejenige, die wir in den göttlichen Büchern vorgetragen

---

*) Die äußerste Sorgfalt und Genauigkeit, Rechtschaffenheit
　　und Reinigkeit.

und erklärt finden. Wenn man das, was die weisesten Griechen und Römer auf die vortreflichste Art an Anweisungen zur Tugend gegeben haben, wenn man alles das, was sie aufs erhabenste, über die Mäßigung der Leidenschaften und Verachtung aller irrdischen Dinge geschrieben haben, nun alles in eins zusammen nimmt, so wird man nicht nur nichts Schönes und Gutes finden, das nicht eben so gut und schön in der heiligen Schrift zu finden wäre, sondern man wird auch alles herrlicher und lauterer darinnen bemerken. Welche Bewunderung muß nun derjenige für sich erregen, der zu dieser Disciplin gleichsam ganz gemacht und aufgelegt scheint? Jeder Mensch von einer etwas feinern Erziehung, und der einiges Gefühl fürs Gute und Schöne hat, wird süße Wollust empfinden, wenn er bey den Dichtern, sonderlich bey Tragischen Dichtern, Leute mit Edelmuth und sichtbarer Aeußerung des Herzens, wenn er den Verächter vergänglicher und den Bewunderer göttlicher Dinge, von Weisheit und Tugend sprechen hört, so sprechen hört, daß man oftmals die bewundert und liebt, die man nie gekannt hat, und dergleichen es in der ganzen Welt nie gab? Wie viel größeres Vergnügen muß es uns nun schaffen, wie weit schätzbarer muß es uns seyn, alles das, und noch mehr bedeutende Dinge, nicht bloß zu hören, sondern auch von einem lebenden Beyspiele selbst mit Augen zu sehen? Doch, hierinnen hat der rechtschaffen fromme Theologus von keinem, der reine und ausgezeichnete christliche Tugend besitzt, etwas voraus: wie groß aber ist das, was sein Eigenthümlichres ist? daß er seinen Zuhörern ein gewisses volles Gefühl von Gottesliebe und Gottesfurcht einflößt, welches sie in Zukunft, als Lehrer auch selbst über andere verbreiten: daß er ihnen Haß gegen das Laster und Neigung für jede Tugend einprägt, indem sie im Stillen, auf der einen Seite, seine Bescheidenheit mit anderer Stolz, seine Genügsamkeit mit anderer Habsucht, ferner, gesetzten Ernst und Anstand, gegen andrer Leichtsinn, dann Billigkeit

und Gerechtigkeit und Wohlwollen gegen jedermann mit
andrer Tücke im Urtheile, im Tadel, in Mißgunst und
Eifersucht, vergleichen. Aber traurig, traurig für uns!
daß an Hebenstreiten ein solcher Theologus uns entrissen wurde, der zum seltensten Benspiel, dieses zwiefache
so große Verdienst, jenen gründlichen und fertigen Lehrvortrag mit gedachter auserlesensten Frömmigkeit verein-
te, und bis ans Ende unzertrennt behielt, welches ihm
weder irgend jemands boshafte Unverschämtheit noch tü-
ckischer Neid abläugnete. Wie könnte uns wohl dafür
nach seinem Tode bange seyn, da er benm Leben sich nicht
an ihn wagte? so viel weise Sorgfalt hatte das Glück
gebraucht, daß seine Lebens-Umstände und Verfassung
wenig hergaben, was Mißgust erregen konnte. Er hatte, so zu reden, das Gebäude theologischer Gelehrsamkeit nicht auf die gewöhnlich so seichten und lockern, sondern tragbaren und tiefgelegten Pfeiler der alten Sprachen, der griechischen, lateinischen und morgenländischen,
auch der Philosophie, aufgeführt. Die Kenntniß der
lateinischen und griechischen Sprache hatten ihm theils
andere gute Lehrer, theils Gottfried Olearius begebracht,
und er hatte über beyde Sprachen viele Jahre lang, so
wohl öffentlich als in Privatstunden mit Gründlichkeit
und mit Glück gelesen. Die hebräische Sprache hingegen, hatte er in Verbindung mit den übrigen Dialekten,
des Armenischen, Chaldäischen auch Arabischen gelernt:
ja, er hatte sie mit grammatischer Genauigkeit auch Kenntniß aller Commentare der hebräischen Lehrer gelernt, und
durch anhaltende Lehrvorträge und Lectür es dahin gebracht, daß er sie völlig in seiner Gewalt hatte. Die
alte Philosophie, hatte er durch fleißige Lesung des Cicero und anderer Philosophen so wohl als die Scholastische studiert, die er sich durch Lehrvorträge und Disputiren, durch und durch eigen gemacht hatte: jedoch die
Neuere hatte er nicht vernachläßigt. Daher empfahl er
das Lesen der Alten, denn er verstund sie selbst. Die
Schriften unserer Theologen, die man bey Geringschä-

tung der scholastischen Philosophie auch selbst zu verachten anfängt, hatte er vortreflich innen: doch war er
auch kein Feind der neuern Philosophen, da er durch
eine seltene Verbindung, alle ihre Classen und die neuen
lehr-Meynungen großer Männer, in eine Mischung
brachte. Unsere Thoelogen, die man nämlich für die
ακριβέστερος *) hält, hatten nichts geschrieben, was er
nicht gelesen hatte. Es war keine Controvers, die er
nicht nach allen Gründen durchdacht und gewogen hätte.
Alle Quästionen der Theologen waren ihm völlig geläufig,
und er konnte sie fast herbeten. Denn, er hatte von
Jugend auf einen unersättlichen Eifer im Lesen und eine
unüberwindliche Anstrengung im Denken gehabt: er hatte aber auch ein unglaublich geschwindes und fähiges Genie. Vorzüglich aber hatte er sich auf die gründlich-
ste Kenntniß der heiligen Litteratur sowohl der allgemeinen, als der hebräischen besonders gelegt, und dasjenige
Fach zum Lehrvortrage sich gewählt, in welchem er ganz
zu Hause war. Wie er nun bey deren Erklärung vornehmlich den Alten seinen Beyfall gab, so hielt er nicht
weniger die Denker unter den Neuern in Ehren, und
war so sehr nicht in seine Meinungen verliebt, daß er
die Meinungen anderer mißgönnisch verworfen hätte.
Hierdurch hatte er es nun dahin gebracht, daß, so einer
in irgend einer Art aus diesen Fächern sich Unterricht
von ihm ausbat, er ihm gewachsen war, und ihn so vortreflich gab, daß, wenn er so ganz ohne Vorbereitung
in die Lehrstunde kam, doch jeder glauben mußte, er habe, ehe er kam, darüber gedacht. Er gab beynahe den
ganzen Tag über Lehrstunden, von früh sechs Uhr an,
und so es jemand verlangte, bis Abends sieben Uhr. Man
muß arbeiten, sagte er öfters — ein guter Professor muß
auch ein Beyspiel unermüdeten Fleißes für Studierende
seyn — und er hatte Männern von Einsicht geglaubt,
daß erwähnter unverdroßner Fleiß und Uebung in Lehrvorträgen der einzige Weg sey, ein gründlicher und ferti-

*) Die accuratesten und besten.

ger Docent zu werden *). Beym leſen fand man bey
ihm eine bewundrungswerthe Lebhaftigkeit der Seele:
eine heitre Miene und Stirn mit einem gewiſſen ernſten
Anſtand, keine Großſprecherey von ſich und ſeinen Entdeckungen, am wenigſten Anzüglichkeiten auf irgend jemand: ſeine Abſicht war, daß man Wahrheit lernen,
nicht, daß man ſeine Verdienſte oder anderer Irrthümer
und Blößen bemerken ſolle. Seinen Gedanken nach wurden junge Genies, wenn ſie erſtere faßten, genährt, durch
Bemerkung der letztern aber kriegten ſie Schwulſt. Sein
Vortrag enthielt nur das, was zur Sache gehörte, keine
Ausſchweifungen: er liebte Kürze, ohne Dunkelheit.
Bey den Zuhörern ließ er mit öfterm Fragen und Ein-
bringen auf ſie nicht eher nach, bis er merkte, daß ſie
ihn gefaßt hätten; ja, er nöthigte die jungen Leute durch
eine gewiſſe vortheilhafte Eilfertigkeit, daß ſie raſche
Fortſchritte machen und mit ihm geſchwind gehen mußten. Dieſer Manier bediente er ſich beſonders bey denen, die Hebräiſch von ihm lernen wollten. Er lehrte
ihnen dieſe Sprache mit ſo glücklichem Erfolge, als, ſo viel
ich weiß, vor ihm noch keiner in Leipzig. So viel es
daher derer giebt, die hier bey uns in dieſer Art Etwas
leiſten, die geſtehen faſt einmüthig, daß ſie das ihm zu
danken haben. Wenn man das alles zuſammen nimmt,
ſo muß man in der That geſtehen, daß wir in dieſem
Manne das vortreflichſte Muſter nicht nur der beſten
und gründlichſten Art im Studium, ſondern auch der
richtigſten und fertigſten Lehrart gehabt haben.

Nicht weniger aber haben wir ein großes Beyſpiel
der allerreinſten Frömmigkeit verlohren. Bey denen, die
mit lauterm und redlichem Herzen ſich der Gottesgelahr-
heit widmen, welche man aus der heiligen Schrift lernen muß, und bey ihrem Studium nicht eiteln Ruhm

---

*) Künftige Docenten können hierüber Ringelbergern de ra-
   ratione ſtudii und das Kap. von der Art des Lehrvortrags
   leſen.

und niedrige Gewinnsucht, sondern die Ehre Gottes,
und nebst ihrem eigenen Heil die Wohlfahrt des Menschen zur Absicht haben, beweist die heiligste der Wissenschaften ihre Kraft, und macht, daß auch ihr Leben derselben entspricht. Er hatte daher von seinem so ernstlichen Studium in göttlichen Dingen diesen vorzüglichsten,
und nach seiner wahren Würderung, diesen allergrößten
Vortheil gehabt, daß sein Herz ganz mit Christo erfüllet
war, daß er in ihm und in denen durch ihn erworbenen
Seligkeiten alles besaß, nach dessen heiligstem Muster,
Herz, Gespräche und sein ganzes Leben bildete, und ihm
seine Richtung darnach gab. Seine Ehrfurchtsvolle Liebe zu Gott war groß und aufrichtig, ohne Aufsehn zu
machen. Seiner Meinung nach, hatte reine Gottesfurcht ihren Sitz nicht auf der Stirne oder in der Miene oder auf den Lippen, sondern im Herzen und in Handlungen: er glaubte, daß solche Frömmigkeit und Religion, die sich in jenen Außenwerken und gleichsam in
dem Vorhofe des Herzens äußerte, und sich beständig
den Augen und Ohren der Leute aufdringe, nie bis ins
Innere des Herzens gedrungen sey, welches allein der,
der Gottesfurcht würdige Wohnort wäre. Er wollte
fromm und religiös vor Gott seyn, und nicht vor Menschen, den schlimmsten Richtern sowohl bey allen guten
Handlungen als auch in Religionssachen. Durch die Aechtheit dieser Liebe und Furcht vor Gott, war jene unzuermüdende Geduld und Gelassenheit in dem Herzen des Mannes, bey seinen mäßigen Glücksumständen, Arbeiten und
dann bey allen Widerwärtigkeiten, erzeugt, genährt, und
gestärkt worden. Nie hat ihn jemand über seine Leiden
und Widerwärtigkeiten, weder kläglich thun, noch weniger Beschwerden führen gehört: nie vermißte man auf
seinem Gesichte und in seiner Miene Ruhe und Heiterkeit. Er hatte sich vorgenommen und das ganze Leben
durch gewöhnt, was ihm ohne seine Verschuldung an
Widerwärtigkeiten treffen werde, gelassen zu tragen, und

Gott als die Ursache davon anzusehen, von dem er Freuden und Leiden mit gleicher Mäßigung anzunehmen ent-
schlossen war. Als Lehrer bey der Thomas-Schule gab
er denen, die sich über erlittenes Unrecht, es mochte nun
wahr oder eingebildet seyn, beklagten, auch dann, wenn
er den, der Schuld an der Beleidigung hatte, strafte,
dennoch zur Antwort: „lernt dulden:" Geduld giebt
künftigen Lebenstagen viel unterhaltende Stärkung. " Es
wird kein Mensch sagen können, daß er die mindeste Spur
von Habsucht an ihm bemerkt habe. Er strebte nie nach
Vergrößerung seiner Vermögens-Umstände: selbst bey
sehr mäßigen Glücksgütern, überstieg seine Freygebigkeit
das Maaß seines Vermögens. Schon zu der Zeit, wo
er theils selbst von anderer Wohlthätigkeit leben mußte,
theils in gar dürftigen Umständen war, unterstützte er
dennoch sechs Brüder, die man auf hiesige Akademie gebracht hatte, selbst durch thätige Hülfe: nur dann erst
glaubte er, seinem ältesten Bruder, Johann Georgen,
der Ursache war, daß er zum academischen Leben sich ent-
schlossen hatte, für diese Wohlthat (so nannte er es) gehörig zu danken. Er hegte gegen niemand übeln Verdacht: er war öfterer, wenn er von Leuten gut gedacht,
nie, wenn er schlimm gedacht hatte, betrogen worden:
er war gegen jedermann gerecht und billig, gefällig, immer geneigt zu rathen und Nachsicht zu haben. Gegen
den allein wurde er äußerst aufgebracht, den er auf
einer unverschämten Lügen ertappt hatte: doch mehr aufgebracht über die Lügen, als über den Lügner. Denn
er sagte, daß wer unverschämt lügen könne, der sey aller nur möglichen Bosheit fähig. Ich behaupte, daß
kein Mensch sich erinnern werde, von ihm in irgend Etwas
durch ein Wort oder durch eine Handlung nur auf die
unbedeutendste Art beleidigt geworden zu seyn: und
er, der nichts vergaß, vergrub blos allein, ihm etwa
zugefügte Beleidigungen in eine gutwillige und ewige
Vergessenheit.

Dieser Mann von so großem Beyspiel wurde am 27. des April-Monats, im Jahr Christi 1686. zu Neustadt unter der Diöces Neustadt, im Voigtlande, geboren. Sein Vater war Johann David, der Weltweisheit Magister; sein Großvater Johann Hebenstreit, beydes Prediger an dem nämlichen Orte: die Mutter aber, Esther Susanna, eine Tochter M. Johann Georg Gürners, ehemaligen Pfarrers zu laußig, unter der Colbißer Ephorie. Die Großmutter mütterlicher Seite, war Susanna Schützin, Predigers Tochter, unter der Neustädter Inspektion, von väterlicher Seite aber, Regina, durch die er ein Verwandter Sr. Magnificeenz unsers D. Stemmlers zu seyn, sich freute. Denn, ihr Vater war David Stemmler, Archidiakonus, und ihr Bruder Michael Stemmler, Superintendent zu Neustadt, des unsrigen Großvater, gewesen. Von eben dem, von welchem er das natürliche leben hatte, empfieng er auch die ersten Grundsätze zu einem moralischen leben, nämlich, die ersten Anweisungen zur Gottesverehrung und in den Wissenschaften und nicht blos die Kenntnisse, sondern auch einen gewissen Geschmack an solchen Dingen, der zum ächten und anhaltenden Eifer in der Gottesfurcht und in Wissenschaften, das mehreste beyträgt. Der Vater merkte aber bald, daß er zu Befriedigung dieses Genies, das nicht nur so sehr nach Kenntniß nützlicher Dinge dürstete, sondern auch so schnell das fieng, was vorgetragen wurde, nicht hinlängliche Muse habe. Er schickte daher den Sohn zuerst in die Neustädter Schule, und in den Unterricht David Wendlers, eines Mannes, von größern Kenntnissen als für den Ort, hernach nach Saalfeld und dann nach Zeitz, wo damals Gottfried Gleismann das Rektorat an dem öffentlichen Gymnasium mit ausgezeichnetem Rufe bekleidete. Von daher kam er nun, im Jahr 1706. gerade unter den Schwedischen Kriegsunruhen herüber nach leipzig, allwo ihm die göttliche Vorsehung nicht nur Männer finden ließ, die ihn als einen jungen Menschen, der

es sehr weit zu bringen strebte, durch ihre Wohlthätigkeit unterstützten, sondern ihm auch den Schauplatz bestimmt hatten, wo sich einst seine Talente und Verdienste öffentlich zeigen sollten. Hier hörte er anfänglich
Pfautzen, Harbten, Lehmannen, Ludovici, Abicht und
Gottfried Olearius, der Philosophie und Sprachen halber: sodann benützte er die Vorlesungen beyder Olearien,
des Vaters und Sohnes, Rechenbergs, Schmidts, Cy-
prians und Pfeifers, in allen Theilen der Theologie.
Alle diese Männer, die ihn theils wegen der fleißigsten
Abwartung ihrer Vorträge, theils durch hinlängliche
Prüfungen, nach seinen Fortschritten, und eben so gut
von Seiten seiner vorzüglich gesitteten Lebensart kannten,
waren vollkommen mit ihm zufrieden, und er war unter
nicht gar vielen ihr Liebling. Da er unter solchen Lehrern, in den Wissenschaften, auf die er seine Fähigkeiten angelegt, die Lehrjahre beendigt hatte, fieng er, nach
der, von der philosophischen Fakultät erhaltenen Magisterwürde, und nach gehörig abgelegten Proben seiner
Gelehrsamkeit, worunter die gelehrte Streitschrift: de
Sertis convivalibus, worinnen er die schweren Worte
der Weissagung Ezechiels (VIII. v. 6.) erklärt hatte,
selbst, andern zu lesen, an: hierauf wurde er von eben
dieser Fakultät zu ihrem Beysitzer ernennt, nachdem er
sich den Zutritt dazu, durch zwey sowohl gelehrt geschriebene, als auch vortreflich vertheidigte Streitschriften,
gebahnet hatte. Bey den Predigten, die an Sonn-
und Festtagen Vormittags in der Pauliner Kirche zu halten sind, bediente er sich dann nicht blos des so üblichen
subtilen Vortrags, sondern auch des populären. Indessen ereignete sich bey so manchen glücklichen Umständen, da die Vorsehung Gottes Wohlgefallen an seiner
Frömmigkeit fand, dennoch für den Mann weder etwas
vortheilhafteres, noch zur Empfehlung seiner Talente,
Kenntnisse und vortreflichen Eigenschaften wirksameres,
als daß er in des Burgermeisters Abraham Christoph
Platzens Haus als Hofmeister seiner Söhne kam, und

daß man in diesem Hause vollkommen mit ihm zufrieden
war. Denn dieser Mann hatte die Art, daß er Leute
nicht bloß von Seiten der Gelehrsamkeit, sondern von
Seiten der Gottesverehrung, des gesetzten Wesens und
der Verträglichkeit, beurtheilte. Hebenstreit erinnerte
sich daher dessen edlen Betragens gegen ihn sowohl, als
der ganzen Zeit des Aufenthalts in diesem Hause, mit
innigem Vergnügen, welches ihm auch der Anwuchs des
Glücks und des Ruhms, der Männer, die damals seine
Zöglinge waren, sehr oft ins Gedächtniß zurücke rufte,
welches Glück und welchen Ruhm er als seinen eigenen
ansah. Ja, in diesem Hause legte er den Grund zu seinen übrigen Glücksumständen. Denn durch dieses Mannes begünstigende Empfehlung wurden ihm, von dem Hoch-
edeln und Hochweisen Rathskollegio, zuerst die Sonn-
abend-Predigten bey der Kirche zu St. Nicolai aufgetragen, sodann erhielt er das Conrektorat bey der Thomas-Schule, dem er vom Jahr 1725 bis zum Jahr
1731. mit größter Treue und Geschicklichkeit vorstund.
Ohnerachtet er bey dieser Schule, wo er alle Tage fünf
Stunden informiren mußte, überflüßig Arbeit hatte. so
war das für das Talent, Gelehrsamkeit und Feuer,
nicht weniger auch für die Beeiferung des Mannes, den
Studien junger Leute nüzlich zu seyn, dennoch leichte Arbeit, und er gab außerdem andere Stunden, in welchen er Studenten, hauptsächlich in der morgenländischen Litteratur, unterwies. Im Jahr 1731. hatte er
hievon den Vortheil, daß man ihn für höchst würdig
hielt, ihn zum Nachfolger des so berühmten Carpzovs,
der den Ruf nach Lübeck erhielt, zu der Professur der hebräischen Sprache zu erwählen. Bald darauf bekam er
Stufenweise die theologischen Würden: zehn Jahr hernach, die außerordentliche theologische Professur, und
sechs andere Jahre nachher, die letztere ordinäre, im
sechszigsten Jahre seines Alters. Von der Zeit an, fieng
das Glück, gleichsam als ob es sich schämte, einen Mann
von so großen Wissenschaften und so großer Arbeitsam-

keit so sehr verspätigt und so spärlich bedacht zu haben,
an, ihm die Belohnungen seiner Verdienste in kürzern Fri-
sten zu ertheilen oder vielmehr zu weisen: so kurze Zeit
konnte er sie genießen.     Denn im Jahr 1749. kam er
zur dritten Profeßion, mit dem Zeitzer Canonicate:
1753. zur zweiten mit dem Canonicate in Meißen, voriges Jahr aber zur ersten.     Er brachte aber andrer
großen Ueberfluß durch Seelengröße ins Gleichgewichte,
und war reicher als sie, auch durch die froheste Genügsamkeit, die viel eher Bewunderer als Nachahmer haben dürfte.     Denn wahrhaftig, um so viel weniger
Glücksgüter er vor andern hatte, eben um so viel mehr
übertraf er sie, an gründlichem, stets fertigem Fleiße im
Lehrvortrage, wovon ich oben geredet habe.     Und er las,
als wenn er gleich noch so reich wäre, für eine geringe
Bezahlung, damit er die Dürftigkeit der Armen, welches immer solche sind, die sich auf theologische Wissenschaften legen, nicht zurück schrecke, sondern aufmun-
tere: Er hielt die Wonne, die er im Unterrichte empfand, und die Hinsicht auf den Nutzen, den er sowohl
seinen Zuhörern, als der Kirche verschaffen werde, wenn
er sie theils zur richtigen Einsicht in die heilige Schrift,
theils zur reinen Gottesfurcht nicht nur durch Erklärung
der göttlichen Bücher, sondern auch durch Einflößung
seiner eigenen Gefühle, anführe, für große Belohnung.
Er fieng auch nach erhaltenem akademischen Amte und
theologischen Würden, die ihm gewohnten Canzelvor-
träge, welche er, seit dem übernommenen Conrektorate
an der Thomasschule entbehret hatte, wieder an, und
genoß den Beyfall aller derer, die mehr auf den Sinn
als auf die Sprache sehen, und lieber behagliche Nahrung fürs Herz als für die Ohren haben wollten. Auch
hierinnen war er dem berühmten Salomon Glaßius
ähnlich*), dem an Lehrvorträgen niemand so gleich war,

---

*) Seckendorf. Hist. Luther. p. 313. D. Salomon Glaßius,
    der allervollkommenste Theologus, war, da ich ein Knabe
    von 14 Jahren war, und auf dem Gymnasium zu Gotha

als er.   Und er übte auch in beyden Arten des Lehrvortrags die jüngern Magister der Philosophie, als Präses
des Collegium Philobiblikum, das nach vieljähriger Errichtung fortdauert, und als Senior des andern, in welchem montäglich in der Paulinerkirche besondere Predi-
gerübungen gehalten werden.   Das akademische Scepter
hat er zweymal mit größter Treue und Ruhm geführet:
dem Dekanat der theologischen Fakultät hat er viermal
vorgestanden, und dann hat er auch seit Deylings Tode*), die Angelegenheiten der Meißnischen Nation, als
Senior verwaltet.   Bey so geschäftsvoller Lebensart,
hat er dennoch sehr vieles geschrieben, worüber er entweder auf dem Catheder mit gelehrten Männer disputirte,
oder an Einladungsschreiben vor feyerlichen Reden, die
er selbst, oder andere hielten, und die gänzlich die Erklärung oder Vertheidigung der heiligen Schrift betreffen.
Hierunter machen die Disputationen, die er vom Jahr
1731 bis 1746. geschrieben hatte, und in denen er den
ganzen Maleachi, mit beygefügten Scholien des Kimchi,
Jarchii und Abenesrä erklärte, das Werk eines ziemlichen Bandes aus, und sie vertreten die Stelle des gelehrtesten Commentars.   Hatte er sich nun gleich so em-
sig auf das Studium der Wissenschaften und auf die
Brauchbarkeit für andre gelegt, daß er für weiter nichts

studierte, mein geistlicher Vater. Schon damals hatte ich nach
den Einsichten meiner Jahre vor ihm die größte Ehrfurcht
und schrieb, da wegen seiner schwachen Stimme sehr wenig ihn entweder verstehen oder aufmerksam hören wollten,
ihm seine Predigten nach, und hatte über die theils außerordentlich gründliche, theils in Erklärung der heiligen Schrift
ganz bewundernswürdige Lehrart des Mannes, die größte
Bewunderung.

*) D. Salomon Deyling, Pr. Theol. Ord. Domherr zu Meis-
sen, Assessor des Leipz. Consistor. Superintendent und Pastor zu St. Nicolai allhier. Ein sehr gelehrter Mann, der
außer andern Schriften durch seine Obseruationes Sacras
sein Andenken auf immer erhalten wird. Er starb 1756.
                                        d. U.

Zeit und Gedanken zu haben ſchien, ſo dachte er doch
auch auf eine eheliche Verbindung, indem er 1730. am
15. Auguſt ſich mit einem liebenswürdigen jungen Frauen‐
zimmer, **Chriſtianen Dorotheen, Friedrich Wil‐
helm Schützens**, Doktors der Theologie und Paſtors
an der Thomaskirche älteſten Jungfer Tochter verheyra‐
thete, die nun durch den Tod ihres Gatten ſchmerzlich
verwundet wurde. Sie zeugte ihm zwen Töchter, da‐
von die jüngere, **Rahel Sophia**, jetzt gerade vor neun
Monaten ſtarb. Die ältere, **Chriſtiana Friederika**,
eine Frau von vortreflichen Eigenſchaften, verband er
voriges Jahr mit Herrn M. Johann Adolph Scharfen,
der heiligen Schrift Baccalaureo und Diakono an der
neuen Kirche, einem Mann von vieler Svada und Kennt‐
niſſen*), durch eine glückliche Ehe. Ohnlängſt erhielt
er von ihr einen Enkel, und das war für ihn die letzte
ſeiner irrdiſchen Freuden. Aber ſchon damals zeigten
ſich Merkmale an ſeinem Körper, die Gefahr drohten:
doch vermöge der Liebe zu dieſem Manne und nach unſern
Wünſchen hielten wir ſie für entfernter, als es Gott ge‐
fiel, der den Mann aus einem ſo mühevollen Leben, das
noch dazu gegenwärtig, durch die Drangſalen des Va‐
terlandes, geängſtet ward, durch einen ſanften Tod, frü‐
her zu den Freuden der Ewigkeit hinüber zu führen be‐
ſchloß. Von ſeinem Tode und deſſen Vorboten kann
uns niemand beſſer belehren als ſein Bruder, welcher der
mediciniſchen Fakultät eben ſo viel Ehre macht, als er der
theologiſchen Fakultät Ehre machte.

Er ſagt, durch unſre Verrichtungen, mit denen
jeder entweder zu Hauſe oder außer demſelben ſich beſchäf‐
tiget, werden wir entnervt und das geſündeſte Leben, wenns
auch von allen Anfällen verſchont bleibt, kann dennoch
eine ununterbrochene Straße zum Tode heißen, bis, durch
von ſelbſt eintretenden Verfall der Kräfte, unſer Geiſt

---

*) Starb als Doktor der Theologie und Paſtor der Kirche
zu St. Nicolai 1791. Er war ein Mann von ausgezeich‐
neter Thätigkeit, ein treuer Arbeiter und Armenpfleger.

und Lebenskraft geschwächt wird und endlich hinsinkt.
Dieser nämlichen gleichsam allmähligen Abnahme körper=
licher Kräfte unterlag endlich der Unsrige. Denn er
war von außerordentlicher fester Natur, und Geist und
Körper waren von vorzüglicher Güte, so, daß er nicht
eher, als bis zu seiner völligen Niederlage, fühlte, daß
er hinwelke und ausgemergelt werde. Doch, er bekam
eine Anzeige, die ihm merken ließ, daß er auf matten
Füßen stehe. Denn, da er, als ein Mann über sechzig
Jahr, das akademische Rektorat, so ihm durch die all=
gemeinen Landplagen und Trubeln sehr erschwert ward,
im Jahr 1755. verwaltet hatte, schwollen ihm die Schen=
kel an, und er litt an einem abwechselnden Fieber, wo=
durch die Schwulst vertrieben wurde, die aber mit unter
wieder kam, und allmählig bis an die Waden stieg, an
deren Gränze sie stehen blieb, und hernach in vielen Jahren
nicht weiter fortrückte, so, daß man sich Hofnung machte,
es würden durch dieses Uibel größere Uibel gehoben werden.
Der Erfolg entsprach auch der guten Erwartung: denn,
das Uibel an den Füßen abgerechnet, lebte er übrigens ver=
gnügt, indem er seine schwankende Gesundheit durch eine ganz
ungewöhnliche Gewalt über sich selbst und sonderlich durch
Gemüthsruhe unterstützte, auch nur in dem einzigen
Stücke Tadel verdienen könnte, daß er die Seelenkräfte
durch ununterbrochene Arbeiten, welche die Wichtigkeit
seiner Aemter, und theils sein vieles Studiren, theils
seine unaufhörlichen Lehrstunden nothwendig mit sich brin=
gen mußten, nach und nach erschöpfte. Denn, da er
die Sprachwerkzeuge, die von Natur sehr schwach bey
ihm waren, von Früh bis Abends, mehr als es die Re=
geln der Gesundheit litten, durch immerwährendes Lesen,
jeden Tag und viel in Bewegung gesetzt hatte, so wurde
er von einem kleinen Husten befallen, wodurch jedoch
der Athem nicht unterbrochen wurde. Weder Freunde
noch Aerzte konnten ihn dahin vermögen, daß er sich in
etwas schonte. Wie er vielmals gestund, so hatte er
sich vorgenommen unter den Arbeiten zu sterben. Nun=

C

mehr ward die Geschwulst an den Füßen stärker, und
das fieng zu Anfange der Hundstage vorigen Jahres an.
Da merkte er Kraftlosigkeit und die Beschwerden an den
Schenkeln wurden empfindlicher. Er wendete sich daher
an die Aerzte, die er zwar jederzeit in großen Ehren hielt,
sich aber ihrer sehr selten bediente, doch, sich es überre-
den ließ, daß die Kunst etwas habe, wodurch man die
zu schnell stockenden Säfte verdünnen oder reitzen könne.
D. Sandel, ein sehr erfahrner Arzt, das Haupt und
die vornehmste Stütze des hochansehnlichen Schützischen
Hauses, dessen Wohlwollen gegen sich, die sämmtliche
Familie sowohl, als der Tellerische Stamm sehr öfters
erfahren hat, bewies ihm die lobenswürdigsten Dienste.
Hierzu kamen die Berathungen seines Bruders, der mit
seiner Kunst sehr übel zufrieden war, weil sie seinen Bruder nicht retten konnte. Doch durch gemeinschaftliche
Rathschläge brachte man es dahin, daß, da die Feuchtig-
keit oben am Schenkel Abfluß erhalten hatte, sich die
Schwulst an den Füßen setzte, und die hinzugekommene
Rose sich verlor, wodurch eine neue, leider allzu trügli-
che Hofnung, zur Wiedergenesung aufblühte. Denn,
die Schwulst war in die obern Theile übergegangen, und
hatte die äußersten Flächen der Hände eingenommen,
doch mit Beybehaltung hinlänglicher Kräfte, täglich sechs
Stunden nach einander seinen Zuhörern lesen zu können;
und sein Bruder erhielt mit vieler Mühe von ihm, daß
er sie endlich am dritten dieses Monats entließ. Nunmehr nämlich näherte sich der Todestag. Den folgenden Tag nachher war die ganze Macht der Krankheit
nach der Brust getrieben worden, an welchem ein gewal-
tiger Schauer den ganzen Leib durchschütterte, worauf
Hitze, jählinge Ermattung der Kräfte und Heischerkeit
folgte. Nachdem er nun den kommenden Tag in Mattigkeit zugebracht, und das Vergnügen genossen hatte,
seine einzige Tochter, die zeither im Kindbette gelegen
hatte, zu sprechen, und nur blos darüber bekümmert war,
daß er der Gesellschaft seiner geliebtesten Gattin, die mit

einer periodischen Krankheit befallen war, entbehren müsse,
im übrigen aber nichts von Schmerz, oder härtern Leben, als die, so von der Entkräftung herkamen, empfand,
fiel er, dem Ansehen nach, in einen sanften Schlaf, so,
daß er beym Erwachen, sogleich nachher, auch das ihm
Nöthige, fordern konnte: und da er sich von selbst auf die
Seite gelegt hatte, war er unter der Nachtwache D. Kü-
chelbeckers eines angesehenen Arztes, dessen Sorgfalt
ihn sein Bruder diese Nacht hindurch übertragen hatte,
so wie Hippokrates sagt, ganz in Geheim aus der Welt
gegangen.

Mit was für Schmerz gedachter Mann diesen Vor-
gang niedergeschrieben, ja mit welcher tiefen Betrübniß
er es mit angesehen und empfunden habe, das läßt sich
leicht denken. Aber, wir haben die größte Verbindlichkeit, eben so an diesem Schmerz Antheil zu nehmen,
so wie wir den Verlust eines so vortreflichen Mannes
für einen allgemeinen Verlust zu halten haben. Das,
was der Mann, von unsterblichem Andenken, unter uns
Sterbliches hatte, das ist in die Kirche zu St. Paul
gelegt worden. Aber morgen Nachmittags um 1 Uhr
werden zween Kollegen und Männer von der größten Beredtsamkeit, das Gedächtniß seiner Frömmigkeit und
sämmtlicher vortreflichen Eigenschaften feyern. Herr D.
Johann Christian Stemler *), der Verehrungswürdige

---

*) Ein verehrungswürdiger Mann von Seiten des Herzens
und Wissenschaft, Amtsgaben und Amtserfahrungen: ein
Beyspiel eines fleißigen Lehrers auf dem Katheder und auf
der Kanzel; der treuste Arbeiter am Reiche Gottes und ein
Muster reiner Frömmigkeit. Er studierte unter der größten
Dürftigkeit; aber Fleiß und Gottesfurcht und ausgezeichnetes Talent, erhoben ihn bald zu den wichtigsten und ersten Aemtern der Kirche. Von der Akademie zu Leipzig erhielt er den Ruf zum Rektorat nach Sangerhausen, dann
zum Rektorat in Naumburg, dann zum Diakonat nach
Naumburg; dann zur Superintendur in Torgau, dann
zur Oberhof-Predigerstelle nach Weißenfels, dann zur

Mann, wird über Psalm XVIII. v. 1 und 2. predigen, und Herr D. Bahrdt die Parentation halten. Zu Anhörung dieser Männer und zur Ehre der Todesfeyer des um unsre Akademie so vorzüglich verdienten Mannes, laden wir die Erlauchten Grafen, die Vornehmsten der Akademie und Stadt, nebst übrigen Adlichen und ansehnlichen Bürgern, höflichst ein. Sie besonders, die Zuhörer dieses vortreflichen Mannes waren und überhaupt alle, so sich um das Studium der heiligen Schrift beeifern, werden sich zahlreich einfinden, noch weit mehr aber werden sie auch dem seeligen Manne die verdienteste Ehre seines Andenkens erweisen, wenn sie sich mit größstem Eifer und Sorgfalt bestreben werden, seine Gelehrsamkeit, seine liebe zu Gott und alle seine Verdienste durch Nachahmung zu erreichen. Dom. IV. Adv. 1756.

Superintendur in Plauen, dann zur Herzogl. Gothaischen General-Superintendur in Altenburg, dann, nach D. Tellers Tode, zum Pastorat zu St Thomas in Leipzig, und nach D. Deylings Absterben 1756. zur Superintendur daselbst, welche durch ihn wieder an die St. Thomaskirche kam, nachdem sie seit 1667 mit dem Pastorate zu St. Nicolai verbunden gewesen war. Er starb 1773.

Denkmal
# Johann Florenz Rivinus,

beyder Rechte Doctors, ordentlichen Professors, Dom-
herrns zu Merseburg, Dechants zu Wurzen und
Assessors der Juristenfakultät zu Leipzig.

Über ein ganzes Jahrhundert hindurch, war die Albi-
nußsche Familie so wohl für jedes Fach der Litteratur,
als vorzüglich für die Rechtswissenschaften das Glück unserer Academie und Stadt: diese aber, waren nicht weniger Glück für sie und erkenntlich gegen ihre Verdienste
um sie. Denn, Andreas Rivinus, der seiner Familie, theils zuerst diesen neuen Namen gab, theils dem
Namen Ruf und ausgebreiteten Ruhm erwarb, Lehrer
der Dichtkunst und Physiologie zugleich, machte sich nicht
nur um beyde Professionen sehr verdient, sondern war zu
der Zeit auch der einzige auf hiesiger Akademie, der wegen der schönen Wissenschaften und der Philologie, Beyfall und Ruf hatte, der einzige, so mit den Reinesien,
Barthen und Daumen, die damals die vornehmsten
Zierden Sachsens in dieser Art waren, im Parallel stehen konnte. Noch aber ist nicht entschieden, ob ihm
unsre Stadt mehr um sein selbst und seiner übrigen Verdienste willen zu danken hat, oder darum, weil er drey
Söhne, alle von Professormäßigen Wissenschaften, verließ. Denn, den ältesten zählte man unter die vornehmsten Rechtsgelehrten unsrer Stadt: den zweyten, hielt
man für das Haupt der Medicinischen Fakultät, mit
größtem Rechte: der dritte, öffentlicher Lehrer der hebräischen Sprache und zugleich Prediger an der Kirche
zu St. Thomas *), würde es, wenn er nicht zu frühzeitig aus der Welt gieng, bis zur Doktor-Würde unter

*) ward 1680 Disc. inf. 1685 Disc. med. 1689. Archid.
starb 1692.  D. Übf

unsern Theologen gebracht haben. So war denn durch
ein seltenes Glück in einem Hause, in einer Familie, wenn
man den Vater dazu nimmt, eine Art von Universität
von gelehrten Kenntnissen und Disciplinen. Hieraus
konnte man sehen, wie viel auf häusliche, auch mütter-
liche Erziehung ankomme, wenn sie nicht zur Eitelkeit,
und zu weiblicher Weichlichkeit herabgestimmt wird, und
die Schärfe männlicher Einsichten und christlichen Ernstes erhält. Denn der Vater war gestorben, da der
älteste Sohn noch kaum fünf Jahr alt war; er hatte
ihnen aber zur Mutter eine Oleariussin von Halle von
vortreflicher Erziehung hinterlassen, die sie, als die beste
Mitgift für ihren Gatten, und das reichste und glücklichste väterliche Erbe für die Kinder, mit nach Leipzig
aus ihres Vaters Hause gebracht hatte. Da sie die
Söhne, selbst nach der bekannten Erziehungs-Methode
des Oleariussischen Hauses, die man aus so vielen glücklichen
Beyspielen kannte und bewährt fand, in guter Zucht und
Ordnung erhielt, so überlieferte sie solche auch dem Staate ausgebildet, so daß er der Mutter mehr, als dem Vater zu verdanken hatte. Und man kann sich füglich keine
andere Ursache denken, weshalber im gedachten Hause
Liebe zur Tugend und Wissenschaften, ja, Tugend und Wissenschaften selbst so lange Jahre und ununterbrochen durch
alle Abstammungen fortdauerten, als diese, weil jene
Erziehung, nach ihrer ehemaligen guten Einrichtung immer mit größter Sorgfalt beybehalten, auch nach und
nach durch neuere gute Anstalten befestigt und, so zu reden,
durch gedeihliche Unterhaltungsmittel verbessert wurde.

Denn, zu bemerken, daß gewisse Häuser, viel Jahre lang großen Ruhm in einer gewissen Art bey sich erhalten haben und ihnen dadurch eine gewisse Glückseligkeit
zugewachsen ist, so darf man nicht glauben, daß das
einem gewissen blinden Glück zuzuschreiben wäre, welches
so wohl die Vernunft, als noch vielmehr die christliche
Klugheit verwirft. Es ist beynahe mehr göttliche Wohl-

that für den Staat, als für das Haus eines Privatman=
nes, wenn eine gewisse Familie ein vortrefliches und au=
ßerordentliches Genie hervorbringt, welches dieses Ei=
genthümliche von Gott empfieng, daß es beynahe durch
sich selbst und mehr durch gewisse göttliche Unterstützung,
als durch Hinzukommung häuslicher Erziehung in irgend
einer Art zu großem Ruhme erhoben wurde. Daß aber
diese Glückseligkeit auf die Nachkommenschaft fortgebracht
werde, das ist ohne Mitwürkung einer weisen Erziehung
beynahe unmöglich: denn es hat auch hierinnen, so
wie in andern Dingen, mit Städten und Familien glei=
che Bewandniß. Es gab zu allen Zeiten Städte, die,
welches sichtbar ist, eine gewisse ausgezeichnete Glückse=
ligkeit, für ihre Größe und Ruhm erhalten hatten; zum
Beyspiel, um viele von geringen Städten nicht zu er=
wähnen, Athen, Sparta, und sonderlich Rom: deren
Macht und Ansehn Gott selbst sich zum Geschäft machte.
Wenn wir aber so wohl der Vernunft, als auch den
weisesten Männern jener Städte selbst glauben, so blieb
jene Glückseligkeit in allen diesen Städten, mit einer ge=
wissen, von Einsichtsvollen Männern eingerichteten Re=
gierungsform, gleichsam durch Bande zusammengekettet:
waren sie erschlafft und zerrissen, sogleich fieng sie an zu
entfliehen. Man findet das bey Pflanzen und noch mehr
an Blumen, daß entweder selbst aus dem Stengel ein
viel beßrer Sprößling herausbricht, oder der Saamen eine
weit herrlichere Blume macht und gleichsam matre pul-
crior filia, (die Tochter schöner als die Mutter wird)
daher zuweilen auch die Gestalt einer neuen und nie ge=
sehenen Blume entsteht, die sich einen neuen Namen
verdient. Wenn nun jene glücklichere Pflanze gut gewar=
tet wird, so behält sie selbst ihre schnelle Veredelung nicht
nur bey, sondern macht auch durch Brut und Absen=
ker sich eine gewisse gute Nachkommenschaft und erzeugt
so zu reden Urenkel, die gleichsam als Colonien in viele
Gärten verpflanzt werden, und ihren Namen=Adel er=
werben. Doch, es müssen auch die Gärtner große Sorg=

fast und genaue Pflege darauf verwenden, wodurch
denn auch ihre großväterliche Güte mehrern Zuwachs zu
erhalten pflegt. So bald es irgendwo an Wartung fehlt,
und die Zucht des Gärtners gleichsam säumig wird, so
verringert sich die Güte der Zöglinge und gedachte Familie wird wieder zu ihrer vormaligen Magerkeit und geringem Gehalt heruntergebracht. Mit dem Menschen
hat es, nach dem Urtheil des Aristoteles, eben dasselbe
Verhältniß, und viele Beyspiele, aus allen Zeiten, sind
davon Beweise. Denn, wie er sagt, so geht es gewissermaßen mit Anpflanzung der Menschen eben so zu, wie
mit den Erdgewächsen. Wenn diese nun, bey denen
alles aus gewisser Nothwendigkeit geschicht, dennoch die
Güte ihrer Natur, ohne Wissenschaft und Sorgfalt eines erfahrnen und fleißigen Mannes nicht erhälten und
fortpflanzen können, wie kann sie bey Menschen, bey
denen die Freiheit des Willens so vielen Verführungen
Gehör giebt, ohne eine solche und ungleich größre Sorgfalt als jene, und ohne viele und mancherley Maasre-
geln einer weisen Erziehung sich immer gleich und ununterbrochen erhalten werden?

Man muß in diesem Stücke billig den Irrthum des
gemeinen Haufens, so wie die Lage zarter Kinder entweder bewundern oder bedauern. Denn, da kein Mensch
so dreist ist, geradezu, ohne Regeln, ohne Erfahrung
und ohne alle Uibung die Wartung eines Gartens, oder
die Besorgung des Viehes und hauptsächlich den Unterricht in Zureitung der Pferde und das Dressiren der
Hunde zur Jagdgeschicklichkeit zu übernehmen, auch niemand die Besorgung und gleichsam die Zucht solcher Dinge, einem Menschen, der weder durch Kunst noch Erfahrung dazu geschickt ist, anvertrauen will: so sieht man
doch, daß es in beyden Fällen von männlichen und weib-
lichen Geschlecht mit großer Verwegenheit beym Menschen geschiehet, bey welchem unsäglich mehr Geschicklichkeit erfordert wird und Schwierigkeit sich in diesem Stü-

ſie findet. Denn, bey jenen Gewächſen ſowohl, als
bey unvernünftigen Thieren, iſt die Behandlungs-Me-
thode, da ſie nichts außer den Körper haben, was unter die Beſorgung ihres Pflegers und Erziehers gehört,
eine und dieſelbe und einfach und kurz, die durch keine
Verſchiedenheit der Genies und der Temperamente abgeändert werden dürfte *): bey Menſchen aber, wenn ſie
ſchon von zarten Jahren ſind, trift man eine faſt eben
ſo große Mannigfaltigkeit des Genies und des Herzens
an, als ſie in Anſehung der Sprache, der Geſichtsbil-
dung und Geſtalt groß iſt: in ihren Herzen ſelbſt giebts ſo
viel verſteckte Winkel, als Fäſerchen an denen durch
den ganzen Körper verbreiteten Adern, es giebt. Zudem iſt nichts ſo veränderlich und ſchwankend und unbe-
ſtimmt, als der Wille, der durch keine körperliche Gewalt
gehörig regiert, und zur feſten Pflichtsbeobachtung angeführet werden kann: daher glaubt man gar nicht, was
für verſchiedene Erziehungs-Methode hierdurch erwächſt.
Mit um ſo viel mehr Klugheit handelten jene alten Griechen und Lateiner, da ſie auch die häusliche Erziehung,
oder die Art der Kinderzucht durch das Gewichte öffentlicher Geſetze und Verordnungen regierten, die von Einſichtsvollen Männern gemacht worden, damit ſie nicht
fehlerhaft und ſchwankend oder unſicher, bald ſo, bald anders ſeyn, ſondern eine und dieſelbe bleiben möchte, wodurch das Gefühl für das Gute und Edle und Schöne
auf alle Herzen Eindruck mache, auch die Volksmenge,
ſo, wie ſie eine Sprache hatte, eben ſo auch eine Empfindung und ein Herz habe, und ſie durch ſchickliche
Uibungen zur Neigung gegen ſeine Pflichten ſowohl, als

*) Ob der große Einſichtsvolle Mann hier ganz ohne alle
Ausnahme und gänzliche Kenntniß der ſo verſchiedenen und
oft eigenen Natur und Kunſttriebe, oder ſo zu reden der
bald geringern, bald gelehrigern Genies gewiſſer Thiere,
z. B. der Elephanten, der Pferde, Hunde, und gewiſſer
Vögel dieſes behaupten konnte, darüber leſe man Reima-
rus, von den Kunſttrieben der Thiere. d. U.

zu deren Aufrechterhaltung angewöhnet würde *). Außerdem gab es nicht selten große Männer, die mit vieler Einsicht und mit Nutzen, mit der allgewöhnlichen Erziehungsart dasjenige verbanden, was eigentlich entweder für von Natur große Talente oder für solche gehörte, die zu einer sehr hervorstechenden Lebensart gebildet und ausgehoben werden sollten: und da die Nachkommenschaft solches, so zu reden aus ihren Händen erhielt, und wie ein schönes Vermächtniß aufhob und anwendete, so machten sie gewisse Gattungen von Tugenden und Künsten für einige Familien eigenthümlich und erblich z. B. für die Scipionen, Metellen, Marcellen, heroische Tapferkeit, für die Mucier und Crassen die Rechtskunde. Bey diesen Männern that auch die Nacheiferung in den Wissenschaften, dem sittlichen Charakter und der ganzen Lebensart ihrer Väter sehr viel **). Es geht über allen Glauben, was für große Würkung zur glücklichen Bildung jugendlicher Herzen und zur Annehmung einer gewissen Gattung von Künsten und Wissenschaften und allgemeiner Tugenden die Gewohnheit thut, das, was darzu erforderlich ist, von Kindheit auf zu sehen und zu hören, besonders, wenn hierzu die Uiberzeugung kommt, daß sie es für gut, für schön, für rühmlich und nützlich halten. Und meinem Gedanken nach war das der einzige Grund, aus welchem sowohl bey den Aegyptiern durch ein Gesetz weislich dahin gesehen worden war, daß jeder das Metier und die Lebensart erwählete, die sein Vater getrieben hatte, als, daß auch nach unserer Sitte diejenigen, so das Handwerk ihres Hauses lernen, viel eher den Grund zu einer Kunst und Profession legen, als die, so ein ganz anderes ergreifen, da man das, was man von Kindheit an sah und hörte, leichter und geschwinder und besser lernte. Cicero hielt dafür, daß der junge Lentulus keinen glücklichern Lehrunterricht bekom-

---

*) Man lese Ernesti Programma de privata vet. Romanor. disciplina.

**) Cicero von den Pflichten l. 32.

men könne, als wenn die Nachahmung des Vaters sein
vorzüglicher Lehrer wäre *).

Ja, ich bin der Meinung, daß eben dieser Lehrunterricht der häuslichen Nachahmung, der Rivinussischen
Familie nicht nur gefallen habe, sondern auch höchst vortheilhaft gewesen sey, und dazu bin ich, nicht durch flüch-
tige Muthmaßung bewogen, sondern durch hinlängliche
Gründe hiervon überzeuget. Da Andreas Rivinus
sich auf die Arzneykunde legte und zwar so, daß er nach
dem Beyspiel vieler großen Männer, das Studium der
schönen Wissenschaften mit ihr verband, so wendete er
auf die alten christlichen Dichter sehr viel Fleiß, darüber
er auch, wie nicht weniger über andere Bücher der lateinischen Kirchenväter, öffentliche Vorlesungen hielt, so
wie er auch die Gesänge des Tertullians und anderer,
nebst andern Schriften herausgab: er mochte das nun
aus eigenem frommen Antrieb, oder nach altem Gebrauch
großer Männer, des Petrus Mosellanus, und Caspar
Borners thun, die einen gewissen Lehrvortrag eingeführ-
et hatten, die christlichen Poeten, vornehmlich den Prudentius zu erklären **). Er war überhaupt der eifrigste

*) Epist. ad Diverf. l. 7.
**) Georg. Fabric. praef. poet. Christ. p. 8. Ich hatte von
christlichen Dichtern keine Kenntniß, außer vom Prudentius. Wenn ich Caspar Bornern in Leipzig, der dessen
Hymnen mit vieler Gelehrsamkeit erklärete, nicht gehört
hätte, so würde ich auch so viel nicht aus ihm gemacht haben. Er behielt dieses Collegium, das ihm der berühmte
Petr. Mosellanus gleichsam aus seiner Hand übergeben
hatte, durch den treusten Besitz, zum allgemeinen Nutzen
viele Jahre bey. In den Comment. p. 106. führt er einige Dichter der Christen an, die Caspar Borner mit alten
Handschriften verglichen hat nahmentlich den Prudentius
p. 17. Der gelehrte und außerordentlich fleißige Mann,
Caspar Borner hatte aus der Bibliothek zu Naumburg
einen geschriebenen Kodex des Prudentius, den ich vor 28
Jahren, da ich auf der Thomasschule zu Leipzig sein College war, vergleichen mußte.

Forſcher göttlicher Dinge, und der größte Liebhaber der Religion *). Andreas Rivinus war längſt todt, da deſſen Söhne ſo weit herauf gewachſen waren, daß man zu Rathe gehen mußte, zu welcher Art von Studien ſie zu beſtimmen wären. Tilemanns nicht zu gedenken, der den Pfad des Ruhms der mütterlichen Vorfahren wandelte und ſich ganz den theologiſchen Wiſſenſchaften wiedmete, ſo verbanden übrigens ſeine beyden Brüder O. Septimus und Ovirinus, das Studium göttlicher Dinge immerfort, jener mit den Rechtswiſſenſchaften, dieſer mit der Arzneykunde, und gaben auch Schriften heraus, die in dieſes Fach der Wiſſenſchaften einſchlugen. Ovirinus beſonders gab jedermann überzeugende Beweiſe von einem Herzen voll reiner Gottesfurcht und Treue gegen ſeine Pflichten, wodurch er den Ruhm und den Namen eines gleich gelehrten und klugen Juriſten und eines religiöſen, gewiſſenhaften und rechtſchaffenen Mannes bis ans Grab behielt. Er nahm auch ein ſolches Ende, wie man es von einem alten verdienten Theologus rühmen würde, das heißt, nicht nur ohne Furcht und ohne Widerwillen, ſondern auch mit Freudigkeit unter dem bekannten oft wiederholten Ausruf Simeons, Herr, ſo läßt du deinen Diener mit Freuden die Welt verlaſſen. Von ihm hatte Florenz, der älteſte Sohn, von dem ich ſprechen ſoll, wie die mehreſten der übrigen Söhne, nicht nur die Liebe zur Rechtsgelehrſamkeit und das Glück in Studien, ſondern auch die ſo eifrigen Geſinnungen der Ehrfurcht gegen Gott, die er für ſeine Perſon von der Mutter eingeſogen hatte, und jene aufrichtige Liebe zur chriſtlichen Religion, als das ſchönſte Erbgut erhal-

---

*) Programma in funus Andr. Rivini a. 1656. p. 8. Sein ganzes Leben war täglichen Andachtsübungen, ſonderlich Betrachtungen über göttliche Dinge gewiedmet, wie es die 59 theils lateiniſch, theils teutſch aufgeſetzten gottſeligen Betrachtungen, nicht weniger die 7 Worte Chriſti, welche er auf die 7 Bitten des Vater Unſers angewendet hat, beweiſen, die er hinterließ.

ten und wieder auf seine Kinder verbreitet; und das Ri-
vinusische Haus ward stets im Eifer für gottesdienstliche
Dinge für ausgezeichnet und für besonders religiös erklärt. Die Lehrer der Kirche hatten vornehmlich stets
offenen Zutritt: hier sprach man von nichts lieber, als von
göttlichen Dingen, hier hörte man meistens geistliche Gesänge und die Stimme Betender: man fand in diesem
Hause die öftersten Uibungen der Gottesfurcht und der
Religion *). Und, so wie er durch den väterlichen Unterricht, Regeln, Berathungen und Beyspiel zu den vortreflichsten Rechtskenntnissen gebildet worden war, die
sich bey Prozeßführungen, beym Lehrvortrage, im Schreiben, bey Rathgebung und im Urtheilsprechen mit glücklichem Erfolg zeigten; eben so hat er durch seine Anweisungen in eben diesen Fächern den Sohn zu dem verdienstvollen Manne gemacht, wie wir ihn sehen, wie
ihn theils die Gerichtshöfe, theils die Collegia, bey
denen er entweder als Rechts-Consulent diente, oder
Urthel sprach, seit vielen Jahren kennen lernten, und ihn
rühmen. Doch, lassen Sie uns das ganze Leben dieses
vortreflichen Mannes selbst, nach seiner Geburt, Erziehung und genossenem Unterricht, nach der Verwaltung
seiner Ehrenstellen, und nach seiner Betragungsart auf
jeder Lebensstufe und in jedem Abschnitt des Lebens, betrachten.

*) Oft noch erinnere ich mich mit Vergnügen und mit dank-
barster Ehrfurcht, des frommen Rivinusischen Hauses. Es
ließ der seelige Mann jeden Sonn- und Festtag, viele Jahre lang das erste Chor der Thomas-Schule Abends nach
6 Uhr, vor seinem Zimmer stets zwey der geistreichsten Lieder, sehr langsam singen, worunter mehrentheils das vortrefliche Lied: „Wie wohl ist mir, o Freund der Seelen"
sich befand. Ich selbst habe, während meiner Schuljahre,
vielmals mit bey ihm gesungen. Gott mit welcher Inn-
brunst und Herzens-Erhebung sang der fromme Greis an
der Seite seiner beyden frommen Töchter!

Er wurde im 81ſten des vorigen Jahrhunderts den
27. Jul. in dieſer Stadt geboren. Sein Vater war Q.
Septinius Florenz Rivinus ein Rechtsgelehrter, ein
Mann vom ehrenvollſten Anſehn: denn, er war ſowohl
Appellation Rath beym königlichen Appellations-Gerichte
zu Dreßden, als auch hier in Leipzig Oberhofgerichts-Aſſeſſor,
Schöppe und Burgemeiſter. Seine Mutter war Frau Maria Catharina, Nicolaus Creuſels, Beyſitzers des Ober-
hofgerichts und der Juriſten-Fakultät auch Syndici der Univerſität, und Chriſtianen Noßwitzin, Tochter. Der
Großvater väterlicher Seite, war der oben genannte
Andreas Rivinus der Medicin Doktor, wie auch derſelben und der Dichtkunſt berühmter Profeſſor: die Großmutter Frau Catharina Eliſabeth Olearius, Herrn
Tilemanns eines Predigers in Halle Tochter, Enkelin
vom Gottfried Olearius Superintendenten daſelbſt
und von Tilemann Heßhuſen, dem Theologen. Vorher-
gedachten Andreas Vater aber, war Andreas Bach-
mann Rathsherr zu Halle, ein Mann, der auch durch
Ehrenvolle Kriegsdienſte ſich Ruhm erworben hatte, die
Mutter hingegen war, Dorothea Krebßin. In ſeinem 12ten Jahre verlor er die Mutter: allein, Johanna Sophia Birnbaumin, Johann Abraham Birn-
baums Vice-Kanzlers in Dreßden und Dom-Probſts
zu Wurtzen, Tochter, erſetzte die Stelle der zärtlichſten
und ſorgfältigſten Mutter. Er hatte das Glück, ſeinen
Vater länger, nämlich bis zum 13ten dieſes Jahrhunderts zu genießen, und ſah mit Vergnügen, ſo wohl andere Ehrenſtellen, als auch zuletzt die Burgemeiſter-
würde auf ſein Haus kommen: dieſes ließ er ſich nicht zu
eitelm Stolz verleiten, ſondern brauchte es als Antrieb
zur Nacheiferung. Da er die Anfangsgründe der Wiſſenſchaften, für Knaben-Jahre, gelegt hatte, fieng er
im funfzehnten Jahre an die Akademiſchen Lehrer über
Diſciplinen zu hören: zuerſt in Leipzig, vorzüglich Pri-
tius und Harden: ſodann in Wittenberg Planern, Johann Wilhelm Bergern, wie auch die Rechtslehrer Strau-

gen, Hebern, Hornen und Johann Heinrich Beyern. Nach der Rückkunft nach Leipzig hörte er luder Mencken und Friedrich Franckensteinen mit vielem Nußen. Da er nun so die Akademische Laufbahn beendigt hatte, unternahm er eine Reise über Halle in Sachsen nach Holland, wo er von Stricken nicht nur die heilsamsten Rathgebungen, gleichsam zum Reisegeld, sondern auch Empfehlungs=Schreiben an die berühmtesten Holländischen Rechtsgelehrten erhielt. Von dieser Reise brachte er sowohl die Doctor=Würde, die er im Jahre 1701 zu Utrecht erhalten hatte, als auch die Liebe und Gewogenheit der berühmtesten Rechtslehrer des Lucas Pollanus, Johann Molanus und Cornelius Eccs, auch anderer mit zurück.

So bald er ins Vaterland zurück war, nahm er sich vor, den erworbenen Reichthum an Kenntnissen, durch öffentliche Praxis und juristische Vorlesungen, zum allgemeinen Nußen anzulegen. In beyder Art erwarb sich die Kenntniß, die Geschicklichkeit, Unverdrossenheit und Rechtschaffenheit des Mannes, solchen Beyfall, daß er nach und nach alles das erhielt, was solche Verdienste erhalten können. Denn, er wurde sowohl Ober=Hofgerichts= als Consistorial=Advokat; sodann empfing er unter den Professoren der Rechte, diejenige Professur, mit der die öffentliche Vorlesung über den Titel de Verborum Significatione et de Regulis Iuris verbunden ist. Von dieser Professur rückte er nach und nach hinauf zur zweyten, die mit der Erklärung des Coder zu thun hat. Es giebt keine Ehrenstelle und kein Amt auf unsrer Akademie bey der Juristen=Fakultät, das er nicht entweder so glücklich gewesen wäre zu erhalten, oder das er nicht oftmals hätte übernehmen müssen: worunter erst das Canonicat zu Naumburg und bald hernach die Domherrn=Stelle bey der Stifts=Kirche in Merseburg. Beyden aber war das Canonicat zu Wurzen vorausgegangen, welches er den 30. Juny 1704. angetreten hatte. Es ist zudem kein Fach von Professor-Geschäften, dem er nicht ganz vortreflich vorgestanden hätte. Denn sein Lehrvortrag war nicht nur deutlich und treu, sondern er übte auch die jungen Leute fleißig in der Fertigkeit zum Disputiren und Führung der Prozesse, und suchte dem Interesse der Akademie auf alle Art nützlich zu seyn. Uiberdem war nun der Ruf dieses Mannes, theils in Ansehung seiner Klugheit in Rathgebung, theils in Ansehung seiner Geschicklichkeit in der Juristischen Praxis, nicht blos auf unsre Stadt- und Akademie eingeschränkt. Auch Fürsten bedienten sich daher öfters seines Raths und seiner Arbeiten in dieser Art. Unter solchen waren die Herzoge zu Sachsen-Weißenfels, **Christian** und **Johann Adolph**, von denen er auch den Hofraths-Titel und Ehren hatte, und **August Ludwig** Fürst zu Anhalt-Cöthen: öfters wurde er von den größten Männern, auch nicht selten von ganzen Ständen, in wichtigen öffentlichen und Privatangelegenheiten zu Rathe gezogen.

Bey so Arbeits- und Geschäftsvoller Lage seines Lebens, schrieb er dennoch bey Akademischen Veranlassungen sehr Vieles, wo er die schweren Kapitel und Quästionen des bürgerlichen, sonderlich des streitigen bürgerlichen Rechts ins Licht setzte: und doch blieb dem so thätigen Manne, der mit einer glücklichen Geschwindigkeit arbeitete, einige Zeit übrig, die er auf häusliche Andachtsübungen wenden konnte: und diesen Theil von Zeit hielt er vor allen am besten angelegt. Hauptsächlich aber waren das Beschäftigungen für ihn an den Tagen, die den öffentlichen Religions-Unterhaltungen geheiligt sind, wo er mit seiner Familie sich ganz mit Gott unterhielt, auch das niederschrieb, was ganz der Ausdruck seines, von Betrachtungen über göttliche Dinge und reinen Gefühlen von Frömmigkeit vollen Herzens, war. So wie er hierinnen ein Muster zur Nachahmung so wohl für die Seinen als für andere war, eben so stellte ihn die göttliche Vorsehung zum Beyspiel der Glückseligkeit des

des Frommen auf. Denn wirklich genoß er ein so seltenes Glück, daß es jedermann sichtbar einleuchtete, daß
er solches durch eine besondere Wohlthat Gottes genieße,
der sein gnädiges Augenmerk auf seine Verehrer hat.
Das nicht zu wiederholen, was ich vorher von den Ehren-
Aemtern des Mannes sagte, so genoß er bis zum zwey
und siebenzigsten Jahre eine feste und dauerhafte Gesundheit, die so wohl im ganzen Leben als im hohen Alter
mit vielen seltenen Seegnungen erfüllet war. Beym
Stifts-Collegio zu Wurzen stieg er bis zum Decanat,
behauptete diese Würde 17 Jahr, und zusammen genommen, saß er 51 Jahr in diesem Collegio. Vier Jahr
vor seinem Ende hatte er das funfzigste Jahr des Docto-
rats erreicht, über welches Glück die Universität zu
Utrecht ihm ihre Freude durch den Rektor Johann
Gisbert Wordmann in einem Glückwunsche bezeigte,
sein Andenken aber, durch eine Münze mit dem Brust-
bilde des Mannes, vom Medailleur Westner in Nürnberg, der Nachwelt empfahl. Er empfand, nicht aus
einer gewissen Eitelkeit, sondern aus dem erkenntlichsten
Herzen für die Wohlthaten Gottes, ein ganz außeror-
dentliches Vergnügen hierüber. Aus gleicher Absicht
feyerte er fünf Jahre vor seinem Tode, in eigner Person, auf der Akademie zu Wittenberg, das 50ste Jahr
des daselbst erhaltenen Akademischen Bürgerrechts und
wollte, daß sein Name nochmals in das Protocoll der
Universität eingetragen werden möchte. Er wurde zu
zweyenmalen von Leuten, denen er bey gerichtlichen Pro-
cessen redlich und treu gedienet hatte, zum Erben einge-
setzt. Eben deshalben erhielt er auch zum öftern Legate.
Diese maaß er nicht nach der Wichtigkeit, sondern nach
dem Herzen des Erblassers, indem er sich nicht über den
Gewinn freute, den er nicht nöthig hatte, sondern über
den belohnenden Seegen seiner Treue und guten Handlungen. Doch, unter allen Arten von Glückseligkeit
war keine, die ihm größere Freude machte, als diejenige,
die ihm durch seinen ältesten Sohn erwuchs, der, so wie

D

er ihn als den Nacheiferer aller seiner großen Eigenschaf=
ten liebte, ihm immer Stoff zur Freude gab.  Denn,
erstlich nahm er ihn bey der Disputation, mit der er sich
den Eintritt in die Juristen Fakultät bahnte, zum Re=
spondenten: dann, war er in der doppelten Advokatur
beym Ober=Hofgerichte und Consistorio sein Nach=
folger, beym Domherrn=Collegio zu Wurzen sein Col=
lege, den er selbst installiret hatte, wie nicht weniger bey
der Juristen=Fakultät auf hiesiger Akademie: ferner sah
er ihn durch die eheliche Verbindung mit einer höchst lie=
benswürdigen, tugendvollen Gattin beglückt, durch sie
die Familie mit einem Töchterchen vermehrt, sah ihn
durch sie mit einer Stieftochter beschenkt *), die ihn
selbst wie einen leiblichen Vater liebte, und ihm wie dem
leiblichen Großvater, die größte Zärtlichkeit erwies. Das
war ihm um so erfreulicher, je größer das Vergnügen
war, das er selbst in einer glücklichen fruchtbaren Ehe
empfunden hatte.

Er hatte sich zweymal verheyrathet. Das erstemal
im Jahr 1704. am 30 September mit Jungfer Claren
Elisabeth, Tilemann Andreas Rivinus seines Va=
ters Bruders Tochter, von dem ich oben redete: mit
welcher er fünf und dreyßig Jahr aufs vergnügteste lebte.
Denn, sie hatte so wohl eine außerordentliche Liebe zu
Gott, als auch andre einer christlichen Gattin und Haus=
mutter würdige Tugenden.  Durch sie ward er Vater
von eilf Kindern, von denen er am Leben zurück ließ

*) Johanna Augustina, von Frauen Johannen Christianen
geb. Tripto, erst verehelichter Schwabin, gezeugt 1746,
verheyrathet 1765 an Herrn D. Adolph Christian Wendler,
Churf. Sächs. Hofrath, des Schöppenstuhls Assessor, Bur=
germeister in Leipzig und Vorsteher der Kirche zu St.
Thomas. Sie starb 1776. und verließ einen einzigen
Sohn, Herrn M. August Adolph Wendlern, welcher sich
1789. mit vielem Beyfall habilitirte und Auditor beym
Churf. S. Oberhofgericht ist; die Ehre und Freude Sei=
nes verdienstvollen Vaters.

August Florenz, beyder Rechte Doctor, Canonicus
in Wurzen, Beysitzern der Juristen-Fakultät, auch
des Oberhofgerichts und Consistorium Advokaten, der
vor wenigen Jahren, mit Frauen Johannen Christianen geb. Tripto, Wittwe eines hiesigen Kaufmanns
Herrn Schwabens, einer Frau von besonderer Schönheit und Eigenschaften der Seele, sich verehlichte, und
mit der er eine Tochter Louisen Florentinen *) zeugte: ferner Samuel Florenz der Weltweisheit Magister, Florentinen Sophien und Claren Sophien,
Frauenzimmer von großen Verdiensten, die die Witber-
Jahre und das Alter ihres Vaters durch Kindes-liebe
und aufmerksame Hochachtung froh und ruhig machten.
Die übrigen Kinder rafte der Tod frühzeitig dahin. Die
Mutter einer so zahlreichen Familie selbst verlohr er den
30sten Junii 1739. durch ein trauriges Schicksal, da
sie zum äußersten Schmerz für ihn und die Seinigen
während der Mittagsmahlzeit plötzlich durch einen Schlag-
fluß zu den Freuden des Himmels hinüber ging. Da er
zwey Jahr Witber gewesen war, oder 1741. gerade an
seinem Geburtstage, verheyrathete er sich mit Frauen
Christianen Margarethen geb. Greenin Herrn D.
Johann Andreas Gleichs, Königlichen Ober-Consistorial-
Raths und Hofpredigers zu Dreßden, Witbe, einer
Frau von exemplarischer Tugend, die er am
des folgenden Jahres verlohr.

So war denn das Leben dieses Mannes bey sehr
vorzüglicher Glückseligkeit, dennoch mit Bitterkeit ver-
mischt, wodurch seine Gedult, sein Vertrauen auf Gott
und seine Standhaftigkeit in Uibung erhalten werden
sollte. Doch, die stärkste Gewalt davon brach in der
letzten Epoche seines Lebens aus, die sie am leichtesten tragen konnte, da sein Herz so viele Jahre hindurch, durch

*) Geb. 1755. verehel. an Herrn D. Jacob Thomas Gaud-
litz, des Raths und Stadtrichter, auch Ober-Hofgerichts-
und Consist. Adv. allhier 1774. gest. 1782. v. Uebs.

die Unterhaltung mit göttlichen Dingen, gegen Menschen-
leiden gestählt und gehärtet worden war. Denn am 9ten
Januar 1753. da kein Merkmal von gefährlicher Krankheit sich geäußert hatte, wurde er, indem er stund und
Acten las und ihm finster vor den Augen ward, jählings,
gerade vor sich hin, in die Stube geworfen, daß er auf
dem rechten Beine, welches sehr empfindlich gelitten hatte, hinkte, (denn es war über und über von geronnenem
Geblüte durchlaufen, daß man augenblicklich sah, es sey
das geronnene Blut aus den zerrissenen Gefäßen zusammen geflossen) und es schien ungewiß, ob die Schwäche
des Fußes von Quetschung oder erschlaften Nerven her-
rühre. Daß aber auch die Nerven gelitten haben mochten, das ließ die stammelnde Zunge vermuthen, die allein ihrem Herrn den Dienst versagte, da die übrigen Sinne ihre Verrichtung ohne Anstoß thaten, und überdem
auch die zurückgebliebene Schwäche des Fußes, nachdem
die Schwulst durch medicinische und chirurgische Hülfe
zertheilet worden war. Uibrigens fand sich, bey einem
solchen Alter, wegen natürlicher Festigkeit des Körpers,
noch einige Lebhaftigkeit, die auch durch eine gewisse
Stärke des Geistes unterstützt wurde. Er kam daher
damals nicht nur davon, sondern er wurde auch in so
weit wieder hergestellt, daß er für öffentliche und häusliche Geschäfte hinlängliche Seelen- und Leibes-Kräfte
behielt. Denn, da er den Winter folgenden Jahres unter Schmerzen des kranken Fußes, und unter abwechselnden Symptomen, als Folgen von krampfigten Zu-
ckungen der Nerven, hingebracht hatte, so kam er im
Frühjahre und Sommer 1754. die Schwäche des Fußes abgerechnet, so wieder zu sich, daß der Arzt, dem
fürs Blut bange war, welches er durch einen Aderlaß
gemindert hatte, ihm, damit nicht durch Vollblütigkeit vom
Uibel etwas zurück bleibe, sich Bewegung zu machen,
anordnete. Er lebte also unter den gewöhnlichen Arbeiten, indem er anfänglich Rechtssachen betrieb, schrieb,
Vorlesungen hielt, und endlich auch die gewöhnlichen Si-

Zungen bey der Juristen-Fakultät abwartete. Selbst
an seinem Sterbetage hatte er öffentlich gelesen, und
also, welches keine geringe Glückseligkeit ist, starb er
fast unter Arbeiten. Und, wiewohl die Rückerinnerung
an den entnervten gefühllosen Fuß, dem, in der Heilkunde erfahrnen Mann und feinsten Naturforscher D.
Hebenstreiten, der unsern aufmerksamen, fürsichtigen und
Kenntnißvollen D. Ludwig zu genauer Besorgung der Gesundheit und Beobachtung des Feindes derselben, mit dazu
genommen hatte, nothwendig einen größeren und plötz-
lichern übeln Zufall fürchten lassen mußte: so hatte doch
der Medicus am 24 December, welches sein letzter Le-
benstag war, keine Gefahr bemerkt oder vermuthet, da
er ihn am nämlichen Tage gegen Abend besucht hatte.
Als er aber nach einem ganz kleinen Abendessen sich zu
Bette gelegt, wurde er plötzlich von einer so heftigen
Sinnes-Betäubung übermannt, daß man die äußerste
Gefahr sah. Man schickte nach den Aerzten: der Pa-
tient stammelt, sagt aber, er fühle keinen Schmerz: er
schläft unter den Reden ein: selbst wenn er wacht,
kennt er kaum die Umstehenden: auf einmal hört Empfindung und Bewegung auf. Man merkte, daß eine tödliche Schlafsucht da sey. Der frische Herzens-
Schlag und das wallende Blut verlangten einen Aderlaß. Man versucht alles, was die Kunst beut, die
Schlafsucht zu vertreiben. Nichts hilft. Zuweilen regt er die Hand oder ein Glied: er hohlt tief Athem:
der Pulsschlag wird gespannter und geschwinder. Es
waren das Anzeigen eines Fiebers, so von der Pressung
des Gehirns, sey es nun durch ein daselbst zerrissenes
Gefäße oder durch eine fremde schnell dahin geführte
Materie der Krankheit, entstund, und das stärker war,
als daß die Kräfte der Natur oder der Kunst es über-
wältigen konnten. Nachdem er die Nacht und einen
Theil des folgenden Tages unter den letzten Athemzü-
gen, die nach und nach abnahmen, so zugebracht hatte,

schlief er Nachmittags um 2 Uhr in einem Alter von
74 Jahren, unter frommen Seufzern der Familie, unter der Sorgfalt der Aerzte, und unter brünstigem Gebete, ein.     Doch, sein beßrer Theil lebt im Himmel, sieht und hört das, wornach er schon lange das
wärmste Verlangen hatte, und wird im Herzen der
Seinigen, so vieler Schüler und der ganzen Stadt,
besonders aber in seinem Sohne, der desselben, und
seiner Vorelten Wissenschaften, Verdiensten und Tugenden nicht nur nacheiferte, sondern sie auch glücklich im
nämlichen Grade besitzt, fortleben.

# Denkmal
## Benjamin Gottlieb Bossecks,

beyder Rechte Doktors, und Seniors des Königl. und
Churfürstl. Schöppenstuhls zu Leipzig.

Ich weiß nicht, ob man in der ganzen Cyropädie des
Xenophons ein schöneres Stück findet, als die Stel=
le, vom Ende des Cyrus. Wenn sie nach der Wahrheit
gezeichnet und keine Fiction des Philosophen wäre, um
Beyspiel zu seyn, so müßte man zugeben, daß unter kei=
nen Alterthümern, zu verstehen den Griechischen und
Römischen, sich kein Beyspiel eines schönern Todes fän=
de, (wenn man von solchen, die keine richtige Erkenntniß
von Gott haben, sagen kann, daß sie schön sterben) wel=
ches mit diesem wohl vergleichen werden dürfte. Es fängt
sich aber der Anfang dieses Stücks mit einer göttlichen
Erinnerung an. Denn, Xenophon erzählt, es wäre dem
schlafenden Cyrus eine Gestalt, majestätisch und über
Menschengröße erschienen, welche ihn angeredet habe:
συσκευάζε, ἤδη γὰρ πρός Θεόν ἄπη: Mache dich Reise fer=
tig, denn bald wirst du zu Gott übergehen. Hiermit erhält
der, so einen sanften ruhigen Tod wünscht, nicht nur seine
weise Lehre, sondern der Tod selbst wird sowohl von Schreck=
nissen entkleidet, als auch mit reizenden Einladungen
zum Sterben vorgestellt. Denn, was hat nun der Tod
für Schauderndes, wenn es nicht in dem Andenken an
den Verlust der Dinge liegt, die uns entweder ihr wah=
res Wesen oder leere Einbildung, der öftere gewohnte
Genuß und langjährige Dauer für unsre Werthschätzung
und unser Vergnügen wichtig gemacht hat, oder das nicht
in der Furcht bestünde, was die Seele nach dem Tode
für ein Schicksaal haben möchte? Man soll den Körper,
der uns die Empfindung an allem Schönen und Angeneh=
men zum Genuß gab, durch den uns das Gute andrer
empfänglich wurde, und durch den wir unser eigenthüm=

liches Gute andern empfänglich machten, verlassen.
Welt und Haus und ein artiges Weib und liebevolle Kinder und angenehme Freunde soll man zurücklassen. Sauer
erworbenes Vermögen und die mit ungeduldigerm Verlangen angeschafte Bibliothek, und mit Mühevoller Bewerbung gesuchten Würden, kommen, unter unsichern
Umständen, auf andere Besitzer. Und diesen Verlust so
vieler und wichtiger Dinge stellt sich unser Herz eben so
vor, wie er es für diejenigen ist, die beym Leben und vor
ihren Augen durch feindliche oder andere Gewalt dieser
Dinge beraubt werden, oder, als ob er eine so große
Sehnsucht nach allen jenen Dingen verursachen würde,
der auch zum Gram für unser Herz so kränkend seyn
möchte, daß sogar diejenigen Mitleid haben würden, denen er im eigentlichen Verstande nicht angeht. Was
hat die Seele zu erwarten, wenn sie den Körper und die
Erdengüter nicht mehr hat? Was für ein gutes oder
schlimmes Schicksal wird sie treffen? und wir sprechen,
so, wie man bey gewisser Uiberzeugung von einem künftigen Leben spricht. Wie aber nun, wenn einer sich entweder kein Leben ohne Körper denkt, oder vom Wirbel
zweifelhafter Meinungen herumgetrieben wird? und das
geht jedem so, dem nicht das sichere Vollgewicht der
Weisheit Gottes feste Grundsätze beygebracht hat. Kann
der wohl ohne Herzensangst den Gedanken an den Tod
vertragen?

Doch, Xenophon, entfernt bey jener Ankündigung
des Todes, von ihm alle dergleichen Dinge. Er nimmt
ihm nicht nur jedes unangenehme Andenken an Verlust
und jeden zweifelhaften Gedanken für die Zukunft, sondern läßt ganz den Tod aus dem Gesichtspunkte ansehen,
daß er ein Uibergang zu Gott sey, woran die, durch
das göttliche Phantom, gegebene Verheißung, nicht
zweifeln lasse. Denkt er hierbey auch gerade nicht eben
das, was Christen nach der Anweisung Jesu Christi,
dem alleinigen Lehrer, gut und Muthvoll zu sterben, denken; so bewirkt er doch damit, da er fast eine und die-

selbe Sprache des Christen redet, daß es das Ansehen
gewinnt, daß wir selbst als natürliche Menschen auf die
Spur der angenehmsten Wahrheit kommen, und erkennen lernen, daß die ganze Glückseligkeit eines zukünfti-
gen Lebens in den Hingang zu Gott zu setzen sey, und
die sichre Hofnung hierzu von der göttlichen Verheis-
sung abhänge. Diese Fußtapfen und gleichsam Uiberreste
wahrer und göttlicher Weisheit scheinen, so gering sie
bey jenen so dicken Finsternissen des heydnischen Aber-
glaubens und Unwissenheit auch sind, nicht für unbedeutend gehalten werden zu müssen: nicht, als ob wir sie
zur Erkenntniß der Wahrheit so gar nothwendig brauchten,
sondern, weil sie uns theils die Weisheit Gottes selbst,
theils diejenigen, denen wir sie zu danken haben, liebenswürdig und wichtig machen. Denn, sie können auf keinen Fall Erfindungen menschlichen Verstandes seyn, die
wir solche von Leuten, die ohne alle Kultur der Wissenschaften und unter ganz andern Dingen, als Betreibung
litterarischer Kenntnisse, geboren und erzogen waren, weit
beträchtlicher und vollkommner erhalten haben, als diejenigen sind, die die größten Köpfe, mit der unaus-
sprechlichsten Forschungsbegierde nach Weisheit, heraus-
gebracht und vorgetragen haben.

Wenn aber mit dem Ableben des Körpers der Hin-
übergang zu Gott verbunden ist, so hat man warlich bey
solchem nicht sowohl die Vernichtung des Lebens zu fürchten, als den Tod für den Anfang des wahren, ewig
fortdauernden und angenehmsten Lebens zu halten, den
so gar jeder Mensch wünschen und erbitten, ihm win-
ken, und wenn er sich nähert, mit froher Seele empfangen sollte. Denn, das ist das Leben der Seele,
wenn sie Wahrheit erkennt, nach Gutem strebt und Gutes empfindet. Daher kömmt es, daß sie nur dann erst
im eigentlichen Sinne lebt, wenn sie die Wahrheit, geläutert von den Schlacken des Irrthums und der Unwissenheit, in den vortreflichsten und höchsten Dingen er-

kennt, das höchste Gut mit allen Kräften umfaßt, und
in dessen unveränderlichem Besitz und unersättlichem Genuß sich ganz beglückt und selig fühlet. Diese Glückseligkeit genießt sie alsdenn erst, wenn sie sich von den Finsternissen und Mühseligkeiten dieses Lebens hinweg, zum
himmlischen Lichte und Seligkeiten, nämlich zu Gott hin-
aufgeschwungen hat; da sich denn das göttliche Licht, oder
die Wahrheit selbst, beym Anschauen des göttlichen Wesens über sie ergießt, und ihr das alles, was Gott Liebenswürdiges und Bewunderungswerthes hat und welches unendlich ist, mit dem allersüßesten Vergnügen
zum Genuß mitgetheilet wird. Und warum sollte des
Menschen Seele zu diesem himmlischen Lichte und süßen
Freuden nicht hineilen, zumal da sie die Beschwerden
des Erdenlebens sich von allen Seiten häufen sieht, deren
sie ganz gewiß gern entledigt seyn möchte, und doch auf
keine andere Art davon frey werden kann? Derjenige,
so niemals seinen Vater gekannt hatte, wird, wenn er
die Hofnung hierzu nicht nur, sondern auch die Gelegenheit erhält, mit ihm zu sprechen, mit der größten
Sehnsucht eilen ihn zu sehen, und in seine Umarmungen
zu fallen: und der, so Gott, den einzigen wahren Vater blos aus den Bildern der sichtbaren Schöpfung kannte, und durch Buchstaben der heiligen Schrift mit sich
reden hörte, sollte erschrecken und sich nicht vielmehr innigst freuen, wenn er merkt, daß die Stunde gekommen sey, wo er nunmehr sein Angesicht schauen, ihn
wirklich hören und sprechen könne?

Aber hierinnen geht es dem Christen auch fast eben
so, wie jenem beym Cicero, der, beym Lesen von Pla-
tos Phädo, so gerührt wurde, daß er den Beweisen seinen Beyfall zu geben genöthigt war, unter währendem
Lesen aber merkte, daß sie ihre Kraft verloren. Es muß
einem oft daher, wenn man hierüber mit Leuten ernsthaft spricht, und ihre Gesinnungen überdenkt, Erasmus
einfallen, der sich wundert, daß es so viele gäbe, die

ihm so ähnlich wären: die, da sie die christliche Philosophie, nicht nur gelernt hätten, sondern sie auch vortrü-
gen, dennoch so sehr vor dem Tod zitterten, als ob sie
entweder glaubten, es sey nach dem letzten Athemzuge
vom Menschen nichts weiter übrig, oder als ob sie Mißtrauen in die Verheißungen Christi setzten, oder ganz an
sich verzweifelten. Hiervon ist ersteres der Gedanke der
Epicuräer, das zweite die Meinung der Ungläubigen,
letzteres endlich der Grundsatz derer, die von der Erbar-
mung Gottes, oder von Gott selbst nichts wissen. Aber
gegenwärtig sollen weder Epicuräer noch Ungläubige, noch
die, so an einer Seligkeit zweifeln, bey mir in Betrachtung kommen. Denn, diejenigen, die von keinem dieser Uibel angesteckt sind, die da glauben, daß ihnen der
Tod den Zugang zu Gott dem Vater und dem Herrn
Jesu Christo und zur Gesellschaft aller Seligen öffnen
werde, findet man dennoch beym ernsthaften Gedanken
an den Tod von großer Angst befallen, sonderlich, wenn
sie am Rande des Grabes stehen, und diejenigen sind
gar sehr selten, die sehnend dem Tode entgegen laufen;
und wenn ihr Lebensende da ist, nicht nur mit uner-
schrocknem Muth, sondern auch mit Freudigkeit und Lob-
preisung, die Welt verlassen, so wie Socrates beym
Plato und Cicero den Tod des Weisen haben wollten.

Wenn man gleich die Schuld dieser Schwachheit
mit vielem guten Anschein auf die Natur schiebt, die uns
eine unglaubliche Liebe zum Leben eingepflanzt hat: so
ist sie dennoch dem Menschen ganz eigenthümlich und muß
schlechterdings nicht der Natur oder Gott zugeschrieben
werden. Denn, wenn uns Gott auch das Leben so liebenswürdig gemacht hat, daß wir für seine bewundrungswerthe Süßigkeit ganz eingenommen werden: so sieht
doch die Vernunft ein, daß das nicht um des Lebens
selbst willen, und nicht, daß wir dasselbe nie verlassen
sollten, geschehen sey, sondern, daß wir für dessen Erhaltung durch anständige Gründe und Mittel, keine Ar-

beit, sie sey noch zu beschwerlich, scheuen sollen. Hieraus folgt, daß wenn kein Mittel zu dessen Verlänge-
rung übrig ist, und uns Gott zum Abschied ruft, kein
anständiges und der Natur angemessenes Widerstreben
statt findet. Aber, die wahre Ursache liegt darinnen,
daß wir zu gar selten und nie anders als flüchtig an die
Bereithaltung zum Tode denken, wenn wir gleich entweder von weisen Lehrern, oder von den Vorboten des
Todes selbst erinnert werden, die oft dem Menschen durch
alle Glieder mit lautem Ausdruck jenes σνσκεναζε zuru-
fen, welches nach der Fiction des Xenophon jenes maje-
stätische Phantom dem Cyrus zugerufen haben soll.

Plato pflegte (z. B. Phädon p. 83. D.) zu behaupten, das Gefühl des Schmerzens und des Vergnügens, womit die Seele gleichsam wie mit einem Nagel
an den Körper geheftet wäre, sey Schuld, daß sinnliche
Dinge dem Menschen theils deutlicher, theils wahrer in
die Augen fielen, als Dinge, die man nicht sehen könne, und die man allein durch die Seele sehen müsse, und
daher entspränge menschlicher Unsinn und menschliches
Elend. Denn es würde derjenige, der sich durch diese
Einbildung habe täuschen lassen, sowohl von der Einsicht göttlicher Dinge und der Tugend, als auch von
der Beeiferung und der Liebe zu derselben abgezogen und
mit Bewunderung und Neigung für sinnliches Vergnügen und aller der Dinge erfüllt, die in ihren Diensten stehen, z. B. des Reichthums und der Ehre, deswegen stürze er sich auch schnell in jedes Laster. Doch,
wir vergrößern auch dieses natürliche Uibel, theils durch
mancherley andere Dinge, theils durch die Menge irrdi-
scher Geschäfte, zu denen wir uns recht ängstlich drängen, und die wir auf alle Art häufen, und öfters über
unsre Kräfte, indem unsre Eitelkeit und entweder Ehr-
sucht oder Geldgeitz oder beydes uns dazu antreibt. Denn
erstlich wird des Menschen Herz durch sinnliche Dinge
so zerstreut und gleichsam zerrissen, daß es, wenn es nö-

thig ift, sich nicht sammlen und sich völlig zur Betrachtung göttlicher und himmlischer Dinge erheben, oder
sich gehörig genug bey ihnen aufhalten und durch Ver-
weilung dabey, den richtigen Geschmack davon bekommen kann.

Sodann aber erhalten die Leidenschaften allzuviel
Nahrung, und so wird der gedachte Platonische Nagel
nicht nur tiefer hineingeschlagen, sondern es werden auch
viele neue und größere Nägel hineingetrieben. Das, das
sind jene Cupidos, die auf einer Gemme beym Maffey
mit größter Anstrengung und angespannten Kräften einen
Schmetterling, das ist, das Herz, wovon die Alten
jenen zum Sinnbilde machten, anpacken, und seine Flü-
gel zerreissen wollen, das ist jener Cupid beym Spon,
der den Schmetterling, welcher bereits an einem Bau-
me fest hängt, noch obendrein mit einem großem Nagel
anzuschlagen sucht. Darf man sich denn aber wundern,
wenn das Herz, das viele Jahre hindurch in irrdische
Dinge verwickelt, hängen blieb und mit allen Fesseln an
sie angekettet, gefangen ist, weder den Zuruf dessen,
der ihm befiehlt, auf den Abschied von der Welt zu denken, vertragen, oder diesen Gedanken, auch nicht einmal, wenn er wollte, ernsthaft annehmen kann? o wahrhaftig, so viel und so tief eingeschlagene Nägel sind so
leicht und so geschwind nicht heraus zu reissen. Hierzu
ist viel Zeit auch viel Arbeit erforderlich: hauptsächlich,
wenn eine lange Gewohnheit uns in diese Fesseln vernar-
ren ließ, und so gar die Herzen wider Willen an sich
reißt, wie die Gewohnheit, als Magd, die Psyche, in
der Fabel, an den Haaren hinführt, wohin sie nur will.
Und wie nun Aerzte fordern, daß Leute, die sich dem
Greisenalter nähern, der Gesundheit wegen, die vielen
Geschäfte einschränken sollen, über welche Regel wir eine
vortrefliche Abhandlung von unserm ehemaligen Platner
haben: um so viel zuträglicher ist es, um der Seele willen, die Sorge für irrdische Dinge von Sachten zu mindern, und so den Anfang zur Fertighaltung auf den Ab-

schied zu machen, und das Herz mit weit mehr Sorgfalt zum Uebergange in die Ewigkeit anschicken zu lernen,
der beym Tode, von sinnlichen und körperlichen Dingen
zu geistigen und himmlischen, geschehen soll, damit es
nicht, wenn sie ihm jähling ohne Hofnung der Wieder-
langung entrissen wurden, da es an göttlichen Dingen
und an Gott, dem höchsten Gute ein Vergnügen zu finden aus der Lehre Jesu Christi nie gelernet hätte, gewiss-
sermaßen die Hölle mit aus der Welt nehmen, und in
alle Ewigkeit höchst elend seyn müsse. Das ist große
Weisheit, und ich weiß nicht, ob nicht die allergrößte,
die aber zu allen Zeiten wenig Schüler hatte.

Doch, unter dieser minder großen Zahl war ohnstreitig ohnlängst der verehrungswürdige Greis, Benja-
min Gottlieb Vosseck, beyder Rechte Doktor, und
des Hochansehnlichen Schöppencollegiums Senior. Er
sagt in dem geschriebenen Aufsatze von seinem Leben, er
habe nach erhaltener Stelle im Schöppenstuhle alle übrigen Bedienungen gern entbehren, und lieber mit dieser
einzigen zufrieden seyn, als durch Uebernehmung derselben, entweder sich selbst oder andern zur Last seyn wollen. Und daher blieb ihm, wenn auch schon eine große
Last von Arbeit auf ihm lag, doch immer Zeit genug
übrig, die er auf das Nachdenken über göttliche Dinge
wenden, unter welcher er seine Andacht unterhalten, und
sein Herz mit der Lectur vergnügen könnte: wiewohl das
Herz keine stärkere Labung haben kann, als die man
durch Uebungen der Religion, im Gebete, und durch öftere stille Betrachtung göttlicher Dinge genießt. Denn öftere und angestrengte Beschäftigung mit irrdischen Angelegenheiten ermüdet Geist und Körper, und wird endlich zum Ekel, den man ohne eine Pause im Denken zu
machen und ohne mit unter auszuruhn, nicht überman-
nen kann: und das aus dem Grunde, weil diese Dinge
nichts oder nur sehr wenig in sich halten, das entweder
zur Befriedigung der Seele dienen, oder sie mit einem
ihrer göttlichen Abstammung würdigen Labsal zu sättigen,

hinreichend wäre. Was sie irgend Empfehlendes haben,
das bekommen sie allenfalls von der Außenseite, durch
unsre eitle Einbildung und Leidenschaften, die so viel Gewalt nicht haben können, daß sie den Dingen selbst die
Kraft zu ermüden und das Ekle abnehmen. So sehen
wir, daß Speisen, auf sehr kurze Zeit und in geringer Por-
tion, auf Erforderniß der Natur genossen, den Gaum kü-
ßeln, daß wir solche, wenn wir uns auch noch so begierig
darnach sehnten, doch bald überdrüßig werden, hingegen
wenn wir krank sind, sie kaum sehn noch riechen können, welches nicht geschehen könnte, wenn in ihnen eine
wahre Kraft zum Vergnügen steckte: eben so, wenn wir
mit irrdischen Angelegenheiten zu thun haben, betreiben
wir sie öfters mit unter vergnügt und munter, da Erwartung von Ruhm und Gewinn uns spornen, doch in
einer gewissen und kurzen Maaße, die nicht einmal einige
Leidenschaft übermeistern kann, die auch mancherley Dinge und verschiedentliche Vorfälle im menschlichen Leben,
schwächer werden lassen. Aber solche Dinge, unter deren
Betrachtung und Umgang mit ihnen wir die Religion
üben, haben eine nie versiegende und unerschöpfliche Quelle
von Vergnügen, das unsrer unsterblichen Seele würdig ist,
erfüllen das Herz mit Gottes Liebe, die die süßesten Empfindungen giebt, mit Beruhigung im Leiden und mit der
Hofnung ewiger Glückseligkeit, und durch das Angenehme hiervon wird das, durch irrdische Geschäfte, ermat-
tete Herz wieder gestärkt. Der Unterhaltung mit der
Religion bediente sich nun der vortrefliche Mann vornehmlich, um sich von denen für das Publikum nützlichen und nöthigen Arbeiten zu erholen und besonders
freute er sich, der Sucht nach Vermögen Einhalt zu
thun gelernt zu haben, aus dem Grunde, weil ihm
mehrere Zeit, jene edle Gemüthserholung zu benutzen,
übrig bleibe. Im übrigen hatte er sich ein anderes vor-
treflicheres und nicht minder sicheres Kapital erworben,
das weder Geldhunger zusammen gescharrt hatte, noch
Habsucht unterhielt, oder ihm noch andern lästig war.

eine edle Sparsamkeit und Sorgfalt in Absicht auf die
Verwaltung seiner Revenüen, wodurch er auch mit mäß-
sigen Einkünften bey Erziehung und einer sehr ehrbaren
Unterhaltung seiner zahlreichen Familie, auskam.

Aber von dieser so edeln und großen Seele gab er
besonders einen sichtbaren Beweis zu der Zeit, da er
dieses einzige Amt so gar freywillig niederlegte, und sich
ganz zur Ruhe setzte. Er war damals vier und sieben-
zig Jahr, und sah, daß sein Lebensende nicht mehr weit
entfernt seyn könne. Kurz zuvor hatte er auch seine
Gattin verloren, deren Liebe und Sorgfalt ihm das ein-
brechende Alter ruhig und angenehm gemacht hatte. Nun
wollte er sich also gern auf alle Art von irdischen Geschäften, die dem Herzen keine befriedigende Nahrung gäben, sondern ihn fester an die Welt hefteten, los machen, und sich völlig in Bereitschaft zum Abschiede setzen,
auch sich zu einem fertigern Hingange zu Gott geschickt
machen. Schöner und weiser giebt es keinen Wunsch und
Gebet, als das Gebet Davids (Ps. 39, 14.) wo er Gott um
Loslassung von den Plagen des irrdischen Lebens bittet, um
sich, ehe er von hinnen fahre, vorbereiten und zuvor erquicken zu können: und hierinnen liegt wahrhaftig eine
sehr große Wohlthat Gottes, da sie bald nachher den
Tod nicht nur weit erträglicher, sondern auch seliger
macht: es müßte es denn einer für wünschenswerth halten, mitten im Geräusch und Tumulte weltlicher Geschäfte, unter Schweis und angestrengter Arbeit des
Geistes und Körpers, wenn er ganz etwas anders als an
himmlische Dinge denkt, für etwas ganz anders als für
den Himmel arbeitet, plötzlich abgerufen, oder vor Christi Richterthron hingerückt zu werden, so, daß ihm zu
einer solchen Reiseanstalt blos der kurze Zeitpunkt der
Krankheit übrig gelassen wäre, wo die Ermattung durch
dieselbe, das Vermögen zu einem so wichtigen Geschäfte,
nicht verstattet. Aber der Mensch sucht gewöhnlich Stof
zu Arbeiten und Mühseligkeiten bis zum letzten Odemzuge

und jagt überall Mährgen, Plauderenen, sinnliche Er-
götzungen und andere dergleichen Tändelenen auf, wodurch das Gemüth zerstreuet wird, daß es sich nicht
sammeln, erholen und auf jenen Uibergang gefaßt halten kann. Und wenn nun das Ende sich nähert, so
wird die Seele nicht vom Körper und irrdischen Dingen abgerufen, sondern, da unzählliche Nägel mit Gewalt plötzlich herausgezogen werden müssen, so wird sie
davon weggerissen. Unser Bosseck aber hatte, nachdem ihm Gott durch Alters Schwäche und durch den
Tod der Gattin die Erinnerung gab, sich von den Be-
schwerlichkeiten der Arbeit loszumachen, und da er ihn
zugleich mit der Entschlossenheit unterstützte, gern davon
fren seyn zu wollen, gedachter Davidischen Weisheit zu
Folge sich ehrfurchtsvoll unterworfen, und so wurde
ihm der Wunsch gewähret, sich vor seinem Ende sammeln und erquicken zu können. Daher nun, brachte er
von der Zeit an, seine Tage unter steten Andachtsübungen, mit dem lesen guter Bücher, aber auch unter der
zärtlichsten liebe seiner Kinder und Schwiegersöhne, und
sonderlich seines ältern Sohnes, in dessen Armen er auch
sanft entschlief, ruhig und zufrieden zu.

Der Mann von so frommen Benspiel war zu
Gautzsch, einem Dorfe in der Gegend von Leipzig, im
Jahr 1676. am 3. Nov. geboren. Sein Vater Johann Bosseck, der unter dem Ruhme ernster Frömmigkeit, sechs und funfzig Jahre lang Prediger daselbst
gewesen war, stammte von dem adlichen Bosseckischen
Geschlecht in Franken und am Nieder-Rheine ab. Denn,
der Großvater Johann Bossecks war Johannes von
Bosseck, ein Mann von vielen Ahnen, der zur Zeit
Gebhards, Erzbischofs zu Cölln, nach Verlassung der
Römischen Kirche und des Cöllnischen Mönchsklosters zu
unserer Kirche übertrat, und da er sein Vermögen zu
lippe sicher untergebracht hatte, seine lebenstage in Ruhe
verlebte, mit Annen, aus der adlichen Familie Riet-
berg, sich verehligte. Ihr Sohn, als unsers

E

Bossecks Großvater Johannes, Doktor der Medicin, und angesehener Prakticus daselbst, heyrathete die Tochter eines sehr ehrbaren Mannes, Gertrauden Hilverdingin, mit der er den Vater unsers Bossecks zeugte. Dieser aber war mit Barbarn Margarethen, Johann Ortens, Pfarrers im Dorfe Mölben Tochter, die ihm Margarethe Stollbergin, Predigers in Gaußsch Tochter geboren hatte, verheyrathet. Er rühmte öfters die ganz außerordentliche Sorgfalt und den Fleiß dieser seiner Aeltern bey seiner Erziehung, besonders in Ansehung der Bildung für Gottesfurcht, durch lehren und Beyspiel. Auch das Andenken an seine Hauslehrer, Michael Benedict, Samuel Bernhard, Christian Petsch und Daniel Sinapius, von denen er die Anfangsgründe in den Wissenschaften erhalten hatte, blieb seinem Herzen unvergeßlich. Vorzüglich aber prieß er die Lehrer, die er in Zeiz gehabt hatte: den Rektor, Gottfried Gleitsmann, und den Conrektor, Johann Friedrich Köbern. Aus ihrem guten und gründlichen Unterrichte, gieng er im Jahr 1694. auf hiesige Akademie und hörte die damaligen berühmtesten Philosophen und Rechtsgelehrten, Adam Rechenbergen, Gottfried Olearius, J. G. Harben, Barth. leonh. Schwenkendörfern, Nic. Ittigen, Andr. Friedr. Mylius, Gottfried Barthen, Christian Gottfr. Frankensteinen und endlich lüder Menken, dessen ausgezeichneter Treue und Wohlwollens er sich dankbar erinnerte.

Da er vier Jahre hindurch Sprachen und Wissenschaften studieret hatte, wurde er verschiedenen jungen Leuten zum Hofmeister und Führer sowohl in den Wissenschaften als auf Reisen gegeben: Zweyen davon, vom ersten und edelsten Range: erst, dem Herrn v. Schönberg, nachherigen Kammerherrn, dessen Herr Vater, Ober-Consistorialrath zu Dresden, zugleich bey der Schatzkammer, beym Appellationgerichte und Ober-Kirchenrathe präsidirte: sodann Gustav Heinrich Mylius, der jetzt die zweyte Stelle bey unserer Juristen-Fakultät

nebst andern Ehrenämtern bekleidet, mit dem er auch
eine Reise durch Teutschland, Holland und England
machte: und endlich Conraden, Baron v. Jessen, def-
sen Herr Vater Königl. Dänischer Gesandter am Dreßdner Hofe, er selbst aber bereits zum Kaiserl Reichs-
Hofrath ernannt, nachher aber zu höhern Würden im
Vaterlande erhoben worden war. Mit letzterm war er
vier ganzer Jahr auf Reisen, durch Teutschland, die
Niederlande, Holland, England, Frankreich, Spanien,
Italien und die Schweiß, und besah nicht nur daselbst
die ansehnlichsten Städte und was hier sehenswürdig war,
sondern machte auch vielen Fürsten und den mehrsten
durch den Ruf der Gelehrsamkeit berühmten Männern,
Aufwartung. Da er von dieser eben so langwierigen als
in vieler Betrachtung sehr vortheilhaften Reise, glücklich, das heißt zu Anfang des Jahres 1709. zurückgekommen war, gieng er bald nachher, im Monat Februar nach Regensburg, und da er sich das ganze volle
Jahr in dieser Stadt aufgehalten hatte, kam er mit mannigfaltigen Kenntnissen bereichert, durch Mähren und
Böhmen zurück nach Leipzig.

Seit der Zeit erhielt er mehrmalen, unter ansehnlicher Bedingung, Einladungen, Ehrenstellen außer Leipzig anzunehmen. Aber er hatte seine Hofnung auf Leipzig gesetzt, und es war sein vorzüglicher Wunsch, die
Gelegenheit abzuwarten, seine Kenntnisse für hiesigen
Ort brauchbar zu machen, wozu er sich bereits sechs Jahre zuvor, den Weg durch gehörige Probschriften gebahnt
hatte, darunter die Vertheidigung der Streitschrift de
donationibus, quae inter conjuges honoris causa fiunt,
zur Erlangung der Doktorwürde, sich befindet. Die Veranlassung hierzu erhielt er drey Jahr hernach, da er nach
D. Gottfried Barths Ableben, eine Stelle unter den
königlichen Schöppen bekam, von welcher er, durch alle
Stufen bis zur ersten hinaufstieg, und diesem Collegio
eilf Jahr als Senior vorstund: das heißt vom 14. May
1740. bis zu Ende des Jahres 1750. in welchem er,

wie oben erwähnt wurde, sich auf erhaltene Erlaubniß
zur Ruhe setzte.

Indessen hatte er sich, im Jahr 1715. am 25.
November mit Jungfer Sophien Elisabeth, Herrn D.
Johann Bohnens, der Therapie berühmten Prof. und
der hiesigen medicinischen Fakultät Decans Tochter, die
mit allen den vortreflichsten Eigenheiten ihres Geschlechts
geziert war, verheyrathet. Es war diese Ehe sowohl in
vielem andern Betracht, als auch sonderlich durch eine
zahlreiche und vortrefliche Familie, die glücklichste. Denn
durch sie erhielt er zween Söhne: den ältesten, Johann
Gottlieb, der Weltweisheit Magister, der Gottesge-
lahrheit Baccalaureum, Professor der morgenländischen
Sprachen, des großen Fürstencollegii Collegiaten und
d. 3. Präpositum, den zweyten Johann Heinrich Otto,
der Medicin Doktor, welcher vornehmlich auf dem Pfade
des Großvaters mütterlicher Seite, Lob und Beyfall zu
erlangen strebt: außerdem, sieben Töchter. Die älteste
davon, die ihm zuerst den Vaternamen gab, Sophia
Elisabeth, wurde an den Hochwürdigen Herrn George
Christian Jbbecken, zweyten Pastor der Kirche zum heil.
Lambertus und königl. Oberconsistorial-Assessor zu Oldenburg
verheyrathet und zeugte fünf Kinder. Die zweyte Chri-
stiana Eugenia, verehlichte sich mit Herrn D. Joh. Ernst
Hebenstreiten, Decan der medicinischen Fakultät allhier,
den wir ohnlängst zum allgemeinen Bedauern verloren haben, und gebar ihm sieben Kinder. Die dritte, Johannen
Henricen gab er Herrn Gottlob Benedict Zehmischen,
die vierte aber Christianen Florentinen, Herrn Johann
Friedrich Peinemannen, hiesigen Kaufleuten vom ersten Range, zur Ehe, und erlebte aus der Peinemanni-
schen Ehe zween Enkel, die nach des Großvaters Tode
verstarben, und eine Enkelin, der bald nach seinem Tode seine zweyte folgte: die fünfte Rahel Elisabeth, ein
vortrefliches junges Frauenzimmer, hinterließ er unver-
heyrathet: denn die beyden andern giengen eine jede im
ersten Lebensjahre aus der Welt.

Doch, er verlor die Gattin von ſo glücklicher Fruchtbarkeit früher, als er dachte, 58 Jahr alt, da er für
ſeine Perſon im 74ſten Jahre ſtund, und die ihm beſonders wegen der Beſorgniß über ſein mehr anwachſendes
Alter zum Beyſtand und zur Beruhigung unentbehrlich
ſchien. Aber eben jetzt genoß er auch die Vortheile ſeiner edeln, mäßigen und frommen Lebensart. Denn auch
in ſolcher ſeiner Einſamkeit, wenn das, unter einer ſo
großen Kindesliebe, ſo vieler vortreflicher Kinder und
Schwiegerſöhne leben, Einſamkeit ſeyn kann, lebte er,
wenn auch nicht verſchont von den Beſchwerden eines
hohen Alters, doch aber ſo, daß er nicht ſonderlich Urſache hatte, ſich über daſſelbe zu beklagen. Das aber,
was ihn von Unbequemlichkeit dieſer Art traf, trug er
muthig, da es nicht von den Ausſchweifungen jüngerer
Jahre, ſondern vom Alter ſelbſt und ſeinem Geſchäftvollen Leben herkam. Er hatte ſich viele Jahre her mit
einer ſchleimigten Bruſtbeklemmung geſchleppt, die jeden Winter wieder kam, da denn Johann Caſp. Küch-
ler und Hebenſtreit, die erfahrenſten Aerzte, deren lieb-
ſter Freund er war, das Uibel zu mindern verſuchten,
aber nicht für rathſam hielten, es ganz zu vertreiben. Da
es gegen das Ende vom J. 1752. auf einmal weggeblieben
war, ſo erweckte das nicht ohne Grund die Beſorgung eines
noch größern Uibels. Denn zu Anfange des nächſtfol-
genden Jahres, wurde er von einem hitzigen Fieber, von
der Gattung τῶν συνόχων, (derer immer in gleichem
Grad anhaltenden Fieber) mit einem ſchrecklichen Ge-
folge von Symptomen begleitet, befallen. Weil keine
Hofnung, auch hoher Jahre halber, da war, es auszuhalten, indem es öfters ſo gar junge Leute hinrafft, ſo wich
es dennoch, da es ſo wohl von den noch übrigen körperlichen Kräften, als durch die Unverdroſſenheit und kindliche Sorgfalt des Schwiegerſohns, die Gott mit ſo gutem Erfolg begnadigte, übermannt wurde. Als er nun,
wie ganz neu geboren, drey Jahr lang, ohne Anſtoß
der Geſundheit, gelebt hatte, fiel er zu Ausgang des Jah-

res 1755. durch einen gewaltigen Anfall vom Schläge, in
neue Todesgefahr. Aber auch dieses Uibel wurde vertrieben,
da man wieder Bewegung in die rechte Seite brachte,
welche heftig gelähmt gewesen war. Es hatte auch der
Körper kein Gebrechen weiter, als Schwulst an den
Füßen, die ohne Beschwerde mit unter anliefen und sich
wieder setzten. Doch am dritten des nächst verflossenen
Februars, unterlag plötzlich die Stärke der Natur, dem
Alter. Denn, er sagte, daß ihm die Kräfte entgiengen, und er
gleichsam an einer großen Ermattung leide, da keine Ursache der Mattigkeit sich äußerte. Sein jüngerer Sohn
suchte das einsinkende Leben durch Stärkungsmittel zu
unterstützen; die Mühe aber war vergebens. Denn am
7. Februar, nachdem er vier Tage unter Mattigkeit zugebracht hatte, und nach einer schlaflosen Nacht dennoch
aufgestanden war und mit seinen Söhnen zu Mittage,
obschon seiner Gewohnheit nach sehr mäßig gegessen, um
4 Uhr aber, wie er einige Monate her es pflegte, sich
zur Ruhe gelegt und sanft zu schlafen angefangen hatte,
so hört ihn der ältere Sohn, der allein um ihn war, tiefer und so wie einen Schnarchenden, Odem holen. Da
er, durch dieses plötzliche Ereigniß erschreckt, näher zu
ihm hintritt, sieht er ihn mit dem Tode ringen, und
den Geist sanft und ohne die mindeste Empfindung des
Todes, aufgeben, und ihn sein göttliches und frommes
Leben endigen. Er hatte es zu einem Alter von 81 Jahren und drey Monaten gebracht, und dennoch ließ er
nicht allein der zärtlichsten Liebe seiner Familie, sondern
auch anderer, die es beklagen, daß mit ihm der Stadt ein
ausgezeichnetes Beyspiel der ernstesten Gottseligkeit und
Tugend entrissen worden, das sehnlichste Verlangen nach
sich zurück.

Es fand sich bey ihm eine sehr brünstige Liebe zu
Gott, die zuerst die Anweisung und das Beyspiel der
Aeltern ihm eingepflanzt, der Unterricht der Lehrer un-
terhalten, das Lesen der heiligen Schrift auch anderer
Bücher von göttlichem Innhalt genährt, und dann eine

fleißige und anhaltende Uibung so gestärkt und befestiget
hatte, daß sie bis an den letzten Lebenshauch bey ihm fort=
dauerte. Daher schrieb sich der so große Eifer in allen
Arten von Obliegenheiten, die regelmäßige Einrichtung
und Gleichförmigkeit im ganzen Leben, das Ernste in
der häuslichen Regierungsform und die gelassene Dul=
dung menschlicher Leiden. Vorzüglich gab er seinen Ael=
tern und Lehrern gnügliche Beweise von Gehorsam, sei=
ner Gattin von Liebe, den Kindern von seiner Sorgfalt,
Anverwandten und Freunden von Treue und Rechtschaf=
fenheit. Es ist unaussprechlich, was für ein Liebhaber
der Gerechtigkeit und Billigkeit er war, so, daß ihn
auch so gar jeder Anschein von Unbilligkeit rührte, und
er für seine Person von seinem Rechte sehr gern nach=
ließ. Bey Geschäften, die ihm entweder der Staat
übertragen oder die er aus Gefälligkeit für irgend jemand
übernommen hatte, vornehmlich aber, wenn ihm eigent=
lich vom Fürsten ein Auftrag geschah, welches sich eini=
gemal ereignete, so verfuhr er mit der größten Gewissen=
haftigkeit und Treue, und er dachte nicht blos darauf,
anderer Erwartung, als vielmehr der Wahrheit, dem Ge=
wissen und der Religion Gnüge zu thun. Er war der Mei=
nung, er müsse, weil er nicht um seinetwillen in der
Welt wäre, nicht für sich, sondern für andere leben:
und daß es das größte Glück in der Welt sey, vielen
Menschen genützt zu haben. Aber doch lebte er auch
sich, da er alle Zeit, die ihm öffentlicher Beruf, die
Arbeit für Freunde und die Sorge für seine Familie
übrig ließ, auf sich, das heißt auf die Unterhaltung
und die Vergnügung seiner Seele, durch Betrachtung
göttlicher Dinge und auf das Lesen guter Schriften ver=
wendete. Er war daher, wenn er gleich kein Freund von
Gastereyen und von Gesellschaften war, die die Leute des
Vergnügens halber besuchen, und einsiedlerisch zu leben
schien, doch niemals einsam. Er unterhielt sich mit sich
selber, aber zugleich auch mit klugen Männern, deren
Gespräche, die aus ihren Schriften redeten, er mit

größtem Vergnügen hörte. Er war von Jugend an,
ein großer Liebhaber jeder edeln Wissenschaft sowohl, als
der Sprachen gewesen. Griechisch und lateinisch hatte
er auf Schulen gelernt; aber bey so guter Gelegenheit
auf Reisen, hatte er sich eine vortrefliche Fertigkeit im
Französischen, Italienischen und Englischen und eine
nicht ganz gemeine, in dem Spanischen, Portugiesi-
schen und Holländischen erworben. Er las daher die
Bücher in allen diesen Sprachen, ohne Anstoß. Unsre
Teutschen zogen oftmals hiervon einen gewissen Vortheil, durch seine Uibersetzung sehr vieler Bücher in die
Landessprache, worunter das Leben. Pabst Sixtus des
fünften aus dem Italienischen, des Connorus Beschreibung von Pohlen aber, aus dem Englischen waren.
Des Italienischen Kriegsschauplatzes, den er im Jahr
1702. herausgab, nicht zu denken, so hatten die lateinischen Acta Eruditorum von seiner Arbeit einen nicht geringen Nutzen, und das Fritschische Lexicon, das in den Jahren 1713 und 1714. heraus kam, hat ihm einen ansehnlichen Theil zu danken. Wichtigere Geschäfte, die ihm den
Beruf, Urthel im Schöppenstuhle zu sprechen auflegten,
raubten ihm die Muse, Schriftsteller zu seyn: er war zufrieden, das gelesen zu haben, was andere witzige und gelehrte Männer geschrieben hatten. So hatte er also seine
stete Absicht und den Wunsch im Leben erreicht, nach gut und
gemeinnützig, doch ohne viel Lerm, vollendeten Lebensjahren,
von allen geliebt, sanft zu sterben und aus der Welt zu der
ewigen und seligsten Ruhe einzugehen, die uns Gott im
Himmel zubereitet hat.

Aber Glück für uns, wenn wir durch Nacheiferung
eines solchen Musters, auch uns selbst die Pfade des Erdenlebens, für die Ruhe, durch Weisheit und Frömmigkeit angenehm, für den Himmel aber selig bahnen, auch bewürken,
daß wenn nun der Todestag hereinbricht, wir nicht nur ohne
Widerstreben und Zagen, sondern auch fertig und freudig
aus diesem Leben zu Gott hinübergehen können. Folgen Sie
diesem Beyspiel und leben Sie wohl! 1758.

## Denkmal

# Herrn Joh. Ernst Hebenstreits,

Doct. der Arzney-Wissenschaft und ersten Professors der
Medicin. Fakult. auch derselben beständigen Decans,
der Breßlauischen Akademie der Naturforscher und
der Massilianischen Mitglieds.

Weder für Sie, theuerste Akademische Bürger, noch
für die Nachwelt bedarf das Andenken Johann
Ernst Herbenstreits, dessen, der Universität und der
litteratur durch einen schmerzlichen Tod entrissenes, Genie
und gelehrten Kenntnisse, wir beklagen, meiner Empfehlung: so sehr glaube ich, ist ihnen solches von selbst theuer,
wie es verdient, und so fest hat er es durch mannichfaltige
Denkmäler bey seinem leben gegründet, und auf alle
Nachkommenschaft fortgepflanzt. Wie wir aber gern
die Gemählde von Aeltern, Gatten, Kindern und Brüdern zu haben wünschen, an denen man außer der Ge-
sichtsbildung, lineamenten und dem Colorit nichts ausgedrückt sieht, da wir in unsern Herzen weit lebendigere
Bilder nicht nur des Körpers, sondern auch der Seele
aufbewahrt finden, so denke ich auch denen keinen unangenehmen Dienst zu erweisen, die sowohl das Genie, die
Gelehrsamkeit, und die großen Eigenschaften Hebenstreits
im leben, in der Nähe durch den Umgang und durch
genossenen Unterricht, als auch durch das lesen seiner
Schriften kennen gelernt haben, gleichsam in dieser Sci-
ze das Gemählde der Talente, des Herzens und des
ganzen lebens Hebenstreits einigermaßen aufgestellt zu
sehen. Und wenn nicht der Umriß das nach dem leben
schildern sollte, was er entweder von der Natur empfangen, oder sich durch Fleiß und Mühe erworben hatte,
oder woran er endlich andre durch Vorträge und rühmliche Eigenschaften öffentlich und besonders theilnehmen

ließ, es ihnen doch wenigstens mit einer gewissen angenehmen Empfindung ins Gedächtniß zurück führt. Denn,
auch von guten und angenehmen Dingen, die nicht bloß
uns, sondern auch andern angehen, gilt das, was der
Dichter von widrigen und unangenehmen Dingen sagt:
etiam meminiſſe juvabit, auch die Rückerinnerung wird
süßes Vergnügen.

Er wurde zu Neuhofen, in der Diöces Neustadt im
Voigtlande, am 15ten Januar 1702. geboren. Sein
Vater war Johann David Hebenstreit, dazumal in Neu-
hofen, nachher Prediger zu Neustädt: seine Mutter
Esther Susanna, die das Glück hatte außerordentliche
Genies zur Welt zu bringen, eine Tochter, Johann
George Güttners, der in Luſcau, einem Städtchen unter der Kolbitzer Inspection, das Pfarramt bekleidet, und
die er mit Susannen Schützin, der Tochter eines Predigers unter der Neustädter Ephorie, gezeugt hatte. Der
Großvater väterlicher Seite, war Johann Hebenstreit,
Pfarrer in gedachtem Neuhofen, der mit Reginen, David Stemmlers, Archidiaconi zu Neustadt Tochter, war
verehligt gewesen. Nachdem ihm der Vater selbst die
Anfangsgründe der Religion und der Wissenschaften beygebracht hatte, gab er ihn erstlich in den Unterricht Johann Oswald Thölitzschens, Conrektors, und David
Wendlers, Rectors der Schule zu Neustadt. Hierauf
schickte man ihn aufs Gymnasium nach Weimar, wo er
den bekannten großen Johann Matthias Geßner, damaligen Conrektor daselbst, und Johann Christoph Kiese-
wettern als Rektor zu lehrern hatte, bey Johann Friedrich Hebenstreiten, damals Pastorn der St. Jacobs-
Kirche, nachherigen Superintendent und Pastor der Kirche und Ephorie Butstädt aber, der ihn wie einen Sohn
pflegte und liebte, im Hause wohnte. Da er hier, unter so ganz vortreflichen Lehrern, außerordentliche Fortschritte in der Lateinischen und Griechischen litteratur gemacht
hatte, ging er 1719 im 18ten Jahre auf die Universität

Jena. Weil er aber hier keine Wege zum Unterhalt
fand, so wendete er sich nach Leipzig, mit der Hofnung,
daß die Stadt, die seinen ältern Bruder bisher so wohlthätig unterstützt habe, auch gegen ihn sich wohlthätig erweisen werde. Und er täuschte sich nicht in seiner Erwartung. Denn, er war so glücklich eine Stelle im
öffentlichen Convict, auch ein Königl Stipendium und
Aug. Qvirin Florenz Rivinus zum Patron zu erhalten,
der ihn, nach erhaltener Kenntniß von seinen Talenten
sehr bald lieb gewann und ihn sein ganzes Leben hindurch,
auf alle Art, aufs angelegentlichste unterstützte. In der
Philosophie und in den schönen Wissenschaften wählte er
sehmannen den Physiker und A. F. Müllern: in den
medicinischen Wissenschaften aber vorzüglich eben gedachten Rivinus, dann Paulen, Schachern, Etmüllern,
Walthern, Plattnern und Lischwißen; der Kräuter-Kun-
de halber, außer Rivinus, auch Hahnen, zu lehrern.
Nach vollendeter Laufbahn der Studenten-Jahre, dachte er darauf zu lesen, und da er eine akademische Ausarbeitung de continuanda Rivinorum industria in emen-
dando plantarum caractere (über den fortzusetzenden unermüdeten Eifer der Rivinusse in besserer Berichtigung
der Kennzeichen von Pflanzen) unter Lischwißen vertheidigt hatte, erhielt er im Jahr 1727 die Magister-Wür-
de, und ein Jahr nachher durch Vertheidigung der
Uibungsschrift de ordinibus Conchyliorum methodica
ratione constituendis (von der zu bestimmenden Ordnung
der Muschel-Klassen auf systematische Art) das Recht,
die Philosophie privatim zu lesen. Zwey Jahre darauf
am 5ten May 1730 wurde er Doctor der Medicin, da
er eine Schrift, de viribus medicis minerarum et mi-
neralium (von der Heilkraft der Erztarten und Minera-
lien) ausgearbeitet und glücklich vertheidigt hatte. Da
er Doctor war, suchte er sich den Zutritt zur medicinischen Fakultät durch eine anderweitige Disputation de
sensu externo virium in plantis judice, (von der äußern
Empfindung als Beurtheilerin der Kräfte bey den Pflan-

zen) zu bahnen. So wie er aber alle Fächer der medicinischen Wissenschaften mit Eifer und Fleiß betrieb, so legte er sich, sowohl gewissermaßen von seiner Neigung an-
gespornt, als auf Anrathen und nach dem Beyspiel Rivinus aufs allereifrigste und mit dem glücklichsten Erfolg,
vornehmlich auf die Botanik, wobey ihm auch sein Gedächtniß zu Hülfe kam, worinnen er eine fast überna-
türliche Stärke besaß. Als das Rivinus sah, empfahl
er ihn aufs dringendste an Caspar Bosen, Baumeistern
des Raths und dermaligen Eigenthümer des Groß-Bo-
sischen Gartens, damit er sich, zu Fortbringung und richtiger Klassificirung seltner Gewächs-Arten die da gezogen wurden, dessen Beystandes bedienen möchte. Da
er aber hierüber die Aufsicht erhalten hatte, wendete er
nicht nur einen solchen Fleiß, sondern auch eine so mühsame Unverdrossenheit darauf, daß Bose, sowohl für
seine Person, mit seiner Sorgfalt höchst zufrieden war
und ihn deswegen mit aller Art von Güte überhäufte,
sondern auch größern Kennern seine Sorgfalt und thätigen Fleiß außerordentlich rühmte. Unter ihnen war sogar der berühmte Königliche Leibarzt Heucher: der ihm,
da er die Gewächse des Gartens besehen und Hebenstreiten bey der Gelegenheit näher hatte kennen lernen, nach
dem ihm geschenkten außerordentlichen Beyfall, versprach,
daß er seiner beym König eingedenk seyn wolle. Bald
hernach brachte er denn sein Versprechen redlich in Er-
füllung. So wurde nun das Studium, auf das er
hauptsächlich eines edeln Vergnügens halber sich gelegt
hatte, auch zuträglich für seinen Vortheil, der um so
viel angenehmer und ehrenvoller war, je weniger er ihn
anfänglich gesucht hatte.

Es lebte damals noch der König August, unsers
jetzigen Augusts Vater, der außer andern mannigfaltigen und sehr großen Verdiensten, auch eine unglaubliche
Neigung allgemein für alle guten und schönen Künste,
sonderlich aber für die Kenntniß aller Natur-Produkte

besaß, und der ganz außerordentlich wünschte, solche aus
allen Welttheilen in seine Residenz Dreßden zusammen
zu bringen; beynahe ein zwenter Ptolemäus Philadel-
phus. Denn, gedachter Ptolemäus ließ, nach des Diodorus Siculus dritten Buche, 169ste Seite der Rhod.
Ausgabe (aus Agatharchides Periplo des rothen Mee-
res) nicht nur Bücher von allen Orten her zusam-
menbringen, erwies denen Gelehrten die größten Gna-
denbezeugungen, und gab ihnen Unterhalt, sondern es
gab sich auch viel Mühe die seltensten und wegen ihrer
Schönheit bewundernswürdigen Thiere, mit großen Kosten nach Alexandrien zu schaffen, da er ungeheure Preiße
darauf setzte, wenn irgend jemand etwas Sehenswürdiges
von dieser Art aufgetrieben und ihm gebracht hatte. Oben-
genannter Augustus also, wär gesonnen Leute nach Afrika zu schicken, welche entweder die größten Thiere lebendig, oder die Häute und einzelne Glieder derselben von
dort mit herbrächten, aber auch Gewächse und andere
Produkte der Natur nicht aus der Acht ließen, die jenen
Ländern eigenthümlich wären. Nach dem Plane, der
ihnen zur Durchreißung von Afrika gemacht wurde, war
erstlich das mitternächtliche Afrika, welches am mittel-
ländischen Meere liegt, die gewöhnlich sogenannte Barbaren, bis an die Inbischen Wüstenenen, jetzt unter dem
Namen Sara bekannt, sodann das Abendländische, vom
Atlas an, bis ans Vorgebürge der guten Hofnung: denn
das Morgenländische Afrika, oder Aegypten hatte Tur-
nefort bereits durchreiset. Da man zu Ausführung dieses Projekts einen geschickten Mann suchte, so wurde
Hebenstreit durch Heuchern empfohlen, als welcher eine,
der Sache angemessene Kenntniß der Naturgeschichte
und Sprachen besäße. Er wurde also unter Begleitung
junger Leute, deren Auswahl man ihm selbst überließ,
und unter denen sich D. Ludwig, der gegenwärtige Decan hiesiger medicinischen Fakultät, befand, abgefertiget,
und mit Empfehlungsschreiben an die Könige von Frankreich, England und die vereinigten Staaten von Hol-

land versehen, durch die er nicht nur ihren Gesandten,
sondern auch denen Afrikanischen Prinzen anempfohlen
wurde. Als er am 23sten October 1731 von Dreßden
ab, durch Teutschland, die Schweiz und Frankreich gereist war, kam er zu Ende des Jahres zu Massilien an:
und da er am folgenden 24sten Januar hier absegelte,
landete er am 27sten Februar nach einer verdrüßlichen
und beschwerlichen Fahrt, in dem Hafen zu Algier. Weil
er, um mit unter Reisen in die benachbarten Gegenden
zu thun, sich drey Monate hier verweilte, kam er, da
er in der Mitte des Junius hier sich wieder einschifte,
nach Bona, eine Stadt an der Tunesischen Gränze,
die aber unter Algierische Hoheit gehörte, ohnweit den
Ruinen des Königlichen Hippo. Von hier erhielt er die
Erlaubniß in die Gegenden von Constanz zu gehen, das
nicht nur selbst unter Algierischem Gebiete liegt, sondern
auch einen Theil des alten Numidien gegen Morgen gelegen, ausmacht, und das besonders viele Reste des
Römischen Alterthums enthält, deren Hauptstadt Constanz ist, das ehemalige Cirta, die Residenz der Könige
in Numidien. Da er von hier die Seeküste hinab see-
gelte, landete er auf der Insel Tabraca, die durch den
Perlenfang, den die Genueser hier treiben, berühmt ist,
besah die Stadt Biserta (oder das Hippo Dyarrhytus
oder Zarrhytus, woraus der verworrene Name Biserta
entstanden ist) die nicht gar zu fern von Utica liegt, und
endlich ging er zu lande nach Tunis. Da diese Stadt
in der Nachbarschaft des alten Carthago liegt, durch
dessen Zerstörung sie ehemals ihren Flor erhielt, besah er
nicht nur ihre Ruinen, sondern schmeichelte sich auch mit
der Hofnung die Erlaubniß zu erhalten, die da herum-
liegenden Gegenden besehen zu dürfen. Aber damals wenigstens schlug seine Hofnung fehl. Denn der Dey von
Tunis war ein solcher Christenfeind, daß er ihnen alle
Freyheit, das Tunesische Gebiete zu bereisen, benahm.
Er ging also sogleich nach Tripolis, und da er alles Se-
henswürdige dieser Provinz aufs genaueste betrachtet hat-

te, kehrte er durch die Insel Melite wieder nach Tunis
zurück. Während seiner Abwesenheit nun, hatte Lud=
wig, der Unpäßlichkeit halber daselbst zurückgeblieben war,
auf erhaltenen Zutritt zur Gnade des Dey, die Ver=
günstigung erhalten, die benachbarten Gegenden zu bese=
hen und war mit Bereisung derselben bis an die Grän=
zen von Sara gekommen. Da das Hebenstreit erfuhr,
ging er ihm nach und durchreiste sowohl andere Gegen=
den, als sonderlich denjenigen Theil von Afrika, der
zwischen dem Tunesischen und Tripolitanischen Gebiete
durch eine anfänglich sehr enge Passage hinführt, und in
breitern Strichen gegen das innere Afrika fortläuft: die
Araber nennen sie Biledol=Gerid *) das heißt das Pal=
men=Land, deren es sonderlich viel daselbst giebt. Da
bey Durchwanderung dieser Gegenden die Natur viel
Sehenswerthes hergab, so wurd= auch überdieses der
Mann, als Liebhaber und Kenner gelehrter Alterthümer
öfters ganz außerordentlich in der Seele gerührt, wenn
er theils die Ueberreste berühmter Städte, z. B. von Car=
thago, von Utica, von den beyden Hippo, ferner die
vormalige Pracht von öffentlichen Landstraßen, von Was=
serleitungen und ähnlichen Dingen betrachtete, theils
wenn er auf die Fußtapfen der größten und berühmtesten
Feldherrn und Bischöffe trat, und auf denen, durch die
herrlichsten Siege, ausge eichneten Schlachtfeldern sich
befand; wenn beym Durchgehen der Ruinen von Cartha=
go, Hannibal und Scipio lebendig vor ihm stunden,
und wenn er sich denn den Marius dachte, der sich einst=
mals unter den Trümmern der nämlichen Stadt versteckt ge=
halten hatte. Aber wie wünschenswerth wäre es auch, wenn
der närrische Wahn der Barbaren, die sich einbildeten,
man suche durch Besehung der Innschriften, in der Erde

---

*) Nach der gewöhnlichen Volkssprache nennen es die Ein=
wohner Bled·ol·gerid, das in den Erdbeschreibungen
Bilidulgerid heißt. Der Engländer Shaw sagt in seiner
Reisebeschreibung Th. I. p. 272. Bledol oder il Ierides oder
Jereed, bedeute wüstes Land.

vergrabene Schätze auf, sein Verlangen, sowohl die Denk=
mäler betrachten, als auch die Innschriften abschreiben zu
dürfen oder auch seinem Vorsaß, das was er gesehn und
aufgezeichnet, und überhaupt die Beschreibung jener Rei=
sen herauszugeben, nicht seine Arbeiten, und die Kürze
seines Geschäftvollen Lebens vereitelt hätten: dann hät=
ten wir wenigstens Nachrichten haben können, die uns
zur genauern Kenntniß der Alterthümer, oder zur schönern
Aufklärung derselben viele Vortheile brächten.

Als er nun am 24sten März 1733 von dieser Reise
nach Tunis zurückgekommen war, wurde ihm durch die
Nachricht vom Tode Augusts, die ihn ins Vaterland zu=
rück zu gehen nöthigte, eine unerwartete und traurige
Hinderung in den Weg gelegt, seine Reise nach Gefallen
fortzusetzen. Er kam daher, nachdem er Afrika verlas=
sen hatte, bald hernach durch Frankreich und Holland
nach Dreßden, und nach abgelegter Rechenschaft von
seinen Reisen, nach Leipzig zurück, und trat den näch=
sten 22sten November die ordentliche Professur der Phy=
siologie an, zu der man ihn unter seiner Abwesenheit er=
nennet hatte, um ihn für seine gelehrten Bemühungen
und die Gefahren, denen er sich zu Wasser und zu Lande
ausgesetzt hatte, so bald als möglich zu belohnen. Durch
so huldreiche Gnade des Fürsten wurde er nun so sehr
zum Eifer, sich um die Akademie, um die jungen Leute,
die sich um das Studium der Heilkunde ernstlich bestreb=
ten, und um seine Kunst verdient zu machen, angefeuert,
daß er sich ganz, theils auf die Lehrvorträge der Arzney=
kunde, theils auf die Aufklärung und Verfeinerung der=
selben in Schriften, theils auf die Praxis legte. Für
diesen Eifer hatte er von der Menge derer, die sowohl sei=
nen Unterricht in Vorlesungen, als auch seine Hülfe zur Er=
haltung oder Wiederherstellung ihrer Gesundheit suchten,
nicht nur Unterhalt, sondern auch mancherley Beloh=
nungen des Fürsten. Denn innerhalb sechzehn Jahren
stieg er von der untersten Stufe seiner Fakultät bis zur

erſten, der er acht Jahre lang ſowohl mit Würde für
ſeine Perſon, als auch zum Nutzen der Fakultät und
der ganzen Akademie vorſtund.    In deſto größere Be-
trübiß ſind wir alle,   nicht nur in Anſehung ſeiner,
und ſeiner vornehmen Familie ſondern auch in Rückſicht auf die Akademie verſetzt worden,  da er ſeinen
Zeitgenoſſen durch einen ſehr frühzeitigen Tod entriſſen
ward.    Ehe ich von dieſem rede, will ich kürzlich von
ſeinem Studiren, ſeiner Lebensart und von ſeinen Schriften eine Nachricht geben.

Da er nicht nur Liebhaber von, ſondern auch ein
fleißiger Mann in allen ſchönen Wiſſenſchaften war, zu
deren Neigung erſt ſein Vater, dann die oben genannten
vortreflichen Lehrer den Grundſtoff gelegt hatten, ſo war
inſonderheit die lateiniſche Poeſie und die Griechiſche Litteratur nicht blos ſeine Lieblings-Sache, ſondern er legte ſich auch angelegentlich darauf, als deren Kenntniß
mit der Heilungskunſt in ſtärkerer Verbindung ſtehe, als
die übrigen Theile der ſchönen Wiſſenſchaften.    Zur
Dichtkunſt zumal,   hatte er einen eigenen natürlichen
Hang, ſo, daß, wenn es ſein Metier geſtattet hätte, er
darinnen ein Dichter vom erſten Range ſeyn konnte.
Denn, er machte mit größter Leichtigkeit Verſe aus dem
Stegreife,  auch wenn er ganz etwas anders that, ſogar
wenn er ſpielte.   Ein Beweis hieron iſt das Büchelchen
de uſu partium, in Hexametern und in der Form des
lucretianiſchen Gedichts geſchrieben, von welchem er ſehr
viele Stücken machte,   wenn er mit ſeinen nahen Verwandten, dem Juriſten Junius im Brete ſpielte, da er
doch demohngeachtet ſeinem Mitſpielenden, der auf weiter nichts dachte, als ſeine Steine kunſtmäßig zu ziehen,
das Spiel abgewann.    Das Studium der Griechiſchen
Litteratur, wendete er vornehmlich auf die Lectür und auf
die Kenntniß der Griechiſchen Aerzte an.    Sollte jemand wie weit ſeine Stärke hierinnen gieng, bezweifeln,
wenn er, ſo entfernt er auch von aller Eitelkeit war,

F

selbst davon von sich spricht \*), der wird seiner Palaeolo-
gia Therapevtica glauben, welche die Regeln der Heilkunde aus allen den ältesten Zeiten, vornehmlich der
Griechen, wie nicht weniger der Römer darstellt, verglichen mit der Art zu denken, zu sprechen und zu prakticiren, die heut zu Tage gebräuchlich ist. Zur Absicht
hievon gab er an, daß er so wohl die bey vielen so erlo-
schene Liebe zur Griechischen Sprache wieder anfache,
als auch die Regeln, Krankheiten zu heilen, die unter
der Hülle der Griechischen Sprache versteckt lägen, erkläre und junge Leute, die sich um die Arzney-Wissenschaft beeiferten, auf die Quellen der Kunst zurückfüh-
re \*\*). Indessen würde er einen noch weit grössern Beweis von dieser Wissenschaft gegeben haben, wenn es ihm
geglückt hätte, den Aetius zu Stande zu bringen, der
durch des Königl. Hofrath und Leibarzt Günzens Tod
liegen geblieben war. Als ihm das Manuscript vom
Aetius von unserm Ernesti übergeben wurde, und er in
seiner Gegenwart einige Stellen las, sagte er nicht nur
sogleich, aus was für einem Schriftsteller das oder jenes
genommen sey, (denn die Bücher des Aetius enthalten
ein gewisses kurzes Verzeichniß aller Aerzte) sondern er
verbesserte auch einiges aus ihnen selbst auswendig, anderes mit kritischem Witz, der Sprache und der Sache
angemessen. Unter den Zweigen medicinischer Wissenschaften, zogen die Kräuterkunde, wie ich bereits gedacht habe, alle Naturprodukte und insonderheit die Mi-
neralien, seine größte Neigung und Fleiß auf sich: Von
ihren Gattungen war ihm alles so bekannt und geläufig,
daß ihm nichts entging und er alles am Griff hatte.
Mon brauchte ihm daher bey unsern Kabinetten, den
Richterischen, Bosischen und Linkischen allgemein zum
Ausleger, wenn sich irgend jemand darinnen umsehen

---

\*) In Tentamine Philol. Med. Super Aetii libris ineditis etc.
p. 4.

\*\*) Palaeol. Therap. Spec. I. p. 4.

wollte und seine Erklärungen darüber waren so beschaffen,
daß nicht nur seine Bekanntschaft damit, sondern auch seine Lieblingsneigung darzu einleuchtete, welche durch die
Gewohnheit des Umgangs mit ihnen nicht wie gewöhnlich
gemindert, sondern vergrößert und verstärkt wurde.

Zur medicinischen Praxis applicirte er sich sogleich
nach der Rückkunft von der Reise nach Afrika: und viele
wählten ihn zum Arzte. Denn, er war in Besuchung
der Kranken, zumal wenn etwas Gefährliches darhinter
zu seyn schien, unermüdet, bey der Kur sorgsam, scho-
nend, so daß er den Patienten nichs blos mit Hülfsmitteln der Kunst beystund, sondern auch durch menschenfreundliche Zuredungen, die zur Erheiterung der
Gemüther und deren Beruhigung geschickt waren, welches oft mehr hilft, als die heilsamsten Mittel. Denn
er liebte diejenigen sowohl, die ihn zu brauchen pflegten,
als er wünschte, ihnen auch in andern Dingen mit Rath
und That nützlich seyn zu können. Eben so unverdros-
sen und fleißig war er als Professor. Seine Lehrmethode war von der Art, daß er nicht allein dasjenige mit
Gründlichkeit vortrug, was theils zum Verständniß theils
zur Praxis der Kunst erforderlich war, sondern auch das,
was zur Verschönerung der Kunst diente, aus dem ver-
borgensten Schaße der Gelehrsamkeit hervorbrachte. Das
war für einen Mann von so unbegränzter Belesenheit,
und von einem so glücklichen Gedächtniß sehr leicht, daß
es ihm ohne viele Mühe hergab, was die Materie und
der Ort erforderte. Denn er hatte eine unersättliche Le-
sebegierde und was irgend von Schriften aus Italien,
Frankreich und andern Orten herkam, das entweder in
einen Theil der Naturkunde, oder der medicinischen Wissenschaften einschlug, das alles las er und las es mit solcher Genauigkeit, daß er von der Quintessenz der abge-
handelten Sachen und von dem, was darinnen neu und
ausgesucht war, schriftliche Auszüge machte, und es in
die Acta Eruditorum einrücken ließ. Es hat daher seit

vielen Jahren, jenen gelehrten Anzeigen niemand mehr
Dienste geleistet als er.    Und diesen glücklichen Reichthum, ausgezeichneter und wahrer Gelehrsamkeit, sieht
man auch in denen Schriften, die er bey Akademischen
Veranlassungen und sonst in allen Fächern seines Metier geschrieben hat.

Um aber, mit einer von häuslichen Sorgen freyern
Seele, sowohl die Verwaltung öffentlicher Aemter, als
auch die Bearbeitung des Studium der Wissenschaften abwarten zu können, dachte er in Zeiten auf eine eheliche
Verbindung und heyrathete am 2ten Februar 1730,
Jungfer Johannen Wilhelminen, Herrn Ulrich Junius ehemaligen berühmten Professors der Mathematik
in Leipzig, mit einer Oleariussin erzeugten Tochter, die
mit allen Reizen ihres Geschlechts geziert war, und die
ihm im nämlichen Jahre am 30sten November einen
Sohn, George August gebahr, den Erben des überaus glücklichen Talents des Vaters, doch unter dem
schmerzlichsten Verluste der Mutter.    Denn sie starb
am siebenten Tage nach der Geburt.    Aber am 16ten
Jul. des Jahres 1742 ersetzte er diesen Verlust durch
die Verheyrathung mit Jungfer Augusten Christianen
Eugenien Bosseckin, einem liebenswürdigen jungen
Frauenzimmer, die gegenwärtig, den ihr durch einen all-
zufrühen Tod entrissenen Gatten, schmerzlich betrauert.
Es wurden ihm von ihr 6 Kinder beym Leben und ein
Sohn nach seinem Tode geboren: daß doch diese Pflanzen, um der Wohlfarth der Menschen sowohl allgemein
als noch weit mehr um des Vaters willen, der für unsere
Akademie so große Verdienste hatte, unter der Pflege ihrer
liebevollen Mutter, glücklich aufwüchsen, da der Tod
des Mannes, der ein weit längeres Leben verdiente, sonderlich darum am mehresten zu bejammern scheinen möchte, weil er so viele Kinder eines zärtlichen Vaters be-
raubte, die seiner Rathgebungen und Vorsorge am al-
lermeisten benöthiget waren!

Sein Tod entstund aus folgender Ursache. Vor einigen Jahren hatte er bey sonstiger Festigkeit des Körpers und dauerhafter Gesundheit, wegen eines unvollkommnen Staares, schlimme und kranke Augen. Doch hiervon war er so geheilt, daß, wenn er dem Auge vermittelst eines Glases zu Hülfe kam, es zum Lesen, Schreiben und andern Dingen, die ein scharfes Auge verlangen, hinreichend war. Da nun also, nach der Thränenwürdigen Schlacht bey Roßbach, die Blessirten in unsre Stadt gebracht worden waren, so war er beständig an der Seite der Wundärzte und besah selbst die Wunden, nicht blos um den Kranken und Wundärzten mit Rath an die Hand zu gehen, sondern auch den Fleiß seiner Zuhörer durch sein Beyspiel zum Zusehen und vom Zusehen zum Lernen anzulocken. Indem er nun hier öfters die Augen allzunah an die Wunden bringt, zieht er allzuviel faule und schädliche Ausdünstungen in sich. Anfänglich am 26sten October überfiel ihn zwar nur ein Fieberchen, das einem Flußfieber ähnlich war, und wobey er die gewöhnlichen Arbeiten abwarten konnte. Wenige Tage aber hernach brach das Uebel mit größerer Gewalt aus und man sahe augenscheinliche Gefahr. Denn es war Mattigkeit und eine immerwährende Schlafsucht mit einem Faulfieber hinzugekommen. Seine Kollegen, Männer von der größten Erfahrung in der Heilkunde, laufen zusammen und bieten alle Kunst auf, ob sie den Mann retten können, der ihnen wegen kollegialischer Verbindung so theuer und wegen seines menschenfreundlichen Charakter, so lieb war. Aber die Kunst mußte der Gewalt der Krankheit unterliegen. Und also starb er am 5ten December sehr sanft, zum tiefsten Schmerz seiner Familie nicht nur, sondern auch aller derer, die es gehörig zu schätzen wußten, welchen großen Verlust die Seinen, welchen großen Verlust unsre Stadt, und was für einen wichtigen Verlust endlich die Universität und die ganze Republik der Wissenschaften durch ihn erlitten habe.

Um bestomehr habe ich das Zutrauen, daß jedermann sein Andenken, nebst der hochachtungsvollsten Liebe gegen ihn, und dem Wohlwollen gegen diejenigen beständig erhalten werde, die seinen Tod am allerschmerzlichsten fühlen. Aber Ihnen, theureste Akademische Bürger, und Ihnen, die Sie Verehrer des Eifers in den Wissenschaften sind, müsse das Andenken eines solchen Mannes desto anempfohlner seyn, je mehrere Antriebe sowohl zur kindlichen Liebe gegen Gott, zur Tugend und zur Bestrebung nach ehrenvoller Gelehrsamkeit es ihnen geben, als auch in Dürftigkeit und widrigen Umständen sie in der Hofnung und Gebuld befestigen und stärken kann. Denn, wer von Ihnen, sollte unter noch so großer Armuth muthlos seyn, und nicht vielmehr zu guten Hofnungen erweckt werden, wenn er bedenkt, daß Hebenstreit, da er ohne alles Vermögen war und nicht das mindeste außer sein Talent, mit nach Leipzig brachte, dennoch das gefunden habe, wovon er mit Ehren leben konnte, woher ihm die erforderlichen Mittel zu Fortsetzung des Fleißes in Wissenschaften zuflossen und er unter solchen spärlichen Umständen, bis zur ersten Stelle seiner Fakultät, in so wenig Jahren und im blühenden Alter hinauf gestiegen sey? Er hatte aber nicht blos Armuth sondern auch Ehrfurcht für Gott und Liebe zur Tugend, Vertrauen auf seine Fürsehung und den brennendsten Eifer für Erlernung der Wissenschaften mitgebracht, der durch die Mißlichkeit häuslicher Umstände, und durch die Beschwerden der Arbeit nicht nur nicht gemindert, sondern sogar entzündet wurde. Wenn Sie, Theuerste, die Frömmigkeit, die Tugend, den Eifer und den unverdrossenen Fleiß dieses Mannes nachahmen, dann werden auch Sie Ihre Hofnung nie vereitelt sehen, und es wird Ihren Bemühungen an glücklichen Erfolge nicht fehlen. Doch, seine Frömmigkeit war nicht von derjenigen Art, die sich durch Worte sichtbar machen wollte, sondern die im Herzen wohnte,

und sich daher durch Handlungen zu erkennen gab.
Wenn er daher in seiner letzten Krankheit durch deren
Heftigkeit sein Muth fast alle Standhaftigkeit verloren hatte, einigermaßen, welches ihm doch nur ein
einzigmal glückte, auf kurze Zeit zu sich kam, so hatte er keinen andern Gedanken, als daß er sich und
seine Seele dem Herrn Jesu Christo und die Seinen
der göttlichen Vorsicht empfahl. Von dieser Frömmigkeit, denn woher sonst als von ihr? schrieb sich
seine bekannte Gemüthsruhe her, die durch keine Beschwerden und Widerwärtigkeiten des Lebens erschüttert
wurde, jene sowohl immer ruhige, als fröhliche und
lächelnde Miene, nicht die schlau und durch Kunst das
Gefühl der Leiden und den Aufruhr der Seele verbergen
wollte, sondern welche die Ruhe des Herzens entfal-
tete und erheiterte. Er hatte auch kein anderes größeres Unterstützungsmittel bey seinen Studien gehabt,
als eben diese christliche Ruhe der Seele. Ja, und
er hätte auch schlechterdings nie so viel thun, Vorlesungen halten, schreiben und fast unaufhörlich lesen,
in Gedanken behalten, und ohne einige Schwierigkeit,
wenn es erforderlich war, es wieder hergeben können,
wenn er nicht ein von Kümmernissen und Sorgen
freyes Herz erhalten und es so in der Gewalt gehabt
hätte, daß er es ganz dahin lenken konnte, wohin er
wollte, und es nöthig schien.

Lassen Sie daher den Geist Gottes mit einer solchen ehrfurchtsvollen Liebe Ihre Seele erfüllen, stäh-
len Sie durch Frömmigkeit zu gleicher Duldung der
Widerwärtigkeiten Ihre Herzen, und machen Sie dieselben für eine gleiche Gemüths-Ruhe empfänglich.
Jeder von uns schreibe das Motto über seine Studierstube, besser noch in seine Seele, das der bekannte Mucianus Rufus, ehemaliger Canonikus zu Gotha
in seine Studierstube geschrieben hatte: Beata Tran-
quillitas. Auf solche Art werden Sie nicht nur eine be-

trächtliche und ausgezeichnete Gelehrsamkeit erreichen (in
deß sollte jeder sie zu erreichen wünschen), sondern
Sie werden auch Ihr Herz gegen alle Beschwerden
und Mühseligkeiten des Lebens, selbst gegen die Furcht
vor dem Tod, wär er auch noch so plötzlich, waffnen.
So handeln Sie, Theureste Freunde, so ehren Sie
das Andenken Hebenstreits und alles gehe Ihnen nach
Wunsche! 1758.

Denkmal
# Chriſtian Gottlieb Jöchers,
der heil. Schrift Doktors und ordentlichen
Lehrers der Geschichte.

Es unterziehen ſich diejenigen, ſo ſich für Lehrer der
Geſchichte ausgeben, ſonderlich der allgemeinen Geſchichte und welche die Lobſprüche verdient, mit der ſie die
Einſichtsvollſten Männer beehrten, daß ſie nämlich eine
Aufklärerin der Wahrheit, eine Lehrerin der Tugend
und Klugheit, und gleichſam die Reſidenz *) aller Wiſſenſchaften ſey, einem wichtigen und ſchweren Geſchäfte.
Denn, ſie iſt wegen Menge der Begebenheiten beynahe
unermeßlich, indem ſie von keiner Gränze der Zeiten
und Orte eingezäunt wird, und in unzähligen Bänden
von Denkmälern zerſtreut liegt, auch wegen der Finſter-
niß, die Alterthum, Unwiſſenheit, Liſt, Schmeicheley,
Gunſt, Haß, und die Verſchiedenheit der Sprachen
über ſie verbreitet, in Dunkel gehüllt iſt; zu ihrem Lehrvortrage hingegen, eine feine Auswahl der Sachen, eine
ſubtile Beurtheilungskraft, der klügſte Scharfſinn, und
die beredteſte Kürze gehört, und dann mannigfaltige
Kunſtgriffe, theils dem Gedächtniſſe der Lehrlinge zu Hülfe
zu kommen, theils ſie beym Eifer zu erhalten, theils ihre Beurtheilungskraft zu ſchärfen, erforderlich ſind. Es
gab daher immer nur ſehr wenige, deren Schultern der
ſo großen Bürde des Metier eines Geſchichtſchreibers,
gewachſen waren, und die entweder durch gründliche Genauigkeit und ausgebreitete Wiſſenſchaften, oder durch
Klugheit und mühſamen Fleiß im Vortrage, den Sachkundigen Gnüge geleiſtet hätten. Denn zuförderſt, wie
viele gab es, da ſie ſich auf das Stubium der Geſchichte
legten, die entweder gar keine, oder nur ſehr ſeichte
Kenntniß in Wiſſenſchaften und Sprachen mitbrachten,

*) Diodor. Sicul. L. I. p. 2.

nicht aus den Quellen bewährter Schriftsteller, sondern
aus Compendien und kleinen Schriftchen anderer, in all-
täglicher Sprache geschriebenen Bücherchen geschöpfte
Weisheit, das heißt vielmehr Mährchen als Geschichte,
theils selbst wußten, theils andern vortrugen. Doch,
selbst unter denen, die mit vielen und sehr ansehnlichen
gelehrten Hülfsmitteln versehen, die Geschichte trieben
und durch anhaltendes und fleissiges Lesen der Schriftsteller selbst, sich Kenntniß der Geschichte erwarben, scheinen viele sie gänzlich grammatisch und kritisch behandelt,
und nichts weiteres gethan zu haben, als, daß sie ächte
und sichre Urkunden, von untergeschobenen und unge-
wissen unterschieden, Wörter verbesserten oder erklärten,
den dunkeln Sinn erhellten, die Uibereinstimmung der
Schriftsteller theils verglichen, theils den Doppelsinn
derselben in Richtigkeit setzten, und sodann die Sachen
selbst, das heißt Gebräuche, Sitten, Begebenheiten
und die Form jeden Staates nebst seiner bürgerlichen
und Kriegsdisciplin kannten und davon Auskunft gaben.
Wenn man nicht zugeben wollte, daß diese Leute etwas
der Mühe werthes geleistet und der Geschichte ansehnlichen Vortheil gebracht hätten, so müßte man sehr unwissend und ungerecht seyn. Männer von größter Einsicht haben daher diese Manier, wenn sie schon mit solcher nicht eben zufrieden waren, dennoch außerordentlich gerühmt, z. B. Bolinbroke im ersten Briefe über
die Geschichte, und Gordon in seinen Discouren über
den Cornelius. Doch, da diese Leute das eine getroffen
hatten, daß sie wußten, es sey die Geschichte eine Dar-
legerin der Wahrheit und Aufklärerin der übrigen Wissenschaften, so scheinen sie doch das zweyte Gute derselben, eine Sache, die nach dem Urtheil des Livius, bey
gründlicher Einsicht der Dinge heilsam und nutzbar ist,
übersehen zu haben, welches in Beförderung der Tugend und Verfeinerung des Verstandes besteht, und daß
sie ihre Schüler blos mit Hülfsmitteln der Gelehrsamkeit, nicht aber der Weisheit und Klugheit versahen.

Verschiedene andre von ihnen, haben mit Hintenanse=
tzung eben dessen, was ganz die Sache jener war, durch
und durch die Politik zu ihrem Gesichtspunkte gemacht,
und nachdem sie die Schriftsteller über die und jene Ma=
terien, nämlich die Alten, aus Uibersetzungen in alltäg=
liche Sprachen hatten verstehen lernen, so wollten sie
die Geschichte durch politische Bemerkungen, wie sie es
nennen, und durch angegebene Regeln ins Licht setzen,
und sie fürs menschliche Leben zum öffentlichen und Pri=
vatgebrauch nutzbar machen. Weit gefehlt, daß eben
diejenigen, von denen ich oben sprach, und andre der Sa=
che kundige Männer, mit dieser Art Leuten, die nach
dem allgemeinen Urtheil nicht viel besser sind, zufrieden
wären, so setzen sie solche jener erstern vielmehr sehr weit
nach. Und da es beyde versahen, so ist doch wahrhaf=
tig der Fehler der erstern um sehr viel verzeihlicher. Denn,
wenn auch jene ein Erforderniß des guten Vortrags der
Geschichte vernachläßigen, so ist hieran meinen Gedan=
ken nach, nicht Unwissenheit oder Geringschätzung dessel=
ben Schuld. Und was hätten sie erstlich für Grund da=
zu, eine Sache zu verachten, die von den nämlichen
Schriftstellern, die ihre Lieblings = Schriftsteller sind, die
einen so großen Werth bey ihnen haben, und die sie mit
so großem Fleiße und Genauigkeit studierten, vom Thu=
cydides, Xenophon, Polybius, Livius, Sallustius, Ta=
citus, und mehrern ältern und neuern ganz außerordent=
lich empfohlen wurde? Zweytens, so können ihnen, jene
so gerühmten politischen Anmerkungen und Regeln zur
Klugheit, schlechterdings nicht fremd und unbekannt seyn,
die, wenn sie den richtigen Sinn der Autoren verstan=
den hat von selbst einleuchten, da zumal, je nach dem
einer oder der andere ein beßrer Schriftsteller ist, eben selbst
jene, die ich vorher anführte, und ihnen ähnliche, den
Leser vielmals deutlich erinnern und Winke geben auf das,
was beym Vortrage der Sachen, fürs Leben und zur
Klugheit zuträglich und vortheilhaft ist: und man wird
z. B. in den gepriesnen Abhandlungen des Gordons

nicht etwas lesen, wovon man denken möchte, es wäre dem
Lipsius und Gronov, denen so herrlichen Auslegern des Ta-
citus, nicht beygefallen. Daher nun scheint der ziemlich den
rechten Fleck getroffen zu haben, der den Gedanken hat,
daß sie darum auf solche Erinnerungen nicht ernstlich
drängen, weil sie glaubten, daß auch andre dasjenige,
was sie nach gründlicher Einsicht der Sachen von selbst
sahen, nicht unbemerkt lassen würden: und hierinnen verdienen sie so gar das Lob der Artigkeit und Bescheidenheit. Es sey nun, wie ihm wolle, so scheinen sie wenigstens Leuten, die Beobachtungsgeist haben und Nachdenken brauchen wollen, durch eine gründliche, sichre
und leichte Erklärung, den Weg zur Fertigkeit, Welt-
kenntniß zu erlangen, zu bahnen und die Bahn so sicher
zu stellen, daß derjenige so sie muthig betritt, durch kein
Hinderniß aufgehalten, durch keine Umwege herumge-
schleppt wird und geschwinder zum Ziele kommt. Die,
von der andern Gattung aber, versehen es mehrentheils
darinnen, daß sie alltägliche und von selbst in die Augen
fallende Dinge, Leuten, die die Geschichte nur so oben-
hin treiben, noch darzu mit weitschweifigerer Geschwä-
tzigkeit eintrichtern, als es der Mühe werth war; und
das thun nicht blos die so allgemeinen längst verrufenen
und aus der Mode gekommenen Docenten, deren es im
vorigen Jahrhundert, wo diese Manier des Lehrvortrags
außerordentlich auf dem Katheder herrschte, viele gab,
sondern auch neuangehende, die sich dafür ausgeben, als
wollten sie viel etwas ausgesuchteres vortragen. Aber
diese zweyte fehlerhafte Methode ist um sehr viel beträchtlicher, weil sie eine solche Art des Vortrags, sogar nutzlos und vielmals lächerlich macht. Denn, da diese Art
von Leuten, wie ich bereits erwähnt habe, Wörter und
Sprachenkenntniß mehrentheils gering schätzt, weil sie
ihnen fehlt, und hauptsächlich in Ansehung der griechischen und auch der lateinischen Schriftsteller sich mit
schlechten Uibersetzungen behilft, so trifts denn öfters,
daß sie sowohl jene politischen Remarquen, als Cautelen,

von übel verstandenen Worten hernimmt, die dazu ganz
etwas anders sagen wollen als ihnen dünkte. Beyspiele
dieser Art finden sich nicht nur in andern neuern Schriften, sondern auch in dem so berühmten Buch, vom Geist
der Gesetze (l'Esprit des Loix *) und in einer zweyten
Schrift, vom nämlichen Verfasser, über die Ursachen
des Wachsthums und des Verfalls des römischen Reichs.

Aber auch mit denen kann man nicht zufrieden seyn,
die entweder blos mit der alten Geschichte, die uns die
alten griechischen und lateinischen Schriftsteller geliefert
haben, mit Hintansetzung der Kenntniß von den Begebenheiten des sogenannten mittlern Alters und der neuern Zeiten sich abgeben, oder gegentheils alle Lehrvorträge
auf die Jahrhunderte vom Carolinischen Gesetze de Im-
perio an, die güldne Bulle betitelt, oder auf die, so
auf Maximilian den ersten folgen, anwenden. Ich weis
gar nicht, wie Leute, die Kenntnisse von der Geschichte
dieser Zeiten haben und darüber lesen, darzu kommen
konnten, für ganze Historiker und für tüchtige Lehrer der
Geschichte gehalten zu werden.    Denn wiewohl, und
zwar nach der Einrichtung der Akademien nicht zu läugnen ist, daß beydes, alte und neue Geschichte miteinan-
der verbunden werden sollen, so scheint es doch, daß jene der erstern Klasse, weit mehr Entschuldigung vor
sich haben, als die von der letztern. Als nämlich unsere
Vorfahren, zur Zeit der wiederhergestellten Wissenschaften, den Lehrvortrag der Geschichte anordneten, so hatten sie, wenn gleich die Begebenheiten aller Zeiten vorgetragen werden sollten, dennoch vorzüglich ihr Augenmerk auf die Denkmale des Alterthums, die in der heiligen Schrift, und dann in den lateinischen und griechischen Schriftstellern aufbehalten werden: und aus dem

_____

*) Ernesti schrieb als Rector der Thomasschule ein Programm
über gedachte Schrift, mit vielem philosophischen Scharfsinn, unter dem Titel Animaduersiones in librum Franci-
cum de caussis legum. 1751.  d. U.

Grunde war es ihre Absicht, daß diese Disciplin mit den
Vorträgen der griechischen und lateinischen Schriften
vergesellschaftet seyn solle. Ehemals war, was unser
Leipzig und Wittenberg betrifft, hieselbst keine besondere
öffentliche Professur der Geschichte: und diese Einrichtung behauptet sich auch noch bis auf heutigen Tag, auf
den holländischen Universitäten. Die Absicht hierbey
war ohnfehlbar diese, daß wenn junge Anfänger die Uni-
versal-Geschichte, die in ein gewisses mäßiges System
gefaßt, und deren Theile alle, in gewisser chronologischer
Verbindung so zu reden der Länge und Breite nach unter
sich verkettet worden waren, im Kopfe hatten, sie von
den nämlichen Lehrern angeführet würden, die alte Geschichte gründlicher und vollständiger aus den Quellen zu
schöpfen: die übrige Geschichte möchten sie durch eignen
Fleiß aus neuern Schriften vollkommner und ausführli-
cher lernen, wenn sie wollten. Und hierinnen scheinen
sie eben nicht ohne Kopf gehandelt zu haben.

Denn, jene alte Geschichte und deren Schriftsteller
gehören gemeinschaftlich für das Studium aller Völker,
die für menschliche Gefühle und Sitten gebildet sind: sie
verbreiten Licht über Theologie, Jurisprudenz und andere schönen Künste. Daher kömmts, daß weit mehrere eine gründliche Kenntniß der alten als der neuern Geschichte brauchen, und daß sie auch zur Aufrechthaltung
der Reinigkeit und Aufklärung jener Wissenschaften, weit
unentbehrlicher ist. Und wer weis denn nicht, daß zu
der Zeit, da jene alte Geschichte, die man in den griechischen und lateinischen Schriftstellern aufsuchen muß,
anfieng nachläßiger behandelt zu werden, und sodann
durch die Schuld dererjenigen ganz weggeschmissen wurde,
die da schrien, sie enthalte nichts als Wörterkram und
Gedächtnißwerk, man müsse mehr auf Sachen und auf
das Rücksicht nehmen, was den Verstand schärfen könne, (von welcher Klasse wir noch gegenwärtig einen
Saamen haben), daß also zu derselben Zeit die Barba-

rey eingerissen sey, die göttliche und menschliche Wissen=
schaften jämmerlich verunstaltete. So wie nun ehemals
in den griechischen Kolonien, da das ewige Feuer brann=
te, das aus der Hauptstadt in die Prytaneen gebracht
worden, und durch Zufall oder Nachläßigkeit ausge=
löscht war, nicht anders gehörig und förmlich wieder=
hergestellt werden konnte, als daß man es wieder aus
dem Prytaneum der Hauptstadt holte: so weis man, daß
eben so die größten Wissenschaften, die die Barbarey
erstickt hatte, alsdann erst wieder auflebten, da man
aus dieser Residenz aller Wissenschaften, wie Diodorus
sie nannte, Licht über sie verbreitet hatte. Um so mehr
scheint man besorgen zu müssen, daß, wenn eine so bar=
barische Geringschätzung der Geschichte wieder käme, al=
les in jene Finsterniß wieder zurückfallen dürfte. Und
auch das ist von sehr wichtigem Belang, daß wir sie oben
drein von den größten Köpfen, von den berühmtesten
Heerführern, von den Häuptern der größten Städte,
oder wenigstens von Männern, die Erfahrung in Staats=
und Kriegskenntnissen hatten, erhalten haben, welches
bey der zweyten Art der Geschichte etwas sehr seltenes
ist. Eben so sind wir ihnen auch die Form der guten und
zur Anwendung aufs Leben schicklichen Lehrart der Ge=
schichte schuldig, und es ist unter den Neuern derjenige
ein um desto vortreflicherer Historikus, und wird dafür
angesehen, je mehrere Aehnlichkeit er durch Nachah=
mung mit ihnen erreichen konnte: wie außerordentlich
wenigen solches glückte, das kann keinem unbekannt seyn,
als der von den Geschichtschreibern selbst keine Kenntniß
besitzt. Das aber glaube ich, ist gewiß von größter Be=
trächtlichkeit, daß die gedachte alte Geschichte und ihre
Schriftsteller einen Ausleger verlangen, der viel Sprach=
kenntniß hat und in Wissenschaften geübt ist. Wem ist
nicht einleuchtend, daß das bey den Neuern eine ganz
andere Sache sey, die entweder in gewöhnlichen Spra=
chen geschrieben sind, oder wenn sie auch im guten Latein
geschrieben sind, deren es nur wenig giebt, doch weder

Gelehrſamkeit noch einen Ausleger zum Verſtändniß derſelben bedürfen, weil die Begebenheiten ſelbſt ihrer Neuheit halber deutlich ſind, und ſehr leicht verſtanden werden können. Und ich wüßte nicht, ob eben hierinnen
eine große Reitzbarkeit zur neuern Geſchichte läge, weil
ſie von jedermann auch ohne alle wiſſenſchaftlichen Kenntniſſe verſtanden und gelernet werden kann. Für deſto
ſchicklicher kann man es finden, daß die alte Geſchichte
auf Akademien, wo man Docenten hierinnen haben
kann, mit mehrerer Gründlichkeit und genauerer For-
ſchung gelernet werde, die neuere aber auf die Art, wie
unſre Vorfahren für gut fanden, mit beygefügter Anzeige der beſten Schriftſteller, die die kleine Zahl derer leſen
könne, ſo einſt, wenn ihnen der Weg zum Gebrauch der
Sachen und zur Staatsverwaltung geöfnet wird, eine
größere Kenntniß neuerer Vorfälle nöthig haben. Und ſo
nun werden ſie auch dann wahrhaftig dieſe Geſchichte der
neuern Zeiten, richtiger und vortheilhafter behandeln.
Es iſt bekannt, daß Conring und Schurzfleiſch, welche
nämlich in unſerm Teutſchland vorzüglich für die glück-
lichſten Lehrer der neuern Geſchichte gehalten werden, und
ſie gleichſam in eine Lehrform gebracht haben, nicht wie
gegenwärtig es der Fall bey vielen iſt, ſchnell zu dieſem
Theil der Geſchichte ſich applicirten, ſondern erſt, nachdem ſie zuförderſt die Alten ſtudiert hatten, hernach diejenigen, ſo am nächſten an dieſelben gränzten, alsdenn
immer zu den folgenden fortgiengen, und durch die
Folge der Zeiten und der Schriftſteller ſelbſt auf die neuere Geſchichte fortgeführet wurden: der einzige Grund,
daß ſie ſo ausgezeichnet große Männer in dieſer Art
wurden, iſt der, weil ſie dieſen Weg eingeſchlagen
hatten. Da aber von dieſen Männern gleichſam das Zeichen gegeben war, und ſich überall ſehr viel, ſonderlich
durch Hofnung des Intereſſe angekirrt, das ſie vom jungen Adel erwarteten, raſch auf dieſen Theil der Geſchichte legten, fieng zwar die Sache ſelbſt an in Ruf
und Gang zu kommen, aber nicht auf eben dem Wege

und auf die nämliche Manier, ſondern ohne jene Vorbereitung der, aus den Quellen geſchöpften, alten Geſchichte, ohne Kenntniß der ſchönen Wiſſenſchaften,
und ohne feinen Geſchmack, und es ſtunden Leute auf,
die mehr von dergleichen Dingen zu ſchwatzen und zu
plaudern, als mit Beurtheilung, mit Auswahl und gewiſſer Einſicht zu diſcuriren ſchienen. Es hat hierinnen
unſere Stadt ein eigenes Glück gehabt, da bekannt iſt,
daß diejenigen, von denen man weis, daß ſie theils wegen des Zuſammenfluſſes junger Studierenden, theils
durch den Ruf berühmt waren, die alte Hiſtorie mit der
neuern verbanden, und das Steife und Rohe der letztern nach der Eleganz und liebenswürdigen Anmuth der
erſtern gebildet und gefeilet haben.

Es iſt ganz außer Zweifel, daß **Chriſtian Gottlieb Jöcher,** deſſen Lehrunterricht weder in irgend einem
Stücke unvollſtändig, oder wegen ſeichter Sprach- und
gelehrten Kenntniſſe unausgebildet und geringfügig war,
zunächſt zu dieſer Klaſſe zu rechnen geweſen ſey. Bald
las er allgemeine Weltgeſchichte, von der Schöpfung
an, bis auf die Zeiten Carls des Großen: bald teutſche
Reichsgeſchichte von Carln dem Großen an, bis auf unſre
Zeiten: bald trug er die Geſchichte der Staaten und Re-
publiken und bald die Kirchenhiſtorie vor: der Gelehrten
und philoſophiſchen Geſchichte nicht zu denken. Er
hatte die morgenländiſchen Sprachen vortreflich innen,
und er war ein eben ſo großer Liebhaber und Verehrer
der lateiniſchen und griechiſchen Litteratur, als er ſehr
anſehnliche Kenntniß davon beſaß. Daher ſagte er auch,
daß er ſowohl die Alten alle mit Vergnügen leſe, als
auch insbeſondere die Geſchichtſchreiber. Beym Vortrage nahm er übrigens durchgehends Rückſicht aufs Nöthige, und im mindeſten aufs Eitle und Leere, das man
ſeltſamen, tief hergeholten und geringfügigen prahlſüchtigen
Anmerkungen anſehen könnte, indem er das richtige Urtheil
fällte, daß man ſolche gelehrten Leuten und Männern, die

G

Einsicht hätten, in Schriften mittheilen, und nicht jun=
gen Anfängern aufhängen müsse, die überflüßig genug
hätten, wenn ihnen richtige und gründliche Begriffe von
wichtigen und unentbehrlichen Dingen beygebracht wür=
den, die aber auch die Sachen in solcher Reihfolge er=
hielten, wie ich sie oben beschrieben habe, auf deren
Grund sie hernach selbst, wenn sie Lust hätten, und es
nöthig wäre, fortbauen könnten. Diese Lehrform gieng
ihm desto glücklicher von statten, weil auch andere Din=
ge hinzukamen, die sie empfahlen. Sein Discour war
fließend und geläufig, ohne anzustoßen: es war sehr viel
artiger Witz und ein gewisses angenehmes Genie dabey,
das, wie im vertraulichen Umgange, so auf dem Ka=
theder hervorstach und das Ohr und das Herz der Zuhö=
rer an sich zog. Je gerechter unser Schmerz damals
war, da wir jene muntern Leibes= und Seelenkräfte des
Mannes plötzlich durch den Anfall einer harten Krank=
heit geschwächt und zerrüttet sahen, um desto mehr be=
klagen wir aber auch jetzt den Tod dieses so vortreflichen
und um unsre Akademie so außerordentlich verdienten
Mannes. Doch, man muß den Verlust ausgezeichnet
treflicher Männer nicht sowohl schmerzlich bedauren, als
die Güte ihres Talents und Herzens, ihre guten und
fürs Publikum nützlichen Handlungen und Verdienste
überdenken, und unter deren Betrachtung und Darstel=
lung sie gleichsam selbst ins Leben zurückrufen. Lassen sie
uns denn kürzlich seine Abstammung, die Art seiner Er=
ziehung, welche Talente, was für einen sittlichen Cha=
rakter, und was für Verdienste um die Republik der
Wissenschaften er hatte, welche Würden er bekleidet und
wie er sie bekleidet, und endlich die Umstände von sei=
nem Tode, erzählen.

Leipzig, dessen Zierde er durch seine Gelehrsamkeit
war, war auch sein Geburtsort. Er wurde im Jahr
1714. am 20. Julius geboren. Sein Vater war Jo=
hann Christoph Jöcher, ein angesehner Kaufmann und

ein Mann von erprobter Rechtschaffenheit, ein Sohn
Johann Jöchers, der gleichfalls die Handlung in hiesiger
Stadt getrieben hatte.    Die Mutter war Margerethe,
Michael Etmüllers, eines berühmten Medikus Tochter.
Da er von ihnen den Studien gewidmet war, so über-
nahm D. Leonhard Baudies, Vornehmer des Raths
und Baumeister, der nach Etmüllers Tode die Groß-
mutter mütterlicher Seite geheyrathet hatte, mit vieler
Güte die Mühe, theils wegen so naher Verwandschaft,
theils und noch weit mehr aus liebe zu dem Talente, das
sich bey dem jungen Menschen zeigte, die Einrichtung
derselben zu besorgen.   Erst gab man ihm Hauslehrer.
Da er von solchen in der lateinischen und griechischen
Sprache wohl unterrichtet war, brachte man ihn nach
Gera zur Unterweisung und in das Haus Georg Ludwig
Gollners, der damals die Direktorstelle am dasigen Gymnasium mit außerordentlichem Ruhme bekleidete.   Von
hier schickte man ihn zwey Jahr nachher, sowohl bereichert an Kenntnissen, als auch, was einen noch größern
Werth in unsers Jöchers Augen hatte, von einem un-
widerstehlichen Triebe, Wissenschaften zu lernen, begei-
stert, zu dem vormaligen Lehrer seiner Mutter und der
Zeit Rektor auf dem Gymnasium zu Zittau, Gottfried
Hoffmann, den man für außerordentlich glücklich in Bildung der Genies hielt.   Dieser Mann gab dem jungen
Menschen nicht nur Unterricht in den Sprachen, die er
innen hatte, und brachte ihn durch Uibungen zur Fertigkeit im Disputiren und Sprechen, sondern erweckte
auch in ihm Lust und Trieb zu den morgenländischen
Sprachen, dem Hebräischen, Chaldäischen, Syrischen
und Samaritanischen, worinnen der Conrektor des dasigen Gymnasiums, Adam Erdmann Mirus, ein vorzüglich geschickter Lehrer war.   Aber Grunewald, Archidiakonus der Kirche in Zittau, in dessen Hause der junge
Mensch wohnte, ein Mann von ausgezeichneter Beredsamkeit für die damalige Zeit, und wie sie in jenen Gegenden dafür gepriesen wurde, mehrte auch bey ihm das

Streben nach Wohlredenheit in der teutschen Sprache und beförderte es durch sein Beyspiel. Zu der Zeit entstund zugleich bey ihm, vermittelst der Gelegenheit, die sehr wohl versehene Stadtbibliothek, über welche nur gedachter Hoffmann die Aufsicht hatte, öfters zu besuchen, die erste Neigung zur litterarischen Geschichte. Zu den Wohlthaten, die er von Zittau mit weggenommen hatte, rechnete er die Freundschaft, die er damals mit den beyden Hofmannischen Söhnen errichtet hatte, und bis ans Ende aufs sorgfältigste unterhielt und verehrte: dem einen, der nachher Präses der Juristen-Fakultät zu Frankfurt, unter dem Titel eines Ordinarius und Professor Primarius war: dem zweyten, einem sehr angesehenen Rathsgliede der Stadt Zittau, und ganz besondere Zierde derselben

Da er mehr als zu reif zu höhern Lehrvorträgen schien, gieng er zurück nach Leipzig, und ließ sich bey hiesiger Akademie inscribiren. In der Zwischenzeit hatte er Baudisen verloren, der, wie ich oben dachte, den Plan seiner Studien eingeleitet hatte. In diese Stelle nun trat ein anderer, auch besserer Mann, Gottfried Olearius, der sowohl aus alter Freundschaft gegen des jungen Menschen Vater, als wegen der Talente desselben sich angelegen seyn ließ, ihm nicht nur anzugeben, was und wen er hören sollte, sondern ihm auch Erlaubniß gab, ihn täglich zu besuchen, und um theils die Fortschritte seines Genies zu prüfen, theils ihm durch Unterricht nützlich zu seyn, sich mit ihm zu unterhalten. Das Andenken an diese Wohlthat erhielt er nicht nur beständig, sondern er benützte sie auch mit größtem Vergnügen. Auf dessen Anrathen trieb er nun zuerst Sprachen und Philosophie, und hörte zu Erlernung der alten Philosophie Harden sehr fleißig, und wegen der neuern, Polycarp Müllern, Rüdigern, auch zuletzt August Friedrich Mü..ern, mit dem er nachher als Kollegen in der verbindli.hten Freundschaft lebte. Im Griechischen waren Schöttgen, im Hebräischen aber erst Starke, sodann

Nicht ſeine Lehrer, von welchem er auch die jüdiſchen
Rabbinen verſtehen lernte. Er vernachläßigte auch nicht
die modernen Sprachen. Weil er nun bereits in Zittau
einen Anfang im Franzöſiſchen gemacht hatte, ſo verband
er dann damit die engliſche und italiániſche Sprache. An=
fänglich war ſeine Abſicht geweſen, ſich auf die medici=
niſchen Wiſſenſchaften zu legen, und deshalber hatte er
auch Michael Ernſt Etmüllern ſeinen Großvater gehört,
deſſen Diſputation, von den Kräften der Muſik auf den
menſchlichen Körper, er auch auf dem Katheder verthei=
digt hatte: doch, da er nachher ſeinen Vorſatz geändert
hatte, ſo legte er ſich auf die Theologie. Uiber dieſelbe
hörte er ganz allein den großen Olearius, den einzigen
Theologen. Mit dem emſigen Fleiße in Anhörung des
Kathedervortrags verband er auch Diſputier=Uibungen,
erſt unter Philipp Olearius, hernach unter Johann
Schmidten, über Neumanns Theologiſche Aphoriſmen.

Die Philoſophiſchen Würden erhielt er ſehr jung, da
er zuerſt im Jahr 1712. zum Baccalaur, zwey Jahr nach=
her aber zum Magiſter der Philoſophie und ſchönen Kün=
ſte ernennt wurde. Bald darauf bekam er auch, nach=
dem er eine Diſputation de Biante Prienaeo in argen-
teo numo auf dem Katheder vertheidigt hatte, die Frey=
heit, Privatkollegia halten zu dürfen. Im Jahr 1716.
diſputirte er zweymal de variis veterum Philoſophorum
modis ſtudendi, und das bewürkte ihm ein Jahr her=
nach, die Aſſeſſorſtelle bey der philoſophiſchen Fakultät.
Nicht lange darauf erhielt er auch die erſte theologiſche
Würde, und wurde zum Baccalaureus der Theologie
ernennt. So bald er das Recht zu leſen erhalten hatte,
ſo fieng er an, über die Univerſal= über die philoſophi=
ſche und Gelehrten=Geſchichte, bald auch über die Re=
dekunſt, deren Regeln er alljährig, ófters zweymal, bey
einem ſehr vollen Hörſaale erklärte, Kollegia zu halten,
da er auch mit unter ſelbſt ſehr oft bey angeſehener Leute
Leichenbegängniſſen als Leichenredner auftrat. Seine Lob=

und Trauerreden sind noch sowohl einzeln, als in der
Sammlung eines mäßigen Bändchens zu haben. Beym
Vortrage des philosophischen Cursus folgte er anfänglich
der Rüdigerischen Methode: da aber nachher die leibni-
tzischen Lehrmeynungen geprüft, vorgezogen und von Wol-
fen in helleres Licht gesetzt wurden, fieng er an, mit der
alten Methode so unzufrieden zu werden, daß er sich
gänzlich auf Wolfs Seite schlug und der erste war, der
die Wolfische Philosophie auf hiesiger Akademie erklärte,
da er über Thümigs Auszug, Vorlesungen hielt. Als
ihn nun viele mit größtem Eifer hierüber lesen hörten,
so gab er sich um destomehr Mühe und Fleiß, die Philosophie nach Wolfischer Manier zu behandeln und erklärte
wöchentlich 8 Stunden, jedes Jahr, den ganzen Cursus
der Philosophie, gab auch noch überdem zwey Stunden, in denen seine Lehrsätze durch Disputiren erörtert
wurden.

Da er das alles ununterbrochen und mit vieler Betriebsamkeit that, hiermit die Lektür verband und vieles
schrieb, daß er, wie ich nachher sagen werde, nicht Tage
blos, sondern auch Nächte auf diese Beschäftigung verwendete, weil er sich auf die Festigkeit und Dauer des
Körpers verließ, wurde er vom Gliederreißen befallen,
das sich anfangs in die Hüfte setzte und ihm drey Winter durch höchst beschwerlich war, nachher, da es sich
hier weggezogen hatte, durch den ganzen Körper verbreitete. Als er durch Gebrauch des Carlsbades hiervon
befreyt wurde, nahm er sich vor, den Körper mehr zu
schonen, und mit der Gesundheit behutsamer umzuge-
hen. Doch, die Menge der Arbeiten und die Beschwerlichkeit damit verbundener Unbequemlichkeiten, wurde
ihm durch viele und glänzende Belohnungen vergolten.
Denn erstlich erhielt er im Jahr 1721. eine Stelle beym
großen Fürsten-Collegium, bald aber darauf gab man
ihm überdem eine königliche Pension. Im Jahr 1730.
kam die ordentliche philosophische Professur dazu, und
zwey Jahr darauf, nach Absterben Johann Burkhard

Menkens die Profeſſur der Geſchichte. Was er ſolcher für Ehre machte, das habe ich oben erwähnt.
Im Jahr 1735 da er zwey beſonders gelehrte Abhandlungen, die er den Raſereyen des Wolſtons entgegen-
ſetzte, und denen eine andere von gleichem Innhalt
im Jahr 1730 vorausging, geſchrieben hatte, erhielt
er die theologiſche Würde auf die verdienſtvollſte Art.
Im Jahr 1742 trug man ihm auch die Aufſicht über
die Univerſitäts-Bibliothek, 1749 die Ephorie über die
Königlichen Stipendiaten, 1755 die Präfectur über
die Dorfſchaften der Univerſität und überdieß, nach
Kapps Tode, im Jahr 1756 das Decemvirat zu Beſorgung des Pauliner-Collegium und des öffentlichen
Convikts auf, wobey jedermann mit ſeiner Rechtſchaf-
fenheit, Sorgfalt und Bemühungen ſehr zufrieden war.
Das Akademiſche Rektorat hat er dreymal, das Philo-
ſophiſche Dekanat aber fünfmal mit größte Würde und
Anſehn, zu beyder Vortheil, verwaltet.

Er hat nicht blos bey Akademiſchen Vorleſungen,
ſondern auch um das allgemeine Intereſſe der Wiſſenſchaften zu befördern, für welches er den größten Eifer
hatte, vieles geſchrieben. Erſtlich half er Johann Burck-
hard Mencken bey Ausarbeitung der lateiniſchen Act.
Erudit. ſodann auch J. G. Rabnern bey der teutſchen;
deren Beſorgung ihm bald, im Jahr 1720 ganz allein
übertragen wurde: und ſo, wie er dieſe gelehrten Journale anfangs unter dem nämlichen Titel, nachher von
1740 an, unter dem Namen, Nachrichten über die Litteratur, ihrem Schickſal und Wachsthum mit großer
Aufrichtigkeit, Fleiß und Nettigkeit, theils ſelbſt ſchrieb,
theils bis zu Ende des vorigen Jahres durch geſchickte
Männer ſchreiben ließ, eben ſo gern und mit eben ſo viel
Nutzen wurden ſie von Liebhabern der Wiſſenſchaften geleſen. Eben der vorhergedachte Mencke hatte ein Werk
veranſtaltet, das hauptſächlich ſehr nutzbar für Leute war,
die für ihre Perſon ſich nicht eben ſehr angelegentlich auf

die Kenntniß der Gelehrten-Geschichte gelegt hatten, oder
ein reiches Bücher-Meublement besaßen, worinnen sie
die Biographie gelehrter Männer aus jedem Zeitalter,
aus den brauchbarsten Schriftstellern kürzlich entlehnt,
finden konnten.   In dieses Werk hatte er selbst eine Zeit-
lang gearbeitet: doch, da er durch andere wichtige Dinge sehr mit Geschäften überhäuft wurde,  so hatte er sich
M. Joh. Daniel Jacobi, nachmaligen Superintendenten in Pegau, bey dem Werke zum Gehülfen angenommen.   Als die Exemplare der ersten Auflage,  die 1715
heraus kam, vergriffen waren,  überließ er Jöchern die
Besorgung des Werks,  der es im Jahre 1725 und wieder im Jahr 1733 mannigfaltig vermehrt und verbessert
herausgab. Das aber war doch nur eine gewisse Grundlage zu dem Werke, das er nachher, mit unglaublicher
Arbeit zusammengetragen,  in den Jahren 1750 und
1751 in vier großen Qvartbänden herausgegeben hat:
ein Denkmal, das auf die Nachwelt fortdauren wird.
Auch einige Akademische  Schriftgen die er aufs neue
durchsah und vermehrte, wuchsen zu mäßigen Bändgen,
z. B. die Anti-Wolstonische Streitschrift, und die An-
trittsrede zur Philosophischen Professur, in der er zeigt,
daß richtige Philosophische Kenntnisse vor Ketzereyen ver-
wahren.   Und zwar gab er dem Anti-Wolston den Titel: Prüfung der Paralogismen des Thomas Wolstons,
von den Wunderwerken Christi: das zweyte ist betitelt:
Philosophie, eine Klippe für Irrlehrer. Als dieser Schrift
1734 ein Büchelgen unter dem Titel: Alte und neuere
Philosophie, eine Klippe der wahren Weisheit, von einem unbekannten Verfasser (er hatte sich unter dem Namen Johannes Eleutherius a Verimontibus maskirt)
entgegen gesetzt wurde, gab das Jahr darauf ein anderes,
der unter dem Namen Christoph a Verivallibus versteckt
bleiben wollte, eine Rechtfertigung der Philosophie gegen
diejenigen heraus,  die solche aus Kopfhängeren bestrei-
ten: und damit hatte der Streit ein Ende.  Oft machte
er auch Vorreden vor Schriften anderer, die sich sein

Urtheil zur Empfehlung erbaten, und die es wuſten, wie viel Gewicht ſein Anſehen hatte.

Wiewohl nun die natürliche Munterkeit des Geiſtes und Körpers, die Bürden eines ſo ſehr geſchäftvollen und arbeitſamen Lebens ohne Beſchwerde ertragen hatte, ſo wurde ſie doch endlich ſo entnervt, daß der Mann, der ein weit längeres Leben verdiente, anfänglich an Kräften abnahm und endlich unterliegen mußte. Der Grund hiezu wurde vor mehr als fünf Jahren gelegt, da auf einmal eine ſo große Menge Blut ſich durch die Naſenlöcher ergoß, daß ſich Lebensgefahr äußerte. D. Ackermann, ein ſehr erfahrner Arzt, deſſen Rath er ſich bey Beſorgung der Geſundheit zu bedienen pflegte, und der zur Hülfe gerufen wurde, verordnete, da er die Größe der Gefahr bemerkte, nicht nur für ſeine Perſon die ſchicklichſten Mittel, ſondern ließ auch den berühmten D. Ludwig, der zugleich ein Buſenfreund von Jöchern war, zu gemeinſchaftlicher Beſorgung des Kranken rufen. Zwar ſtund vorjetzt das Blut, aber für immer konnte das gewaltſame Zudringen deſſelben nach den Naſenlöchern nicht gehemmet werden. Daher nun brach es nachher zu gewiſſen Zeiten, im Frühjahr und Herbſt in großer Menge hervor. Ja, anfänglich zwar hielt die natürliche Feſtigkeit des Körpers, da auch in kurzer Zeit die Geiſtes-Kraft, Lebhaftigkeit des Körpers und die Farbe des Geſichts wiederhergeſtellet war, das ſo häufige Naſenbluten aus: im dritten Jahre aber zog es ihm ein größeres Uebel zu, da plötzlich eine Lähmung der rechten Seite erfolgte. Denn aus dieſer Urſache befiel ihn nicht nur die äußerſte Glieder-Schwäche, ſondern es wurde auch der Gebrauch der Zunge geſchwächt, daß er mit unter ſtammelte, und nicht ohne Stocken heraus ſagen konnte, was er wollte. Es wurde nicht blos der Körper ſehr mürbe, ſondern es litten auch die Seelen-Kräfte ſo ſehr, daß man die vormalige Stärke und Schnelligkeit des Geiſtes nebſt der Lebhaftigkeit bey Treibung der Geſchäf-

te, gar sehr vermißte. Doch mit unter gab es, so zu
reden, gewisse Pausen des Uibels, unter welchen sich die
Reste von Lebhaftigkeit und natürlicher Festigkeit zuweilen zu äußern strebten, so, daß er etwas thun, und den
Umgang mit guten Freunden genießen konnte. Auch
die Liebe und die Unterhaltungen seiner besten Schwester
und liebenswürdigen Bruders, eines der erfahrensten
Rechtsgelehrten, nicht minder der übrigen Verwandten,
denen seine Gefahr und seine Leiden höchst schmerzlich
waren, gaben ihm bey seiner Krankheit und traurigen
Empfindungen Erleichterung. Doch, zu Anfang des
Mayes überfiel ihn jähling ein unaufhörlicher, grausa-
mer und hartnäckiger Schlucken, der deutlich errathen
ließ, was es in Kurzem für einen Ausgang gewinnen
werde. Nun fiel er wieder in die nämliche Schwachheit so, daß sich sein Lebens-Ende zu nähern schien. Bey
solchem bewies sein Herz jedoch eine mehr als gewöhnliche Stärke, die überdem durch den Zuspruch des Hochehrwürdigen Herrn D. Matthesius, der ihm die Erwartung der Seeligkeiten des Himmels zeigte, und die ihn zu
dem Freudengenuß des Herrn einsahe, dem er treu gedienet habe, erweckt und gestärkt wurde. Hierzu wurde
ihm nicht lange nachher, am 10 May, der Zugang durch
einen sanften Tod geöfnet, nachdem er zum Besten des
Vaterlandes, der Akademie und der Wissenschaften, seinen Verwandten und Freunden werth und jedermann
zum Vergnügen ein Alter von 63 Jahren und fast 10
Monaten erreicht hatte.

Nun ist's gerecht und billig, daß den Mann, der
so große Verdienste um uns und um den Staat hatte,
und der sogar sein Leben allgemeinen und besondern Dienstleistungen aufopferte, jedermann verehre, liebe und ihm
ein dankbares Andenken erhalte, vorzüglich diejenigen,
die von seiner Frömmigkeit, von seinem gelehrten Unterrichte, Bemühungen und Menschenfreundlichkeit einigen Nutzen hätten, besonders Sie, Theureste Akademi-

sche Bürger, denen überdem das Andenken an diesen Mann vortheilhaft seyn kann, an dem Sie, ein Muster ausgezeichneter Gelehrsamkeit und des unverdrossensten Eifers bey jedem Geschäfte aufgestellt sehen, das Ihrer Nachahmung würdig ist.    Auf solche Art wird Ihnen Ihre ehrfurchtsvolle Liebe den Mann ersetzen, dessen Benutzung Ihnen die Gewalt des Todes entrissen hat. 1758.

# Denkmal
# Friedrich August Sandels,
### der Medicin Doctors und Practikus.

Zu benen Dingen, die der Witz des Menschen bald so, bald anders anlegen kann, durch die eben so leicht sowohl Wohlfarth und Glückseligkeit des Menschen befördert als Schaden gestiftet wird, ist ganz ohnfehlbar der angeborne Trieb, das Alte abzuschaffen und die Neuerungssucht in den Lehrmethoden der Wissenschaften, in den Einrichtungen des menschlichen Lebens, in den Sitten und dann in jeder Meynung über göttliche und menschliche Dinge, zu rechnen: und sehr viel finden darinnen so viel Süßes, daß sie kein Bedenken haben, das, was neu ist, selbst bey weniger und ungewisser Erwartung neuern und größern Vortheils, dem Alten, wiewohl es durch vieljährigen Gebrauch bewährt war, eben des Reizes der Neuheit wegen, vorzuziehen. Denn in der That ist nicht zu läugnen, daß sich hierbey ein wichtiges Stück von Menscheneigenheit äußert, wodurch hauptsächlich unser vorzüglicher Abstand vom Thiere einleuchtet, in Rücksicht dessen, daß die Natur ihren Instinkt und ihre Triebe, die durch die Begierden rege gemacht werden, in solche Gränzen eingeschränkt hat, die sie nie überschreiten könnten, auch nicht zu überschreiten streben. Je mehr einer nun Mensch ist, je weiter er durch Erhabenheit des Verstandes sich über die Niedrigkeit des Thieres erhebt, um destomehr wünscht er sich, so zu reden jenem Zwange natürlicher Nothwendigkeit und dem alltäglichen Einerley zu entreißen, und giebt sich Mühe, entweder durch Geistesfähigkeiten etwas Neues zu erfinden, oder sich durch Arbeit das zu erwerben, wodurch er Nahrung für die Seele haben, wovon er Gebrauch machen und Genuß haben könne. Αἱ μεγάλαι φύσεις καινοτομοῦσι sagt Philo im Leben Mosis (Lib. I.) große

Köpfe sind die größten Liebhaber vom Neuen, und nicht
blos, wie er spricht, beym Studium der Wissenschaften,
sondern auch in allen übrigen Dingen: ja man hat auch
keinen sicherern Maasstab von großen Genies, als den,
nach neuen Erfindungen. Und wenn man die Wahrheit
gestehen will, und nicht ein zu großer Feind der Neuheit
ist, ein Wort, das man oft ohne Grund und aus Al-
bernheit anfeindet, so sind wir dieser Neuheitsucht des
menschlichen, Witzes beynahe dasjenige schuldig, was das
Menschengeschlecht theils in Bearbeitung der Wissenschaften und Künste, theils in Einrichtungen der Lebensart, und es ohne Erröthung zu sagen, sogar in der Religion, Gutes hat. Und was zumal Künste und Wissenschaften allgemein betrift, so darf kein Mensch zweifeln
τὰς ἐπιδόσεις γεγονέναι ὁ διὰ τὰς ἐμμένοντας τοῖς κα-
θεστῶσιν, ἀλλὰ διὰ ἐπανορθοῦντας, καὶ τολμῶντας, ἀεὶ
τι κινεῖν τῶν μὴ καλῶς ἐχόντων. daß ihr Wachsthum nicht
durch diejenigen, die mit dem Altväterischen zufrieden waren, sondern durch Leute, die Verbesserungen darin machten
und Herz genug hatten, immer einige Abänderungen in
Dingen zu treffen, die nicht die beste Einrichtung hatten,
sey befördert worden, wie Isocrates (in Evagora p. 450.)
sagt. Es ist wahre Barbarey und Grundlage zur
Barbarey, hierinnen gewisse Gränzen bestimmen, über
die man, wie ὑπὲρ τὰ ἐσκαμμένα, über festgesetzte
Schranken, nicht hinaus gehen noch denken dürfe: Faulheit ists, die mehrentheils durch Dummheit und Bequemlichkeit erzeugt und durch die süße Weichlichkeit genährt
wird, es in Künsten und beym Studium der Wissenschaften der Natur des Körpers nachzuthun, die, weil
sie körperlich ist, mit Wenigem, mit dem Mittelmässigen
und mit dem Einerley genug hat; Neues nicht nur nicht
wünscht, sondern es auch verschmähet. Ja, wenn jeder von Talenten an einer solchen Selbstgenügsamkeit
sein Vergnügen fände, so würden wir entweder ganz
und gar von keinen Künsten wissen, oder wir würden
nach so vielen Jahrhunderten noch beym A B C dersel-

ben stehen, und wenn Finsterniß und Unwissenheit einmal die Künste entweder vertilgt oder verdorben hätten,
so könnten wir nie das Glück haben sie wieder herzustellen. Da nun also gute Köpfe von Natur in sich die
Kraft haben, die sie auf neue und bessere Dinge hinführt,
so hat man nicht zu besorgen, daß die Künste nicht mit
unter entweder neuen Zuwachs erhalten, oder daß sich
nicht Leute finden sollten, die denen Verderbnissen der
Wissenschaften, welche ein unglückliches Schicksal über
sie gebracht hat, zu steuern suchten, und sie nicht endlich
heilten. Denn, auch selbst der Religion, nachdem ihre
Reinigkeit durch menschliche Erdichtungen und durch den
Schmuz der Barbarey verunstaltet, befleckt, und durch
Unwissenheit der heiligen Sprachen verdunkelt worden war,
erweckte Gott durch jene, großen und ausgezeichneten
Genies angeborne Kraft, Männer, die sich dem Eifer
in Reinigung und Verbesserung der Religion unterzögen
und die Sorge dafür übernähmen, und die sich nicht
durch das Geschrey solcher Leute zurückschrecken ließen, die
ihnen Neuerungssucht und Unbesonnenheit vorwarfen,
und behaupteten, daß jene neuen Erklärungen der heiligen
Schrift und neue Lehre, so nennten sie's, nicht zu dulden wäre. Von solchen Künsten will ich nicht reden,
die mit dem menschlichen Verstande und Herzen zu thun
haben, sondern die entweder auf die Bedürfnisse des
menschlichen Lebens oder auf die Annehmlichkeit desselben
Bezug haben. Hierinnen sieht jeder so gar von selbst
ein, wie vortheilhaft, die Liebe zum Neuen, dem menschlichen Leben gewesen sey. Ohne dieselbe würde es sich
noch bis auf heutigen Tag in jener vormaligen und unter
den Völkerschaften der alten und neuern Welt noch über-
bliebenen Roheit, und fast möchte ich sagen Unmensch-
lichkeit befinden: ja, wir würden es, wenn wir auf einmal in dieselbe zurückgesetzt werden sollten, für die größte
Strafe halten. Der Dichter trug daher kein Bedenken,
auch denen eine Stelle in den Sphären der Himmelsbür-
ger anzuweisen, die das Leben durch Erfindung der Kün-

fie ausgebildet haben: er verstund nicht blos jene großen
und gelehrten Künste, sondern auch die übrigen und ge-
meinnützigen, deren Nutzen sich auch viel weiter erstreckt.

Man hat aber bey solchem Streben nach Neuheit
eine doppelte Vorsicht nöthig: erst jene, des Jsocrates,
daß man bey Dingen, denen eine beßre Einrichtung
fehlt, es nicht wage, etwas auf solche Art abzuändern,
daß man aus Neuerungssucht gute Verfassungen zerrütte:
das ist ein sehr kützlicher Fleck. Denn, es fordert große
Einsichten, zu beurtheilen, was in Künsten und Bearbeitung der Wissenschaften gut oder nicht gut sey, und
es gehört nicht weniger dazu eine große Seele, weit mehr
durch Scharfsinn, als Unverstand und Unbesonnenheit,
Reformator werden zu wollen. Auch hier gilt der Gedanke jenes Griechen, welcher sagte ἀμαϑίαν μὲν ϑράσος,
φϱόνησιν δ᾽ ὄχνον φέϱειν, Dummheit mache zwar dreiste,
Verstand aber gebe Mühe und Arbeit: und, so wie
Häng zum Neuen, den Leichtsinn eines nicht gehörig genug
ausgebildeten Kopfs rasch auf unbesonnene ja oft auf ge-
fährliche Meynungen bringt, besonders wenn es Sachen
der Religion und göttliche Dinge betrift, eben so läßt Uibung
und unablässiger Fleiß im Denken, bey Neuerungen langsam zu Werke gehen. Die zweyte Vorsicht ist, daß
neue Erfindungen auch neue Vortheile mitbringen, nicht
die in leerer Einbildung noch in windiger Großsprecherey
bestehen; sondern durch Gründlichkeit der Sache, Beyfall erhalten. Dieses ist ein seltner Ruhm neuer Entdeckungen, sonderlich bey solchen Künsten, die nicht blos
in Meditationen und Speculationen des Verstandes bestehen, und von denen man gleichsam für sich Gebrauch
macht, sondern die man durch die Praxis sichtbar werden läßt und die für gut befunden werden. Denn nach
dem richtigen Ausspruch des Livius (lib. 46. 41.) eines
eben so vortreflichen Geschichtschreibers als Schriftstellers, von dem man Klugheit lernen kann, so haben die
mehresten neuen Erfindungen der Menschen, Hinreißen-

des in Worten: bey der Probe und Versuche, wenn ihre Ausführung erkläret werden, nicht auf welche Manier sie ausgeführt werden sollen, so verschwinden sie ohne den mindesten Nutzen. Das, was er von Erfindungen beym Kriegswesen und von neuen Einrichtungen des Soldaten-Handwerks spricht und das oft in der Erfahrung gegründet gefunden worden, ist von weit größerm Umfange. Wie viel Jahr durch haben sich denkende Köpfe mit Landwirthschaft und Feldbau geplackt, von was für mancherley neuen Entdeckungen hat man posaunen hören, wodurch der Ertrag der Felder entweder vermehrt oder dem Boden die Fruchtbarkeit abgelockt werden könne, damit die Aecker reichlichere Früchte trügen, die die Anwendung davon, die richtigste Urtheilsprecherin über neue Regeln sowohl, als über andere Erfindungen, der Windmacherey überwiesen hat. Denn so wie das, was man Paradoxa der Stoicker nennt, einen sehr guten Schein hat, und wie man es ganz ohne alle Wahrheit findet, wenn es durch den feinsten Witz des Disputirens beleuchtet wird, wenns, wie jener sagt, ventum ad verum est, nun zum Treffen kommt: eben so einschmeichelnd sind auch jene Erfindungen wenn man sie an und für sich, und nach ihren Gründen betrachtet; wenns aber von Worten zur Handpraxis kommt, so geht Hofnung und Erwartung verloren.

Ja, und ich weiß nicht ob es nicht, öfters eine ähnliche Bewandniß mit den Entdeckungen habe, mit denen große Talente gelehrter Männer die Heilkunst bereichert hat. Ich will das auch gerade nicht mit Fontenelle, dem launigen Verfasser der, nach den lucianischen gemodelten, Gespräche, zur Schäckerey davon brauchen, da er sagt, daß nach fleißigerer Bearbeitung der Heilkunde, nicht weniger viel Leute stürben: doch von der fein und witzig ausgedachten Methode, wodurch gelehrte und scharfsichtige Männer diese Wissenschaften theils sicherer, nicht in der Praxis, sondern in theoretischer Kenntniß

und Erklärung zu machen, theils philosophischer Subtilität näher zu bringen, versucht haben: und, wenn wir
ihre Talente, ihren feinen Witz und ihre Gelehrsamkeit
nicht anerkennen und rühmen wollten, so müßten wir in
der That sehr kurzsichtig seyn.  Allein, gedachte Kunst
fordert mehr Betriebsamkeit in der Praxis und gefällige
Geflissenheit in Hülfleistungen, als Witz und Subtilität in Definitionen und Demonstrationen: jene
subtilen und nach philosophischer und mathematischer
Genauigkeit abgemessenen Gründe, behagen zwar Köpfen,
die an Subtilitäten gewöhnt sind: wenn sie übrigens
einer auf Praxis anwenden will, so sind sie selbst demjenigen, der das versucht, entgegen, und die Verschiedenheit der Naturen und Krankheiten auch ihre Veränder-
lichkeit, machen sie fruchtlos.  Jener Sextus, ein witziger Widersprecher und Verfechter von Lehrmeynungen,
wollte in der Heilkunde, so leicht er es seyn konnte, lieber kein Witzling seyn, und sich für einen Empiricus halten lassen, nicht von der Gattung, die man in unsern
Zeiten so nennt, von Ignoranten der schönen Wissenschaften, und die nach einem ungeprüften Schlendrian
gehen und damit großthun, sondern von der Klasse, die
uns das Alterthum anpreißt: welche die Uebung ihrer Kunst
in die Kenntnisse des Menschen-Körpers durch Bekanntschaft mit der Anatomie, durch fleißige Beobachtungen
der Ursachen von Krankheiten, ihren Folgen, Abwech-
selungen und sämmtlichen Gang derselben und endlich in
die Kenntniß der Kräfte von Heilmitteln, bey jeder Art
von Körpern und Krankheiten, einschränkte.

Von dieser Gattung war hier ohnlängst Friedrich
August Sandel, der seit vielen Jahren, sowohl für
andere, als auch für sich ein glücklicher Arzt in unsrer
Stadt war.  Bey Betreibung der medicinischen Praxis,
war die sorgfältige Beobachtung der Krankheiten, und
die Bekanntschaft mit den Heilmitteln, deren Kräfte er,
aus einem langjährigen und genauen Umgang mit den-

selben bereits vorher kennen gelernt hatte, ehe er sich auf
das Studium der Arzneywissenschaft legte, seine vorzüglichste Sache. Auch in der feinern medicinischen Gelehrsamkeit, die er von den ehemaligen berühmtesten Professoren unserer Akademie gelernet hatte, war er kein
Fremdling, und wußte die subtilern Lehrer der Kunst zu
schätzen, er bewunderte sie zugleich und gab ihnen Beyfall. Doch, weil er sich gleich anfangs der medicinischen Praxis gewidmet hatte, so bekümmerte er sich mehr
darum, wie er die richtig eingesehenen Krankheiten durch
schickliche Mittel vertreiben, als wie er die Subtilität
in der Wissenschaft erlangen möge, zumal, da er wegen
seiner Unverdrossenheit und Geschicklichkeit in Kuren (indem er auch diejenigen, so ihn zum Ärzte wählten, liebte,) zu so sehr vielen Patienten gerufen wurde, daß ihm,
zur Kenntniß und tiefen Nachforschen solcher Dinge, keine Zeit übrig blieb. Da er auf diese Art ein guter und
nützlicher Mann war, so ließ er übredem andern, in Beurtheilung und Lobe ihrer Unternehmungen, Gerechtigkeit
wiederfahren: ein seltener Ruhm bey Gelehrten aller Art:
da die mehresten blos das bewundern, was von ihnen
kommt, und das Verdienst anderer durch lächerliche und
prahlerische Ausschmückung des ihrigen, der Verachtung
blos stellen. Denn, auch solche Entdeckungen, die blos
das Lob eines witzigen Scharfsinnes erhalten und für das
Menschenleben keinen Werth und Nutzen haben, verdienen doch in so fern Beyfall, in wie fern sie eine gewisse
schärfere Anstrengung des Verstandes vorausetzen, die
selbst den Witz schärft, auch eine edle Betriebsamkeit, die
dazu den Beschäftigungen des Gelehrten angemessen ist,
enthalten. Ueberhaupt war Sandel ein Mann von so
sanfter und wohlwollender Denkungsart, daß er sich gegen jeden billig, freundlich, gefällig und dazu nachgebend
betrug, sich keine Lästerung, Neid und Bosheit aufbrin-
gen ließ: welche vortreflichen Eigenschaften außer der Liebe
und Ehrfurcht vor Gott, auch eine gewisse Einförmig-
keit des moralischen Charakters und Simplicität der Al-

ten, in der Lebensart, unterhielt und unterstüßte: die,
weil sie immer genug hat, nie arm ist, denen Unarten,
woran das Volk der Gelehrten mehr als zu sehr krank
liegt, das unter allen am wenigsten damit behaftet seyn
sollte: entweder selten oder gar keinen Zutritt verstattet. Ja, er war reich, nicht nach dem Maaßstabe der
Philosophen, die über Wirthschaftlichkeit und Selbstgenügsamkeit disputiren, sondern nach der Waage des gemeinen Haufens und wie Leute, die den Kasten voll haben, zu reden gewohnt sind. Doch, er machte von seinem Vergnügen nicht den Gebrauch, wie reiche Leute
ihn davon machen, sondern nach der Regel der Philosophen: und da er starb, traf er damit eine solche Einrichtung, daß er sehr deutlich ein Herz dadurch zu erkennen
gab, welches auch verstorbner Freunde eingedenk sey und
Frömmigkeit, Rechtschaffenheit und Treue sehr hoch zu
schäßen wisse.

Er kam von Teutschlands äußersten Gränzen nach
Leipzig. Oßine, die Residenz des Bischoffs von Lübeck,
wo er 1688 am 15ten Jun. zur Welt kam, war sein
Geburtsort. Der Vater war Joseph Alexander San-
del, des Bischoffs Kammerdiener: der Großvater, Joseph Sandel, ein ehrbarer Mann und Weinhändler zu
Hala in Schwaben, die Mutter aber Anna Sophia
Oelrichin und die Großmutter väterlicher Seite, Anna
Maria Clemannin. Im sechsten Jahre verlor er die
Mutter, den Vater aber zu Anfang des jeßigen Jahrhunderts. Doch, es übernahm die Sorge für die Erziehung des damals 13jährigen Knabens der Bischöfliche
Leibarzt und Hofrath Johann Philipp Förßsch, theils
durch den leßten Willen des Vaters, theils durch des
jungen Menschen Charakter bewogen, den er, bey Gelegenheit der Freundschaft mit seinem Vater, hatte
kennen lernen. Den Unterricht in den Anfangsgründen
der Religion und Sprachen, erhielt er durch Hauslehrer.
Hierauf schickte man ihn auf das Stadt-Gymnasium,

welches damals durch den Ruf des Rektors Enoch
Schwarts in größtem Ansehn stund, dessen Rechtschaffenheit und Geschicklichkeit er ganz außerordentlich rühmte.
Dieser war der Sohn eines andern, Enoch Schwants,
welcher nach der Professur der Dichtkunst zu Rostock,
das Rektorrat der Schule zu Lübeck und zuletzt die Profession der Theologie auf eben gedachter Akademie erhalten hatte, und den Gelehrte auch aus Schriften kennen.
Unter Föltschens Vormundschaft nun, hatte er Lust zur
Arzneywissenschaft bekommen. Er legte sich daher erstlich auf die Apothekerkunst, die er mit so glücklichem Erfolg lernte, daß er nach beendigten Lehrjahren hier, in
der Linckischen Officin, eine Stelle bekam; und da man
einige Jahre lang mit seinen Arbeiten sehr zufrieden war,
ihm den Platz des Provisors übertrug. Er genoß nicht
nur wegen seiner Treue gegen das Linckische Haus, sondern, auch weil er demselben, aus Dankbarkeit und Liebe,
alle Arten von Dienstleistungen und Hochachtung bewieß,
bis ans Ende von diesem Hause die größte Liebe. Unterdessen hatte er, da er höher hinaus dachte, einen sehr
großen Trieb zu den medicinischen Wissenschaften selbst
bekommen, zu dessen Befolgung er viel Gelegenheit fand,
der denn auch vom Linckischen Hause mehr angefacht und
unterstützt wurde. Er nahm daher zuförderst einen Privatlehrer an, einen gewissen Tauben, Candidaten der Medicin: sodann, besuchte er die Vorlesungen Rivinus, Scha-
chers und Etmüllers. Hiermit noch nicht befriedigt, gieng er
von hier nach Rostock und hörte die Aerzte dasiger Universität sehr fleißig. Nach Beendigung der gehörigen
Laufbahn der Akademischen Wissenschaften, fing er an
eine Reise durch Holland und England zu machen. Da
er auf dieser Reise durch Utrecht ging und unter dem
Vorsitz Joseph Setverius eine Disputation de Angina
vertheidigt hatte, erhielt er am 15ten Jul. 1712. feyer-
lich, die Akademischen Würden der Arzneywissenschaft.
Nach seiner Zurückkunft in Leipzig, wo er Willens war, den
Wohnort seines Glücks anzulegen, fieng er an, mit gro-

ßem Erfolg zu prakticiren. Er hatte viel Bekanntschaft
und Beyfall und viel Empfehlungen durch die Herren
Lincken: auch war er sehr glücklich in Kuren. Und nun
verheyrathete er sich ein Jahr hernach im September,
mit Jungfer Sabinen Elisabeth, D. Christian Wolfs,
eines geschickten Medikus Tochter, schön von Bildung
und Eigenschaften des Herzens, mit der er bis 1738
oder über 25 Jahr, Kinderlos, aber in größter Harmonie lebte. Nun blieb er Witber. Doch die glückliche
Praxin der erstern Jahre, behielt er auch in denen folgenden, und immer wurde er von sehr vielen zum medicinischen Beystand gewählt. Da er aber nach seiner Gattin Tode, als Witber lebte, und allmählig die Jahre
heraufkamen, so entschlug er sich in Etwas der zu arbeits-
vollen Praxis, indem er nicht geizte und lieber etwas
mehr Muße zu Religionsübungen und zum Genuß seiner
Freunde wünschte, auf deren Umgang er sich außerordentlich viel zu Gute that.

Er genoß eine sehr gute und ununterbrochene Gesundheit. Denn, sein Körper war stark, und die natürliche
Festigkeit desselben wurde durch Gemüthsruhe und Mä-
ßigkeit unterstützt; außer, daß er sich, in den letzten
drey Jahren, mit der Gelbsucht und öfterm Durchfall
quälte. Allein, im September vorigen Jahres überfiel
ihn ein Katarrhal-Fieber, das anfänglich unbedeutend
und ohne Gefahr zu seyn schien; denn, es kam der
Husten dazu, der die üble Materie auswarf. Doch,
weil er schlimmere Zufälle vermuthete, zog er Pohlen,
einen angesehenen Medicum zu Rathe, den er, so bald
er auf unsre Akademie kam, mit vieler Güte aufgenommen und auf alle Art gedient und geholfen hatte, auch
ihn in seinem Testament als Erben hinterließ, und brauchte nach gemeinschaftlicher Einsicht, Medikamente. Ja,
aber am dritten oder vierten October wurde die Krankheit größer und gewaltsamer, wodurch der Auswurf des
Schleims unterdrückt und die Brust so beklemmt wurde,

daß er am nämlichen Tage, Nachmittags um 2 Uhr unter Beten und Singen der Umstehenden sanft entschlief.
In den Stunden, da ihm die Krankheit etwas Erleichterung schenkte, wurde er durch des Hochehrwürdigen Herrn
L. Joh. Jacob Bosens, öftere Unterhaltungen, die sein
Herz auf das kommende Leben und auf die Sehnsucht
nach dem Abschiede aus den Unruhen und Mühseligkeiten
dieses Lebens hinleiteten, gestärkt.   Er hatte 70 Jahr,
3 Monate und 14 Tage gelebt.   Ein langes Alter, nach
dem Maaß der Zahl von Jahren.   Doch nichts ist lang
was Gränzen hat, und wenn man die erreicht hat, so
wird man das, was vergangen ist, nicht weniger kurz finden, als die Zeit, so knapp sie ist.   Nur die Ewigkeit
ist lang.   Sie werden wohl thun, Theureste Akademische
Bürger, wenn Sie Ihr ganzes Leben durch Frömmigkeit des Herzens und Untadelhaftigkeit der Sitten, dan
auf anwenden.   1759.

## Denkmal

# Carl Gottfried Winklers,

beyder Rechte Doktors, des Churfürstl. Ober-Hofgerichts und Consistorii zu Leipzig Abvokatens, Rathsgliebs und Baumeisters zu Leipzig.

**M**an findet, daß bey den Verfassungen der berühmtesten Städte, die Einrichtung getroffen worden ist, daß, bey Vergebung der Ehrenstellen, besondere Rücksicht auf diejenigen genommen wurde, die durch edle Abkunft, oder wie es Aristoteles ( Polit. IV. 8.) sehr gut erklärt, durch vieljähriges Verdienst und mächtiges Ansehen, Empfehlung vor sich hatten: nicht, als wenn das Verdienst und die arbeitsame Thätigkeit anderer, von der Anwartschaft und dem Zutritt hierzu, gänzlich verdrängt seyn solle: denn das wäre Schande und dem Staate nicht im mindesten vortheilhaftig; sondern, weil sowohl erstern Gründe der Billigkeit mehr das Wort redeten, als weil man auch vom Adel und Verdienst jener, wie in menschlichen Angelegenheiten, mehrere und sichrere Erwartungen löblicher Verwaltung und muthiger Vertheidigung des Staats habe, als von der Neuheit der übrigen. Daß man nicht denke, es sey hierbey geringfügige leere Einbildung oder lächerliche Bewunderung von Titeln und Ahnen mehr, als die Sache und Wahrheit selbst in Betrachtung gekommen, das scheint das ansehnliche Beyspiel derer Männer, die nicht vom Adel und Staatswürdenfähiger Geburt waren, unter Griechen und Römern und selbst der Philosophen zu hindern, die nicht nur diesen Gebrauch im Staate nicht abzuschaffen wünschten, sondern so gar denselben als ein Stück der öffentlichen wohl geordneten Staatsverfassung beyzubehalten, für gut fanden. Und wahrhaftig, wenn Leute ablicher Herkunft, sich dieser Sache halber zu rechtfertigen genöthigt wären, so wür-

den sie solche mit so vielen und so guten Gründen ver-
theidigen können, daß sie, es müßte Neid und Mißgunst
ihnen denn allzusehr entgegen seyn, ganz ohnfehlbar scheinen gewinnen zu müssen.

Denn, zuförderst darf das, was ich sagen werde,
so unbedeutend es auch scheinen mag, dennoch nicht übersehen werden: die Natur selbst hat uns Hochachtung für
alles Alte, sogar an Dingen, die ohne Gefühl und Leben sind, geschweige für solche, die den Menschen angehen, eingepflanzt. Der Philosoph redet sehr wahr
(Met. I. 3.) τιμιώτατον τὸ πρεσβύτατον, das Aelteste
ist das Ehrwürdigste. In fürstlichen Schlössern besehen
wir das ganz wahre Antique mit weit mehr tiefer Verehrung als das Prachtvollste moderne, und man ist gewohnt, die Fruchtbarkeit eines alten und bejahrten Baums,
wäre sie auch nur mittelmäßig, weit mehr zu schätzen, als
den glücklichen Reichthum eines jüngern und von guten
Säften schwelgenden Baumes. Um wie viel geziemender,
ist es, verjährtes Verdienst, und seinen nicht gar großen
Überrest bey Auswahl zu Würden, neuerem Verdienste
vorzuziehen, von dem man nicht wissen kann, was für
Güte es in der Zukunft haben werde. Denn, eben so,
wie bey den Bäumen eine jählinge Fruchtbarkeit selten
dauerhaft ist, so wird bey einer niedrigen und unbekannten Familie das Gute derselben, das noch ganz neu ist,
wenn irgend einer sich durch vorzügliche Handlungen aus-
zeichnet, selten auf die Nachkommenschaft übergehen.
Wenn wir uns aber auch auf Männer besinnen wollten,
die nicht von alter Abstammung waren, von denen uns
die alte Geschichte erzählt, daß sie es bis zur höchsten
Würde gebracht, und ihrer Familie den Adel verdient
hätten, so wird sich finden, daß die mehresten von ihnen durch eben nicht allzurühmliche Kunstgriffe bis zu
solchem Gipfel aufgeklimmt sind, und ihren Kindern
nicht sowohl ein Muster von Rechtschaffenheit als von
Allgewalt zurückgelassen haben. Zudem erhebt auch selbst

der Adel sich allerdings selten nicht anders zu hohen Würden, als durch eine gewisse Mischung hervorstechender
Tugenden sowohl, als Laster, geschweige diejenigen, die
da merken, daß sie um so viel leichter zu demselben hin-
aufsteigen können, je weiter sie von glänzenden Verdiensten des Adels entfernt sind. Diejenigen z. B. die bey
der Republik Athen, nicht durch Empfehlung ihres Adels,
Männer vom ersten Range im Staate wurden, kamen
eher durch großes Laster als durch große Tugend dahin,
wohin sie wollten: dagegen finden wir, daß zu Rom,
außer dem Cato Censorius und dem Cicero, fast niemand
von gemeiner Herkunft, bloß durch rechtmäßige Wege,
die höchsten Ehrenstellen erhalten und solche behauptet
haben. Wenn man nun bey Annehmung der Würden,
Belohnung für rühmliche Handlungen, beym Auftrag
derselben aber ein erkenntliches Herz gegen Verdienstvolle
Männer erkennt: so fordert der Mann von edler Familie, bey Bewerbung um dieselben, theils einen gewissen verdienten Lohn, theils wird ihm bey ihrer Ertheilung das
vergolten, was seine Vorfahren für ihre Verdienste zu
fordern hatten. Denn diejenigen, die dem Staate durch
Rathgebungen, durch Wachsamkeit und Arbeit ersprieß-
liche Dienste thun, nützen ihm entweder nicht bloß auf
ihre kurze Lebenszeit und es erstrecken sich solche auch auf
die Nachkommenschaft, oder sie halten sich durch die Kürze genossener Würden, für die Sorgen, Arbeiten, An-
feindungen und Gefahren, denen sie sich dem Staat
zum Besten unterzogen, nicht für bezahlt genug; sie wollen auch, daß Kinder und Enkel von ihren Verdiensten
noch einigen Genuß ziehen möchten, deren Glück sie sich
voraus im Herzen und in der Erwartung denken und
glauben, daß es ihnen hauptsächlich zugehöre. Wie diejenigen, die eigene Angelegenheiten gut verwalten, sich
im Grunde nicht bloß um ihrentwillen sauer werden lassen, sondern auch und sogar weit mehr um ihrer Kinder
und Enkel wegen, denen sie vorzüglich die Früchte ihrer
Arbeit und Schweißes zu genießen wünschen: eben so

denken und wünschen auch diejenigen, die dem Staate
heilsame Dienste leisten, wenn sie schon vornehmlich den
Staat selbst und ihre Pflichten zum Augenmerk haben,
dennoch auch die Vortheile ihrer Kinder für die Zukunft,
nicht aus dem Auge zu lassen; sonderlich, da sie solche
einigermaßen als einen Theil des Staats betrachten, der
Eltern zur Erhaltung und auch zur Behauptung der Ehre,
von Gott empfohlen wurde. Cicero z. B. ein Mann,
nicht eben von Ahnen, und der mit unter mit dem Hange des Adels, in Anmaßung der Ehrenämter nicht sonderlich zufrieden war, (Agrar. II. 1.) rechnet dennoch
Würde der Familie zu den auszeichnenden Ehren, auf
deren Bezug man rechtmäßig um das Consulat ansuchen
könne (Murena. 7.) und spricht dem Serbius Sulpi-
tius es nicht für Unrecht, daß er die Würde des Candidaten nach edler Herkunft messe, aber den Adel des Murena nicht für gut genug hält: und da er das Consulat
und die Nobilität auf seine Familie gebracht hatte, suchte
er für seinen Sohn dasjenige, und machte sich Rechnung
darauf, was andere von edler Abkunft, solcher Eltern
halber, forderten. Er sagt (Catil. IV. extr.) Ich empfehle euch meinen kleinen Sohn: er wird nicht nur für
sein Glück, sondern auch für seine Würde Vorspruch
und Empfehlung genug haben, wenn ihr euch erinnert,
daß er der Sohn des Mannes sey, der euch das alles,
blos allein auf seine Gefahr, erhalten hat. Und die väterliche Erwartung war weder unbillig noch wurde sie
vereitelt. Denn der junge Cicero stieg, wenn er gleich
von den großen Eigenschaften des Vaters nichts hatte
als Genie, dennoch durch alle Ehrenstufen bis zum Consulat, und so erhielt der Vater auch nach dem Tode, das
was man ihm schuldig war; Υπὲρ ἧς γὰρ πατρίδος ἀφό-
θραν ἐσπέδαζον δικαίως ταύτην και τιθνεῶτες κληρονομῦ-
σι, sagt Lycurgus der Redner (c. Leocrat. c. 20.) verdient und billig haben sie auch nach dem Tode Anfor-
derung auf das Vaterland, um das sie es sich so sauer
werden ließen. Todte aber können anders nicht die Rechte

aufs Vaterland behaupten, als durch Ehrenstellen, und
die Wohlfarth ihrer Kinder und Enkel.

Und um nicht zu denken, daß die Sache blos von
Seiten der Ehrenvollen Billigkeit sich rechtfertige, und
nicht zugleich von Seiten des Vortheils für das allgemeine Beste sich empfehle, bey dessen Erhaltung man
nicht weniger Billigkeit erkennt: so hat diese Einrichtung
so mancherley und ansehnliche Vortheile, daß es die Miene hat, als wenn nicht Gerechtigkeit und Billigkeit sie an-
geordnet und zum unverletzlichen Gesetz gemacht habe,
sondern als ob sie selbst vom Interesse erdacht und fort-
gesetzt worden wäre. Denn, da jedem die Natur selbst,
seine Kinder und Nachkommenschaft zur Fürsorge an-
empfiehlt, wie ich oben sagte, so ist sie allerdings, wie
bey Erwerbung und Vermehrung der Vermögensumstän-
de, eben so zur Erhaltung und rühmlichen Verwaltung
des Staats der schärfste Sporn, den Erwartung von
Vortheilen der Seele anlegt, die auf Kinder und Enkel
übergehen. Wenn also Personen, die sich unter viel-
fältigen Arbeiten, schlaflosen Nächten, Beschwerlichkei-
ten, öfters auch unter Gefahren und Feindschaften, mit
Verwaltung des Staats abgeben, nichts von solchen
Aussichten vor sich hätten, so würde aller Gewinn für
ihre Verdienste und die Belohnung dafür, mit ihnen ins
Grab gehen. Wenn auch schon der rechtschaffene Mann
sich mehr vom allgemeinen Nutzen, als vom Privatinter-
esse leiten lassen muß, so würde er doch, man kennt
den Menschen, sich schwerlich dazu verstehen, seine Ruhe und Bequemlichkeit aufzugeben, um dem Staate zu
dienen, und er würde seine Kräfte nicht bey so mannigfaltigen Geschäften zusetzen, noch sein ganzes Leben mit
Beschwerden überladen lassen. Da nun jeder solcher
Männer von gedachter Hofnung belebt wird, daß er für
seine rühmlichen Verdienste um den Staat, seinen Kindern und Nachkommen ein sicheres und immer dauren-
des Erbtheil suche, um desto angestrengter und mit desto

mehr Vergnügen arbeitet er für den Staat und versüßt
sich zugleich die Beschwerden der Geschäfte durch den
Gedanken an seine Nachkommenschaft.

Außerdem hat die Republik von denen selbst, die
eine solche Nobilität haben, welche von denen Würden,
Vermögensumständen und Verdiensten der Vorfahren
herrührt, sehr vielen Stof zu den besten Erwartungen.
Sollte sie sich denn von denen nicht schönere Hofnungen
versprechen, die ihr so viel und große Sicherheitspfän-
der der Liebe gegen sie, des Eifers und der Rechtschaffenheit geben? die bey andern entweder geringfügig oder wenig oder gar nicht zu finden sind: die Lateiner nennten
diejenigen, bonos viros, die theils begütert und in guten
Vermögenszustande waren, theils bey öffentlichen und
Privatangelegenheiten treu und rechtschaffen zu handeln
gelernt hatten, nicht unbesonnen und zufällig, wie es
vielmals bey der Vertauschung der Wörter zu geschehen
pflegt, sondern aus gesunden Gründen und aus Ubberle-
gung. Denn, so wie selbst Armuth die größte Reitzbarkeit zu Betrügereyen hergiebt; wie man oft bemerkt, daß
nicht nur Leute, die niemals unter viros bonos gerechnet
wurden, sondern auch solche, die man unter sie zählte,
zu aller Art von Schelmereyen hingerissen wurden, nachdem sie entweder durch ihre Schuld, oder durch etwa-
ige Unglücksfälle wieder in Dürftigkeit verfielen: eben
so liegt im guten Vermögenszustande eine nicht geringe
Verbindlichkeit zur Treue und Rechtschaffenheit, die theils
die Betrügereyen nicht nothwendig und sie überflüssig
macht, theils die Redlichkeit nicht nur an die Nothwendigkeit bindet, sondern sie auch durch Vortheile anreizt,
pflegt. Aber auch die Natur bringt es so mit sich, daß
die Liebe zum Vaterlande beym Menschen um so stärker
ist, je mehreres und größeres Gutes er davon genießt,
weil er einsieht, daß mit der Wohlfarth desselben, sein
eigenes Wohl zusammen hängt, und so es leiden und be-
einträchtiget werden sollte, auch seine Glücksgüter in Un-

ſicherheit geſetzt und zerſplittert werden würden. Hierinnen liegt der Grund, warum er größere Vorliebe für
daſſelbe hat und es glücklich wünſcht, daß er ſich über
deſſen Flor freut, mehr für ſolches beſorgt iſt, und um
die Sicherſtellung ſeiner Wohlfarth und Intereſſe ſichs
weit lieber und eifriger ſauer werden läßt. Cicero für
ſeine Perſon, rechnet in der Rede für den Sextus, unter diejenigen, ſo an Unglücksfällen des Staats Vergnügen finden, über Gefahren und Laſten deſſelben ſich freu-
en, die auf der Parthey der Vaterlandsfeinde ſind, ihre
Siege für ihren eigenen Triumph halten, oder die unter der Bürgerlarve zu den einheimiſchen Feinden des
Vaterlandes gehören, nicht nur die von Natur gefährlichen Menſchen und Böſewichter, ſondern auch diejenigen, deren Finanzen mißlich ſtehen; unter viros bonos
aber, Freunde des Vaterlands und der allgemeinen Wohlfarth und deren Intereſſe, die, ſo wie ſie redliche und
vernünftige Männer ſind, auch nicht weniger in guten
ökonomiſchen Umſtänden und anſehnlichem Vermögen ſich
befinden. Und das hat ſeinen guten Grund. Denn,
die Vaterlandsliebe hängt nicht am Boden des Landes,
oder an Steinklumpen und maſſiven Gebäuden, ſondern
an Dingen, die uns das Vaterland zum Gebrauch und
Genuß darbietet, und an Vortheilen, an denen jeder Be-
wohner des Vaterlands Antheil hat, und deren Genuß
und Angenehmes ſo wohl, als ihr ſchätzbarer Werth
ihn an daſſelbe kettet: Und je mehrere nun einer derſelben beſitzt, um deſto mehr liebt er das Vaterland, unter
deſſen Schutz ſie geſichert ſind, er müßte denn der größte
Böſewicht ſeyn. Das gemeine Sprichwort, ſetzt das
Vaterland! ſehr richtig dahin, wo es jedem wohl geht.
Warum ſollten alſo diejenigen nicht vorzüglich das Vaterland lieben, die theils viel eigenthümliche, theils an-
geerbte Glücksgüter und Vortheile darinnen beſitzen?
Die Römer und andere berühmte Nationen haben wirklich nicht ohne gute Gründe, alle Bedienungen im Staate, obrigkeitliche Aemter, Geſetze, Gerichtshöfe, den

öffentlichen Schatz, das Kriegswesen, blos leuten anvertrauet, deren Interesse es hauptsächlich war, daß die
Verwaltung der Republik gut versorgt, gesichert und
glücklich sey und man tadelte es nicht ohne Ursache am
Aristoteles, daß er mit der Einrichtung der Carthagi-
nenser unzufrieden war, blos Begüterten die obrigkeitliche Gewalt anzuvertrauen. Wenn nun der Besitz eigenen Vermögens, so viel für Vaterlandsliebe vermag, so
ist man allerdings gehalten, dem Vorzugsrechte und der
Erwartung, zu Ehrenstellen zu gelangen, sammt der ausgezeichneten Würde, worein große Seelen nicht nur
nicht geringers sondern auch weit größeres Glück setzen,
als in den Ueberfluß häuslichen Vermögens, ein noch größeres Gewicht zuzugestehen. Auch das ist nicht unbedeutende Empfehlung zur Würderung und zur Liebe des Vaterlandes, wenn man viele und große und zugleich Ehrenvolle, durch Würden ausgezeichnete und mächtige
Blutsfreundschaften und Verwandschaften, wenn man
sehr viel von Urvätern und Vätern ererbte Freundschaften an einem Orte hat, welches Geschenke und Vorzüge
der Nobilität und des Alterthums und Denkmäler der
Voreltern sind, mit denen uns zugleich das Andenken
und gleichsam das Bild derer einfällt, von denen wir ab-
stammen, denen wir das Vaterland, Vermögen und
einen ansehnlichen Theil unserer Würden zu danken haben. Wie sollte uns diejenige Stadt nicht lieb und theuer
seyn, wovon man weis, daß Eltern und Voreltern sich
viele Zeitalter hindurch um ihre Erhaltung und Ehre
ließen sauer werden, und viel Gefahr, so gar leib und
lebensgefahren für sie gewaget haben: dazu genommen,
daß die Liebe für unsern Wohnort nicht auf einmal kömmt,
oder feste Dauer erhält. Sodann gewöhnet sich durch
länge der Zeit nicht blos unser Auge; sondern auch unser Herz so an Orte und Gegenden, daß sie ihre Ansicht
und das Vertraute mit ihnen ungerne entbehren. Man
muß eben nicht auf den Zeitraum allein Rücksicht nehmen, den wir selbst berechnen können, und der allein

nicht vermögend ist unser Auge daran zu gewöhnen, sondern man muß auch die Jahre der Vorfahren in Rechnung bringen, da denn die Sache selbst einleuchtet, daß
es sehr viel thue, um das Herz stärker an den vaterlän-
dischen Boden gleichsam anzuheften. Denn, so wie andere Gefühle, die von den Vorfahren gleichsam von
Hand in Hand fortgegeben wurden, auf die Nachkommenschaft übergiengen, um so viel mehr nun dieses Gefühl fürs Vaterland und die Neigung gegen diejenigen
Oerter, wo wir anfiengen den ersten Odem zu schöpfen.

Das alles ist von der Art, daß man leicht begrei-
fen kann, wie gut und vortheilhaft die Einrichtung gemacht worden, daß Nobilität beym Gesuch der Ehrenstellen von wichtigerm Belang ist. Ich verstehe aber diejenige Nobilität nicht blos, die bey uns die Gewohnheit
dafür hält, sondern insgesammt diejenige, die die alten
Lateiner so nennen, welche in rühmlichen Eigenschaften
der Voreltern, in Reichthümern und Würden und in
der Verjährung aller dieser Dinge besteht. Auch bey
den Römern wird einer, so bald er Ritter ist, gerade
nicht für Nobel gehalten. Denn Cicero z. B. war aus
einer ziemlich alten Ritterfamilie, und doch rechnete man
ihn nicht unter die Klasse der Nobeln: aber im Staate
verwaltete Ehrenstellen geben Nobilität, und nicht allein in Rom gabs Noble, sondern auch in andern Städten Italiens und Provinzen der Römer. Es werden daher beym Cicero öfters Männer aufgeführt, die zu Hause
oder in der Stadt, wo sie sich aufhielten, nobel waren,
deren Adel sich von den Würden herschrieb, die ihre
Vorfahren in der nämlichen Stadt bekleidet hatten. Gegen eine solche Nobilität war unsre Stadt daher immer
erkenntlich, indem sie solche Männer zu Würden erhob,
und ihnen die Verwaltung der Stadtgeschäfte auftrug,
deren Häuser wegen vieljährigen soliden Vermögen, Verdiensten und Ehre in wichtigem Ansehen stund: da sie inzwischen weder die Verdienste der Neuern aus den Au-

gen ließ, noch sie von Ehrenstellen ausschloß. Doch,
diese Nobilität ist gegenwärtig wohl kaum in einer andern Familie größer, oder durch Würden und Vermögen glänzender, als in der Winklerischen, die fast seit
200 Jahren nicht nur einen ausgebreiteten und berühmten Handel trieb, sondern auch alle die ersten Posten der
Stadt, das Consulat, die Baumeisterstelle, das Stadtrichteramt sehr oft zu ihrem größten Ruhm und zum allgemeinen Besten verwaltet hat. Sie ist aber nicht blos
im Besitz dieses Städtischen Adels, sondern auch jenes
größern, den der Kaiser nach Ermessen und Gnade ver-
leiht, den sie von Ferdinand III. erhielt, der im Jahr
1650, den Vater und 4 Brüder damit beschenkte. Ich
übergehe die Verwand- und Schwägerschaften, durch
die sie mit den angesehensten und berühmtesten Familien
unserer Stadt in Verbindung steht.

Von dieser Familie war Carl Gottfried Winkler, ein angesehener Rechtsgelehrter, Advokat vom ersten Range bey den höchsten Gerichten unsrer Stadt und
Baumeister im Rath, dessen Andenken ich empfehlen
will. Er wurde am 6. December 1691. allhier geboren. Sein Vater war, Christoph George Winkler,
Senator, Stadthauptmann und Kaufmann der ersten
Klasse; die Mutter Susanna Sophia, D. Christian
Packbuschens, ältesten Beysitzers des Churfürstl. Schöppenstuhls, Tochter. Der Großvater auf väterlicher
Seite, war Heinrich Winkler, ein Handelsherr, der Ur-
großvater aber George Winkler, der, wie oben bereits
gedacht worden, nebst vier Söhnen, Benedict, Andreas,
Heinrich und Paulen, den teutschen Adelsbrief und Wap-
pen erhielt. In den jüngsten Jahren, hatte er außer
andern geschickten Lehrern auch M. Justus Gotthard Rabnern, der nachher die Diaconusstelle an der Kirche zu
St. Thomas bekleidete, einen Mann von feiner und
ausgesuchter Gelehrsamkeit. Aus seinen Unterweisungen
kam er in den Unterricht der Nicolaischule, wo damals

Ludwig Christian Crell, Rector war, der in Bildung der Genies vorzügliches Glück hatte, woselbst er zugleich Christian Gottlieb Schwarzen zum Lehrer bekam, der in der Folge der Universität Altdorff durch seine Gelehrsamkeit so viel Glanz und Ehre machte. Mit guten Kenntnissen versehen, ging er von da, zu den akademischen Lehrern über und hörte diejenigen, so damals die Philosophie, Geschichte und beyde Rechte mit größtem Beyfall lasen. Er erhielt nun in beyden Arten der Wissenschaften die Würden, durch die man die Freyheit zu Vorlesungen erhält. Denn im Jahr 1712. wurde er Magister der Philosophie und vertheidigte eine Streitschrift: de potestate legum ciuilium in jus naturae und vier Jahr darauf erhielt er von der Juristen-Fakultät zu Wittenberg das Doktorat, nach ausgearbeiteter und vertheidigter Disputation de jure pauperum. Ehe er sich aber auf juristische Praxis legte, so beschloß er, eine Reise durch die cultivirtesten Theile von Europa zu machen, und die Sehenswürdigkeiten von jedem zu besehen, auch die berühmtesten Gelehrten zu sprechen, um Vortheil aus ihren Unterhaltungen zu ziehen. Nachdem er zuerst die Niederlande und Holland besucht hatte, ging er durch England nach Frankreich, und da er es durchgereiset war, kam er durch Teutschland zurück nach Leipzig. Doch nunmehr machte er bald Anstalt, seine juristischen Wissenschaften durch Advocatur nutzbar zu machen. Da er das mit größter Unverdrossenheit, Geschicklichkeit und Rechtschaffenheit that, so wurde es ihm leicht auch beym Königlichen Ober-Hofgericht und Consistorium einen Platz als Advoc. Extraord. zu erhalten, von welcher er einige Jahre nachher, zur Stelle eines Adv. Ordinar. hinauf rückte. Aber diese seine Rechtswissenschaften und Fleiß bey Prozeßführungen, halfen ihm auch zur Wahl, bey dem Gesuch um eine Stelle beym hiesigen Stadtrathe, und er wurde im Jahre 1723. in dieses hochansehnliche Collegium aufgenommen, bey welchem er sich durch Redlichkeit und Geschicklichkeit solchen Beyfall

J

erwarb, daß man ihm 1727. das Stadtrichteramt, und 12 Jahr hernach die Baumeisterstelle übertrug. Beyde Posten verwaltete er so, daß man mit seinem Fleiß in Uibersicht und richtiger Erkenntniß der Sachen, mit seiner Geschicklichkeit und Billigkeit in Entscheidungen und mit seinem Ernste in Bestrafungen, stets vollkommen zufrieden war.

Er war aber nicht bles im Angesicht der Welt durch erhaltene Würden und Verwaltung der Republik, sondern auch im Häuslichen, durch eine rühmliche und glücklich fruchtbare Ehe beglückt. Denn im Jahr 1718. verehlichte er sich mit Jungfer Johannen Theodoren Herrn Johann Philipp Küstners, des Raths und Baumeisters Tochter, einem Frauenzimmer von vortreflichen Eigenschaften, mit der er viele Jahre in der größten Harmonie lebte. Zwar verlor er sie im Jahr 1743. am 1sten Sept. wieder, hatte aber Kinder von ihr, durch deren fromme Kindesliebe er über jenen, wenn gleich großen und schmerzlichen Verlust, getröstet wurde. Denn, sie hatte ihm zwey Töchter, Johannen Sophien und Christianen Charlotten, davon die ältere an D. Friedrich lebrecht Stolzen, einen Rechtsconsulenten, des Ober-Hofgerichts und Consistorii Advocaten, die jüngere aber an D. Gottfried leonhard Jöchern, einen sehr angesehenen Rechtsgelehrten und Assessor des Schöppenstuhls, sehr glücklich verheyrathet waren, und einen Sohn D. Carl Gottfried Winklern *) beyder Rechte Doctorn, des Ober-Hofgerichts und Königlichen Consistorii sehr berühmten Advocaten und einen Mann von ausgezeichneter Gelehrsamkeit, geboren. Johannen Charitas und

---

*) Stieg im Rathscollegio bis zum Consulat, verwaltete es 6 Jahr, resignirte 1781 und wurde nach des Ordinarius der Juristen-Fakultät, Herrn D. Carl Ferdinand Hommels, Ableben, Ordinarius der Juristen-Fakultät, Domherr des hohen Stifts Merseburg, Decret. P. P. und renovirte den gedachten Adel seiner Vorältern; starb 1790.

Ernst Ludwigen, hatte ihm der Tod in ihrer zartesten
Kindheit entrissen. Die letzte seiner Familienfreuden,
machte ihm die glückliche Ehe seines Sohnes mit Jungfer
Wilhelminen Dorotheen, des Wohlgebornen Herrn
Christian Gottlob Marbachs, Amtmanns in Lauchstädt,
Jungfer Tochter, einem jungen Frauenzimmer von vieler Würde. Doch, er genoß bey seinem damals schon
mürben Gesundheitszustande, der ihm den Tod beförderte, diese Freude nicht lauter und ungetrübt.

Denn, da er von jeher eine feste Gesundheit gehabt hatte, die durch natürliche Dauerhaftigkeit des
Körpers unterstützt wurde, fieng vor vier Jahren
eine Abnahme der Geisteskräfte, wovon er mit unter Anfälle hatte, jähling an, die Umstände bedenk-
lich zu machen. Ob er aber schon von diesem Uibel
so hergestellt wurde, daß er nachher nichts davon litt,
so ließ dennoch anfänglich die Empfindung von Mattigkeit in den Füßen, wovon man keinen Grund angeben konnte, vermuthen, daß noch ein grösseres Uibel
dahinter stecke: bald hernach folgte Engbrüstigkeit,
welche Wasser um die Herzkammer argwohnen ließ.
Hierzu kam bald darauf Gesichtsbleichheit von der
Art, wie sie bey verdorbener Leibesbeschaffenheit zu
seyn pflegt. Wenn er daher auch gleich seine gewöhnlichen Geschäfte abwartete, so vermißte man doch
gänzlich seine vorige Lebhaftigkeit. Im September
vergangenen Jahres aber, nahm die Macht des Uibels
so überhand, daß er genöthiget wurde sich zu Hause
zu halten und von der Zeit an, kam er nicht wieder
aus. Die Herzbeklemmungen wurden von Tag zu
Tag stärker: die Schwulst an den Füßen, die bis
an die Knie herauf stieg, näßte. Es entstund daher
die Wassersucht, die unaufhörliche Bangigkeiten, schlaflose Nächte und die äußerste Schwäche verursachte,
der die erfahrensten Aerzte, D. Ackermann, und der
Hofmedicus Eckhardt, keine Heilmittel entgegek setzen

konnten. Unter solchen Umständen schleppte er sein
sieches Leben bis zum 19. May, an welchem er unter den sichern Erwartungen eines bessern Lebens ver-
schied, dessen Ruhe und Glückseligkeit er um so sehn-
licher wünschte, je mehr ihn die Last menschlicher Leiden drückte. Ja, er hatte nicht blos den Körper,
aus trauriger Nothwendigkeit, die ihm die Krankheit
auflegte, von irrdischen Dingen abgezogen, sondern,
theils auf die Winke des sich von sachten annähern-
den Todes, theils auf Anleitung und Anrathen des
Hochwürdigen Herrn D. Stemlers, seine Gedanken vielmehr ganz, so wohl auf das allhier geführte Leben
als auf das künftige Leben nach dem Tode, gerichtet, unter dessen einziger Hofnung er die kräftigste
Beruhigung gegen die Bitterkeit seiner Leiden empfand.
Und diese Hofnung wurde ihm auch durch das Versiche-
rungspfand des Leibes und Blutes Christi so gestärkt,
daß es nicht nur die Empfindung des gegenwärtigen
Uibels verminderte, sondern auch die Furcht vor dem
ankommenden Tod abzuhalten vermochte.

Dieses kann sonderlich denen allen, welche der
Verlust dieses Mannes am nächsten angeht, zum stärk-
sten Troste dienen. Denn derjenige ist sehr glücklich
daran, der in gegenwärtigen Tagen mit guter Bereitschaft und mit ruhiger Seele aus diesem Leben, das
heißt, von dem schmerzhaften Gefühle und den hart-
drückenden grausen Erwartungen Landes- und persönli-
cher Plagen hinweggerücket wird, da selbst derjenige,
der mit einer solchen Hofnung nicht bekannt war, die
der Christ hat, welcher glücklich stirbt, durch die In-
schrift seines Grabmals bekannte, daß er zu einer solchen Zeitperiode nicht ungern gestorben sey.

Κάτθανον ἐκ ἀέκων, ὅτι παύσομαι ὤν, ἐπίμαρτυς,
Πολλῶν ὥρης ἰδεῖν ἄλγος ἦν θανάτῳ.

Gern starb ich, weil ich nun nicht werde Zeuge
seyn
Von Vielem, das zu sehn, der Tod ist minder
Pein.

Erhalten Sie, theureste Bürger, dem um unsre Stadt
so verdienstvollen Mann ein wohlwollendes Andenken,
und gewöhnen sie sich alles in diesem Erdenleben für
Kleinigkeiten zu halten, was uns kein sichres und dau-
rendes Vergnügen und Reiz gewähret. 1758.

# Lobschrift

auf

# Hrn. Heinr. Dietrich Redderhof,

## von Riga in Liefland, der Medicin Beflissenen.

Bey der großen und vielfachen Niederlage, die seit
Kurzem unsere Akademie und vorzüglich die Fakultät der Aerzte, durch die Wuth einer epidemischen Krankheit gelitten hat, ist kaum zu bestimmen, ob man mehr
diejenigen zu beklagen habe, von deren Lehrunterricht und
glücklicher Heilkunde wir Vortheile zogen, oder diejenigen, deren Genie und Eifer in Wissenschaften die vortreflichsten Aussichten für die Zukunft hergaben.   Denn,
so wie Benutzung des Gegenwärtigen, durch Empfindung des Angenehmen, denjenigen Vortheil überwiegt,
den uns eine unsichre Hofnung verspricht, so gewiß be-
günstigen wir mehr diejenigen, die uns die besten Erwartungen geben und bey dem Verlust derselben rührt uns
nicht blos der Schmerz über unsre Einbuße, sondern
auch das Mitleid über ihre Jugend.   Besitzer von Gärten z. B. sind weit besorgter für die jungen Bäumchen,
die dem künftigen Zeitalter nutzbar werden, wenn sie solche zumal mit eigner Hand gesetzt haben, als für erwach-
sene und starke Stämme, von deren ergiebigen Fruchtbarkeit sie schon längst Genuß hatten, und es thut ihnen
weit weher, wenn der Frost oder ein anderer Feind sie
bey ihrer Zärtlichkeit ums Leben brachte, als wenn die
Wuth der Stürme den bejahrten starken Stamm des
fruchtbarsten Baums niederwarf.

Doch unter denen, über die wir uns beklagen, daß
durch ihren schmerzlichen und bedauernswürdigen Tod
das folgende Zeitalter um große Vortheile gebracht
worden, rührt uns der Tod Heinrich Dietrich Ned-

derhofs, nicht blos aus den so bekannten allgemeinen,
sondern auch aus ganz eigenen und zugleich zum Gefühl
des Schmerzens und Mitleids wichtigsten Gründen.
Denn, er hatte eine sehr tief gewurzelte Liebe für die
Wissenschaften überhaupt, die durch keinen Widerstand
überwältigt und verringert werden konnte, dann den
wahren gründlichen Eifer für das Fach der Wissenschaften, auf das er sich gelegt hatte: und überdem hatte er
sich und seine Talente hiesiger Akademie gewidmet. Da
theils der Wille seines Vaters, seinem Naturell und seiner Neigung zu den Wissenschaften ganz und gar nicht
entsprach, theils ihm von Seiten der Handelsschaft, viel-
fältige und große Vortheile, die jedem andern das Herz
fesseln und von den Studien abziehen könnten, vorge-
spiegelt wurden, so vermochten dennoch diese Dinge nicht
das mindeste, den edelsten Hang zu den Wissenschaften
zu vertilgen, sondern sie hatten die Kraft ihn vielmehr
anzufachen.   Er brachte daher schon damals, da er dem
väterlichen Willen gemäß, Handlungs-Geschäfte trieb,
dennoch die Erholungsstunden und die mehresten Nächte. seiner Neigung zu Folge, mit Erlernung der Griechischen und Lateinischen Sprache zu: bey dem unerwarte-
ten und beklagenswerthen Tode seines Vaters aber, war
ihm zur Beruhigung über das Schmerzliche dieses Falls
nichts tröstender, als die Hofnung, von nun an, wenn
er die Gewinnbringende Kaufmännische Wissenschaft liegen
ließ, sich gänzlich edlern Künsten widmen und seiner Leidenschaft nachhängen zu können.   Damit man aber sähe,
daß er nicht mit dem Munde blos, wie's viele machen,
mit gedachter Neigung zu den Wissenschaften großthun,
noch um saure Arbeiten loszuwerden oder aus einer Art
von Unbesonnenheit, welcher die mehresten jungen Pürsch-
gen die schöne Benennung angeborner Neigung zu geben
wissen, sichs unternommen habe, so griff er erstlich das
Studium der Wissenschaften mit einer so großen Hitze
an, als ob er nicht erwarten könne seinen langwierigen
Durst zu stillen; sodann setzte er sie mit einer solchen

Emſigkeit und Dauer fort, daß ihn weder irgend einige
Kirrungen von Plaiſirs zurückhalten noch irgend einige
Beſchwerlichkeiten von Arbeit, ermüden konnten. Der
größte Beweis hiervon war wohl der, daß er bey der
Wahl derjenigen Wiſſenſchaft, die er zur Betreibung
ſich beſtimmt hatte, nicht diejenigen Wege einſchlug, die
die Einbildung von Kürze und Leichtigkeit, trägen Weich-
lingen empfiehlt, und ſie ſo ſehr betreten und volkreich
macht, ſondern auf der königlichen Straße ging, die
zwar ausgedehnte Gränzen hat und durch mannigfaltige
ſaure Klippen von allerhand Wiſſenſchaften und langſam,
aber einzig und allein zu gründlichen, vollſtändigen,
nützlichen und rühmlichen Kenntniſſen führt. Er gab
alſo auch hierinnen das ſchönſte Muſter des regelmäßig-
ſten Studium, das theils der Mediciniſchen Fakultät
Ehre machen, theils denen, ſo ſich um das Studium
der Arzneywiſſenſchaft beeifern, zum Sporn dienen könne.
Damit dieſes Beyſpiel nun nicht mit ſeinem Tode auf-
höre und ſeine Wirkung verliere, ſo will ich denn den
ganzen Plan des Studierens, dem er ſieben Jahr hindurch immer treu blieb, in dieſem Gemählde kürzlich
ſchildern.

Da er ein ganz vortrefliches und von der Natur
ſelbſt für alles Schöne gebildete Genie hatte, ſo lernte
er nun vors erſte die Griechiſche und Lateiniſche Sprache, und was irgend damit in einiger Verbindung ſteht,
mit größtem Eifer; und, da er durch eigenes Gefühl das
Schöne ſelbſt empfand, ſo bekam er dazu einen Lehrer,
der das junge Genie durch einſichtsvolle Erklärung der
alten Schriftſteller in dieſem Geſchmacke zu verfeinern,
und die Neigung zu dieſen Wiſſenſchaften zu erhalten
wußte. Hierzu kam dann die Ueberzeugung von ihrem
Nutzen, bey den mediciniſchen Kenntniſſen, nebſt der
Erwartung des Ruhms, wodurch vortrefliche Köpfe am
meiſten aufgemuntert werden. Denn er ſtund, und das
hatte er guten Rathgebern zu danken, in der feſten Meynung, daß er glaubte, es würden ihm dieſe Sprach-

Kenntnisse, zur Erreichung gründlicher und ausgezeichneter Wissenschaften in der Arznenkunde, sehr viel nützen,
und durch Erlernung der Geschichte der Heilkunst, hatte
er die Einsicht erhalten, daß das ein alter Ruhm dieses
Ordens sey, daß man glaube, es hätten ihm die Sprachen, besonders die Griechische sehr viel zu danken, und
er hielt dafür, auch er müsse ihm dieses Eigenthums-
Recht in Zukunft nach möglichsten Kräften behaupten.
Doch war er auch nicht zufrieden im ersten oder zwenten
Universitäts-Jahre etwas in jenen Sprachen zu thun,
täglich ein Stündchen auf die Vorlesung eines Lehrers
über die Litteratur, nach der gewöhnlichen Mode dererjenigen zu verwenden, die sich das Ansehn geben wollen,
als ob sie sich auf der Akademie auch um die Humaniora
Mühe gäben: sondern er benutzte die gedachten vollen
sieben Jahr hindurch, den Unterricht des vorhin gedachten vortreflichen Lehrers ununterbrochen so, daß er wenigstens eine Stunde des Tags bey ihm hörte, darneben aber die andern Lehrer der Akademie in diesem Fache
der Wissenschaften nicht versäumte. Mit dem Studio,
des schönen und kultivierenden Wissenschaften verband er
die ernste Philosophie, aber so, daß er die gewöhnliche
Rauigkeit von ihr absonderte und gern, wenn er disputiren oder schreiben müsse, wie Menschen reden, zu reden
wünschte. Als er daher einen Philosophen teutsch hatte
lesen hören, besuchte er auch einen andern, der die Philosophischen Lehrsätze in gutem Latein vortrug, und unter
Anführung des eben genannten Lehrers, hörte er alle Philosophische Bücher des Cicero erklären. Er gestund auch,
daß er hiervon den Nutzen gehabt hätte, daß er nicht
nur einsehen gelernt habe, daß das, was unsre Philosophen Gutes hätten, ziemlich alles aus den Alten ge-
schöpft sey, sondern er eben das, daß sogar besser und vollständiger aus einander gesetzt, gelesen habe. Er war überaus
begierig Kenntnisse von dem Wesen der Körper zu erlangen, und durch die Bekanntschaft mit demselben sich derjenigen Disciplin zu nähern, in welcher er nach seinem

Vorſatz mit ſeinem Genie und Wiſſenſchaften gleichſam zu
Hauſe ſeyn wollte. Bey Erlernung derſelben war er übrigens mit demjenigen Theile nicht zufrieden, der gleichſam
die Natur-Geſchichte ausmacht und die Phänomene der
körperlichen Dinge erzählt, die entweder ſich von freyen
Stücken dem Auge des Beobachters anbieten oder durch
gewiſſe Trieb-Werkzeuge des Künſtlers, ſo zu reden,
herausgelockt werden: auch war ihm nicht genug, das
zweyte Stück, welches die Beſchaffenheit und die Urſachen der beobachteten Dinge aufſucht und erklärt, das
größtentheils aus Muthmaßungen beſteht und ungewiß
iſt, damit zu verbinden, ſondern er verknüpfte die ma-
thematiſche Subtilität hiermit, ohne welche die Phyſik
einem Mährchen ähnlicher iſt als einer Wiſſenſchaft und
auf unſichern Umwegen ſeichter Vermuthungen herum-
irrt, und ſich nicht auf den Nutzen für Menſchen anwenden läßt.

Da er nun die Naturlehre nach ihrem ganzen Umfange ſtudierte, ſo lernte er vornehmlich ſowohl die Theile des menſchlichen Körpers und mit ihnen die Natur und
den Bau jedes einzelnen, als auch die Zuſammenfü-
gung, Ordnung, Einrichtung und Bewegungen aller
Theile unter ſich, und er lernte ſie nicht nur durch Kenntniß der Wiſſenſchaft, die gleichſam die Geſchichte des
Menſchen-Körpers iſt, die die Griechen Phyſiologie
nennen, ſondern vielmehr durch das Studium jener zweyten feinern, die in regelmäßiger und lehrbegieriger Zer-
ſchneidung und Beſchauung des menſchlichen Kadavers
beſteht. Hier war es ihm nicht genug, bey Secirung
der Kadaver neben dem Anatomiker zu ſtehen, ohne ſich
weiter als ans Hören und Sehen zu wagen, ſondern er
nahm das Meſſer ſelbſt in die Hand, den beſten Anato-
miſchen Lehrer. Zudem hatte er aus keiner andern Urſache die Zeichenkunſt zu lernen geſucht, als deswegen,
damit, wenn er mit eigner Hand die Theile, ſonderlich des
menſchlichen Körpers zeichne, ſie theils ſelbſt beſſer ken-

nen lerne, theils die Kupfer davon gehörig, genau und
scharf beurtheile: welches ganz unmöglich ist, wenn
man nicht Augen mitbringt, die in der Zeichenkunst er=
fahren sind. Eben einen solchen Fleiß und genaue Auf=
merksamkeit wendete er auf die Kräuter=Kenntniß, auf
die sämmtliche materia medica und ihre Kräfte, dazu er
zugleich die Chymie nahm, vermittelst welcher er entwe=
der die verborgenen Kräfte, die in den medicinischen Ma=
terialien liegen, herauslockte, oder sie zum Gebrauch in
der Heilkunde zu brauchen suchte.

Da er mit diesen Vorkenntnissen versehen, die Na=
tur der Krankheiten, womit der menschliche Körper be=
fallen wird, hatte kennen lernen, so legte er sich auf die
Erlernung der eigentlichen sogenannten Medicin selbst,
nicht blos auf die bekannte mildere, welche die Krank=
heiten durch Heilmittel zu vertreiben sich bemüht, son=
dern auch auf die chirurgische ( wobey man die Hand
braucht;) sogar die Hebammenkunst ließ er nicht aus
der Acht. Da er indessen die Schwachheit der mensch=
lichen Seele sehr gut kannte und einsah wie leicht bey ei=
ner so großen Menge von Sachen etwas, so nöthig und
nützlich es auch sey, entweder entwische, oder nicht rich=
tig genug verstanden seyn könne, so vermied er nicht nur
nicht, sondern er suchte sogar die Prüfungen der Lehrer,
wodurch theils dasjenige, was er nicht richtig genug gefaßt
hatte, berichtiget, theils wodurch er an dasjenige erinnert
wurde, was ihm entfallen war. Sonderlich benutzte er
fleißig die Disputier=Uebungen, wodurch entweder das,
was er gelernt hatte, fest gegründet, oder Zweifel bey ihm
gehoben, oder endlich die Zunge zur feinen Beredsam=
keit geschmeidiger wurde, worauf er gleich Anfangs sein
Augenmerk vorzüglich gerichtet hatte, da es sein Wunsch
war, hiesige Akademie zum Wohnsitz seines Glücks zu
machen und dem Staate nicht blos durch medicinische
Praxis, sondern auch durch Lehrvorträge nützliche Dien=
ste zu leisten.

Und damit nicht jemand denke, als habe ich in die⸗
ser Beschreibung der Studien vielmehr gezeigt, was Nedd⸗
derhof hätte thun sollen, als was er wirklich gethan ha⸗
be, so will ich dann im Kurzen sein ganzes Leben, seine
Geburt, Erziehung, und vorzüglich seinen genossenen
Unterricht, seine Talente, seinen sittlichen Charakter
und zuletzt auch das Ende seines Lebens schildern.

Er wurde am 6ten October 1730 zu Riga in Lief⸗
land geboren. Sein Vater war **Christoph Nedder⸗**
**hof,** ein angesehener Kaufmann und Senior des grö⸗
ßern Handlungs⸗Collegium, ein Mann nicht blos von
glücklicher Erfahrung im Handlungs⸗Wesen, sondern
auch und beynahe mehr, unter wenigen, durch den Ruhm
eines rechtschaffenen, und religiösen Mannes bekannt.
Die Mutter war Frau Johanna Rennin, aus dem adli⸗
chen und berühmten Rennischen Geschlechte in Kurland.
Er verlor die Mutter sehr bald: doch, ihr mütterliches
Herz ersetzte ihm Margaretha, Friedrich Wewels, Ge⸗
richts⸗Direktors im Bauscenser Convente, Tochter, die
seiner Mutter durchgehends ähnlicher war als einer Stief⸗
mutter: die er denn gegenseits wieder wie eine leibliche
Mutter so hoch schätzte und liebte, daß er ihr nicht so
wohl der sogenauen Verwandschaft halber theuer und werth,
sondern auch wegen seiner hochachtungsvollen Aufmerk⸗
samkeit gegen sie, sehr lieb war. Da den Aeltern nichts
angelegentlicher und mehr am Herzen lag, als daß ihm
richtige Empfindungen von Gott und göttlichen Dingen
beygebracht würden, so wurde er nun ferner durch An⸗
weisungen, durch Angewöhnung und durch ihr eigenes
Beyspiel, das am Herzen der Kinder am kräftigsten wirkt,
zur wahren Tugend angeführt. Hiervon legte er, so
wie in andern Dingen, auch besonders hierinnen als
Knabe ein Zeugniß ab, daß er, wie ich oben erwähnte,
wider seine Neigung sich von seinem Vater zur Hand⸗
lung bestimmen lies, deren Kenntnisse, zu Betreibung
derselben, er auf so eine Art von ihm lernte, daß es das

Ansehn hatte, als ob er, bey Erlernung derselben, sei=
nem eigenen Triebe folge.

Als er hierinnen seines Vaters Unterricht ein Jahr
genossen hatte, wurde er nach Leipzig geschickt und da er
an Arnolden seines Vaters Freund empfohlen war, kam
er zu ihm ins Haus und bald hernach zu seinem Kom=
pagnon Peinemann, so daß der Vater für seine Per=
son, mit seinem Fleiße sehr zufrieden war, jene Principale
aber, dem jungen Menschen von besonders edelm Ge=
müths=Charakter alles Wohlwollens und aller Freundschaft
würdigten: eben deshalber war er ihnen bis ans Ende sei=
ner Tage zu aller Verehrung und Diensten verbunden;
besonders aber Arnolden, bey dem er ehemals wohnte,
und der ihm nachher seine ganze Freundschaft schenkte.
Wiewohl er hierinnen hauptsächlich die Absicht erfüllte,
aus welcher er von seinem Vater hieher geschickt worden
war, so hing er doch, wie ich vorher gedachte, der Nei=
gung zu den schönen Wissenschaften so sehr nach, daß er
die Zeit, die ihm nöthige Handlungs=Geschäfte frey lie=
ßen, auf Sprachen und Geschichte, aufs lesen und öf=
tere Unterhaltungen mit einem gelehrten Freunde ver=
wendete, den er sich ausgesucht hatte, damit er die Er=
laubniß habe, ihn zu Rathe zu ziehn, so oft ihm beym
lesen etwas aufstieß, woraus er sich selbst nicht zu hel=
fen wisse. Kaum hatte er ein Jahr auf die Art hin=
gebracht, da er seinen Vater, durch einen bedaurens=
würdigen elenden Tod verlor, dessen Bitterkeit noch über=
dem der Verlust seines Bruders vergrößerte, der durch
das nämliche Schicksal das Leben einbüßte. Denn, da
im Jahr 1750 der Vater mit seinem zweyten Sohne,
der eine schwere Augen=Krankheit hatte, nach Leipzig ge=
kommen war, um ihn von diesem Uibel heilen zu lassen,
so geschah es, daß er auf der Rückreise nach Riga, bey
der Uiberfahrt des Kurländischen Meerbusens, da das
Schiff vom Sturme umgeworfen wurde, nebst dem
Sohne ertrank. Als sich der tiefe Gram hierüber in ei=

was gelegt hatte, wachte der ehemalige Wunſch neu wieder auf, ſein Leben weit lieber unter Betreibung der Wiſſenſchaften, als bey der Handlung zuzubringen, dem
nunmehr nichts entgegen zu ſeyn ſchien: und er faßte
den Vorſatz, ſich ganz den Wiſſenſchaften zu widmen.
Doch konnte er es ſich nicht vergeben, das, entweder
ohne Zuratheziehung oder mit Unwillen der Stiefmutter,
zu unternehmen, da er derjenigen, die gegen ihn das
Herz einer leiblichen Mutter gezeigt hatte, auch wieder
die kindliche Ehrfurcht eines leiblichen Sohnes zu beweiſen wünſchte, und er auch hierunter ſeinem verſtorbenen
Vater eine Art kindlicher Liebe und Hochachtung abzutra-
gen glaubte. Da er öfters vergebliche Verſuche an ihr
Herz in Briefen gemacht hatte, that er ſelbſt eine Reiſe
nach Riga, um eine Probe zu machen, ob er ſie per-
ſönlich für ſeine Wünſche geneigt machen könne. Als
er ihr aber daſelbſt ſeine Entſchlieſſung durch ſchickli-
Gründe, die dem jungen witzigen und ſeine Wünſche zu
erreichen ſtrebenden Manne, in Menge einfielen, an-
nehmlich zu machen ſuchte, ſo ſchlug ihn das einzige
Wort von ihr, indem ſie fragte, ob er denn nicht das
in Zukunft ſeyn wolle, was ſie immer gehoft und ge-
wünſcht habe, nämlich die Stütze ihres Alters? ſo ſehr
nieder, daß er der Mutter ſogar das Verſprechen that,
daß wenn Gott nicht irgend auf eine andre Art ihr ſeine
Fürſorge beweiſe, er den neuen Entſchluß gänzlich aufgeben und weiter nicht im mindeſten daran denken wolle.
So reiſte er nun damals aus dem Vaterlande fort; kam
zurück nach Leipzig und betrieb die ehemalige Lebensart.
Indeſſen fügte es ſich, daß Bernhard Heidwinckel, ein
anſehnliches Rathsglied in Riga, bey der Mutter, wegen der ſo großen Verdienſte durch die ſie ſich während
der erſten Ehe ausgezeichnet hatte, um ihre eheliche Hand
anhielt. Da ſie dieſe Gelegenheit nicht ausſchlug und
glaubte, daß vollkommen für ihre übrigen Lebensjahre
geſorgt wäre, ſo ſchien der billigdenkenden Frau nun
nichts weiter übrig zu ſeyn, warum ſie ſich dem ſo drin-

genden und edlen Wunsche ihres lieben und seinen Kin-
despflichten so treuen Sohnes ferner widersetzen und ihm
nicht freye Hand lassen wolle, sich zu einer Lebensart zu
bestimmen, von der Art, wie sie ihm am vortheilhafte-
sten schien. Auf diese erhaltene Nachricht, die ihm
theils von Seiten der Mutter (denn er kannte die vortrefliche Würde ihres Mannes) theils in Ansehung seiner
selbst die erwünschteste war, säumte er nicht, vom Hand-
lungs-Komtoir zu den Werkstädten der Wissenschaften
überzugehen und ließ sich am 9ten November 1751 bey
unsrer Akademie inscribiren. Er kam aber zu derselben,
da er bereits erst auf der vaterstädtischen Schule in der
lateinischen und Griechischen Sprache, nachher in hiesiger Stadt von M. Heinrich Gottlob Hentschen *), einem Mann von ausgesuchten Kenntnissen in den schönen
Wissenschaften, Unterricht genossen hatte. Er war so
wohl von der Neigung zu gedachten Wissenschaften, als
von der Liebe gegen ihren Lehrer so sehr eingenommen,
daß er für gut fand, seinen Unterricht in jenen Wissenschaften auch fernerhin nicht weniger als seine Freundschaft zu benutzen. Er ging daher vom Anfange seiner
Akademischen Laufbahn an, bis zu seinem Tode, Unter-
richtshalber, täglich zu ihm und lernte unter seiner Anweisung und Erklärung die Kommentare des Julius Cä-
sar, die Briefe und alle Philosophische Schriften des

*) Er starb, 52 Jahr alt als Rektor der Stifts-Schule zu
Zeitz im Jahr 1774 wohin er 1763 durch Empfehlung des
Herrn D. Ernesti den Ruf erhielt, nachdem der bisherige
Rektor Leißner, bey gedachten D. Ernestis Resignation des
Rektorats der hiesigen Thomas-Schule und Uibergang
zur Akademie und Annahme der Prof. Theol. und Prof.
Eloquent. Ord. als Rektor der Schule zu St. Thomas erwählt
wurde. Herr M. Hentsch wurde seines vortreflichen Herzens und litterarischen Verdienste halber von Ernesti vorzüglich geschätzt, daher er ihn auch seiner einzigen Tochter
zum Lehrer gab, die durch ihn wie in andern Wissenschaften, so auch in der Lateinischen Sprache gute Kenntnisse
erhielt. d. U.

Cicero, das mehreste und beste vom Ovid und Virgil, etliche Bücher des Celsus, Geßners Griechische Chresto= mathie und andere Griechische Schriftsteller, sondern auch Ernesti Initia doctrinae solidioris, verstehen.　 Auch war er nicht minder ein fleißiger Zuhörer bey Ernesti Vorlesungen, in denen er den Cicero und andere alte Schriftsteller erklärte, oder über die Regeln der Bered= samkeit las; zuletzt hörte er auch bey ihm über die Uni= versal=Geschichte und den seligen Christ, als er die Al= terthümer und Werke der Kunst erklärte.　 Die Anfangs= gründe der Philosophie überhaupt lehrte ihm Crusius, dessen Vorlesungen über die acroamatische Theologie er auch, zum lobens = und nachahmungswürdigen Beyspiele, hörte.　 In der Physik war er ein fleißiger Zuhörer von Winklern, in der Mathematik von Heinsius, darneben hatte er noch Privat=Unterricht von langen, von dem er auch die Zeichenkunst lernte.　 Zu Erlernung der Arz= neykunst, der er seinen Fleiß vorzüglich gewidmet hatte, hörte er in der Physiologie Platzen und Janken, in der Pathologie ludwigen und Rüdigern, auch in der Thera= pevtik beyde.　 Die Kräuter und gesammte Kenntniß der Materia Medica trug ihm Bose und Rüdiger, die Ana= tomie und Chirurgie Janke, ludwig und Hebenstreit vor, der auch in der Medicina=Forensi sein lehrer war. Es war ihm auch nicht genug Theoriee zu wissen, son= dern er hielt auch Uebungen, durch die entweder die Kenntniß der Regeln bestätigt wurde, indem er öfters bey Bosen und Rüdigern disputirte und sich in ludwigs Examinatorien den Prüfungen unterwarf, oder durch die er die Anwendung von dem erlangte, was er richtig gelernt hatte, da er bey Janken die Hand bey Anato= mirung der Kadaver, und Anlegung chirurgischer Ban= dagen, brauchte, von dem er auch die Hebammenkunst lernte.　 Er studierte zudem die Geschichte der Medicin und medicinischer Schriften, worüber er Platzen und ludwigen hörte.　 Mit fleißiger Abwartung der Colle= gien verband er auch die lektür der vortreflichsten Bü=

cher in jeder Art, von denen er eine ausgesuchte Sammlung, für ein solches Alter, hinterließ. Eben einen so
schönen Vorrath hatte er von Anatomischen Präparaten,
dessen er sich nicht nur selbst beym Studium bediente, sondern den er auch bald hernach bey Lehrvorträgen brauchen
konnte. Denn, er war Willens eben dieses Jahr um die
Magister- und medicinische Baccalaureat-Würde anzu-
halten, und sich durch Ablegung der gehörigen Proben seiner Geschicklichkeit, den Weg zum Rechte, Vorlesungen zu halten, zu bahnen, um dasjenige, was er
mit so großem Eifer und mit so großem Fleiß, dazu mit
vielem Aufwand gelernet hatte, fürs Publikum gemeinnützig zu machen. Es gefiel Gott aber anders, der ein
so ausgezeichnetes trefliches Genie unsrer Akademie zum
Ansehen aufstellen, ihr es aber nicht genießen lassen wollte.

Der junge Mensch hatte im übrigen einen festen und
starken Körper, doch aber war, wegen zu sehr eingedrück-
ter Brusthöle, eine etwas schwache Brust, daher er auch
schwerer athmete, so daß er öfters einem nach Luft Schnap-
penden ähnlicher war, als einem Athmenden. Hierzu
war auch einige Schwäche, vom Uebermaaß im Studieren, gekommen, das seinen Grund in der ihm angebornen
und unersättlichen Begierde nach Wissenschaften hatte
und die ihm um so mehr durch ihre Annehmlichkeit täusch-
ten, je mehr die Dauer des Körpers sie auszuhalten
schien. Ja, er würde sie lange noch unterstützt haben,
wenn nicht ein gewaltsamer Anfall von Krankheit über
ihn gekommen wäre, den zu überwinden, sein so gebau-
ter und angegriffener Körper schwerlich gewachsen war.
Indem er aber, aus unersättlicher Begierde nach Kenntnissen, unaufhörlich zu Kranken geht, die Heilungen der Wunden besieht, und die am Faulfieber liegenden Patienten
besucht, schluckt er so viel schädliche Dünste ein, daß er
selbst von dem nämlichen Fieber befallen wurde. Den
ersten Anfall davon merkte er am 12 Decbr. zuerst, doch
anfangs so unbedeutend, daß keine Gefahr dahinter zu

K

ſeyn ſchien. Man hatte Hofnung das Uibel zu vertreiben, weil gelinde Schweiße folgten, und überdieſes eine
wohlthätige Diarrhoe dazu kam, die man durch ſchickliche Mittel unterhielt.   Doch am 27ſten Tage, brach
auf einmal die Wuth des verſteckten Uebels ſtärker hervor,
da Schellblaſen auf der Haut ſich zeigten und Symptomen hinzukamen, die die größte Bösartigkeit der Krankheit verriethen.   Die Hitze war heftig; Schlaf hatte er
ſelten oder. gar nicht; über die Bruſt empfand er die
größte Beängſtigung. Wiewohl nun die jugendlichen Kräfte
dieſen Uibeln gewachſen waren und ſolche durch dien-
liche Mittel, die unſer Ludwig um deſto ſorgfältiger anwendete, je größere Liebe er für den beſten ſeiner Schüler trug, unterſtützt wurden; ſo nahmen ſie dennoch,
weil auch unaufhörliche Sinnes-Zerrüttungen dazu kamen, ſo überhand, daß er ihnen endlich unterliegen mußte.   Daher ſchlief er am 1ſten Jenner, nachdem er, nach
täglichem und heftigem Herumwerfen wieder ruhig zu werden ſchien, auf einmal ſehr ſanft ein.

   Dieſer Tod war für jeden, der entweder vom mediciniſchen Metier her, oder durch den Umgang den jungen Menſchen hatte kennen lernen, um deſto ſchmerzli-
cher, je mehr er ſowohl jene ſo großen Vorzüge des Talents, des Eifers und ſeiner gelehrten Kenntniſſe geſchätzt,
als auch), anderer theils größerer, theils reizenderer Eigenſchaften wegen, ihn geliebt hatte. Er war von vortreflich ſchönem Körperbau, deſſen Reiz überdem durch
eine ausnehmende Conduite noch mehr gehoben wurde:
er hatte einen ganz beſondern Eifer für Religion und Gottesliebe, welches ſich nicht ſowohl durch die allgewöhnlichen
Merkmale z. B. durch beſtändige Beſuchung des öffentlichen Gottesdienſtes, ohnerachtet auch hieran es nicht
fehlte, als durch häusliche Betrachtung göttlicher Dinge
äußerte, die durch Abwartung theologiſcher Vorleſungen
und durchs leſen von Schriften, die Gefühle für Gottesverehrung erwecken konnten, unterhalten wurde. Vornehmlich hatte er ſich in die, wegen ihrer Beredſamkeit ſo

bekannten heiligen Reden des Saurin, verliebt, die er
durch fleißiges und begieriges Lesen so innen hatte, daß
er die schönsten Stellen, sie mochten noch so lang seyn,
auswendig hersagen konnte. Sein Herz war von der al=
ten Redlichkeit: in Worten und in allen Handlungen
fand sich Wahrheit, keine Verstellung, keine Rückhal=
tung. Er war so aufmerksam auf sich gewesen, daß
in seiner Seele nichts stücke, dabey er die Maske der
Verstellung brauchen müsse; er wollte sich lieber recht=
schaffen und freundschaftlich zeigen, als sich verstellen.
Die Liebe für seine Lehrer war so groß, daß man
eine sichtbar heitere Miene an ihm gewahr ward, wenn
er ihnen auch von ohngefehr begegnete und sie erblickte.
Obengedachten seinen ersten Lehrer bekam er nie an öffent=
lichen Orten zu Gesichte, daß er ihm nicht, wenn er
ihn auch gleich am nämlichen Tage zu Hause gesprochen
hätte, nicht entgegen gegangen, bey ihm stehen geblieben
wäre und gefragt hätte, wohin er wolle, wie er sich be=
finde, ob er ihm in etwas dienen könne? Den Obern war
er durch Bescheidenheit, seinen Commilitonen durch sei=
nen angenehmen Umgang werth, allen Menschen durch
seinen artigen und höflichen Charakter liebenswürdig.

Erhalten Sie nun, Theuresten Akademischen Bürger,
das Andenken eines so vortreflichen Jünglings dadurch,
daß Sie sich ihm an Liebe für Religion, im Eifer zu den
Wissenschaften und in der Gelehrsamkeit, durch Recht=
schaffenheit, Bescheidenheit und menschenfreundlichen
Charakter, so ähnlich als möglich zu machen suchen.
1758.

# Lobschrift

## auf

# Hrn. George Gottfr: Zehmisch,

### Magister der Philosophie und schönen Künste.

So ist uns denn auch die große Erwartung vereitelt, die uns Zehmischens Genie und Gelehrsamkeit versprach, und die sich bereits zum allgemeinen Interesse der litteratur zeigte! und so hatten wir der Akademie vergebens, und vornehmlich der theologischen Fakultät, im Geist einen Lehrer zugedacht, der ihr den Ruhm sichern und erhalten sollte, der durch so viele vortrefliche Männer erworben und weit umher verbreitet worden! Da er durch Aufsuchung und Verfolgung der Fußtappen seines Groß- und Urgroßvaters nach einer gründlichen theologischen Gelehrsamkeit strebte! — Ach! wie hinfällig und täuschend sind doch menschliche Hofnungen! Einen solchen jungen Mann von so großer Lebhaftigkeit des Genies, von so großem Feuer in jeder seiner Handlungen, von solcher Unverdrossenheit und muntern Kopfe und Herzen, welches von der Dauer eines festen Körpers unterstützt zu seyn, und Hofnung zu einem hohen Alter zu machen schien, den nun so früh uns entrissen zu sehn! — und an dem nämlichen Tage da Briefe kamen, die seine gute Gesundheit versicherten, Nachricht von seinem plötzlichen Tode zu erhalten! — Das mußte freylich noch die Anzahl unsrer Unglücksfälle vergrößern, daß der Tod gleichsam in die jungen Pflanzen der Akademie, die zu Hofnungen für die Zukunft herauf wuchsen und fast zur Reife gediehen waren, mehrmalen wüthete, und besonders das Haupt desjenigen traf, der das Haupt unserer Hofnung war: durch dessen Hinraubung einem jeden der empfindlichste brennendste Schmerz zugefügt wurde! Sie erinnern sich ja, theuresten Bürger der Akademie, was

für ein Gerede durch die ganze Stadt lief, was für
Klage und Mitleid überall war, was für Schmerz auch
die empfanden, die ihn nicht einmal von Person kannten, als uns jene Nachricht gebracht wurde. Selbst in
der Stadt. wo er starb, war keine Seele, die nicht
äußerst gerührt worden wäre, da sein Tod allgemein
bekannt wurde, so gar der, so damals seinen Namen
zum erstenmal nennen gehört hatte: und da man ihm
bey seinem Begräbniß eine Leichenrede in der Kirche hielt,
entstund nicht blos ein so großes Gewinsel, sondern auch
ein so allgemeines Wehklagen, daß man den Trauerred-
ner nicht hören konnte, und er öfters eine Pause in der
Rede zu machen genöthigt war. Was war es doch nun,
was unter der ganzen Versammlung eine so tiefe Rüh-
rung machte? Warum dieses Leichenbegängniß so außer-
ordentliches Trauern verursachte? Denn nicht eine einzige Person hatte durch ihn, für sich selbst, einen harten
Verlust in solchen Dingen erlitten, deren Einbuße das
Gemüth stärker zu rühren pflegt, auch preßte nicht etwan eine gewisse ungewöhnliche Stärke von Beredsamkeit Thränen und Klagen aus, sondern theils die Verdienste des Verstandes und Herzens des jungen Mannes, die den Gemüthern von selbst sich darboten, theils
ihnen geschildert wurden, die Rückerinnerung an seine
Handlungen sowohl, als an das, was man noch von
ihm zu erwarten hatte, erregten eine so große Bewegung. Man stellte sich vor, das sey der Zehmisch, dessen sämmtlichen Jünglingsjahre nicht nur durch keinen
würklichen Schandfleck des Lasters, auch so gar nicht
einmal durch übeln Ruf und Nachrede und endlich durch
boshaften Argwohn etwas gelitten hätten; von dem jedermann alles Gute gesprochen und gehört habe. Welche Seltenheit das in einem solchen Alter und in unsrer
Stadt sey, die so voll von Kitzungen zum Laster, so
böshaft und so geneigt zum Argwohn ist, das ist allgemein bekannt: wieviel gesetztes Wesen und Festigkeit ein
solches Genie, dazu bey Glücksgütern, die ihm Stof

zur Nahrung des Lasters und Hülfsmittel für Befriedigung der Leidenschaften in Menge darboten, müsse gehabt haben, das ist einem jeden einleuchtend. Aber wie glücklich ist auch Zehmisch, dessen Tod so vielen so tiefe Wunden schlug, in dieser Rücksicht, da er unter den glänzendsten Umständen, bey Geistesfähigkeiten, Gelehrsamkeit, Tugend, mit Verlust der größten Erwartungen fürs allgemeine Beste, der Welt entrissen wurde! Dadurch wird ihm auch das verdiente Lob, das nicht weniger das gerechteste als das herrlichste ist, zu Theil, welches mich zudem der Mühe überhebt, sein Lobredner zu werden.    Denn, nach so vielen und großen Thathandlungen, die gewiß theils wahrer und reichhaltiger sind als alle Beredsamkeit des Lobredners, kommen Lobpreisungen zu spät und sind überflüßig. Wie wohl, wie ists möglich, das Ruhmwürdige des jungen Mannes nicht zu nennen, dessen ganzes Leben so beschaffen ist, daß man, bey dessen Erzählung, das Lobenswürdige desselben nothwendig selbst erzählen muß, auf dessen Spuren, die seinem Leben nicht seicht, sondern ganz deutlich eingedrückt sind, meine Erzählung überall treffen muß.

Leipzig, das an vortreflichen Genies so glücklich ist, brachte den Mann von so herrlichen Talenten und Charakter am 16. Aug. 1735. ans Licht der Welt.    Sein Vater war Johann Gottfried Zehmisch, beyder Rechte Doctor, ein Sohn von dem hiesigen Kaufmann Herrn Johann Benedict Zehmisch, seine Mutter aber, Frau Johanna Sabina Olearius, Herrn Gottfried Olearius des großen und berühmten Theologus, mit Frauen Christianen Sabinen, Herrn Ephraim Langens, beyder Rechte Doctors und vortreflichen Rechtsconsulenten, erzeugte Tochter. Im zweyten Jahre verlor er den Vater, aber den Verlust des Vaters ersetzte ihm die liebesvolle Gewogenheit und Sorgfalt Herrn Johann Gottfried Bauers, eines Mannes von ausgebreiteten Verdiensten und Würden, der aus alter Verwandschaft mit dem Olea-

riussischen Hause die Vormundschaft über den Knaben
übernommen hatte. Er unterzog sich derselben von Tag
zu Tage mit um so größerer Willigkeit und Vergnügen,
je besser er diese Wohlthätigkeit angewendet sah, so bald
sich des Mündels Talente zu entwickeln angefangen hatten, wovon er sehr zeitig solche Aeußerungen gab, die
deutlich sehen ließen, es finde sich bey dem Knaben alles
das, wornach, nach dem richtigsten Maaßstabe des Socrates, große Genies zu messen sind. Denn, bey ihm
fieng nicht nur alles geschwind, was man ihn lehrte,
sondern er behielt auch das fest, was er gefaßt hatte,
und dann war er voller Begierde alles das zu lernen,
dessen Kenntniß er von Sachkundigen loben und als nutzbar fürs Privatleben und für die Welt, hatte rühmen
hören. Und bey Erlernung dieser Dinge ließ er sich weder durch die Arbeit abschrecken, noch durch Vergnügun-
gen abhalten. Wiewohl er, dem sein kraftvolles Genie die
Arbeit des Studierens nicht sauer werden ließ, brauchte
nicht sich zu placken, und sehnte sich auch nicht nach
Pläsirs, da ihm die angeborne Lust zum Lernen, das lau-
terste Vergnügen machte und alles überzuckerte. Ja,
es war dieses nicht blos Naturtrieb, der der stärkste
Sporn ist, sondern er wurde zugleich durch die liebes-
vollsten und treusten Anweisungen seiner Mutter, einer
der vernünftigsten Frauen, und der besten Lehrer, die ihn
auf das Beyspiel seines Großvaters öfters hinwiesen,
um dessen Ruhm er sich zu beeifern habe, hierzu ermuntert. Herr M. Caspar Friedrich Kempe, ein Mann
von besonders schönen Kenntnissen, der gegenwärtig das
Archidiakonat an der Domkirche zu Naumburg mit Beyfall verwaltet, gab ihm als Knaben den ersten Unterricht. Nach ihm bekam er erst Herrn Johann Klingern,
nachherigen Pfarrer im Voigtlande, dann Herrn M.
Friedrich August Kuhl, jetzigen Prediger zu Baalsdorf,
einem Dorfe in der Leipziger Gegend, dessen Geschicklichkeit und Treue bey seinem Unterricht er so rühmte, daß
er ihn brünstig und ununterbrochen liebte.

Inzwischen schickte man ihn auch auf die Stadt=
schule zu St. Nicolai, wo er über zwen Jahr Ortlobs
und besonders Haltaußens vortreflichen Unterweisungen
genoß.     Doch, damit nicht zufrieden, ging er herüber
auf die Thomasschule, da er Ernesti Lehrvortrag zu be=
nutzen wünschte, den er nicht blos durch Fleiß und glück=
liche Fortschritte in Kenntnissen, sondern auch durch sein
liebenswürdiges Betragen und Bescheidenheit also ein=
nahm, daß er von der Zeit an sein erster Liebling war.
Da Zehmisch hingegen wieder an dessen Lehrmethode so
viel Vergnügen fand, daß er auch nachher, als er auf
die Akademie gegangen war, alle öffentlichen und Pri=
vatvorlesungen, er mochte nun griechische und lateinische
Schriftsteller erklären oder über die Bücher des N. Te=
staments lesen, fleißig abwartete, auch ben ihm Red=
und Disputierübungen hielt, und überhaupt in jeder Art von
Studium sich seines Raths bediente.     Nicht weniger be=
suchte er die Collegia anderer sehr fleißig, die irgend einen
Theil der schönen Wissenschaften gründlich lehrten, und
eben darum Kenntniß davon zu erlangen verdienten, die
hauptsächlich einen nützlichen Bezug auf diejenige Wissen=
schaft hatten, worinnen er so zu reden den Wohnsitz sei=
ner Geistesgaben aufzuschlagen gesonnen war. Er fällte
das richtige Urtheil, daß aus keiner Gattung von Wis=
senschaften, unter allen aber am wenigsten ben der Theo=
logie, etwas hervorstechendes und vollkommnes werden
könne, wenn sie nicht auf die Grundlage der schönen Künste
und aller schönen Litteratur gebauet werde. In eben diesem
Gedanken lag gewissermaßen die Frucht, die er von der
Kenntniß der schönen Wissenschaften erndete.     Denn,
durch steten Umgang mit denselben hatte er gelernt, daß
jene Vollkommenheit, die jeder Vernünftige in den alten
griechischen und lateinischen Schriftstellern gefunden, und
die man durch so viele Jahrhunderte bewundert hat, ja,
die so groß ist, daß auf sie, als ein Vorbild und Mu=
ster, die Sorgfalt der Nachahmung gerichtet, und nach
ihr, als nach einem Maaßstabe, alle unsre Arbeiten berech=

net und beurtheilet werden müssen, daß nur diese Vollkommenheit es jener alten Einrichtung größtentheils zu
danken habe, alle schönen Wissenschaften zu lernen, nicht
eine einzige davon ausgenommen. Die Griechen hatten
die Meynung, die mit denen Wissenschaften selbst zu den
Römern übergieng, daß alle Künste durch ein gewisses
gemeinschaftliches Band und gleichsam durch eine Art
von Verwandschaft an einander gekettet wären, und eine
der andern ihr Gutes mittheile. Von diesem würklich sehr
gründlichen Gedanken aber, erhielt die Methode des Lehrunterrichts der jungen Römer, ihre Entstehung und Berichtigung, die weder der Faulheit, noch der Dummheit
eines einzigen die Freyheit übrig ließ, sich aus jener
Menge von Künsten auszuwählen, was er wolle, sondern jungen Leuten die Nothwendigkeit auflegte, sich die
Kenntnisse von jeder zu erwerben. Sie sahen nämlich
ein, daß bey derselben Verbindung und der Gemeinschaft
aller Wissenschaften unter sich, keine und vorzüglich die
Art der Beredsamkeit vollkommen sey, wenn sie nicht
ihren Grund von der Kenntniß aller übrigen erhalten
habe. Es war aber auch das die wichtigste Ursache, aus
welcher zu Anfange der wiederhergestellten Wissenschaften so viel, jenen Alten gleichdenkende ähnliche Männer sich fanden, weil jener Grundsatz und Form des
Studierens wieder hergestellet war, und sichs diejenigen,
so sich auf das Studium der Wissenschaften legten, vor-
nahmen, den ganzen Cirkel der gelehrten Künste auszu-
messen.

Da nun Zehmisch hiervon sich überzeugte, so dachte
er auf eine solche Art zu dem Studium der Theologie
kommen zu müssen, daß er zuvor jenen ganzen Creys
der schönen Wissenschaften durchlaufe, und er hörte in
allen Theilen der Wissenschaften Crusius, in der Physik
Winklern, in der Mathematik Heinsius, in verschiedenen Fächern der schönen Litteratur Gellerten, Christen
und Jöchern, sehr fleißig. Hiermit verband er das Studium der hebräischen Sprache, nicht um solche nach der

gewöhnlichen Manier, sondern mit Geschmack und gründlich zu lernen. Denn, damit war er noch nicht zufrieden,
die Regeln der hebräischen Grammatik gelernt, und die
so über hebräische Bücher des A. Test. lasen, den sel.
Hebenstreit und Thalemannen gehört zu haben, sondern
er wollte auch die Rabbinen verstehen, und die andern
Dialekte der morgenländischen Sprache, das Chaldäische, Syrische und Arabische kennen, ohne welches man
keine vollkommne Kenntniß der hebräischen Sprache haben kann, es mögen diejenigen auch noch so scheel darzu
sehen, die bey der Unwissenheit in denenselben, es dennoch
für unbillig halten, wenn man ihnen keine gründliche
und vollständige Kenntniß dieser Sprache zugestehen will.
Im Chaldäischen und Syrischen nun hatte er den nämlichen Lehrer, den ich nannte, Hebenstreiten, im Arabischen aber den Göttingischen Michaelis und Reisken.
Während, daß er die Sprachen fleißig trieb und ununterbrochen die Bücher der heil. Schrift las, nahm er
die Theologie selbst vor, die in Collegiis mit der möglichsten Genauigkeit abgehandelt wird, und hatte fast in
allen Theilen derselben Crusiussen zum Lehrer: in demjenigen Theile, der die Moral vorträgt, Stemlern.
Ueber die Kirchengeschichte hörte er zugleich Beyern und
Körnern *), seinen Vetter, an dessen Umgang und ver-
traulicher Freundschaft er unbeschreiblich viel Vergnügen
fand. Er glaubte demselben überdieß für die große Wohl-

***

*) Herr D. Joh. Gottfried Körner, Prof. Theol. Ord. Dom-
herr zu Meißen und des Churfürstl. Consist. Assessor, stieg
von der untersten Diaconatstelle an der Kirche zu St. Thomas auf allen Stufen des Leipziger Ministerium, bis zum
Pastorat und der Superintendur, die er 1776. erhielt, u. starb
plötzlich am Schlagflusse 1785. Wenn er von Zehmischen
sprach, so stund ihm sogleich die Thräne im Auge, und er bekannte, daß die Zeit, da er als Freund, Gesellschafter und
Führer desselben, bey ihm auf der Stube gewohnt hatte,
die beste und vergnügteste seines Lebens gewesen sey.

d. Uebers.

that, daß er seit seiner Mutter Tode, ihm seine Studien geordnet hatte und sein Führer gewesen war, viel
Verbindlichkeit schuldig zu seyn.

Doch, als er nach Ablauf der Periode seiner akademischen Studien, durch Annahme der Magisterwürde
darauf umging, sich zu habilitiren, so merkte er, daß
ihm durch den Krieg, der plötzlich das ganze Vaterland
überschwemmt hatte, ein starker Strich durch seine Rechnung gemacht worden war. Denn, da er viel zu weich-
herzig war, als daß es in seinem Vermögen stund, das
allgemeine Elend vor Augen zu sehen und davon zu hören, so entschloß er sich das Vaterland zu verlassen, bis
die ehemalige Ruhe wieder hergestellt wäre! Er hatte
aber seinen Plan so gemacht, daß er den Winter in Göttingen hinbringen und sodann nach Holland gehen wollte,
nicht blos um zu sehen, was man dort für Sehenswürdig hielt, sondern um sich einige Zeit in Leiden aufzuhal-
ten und Hemsterhusen im Griechischen, Schultens aber
über das Hebräische und Arabische zu hören. Und in
Ansehung Göttingens erreichte er seine Absicht. Er hörte
daselbst Feuerlinen im theologischen Fache mit vielem Nutzen, Geßnern über die Oden des Pindars und über die
Encyklopädie und dann Michaelis, den vortreflichen
Lehrer der orientalischen Sprachen, deren geneigtes Wohlwollen gegen ihn und außerordentlich gütiges Betragen
er ganz besonders rühmte: aber den Vorsatz, eine Reise
nach Holland zu machen, vereitelten die Kriegsunruhen,
die zu der Zeit in dasigen Gegenden ausgebrochen waren,
durch die er reisen mußte. Er begnügte sich also, die
Provinzen des niedern Teutschlands zu durchreisen, die
frey vom Kriege waren, und sonderlich Hamburg und
Kiel zu besuchen, woselbst er von des Herrn Hahns
Hochwürden, seinem Verwandten sehr gütig aufgenommen und mit aller Art von Wohlwollen und Generosität
überhäuft wurde. Da er hier sowohl verschiedenemal
gepredigt, auch bey öffentlichen Disputationen Beweise

von seinen eleganten Wissenschaften gegeben hatte, so
brachte er jedermann eine so gute Meynung von sich bey,
daß ihm die damals erledigte Predigerstelle, nach aller
Wunsch und Zustimmung zugedacht war.   Aber er selbst
hatte seine Talente seinem Vaterlande gewidmet, und
von diesem Vorsatz ließ er sich nicht abbringen.   Und da
es nun den Anschein hatte, daß das Ende des Kriegs
jetzt noch weiter entfernt sey, so faßte er den nothwen-
digen Entschluß wieder nach Hause zu gehen, und kam im
Monat October 1757. da er ein ganzes Jahr weggewe-
sen war, jedoch mit vortreflichen Kenntnissen bereichert
und durch die Bekanntschaft und die Gewogenheit vieler
der rechtschaffensten Männer, die er überall, wo er hin-
gekommen war, durch seine Talente, Gelehrsamkeit und
angenehmes Betragen bald erhalten hatte, beglückt, wieder zu uns zurück.

Von da an, richtete er seine Gedanken ernstlich
auf das, was er vor seiner Reise Willens war, aufs Lesen: Er vertheidigte deshalben eine Disputation auf dem
Katheder de analogia linguarum vt interpretationis sub-
sidio.  (Von der Aehnlichkeit der Sprachen, als Hülfsmittel der Auslegung) vorzüglich der heiligen Schrift.
Diese Materie, die vor ihm niemand in einer eigenen
Schrift abgehandelt hatte, war so wohl aus eben der
Ursache sehr schwer, als auch darum, weil sie ohne
gründliche und weitläuftige Kenntniß mehrerer Sprachen und langen Umgang mit denselben weder genug ein-
gesehen noch richtig erkläret werden kann, auch viele und
große Vorsichtigkeit nöthig hat.   Denn, es wird hierunter nicht diejenige Analogie verstanden, die gewöhnlich
diesen Namen hat, mit der die Grammatiker in ihrer
Kunst es zu thun haben, und die gleichsam die Regel jeder Sprache ist, sondern die, welche in der Vergleichung verschiedener Sprachen besteht, und durch welche
einzelne Wörter, nach ihrer Stärke und Nachdruck in
derjenigen Sprache aufgesucht werden, worinnen er durch

unfehlbare und ihr eigne Zeugnisse nicht zu erkennen ist,.
und die die Redensarten angehet, durch welche die Ver=
bindungen.der Begriffe ausgedrückt werden: und nicht
blos dererjenigen, die eine und dieselbe Abstammung ha=.
ben, und gleichsam Töchter von einer Mutter sind, die.
durch ihre Aehnlichkeit selbst die schwesterliche Verbin=
dung und Verwandschaft anzeigen, sondern auch der
andern, hauptsächlich derer, die einen gewissen willkühr=.
lichen Gebrauch haben.　Es war daher.diese Analogie.
den Auslegern zur genauen Kenntniß und Bestimmung
des Sinns der Wörter öfters vortheilhaft, doch so, daß
ihr Gebrauch, durch ein gewisses Gefühl aus.dem vielen
Umgang mit den Sprachen, und Bekanntschaft mit der
Auslegung, erhalten wurde.　Doch Zehmisch machte
auf.Anrathen seines Lehrers Ernesti den Versuch, theils
den Begriff solcher Analogie eingeschränkter und subtiler
zu bestimmen, theils Regeln und Cautelen aufzusuchen,
wodurch ihr Gebrauch geordnet würde.　Und diese Sa=
che hat er so behandelt, daß der Grund zu dieser Mate=
rie gut gelegt zu seyn schien, und er durch die.Aus=
wahl und Menge der Exempel selbst, die Beurtheilung
hierüber erleichterte.　In der Disputation selbst aber hielt
er sich so vortreflich, daß jedermann die erfinderische Fä=
higkeit seines Kopfs, den Umfang der Gelehrsamkeit, die
Geschwindigkeit des Geistes und der Zunge rühmte. Wie=
wohl bereits vor mehr als zwey Jahren hatte er ange=
fangen diese Gaben und guten.Eigenschaften zu zeigen,
da er die Disputation unsers Ernesti, de difficultate
N. T. bene interpretandi, auf dem nämlichen Katheder
vertheidigte.　Bald nachher fieng er an Vorlesungen über
das Syrische und Griechische zu halten, da denn dieje=
nigen, so sie abwarteten, seinen Lehrvortrag in beyden
Gattungen außerordentlich lobten.

Indessen traf es, daß er wegen der Ferien von den
gewöhnlichen Arbeiten, die die Herbstmesse mitbrachte,
sich.auf Zureden eines gewissen seiner Freunde, zur Stär=

kung der Geſundheit und des Geiſtes, theils um ſich von
den Arbeiten des Sommers, theils von den übrigen Beſchwerlichkeiten der damaligen traurigen Zeiten zu erholen, auf eine kurze Friſt aus der Vaterſtabt wegmachte
und mit ihm nach Saltza in Thüringen ging, von da aus
er Gotha und Erfurt bereiſen, die Bibliotheken beſehen,
und gelehrte Leute ſprechen könnte. Dieſe Entſchließung
ſchien ſeiner Geſundheit anfangs ſo wohl zu behagen, daß
er ſeinem Freunde vielen Dank wußte, der ihm die Ver-
anlaſſung gegeben hatte, Cörper und Gemüth ſo wohlthätig zu ſtärken. Doch auf einmal ſchlug alles ganz
anders und zum größten Nachtheil aus. Denn, da er
am 23. October früh einen mäßigen Kopfſchmerz gefühlt
hatte, merkte er, nach einer ziemlich aufgeräumten
Mittagsmahlzeit bey einem Freunde, gegen Abend, daß
ihm der Unterleib von Brechübligkeit ungewöhnlich heftig
weh thue, und fieng an mit vielem Würgen und Beſchwer-
lichkeit von ſich zu geben, was der Magen bey ſich hatte.
Es war das jetzt nicht das erſtemal, daß ihm dieſes Uibel
zuſtieß, ſondern es hatte ihn öfters ſo hart angefallen,
daß man um ſein Leben beſorgt geweſen war. Das erſtemal hatte es ihn nach der Reiſe nach Kiel überfallen,
da er auf dem Wege nach Hamburg war. Wiewohl er,
als er von dort zurück wieder nach Leipzig kam, ſich der
Heilmittel und Bewegungen bediente, die unſer einſichts-
voller geſchickter Janke verordnet hatte, ſo kam es dennoch zu Zeiten wieder, und faſt mit einiger vermehrter
ſchmerzhafter Empfindung, außer daß es vorigen Sommer etwas von der gewöhnlichen Heftigkeit ſchien verloren zu haben. Indeſſen pflegte, nach außerordentlichem
Herumwerfen, da es vom immerwährenden Heben zum
Brechen kam, Schlaf einzutreten, wodurch der ermat-
tete Körper wieder erquickt wurde. Daher er auch damals, ob auch ſchon den anweſenden Freunden angſt
und bange wurde, für ſeine Perſon eben nicht ſehr in Furcht
war, ſondern ihnen zuredete, ruhig zu ſeyn, indem er
verſicherte, wenn er Schlaf kriege, werde das Uibel

wieder vorüber gehen.   Hier war er ein wahrer Pro-
phet.   Denn das Uibel ging auf einmal vorüber, jedoch
auf andere Art, als er gemeint hatte.   Da er die übri-
Nacht hindurch ruhig geschlafen hatte, und man weiter nichts befürchtete, so machte doch vors erste der
Schlaf, der ungewöhnlich lang anhielt, und zweytens
ein immer mehr schwereres und röchelnderes Athemho-
len die Sache verdächtig.   Man ruft ihn beym Namen,
er hörts nicht: man nimmt ihn bey der Hand und schüt-
telt ihn ein wenig:  man rüttelt noch stärker, auch das
fühlt er nicht.   Alsdenn aber ruft man, als in au-
genscheinlicher Gefahr, die Aerzte Graberg und Hufena-
gel, Männer von großem Rufe, zur Hülfe.   Sie suchen alles vor, was in solchen Umständen zu brauchen
dienlich ist.   Man schlägt ihm Ader: Umsonst.   Die
Empfindungen sind nicht wieder herzustellen und gleichsam zu erwecken: bald darauf folgt härteres rauheres
Schnarchen, und endlich ein anderer Schlaf, von dem
er vor der Welt Ende nicht erwachen wird.   Sein Leich-
nam wurde in die Kirche auf dem Gottesacker vor der
Stadt gelegt, wobey eine unzählige Menge Menschen
ihn begleitete und das Leichenbegängniß feyerte.   Es wurde ihm in gedachter Kirche vom Herrn M. George Bal-
thasar Hedenus, dem Hochehrwürdigen Archidiaconus
der Kirche zu Salßa, bey dem er seinen letzten Lebens-
tag zugebracht hatte, eine Lob- und Trauerrede gehalten.
Denn, er stund mit dessen Sohne, dem besten und ge-
bildetsten jungen Menschen, in Freundschaft, die er mit
ihm in Leipzig bey gemeinschaftlichem Studium errichtet
hatte, und der einige Monate vorher, um denen Schre-
cken des Kriegs in hiesigen Gegenden zu entgehen, sich wieder nach Hause begeben hatte, vor Kurzem aber, zur äußersten Betrübniß des Vaters seinem Zehmisch nachfolgte gerade zu der Zeit, da er bey uns die Magisterwürde von der
philosophischen Fakultät erhalten sollte.
    Das war also das Ende des rühmlich geführten Le-
bens des gelehrten jungen Mannes, zwar sehr schmerz-

lich, erstlich für die Seinigen, sonderlich aber für seines
Vaters Schwester, die Frau D. Naundorfin, der be=
sten Matrone, die er billig und mit Vergnügen, wie
eine zweyte Mutter verehrte und hochschätzte, auch für
seines Vaters Bruder, Herrn Zehmisch, vornehmen
Handelsmann allhier, bey dem er durch gegenseitige Ver=
wandschaftsliebe die Stelle eines Sohnes vertrat, sodann
für seiner Mutter Schwestersohn, dem Hochehrwürdi=
gen Herrn M. Körner, von dem ich oben sprach, und
endlich für uns, die wir nicht wie jene, einen Familien=
verlust, sondern den Verlust des Publikum, der für je=
den, der ihn vollkommen zu schätzen weiß, von nicht
weniger Beträchtlichkeit ist, bejammert haben: der für
ihn aber wahrhaftig Glück ist. Denn, warum sollten
wir den nicht für glückselig halten, der nach einem so
rühmlich und so fromm geführten Leben aus der Welt
gehen konnte, da alles im Lande und im Privatstande
mit Elend überhäuft ist, so das Herz des Rechtschaffe=
nen mit Schmerz erfüllt, und die Gemüther derer, die
es mit dem Staate gut meinen, nicht nur mit Sorgen
für das Gegenwärtige, sondern auch für die Zukunft
beängstiget? Oder zweifeln wir wohl, daß ihm eine sol=
che Art des Todes erwünscht gewesen sey, die ohne alles
Gefühl von Bitterkeit war, welche der Gedanke des na=
hen Todes und fast der Anblick desselben, so wohl bey
einem jeden als auch vornehmlich bey jungen Leuten na=
türlich im Herzen würkt, die vorzüglich von guten Ver=
mögensumständen sind, und die schönsten Aussichten und
noch dazu nahe vor sich sehen? Doch, meinen Gedan=
ken nach, hat die Güte Gottes es mit der frommen
Seele besonders gut meinen und sie schonen wollen, damit
sie bey dem seligen Uebergange in die Ewigkeit nicht mit
Todesfurcht gemartert würde. Denn, er war von Natur
bey widrigen Fällen und in Gefahren etwas zu furchtsam,
doch so, daß es eher den Anschein von Schwäche des
Körpers als der Seele hatte. In andern Dingen, wo=
für kleine Seelen schaudern, sah man keine Spur von

Furcht. Arbeiten, Nachtwachen und alle Beschwerlich=
lichkeit, die er Studierens und edler Handlungen halber
unternehmen mußte, achtete er im mindesten nicht. Uiberdem
ersetzte er jene Schwachheit durch andere mannigfaltige
und große Eigenschaften, die er entweder von der Na=
tur empfangen, oder durch Anstrengung und Arbeit sich
erworben hatte, und seine Bescheidenheit, das allerlo=
benswürdigste und liebenswürdigste Verdienst junger Leute,
konnte bey jeder Gelegenheit nicht größer seyn.

Da ein allzufrüher Tod der Universität dieses aus=
gezeichnete trefliche Genie entrissen hat, so können Sie,
theureste Mitbürger der Akademie, und Sie besonders,
die sich um das Studium theologischer Wissenschaften
begeifern, ihn gewissermaßen wieder ersetzen. Der ein=
zige Weg hierzu aber ist dieser, wenn auch Sie die näm=
liche Bahn entweder betreten, oder auf solcher ununter=
brochen fortwandeln, auf welcher er, unter der Befolgung
guter Rathgeber, nach Gelehrsamkeit strebte. Ich ge=
stehe es ein, er ist ein langer und dornichter Weg, und
er hat viel und gedehnte Krümmungen, dennoch aber ist er
nicht nur sicherer, sondern auch kürzer, als alle die ab=
gekürzten Wege, die entweder von der Sache Unkun=
digen, oder von denen, die jungen Leuten nach dem
Maule reden, der Faulheit vorgerühmet werden. Denn,
er allein führt zur wahren und gründlichen und vor=
züglichen Gelehrsamkeit, nach der Sie streben, wenig=
stens streben sollten: alle die übrigen führen um so viel
weiter davon ab, als sie kürzer zu seyn scheinen. Hier=
nach werden sie also handeln und sich zugleich durch Liebe
und Ehrfurcht gegen Gott, durch Rechtschaffenheit und
sittlichen Charakter, dem Studium göttlicher und mensch=
licher Weisheit würdig betragen. 1759.

L

# Lobschrift
## auf
# Johann Zacharias Platner.

Johann Zacharias Platner aus Chemnitz, wurde im
9 sten Jahre des vorigen Jahrhunderts gebohren.
Sein Vater war Zacharias Platner, Bürgemeister sel-
biger Stadt. Da er eine glückliche Handlung führte, so
bestimmte er den Sohn zu Erlernung derselben. Doch,
die Gesundheits-Umstände des Knabens, welche Kaufmännische Arbeiten kaum auszuhalten schienen, entspra-
chen nicht im mindesten dieser Absicht. Zudem war der
Vater ein Mann, der nicht nur Litteratur schätzte und verstund, sondern auch eine nicht geringe Kenntniß in physikalischen Dingen besaß. Sein Haus wurde daher öfters von gelehrten Leuten und unter solchen von Christian
Friedrich Garmannen, dem gelehrtesten Arzte der Stadt,
besucht. Dieser gewann den Knaben, den er bey Besorgung seiner Gesundheit hatte kennen lernen, auf einmal herzlich lieb. Denn es hatte derselbe eine große
Geisteskraft und nicht mindre Wißbegierde, aber auch
eine gewisse Annehmlichkeit im sittlichen Charakter und
Artigkeit im Ausdrucke, das bereits schon zu der Zeit von
der Art war, daß er sich das Wohlwollen eines jeden erwarb. Dieser Garmann nun überredete, da er an
dem schönen Naturell des Knabens sehr großes Vergnügen fand, denselben, indem er ihn, durch öftere und
vertrauliche Gespräche mit ihm, an sich gewöhnt hatte,
daß er vorzüglich die Arzneywissenschaft wählen möchte,
bey welcher er seine Talente und seinen Fleiß anlegte.
Da er hierzu, ohne viel Mühe, des Vaters Einwilligung
erhielt, sey es nun, weil selbst diese Kunst, die von den
Kenntnissen der Natur abgeleitet wird, bey ihm großen
Werth hatte, oder weil er sehr viel auf das Gewicht und

Ansehen des Mannes rechnete, so stellte er dem Sohne vor, daß diese Kunst von der Beschaffenheit sey. daß es keiner hierinen zu etwas Großem und Vollkommnen bringen könne, wenn er nicht mit mannigfaltigen und ansehnlichen Hülfsmitteln der griechischen und lateinischen Litteratur versehen, dazu komme. Hierdurch wurde dem jungen Menschen ein so großer Eifer für diese Sprachen eingeflößt, da ihm besonders sein Genie zu Hülfe kam, das von selbst durch ihre natürliche Schönheit gleichsam durch einer Art Sympathie gereizt wurde, daß er in der Folge, durch die Jahre und den Umgang mit demselben gestärkt, bis an den letzten Augenblick des Lebens fortdauerte. In der öffentlichen Stadtschule lehrte damals diese Sprachen ein gewisser Daniel Müller, von dem man sonderlich eine große Meynung der Gelehrsamkeit und unverdroßnen Fleißes hegte. Denn ein Hochwohlweiser Rath dieser Stadt war immer dahin besorgt gewesen, daß er den Studierenden, von denen seit einigen Jahren ein ansehnlicher Zusammenfluß war, geschickte Lehrer verschafte. Gedachtem Müller nun wurde er, nach anderwärts gelegten Anfangsgründen, zur Unterweisung gegeben, welche er acht Jahre lang so benutzt hatte, daß er mit großem Ruhm und nicht minderer Erwartung nach Leipzig geschickt wurde. Nachdem er hier Philosophie und mathematische Waßenschaften gelernet hatte, so wendete er sich ganz an die Lehrer der Arzneykunde, sonderlich an diejenigen, die man zu der Zeit unter die Vornehmsten rechnete, an Böhmern und Rivinus, die ihm nicht bloß durch ihre Lehrvorträge, sondern auch durch ihre Rathgebungen nützlich waren. Denn sie alle wurden von des jungen Menschen Talenten, Fleiß, und noch weit mehr durch sein gefälliges Betragen und Artigkeit so eingenommen, daß sie nicht nur das, was sie vermöge der Rechtschaffenheit jedem schuldigst erwiesen, ihm mit Geneigtheit mit Vergnügen thaten, sondern auch diese ihre Berufspflicht durch andere Dienstgeflissenheit zu vermehren wünschten. Der Stahlische Name und Stahls Lehrmethode war damals in Teutschland in großem Ruf, und von denen, die in der Arzneykunde etwas mehr als gewöhnliches thun wollten, war von allen Gegenden her ein Zusammenfluß in Halle, um seine Vorträge zu hören, weil, wie vordem zu einer gewissen Zeit, niemand, der nicht die Medicin zu Alexandia studiert hatte, ebenfalls zu der Zeit bey sehr vielen, keiner in einige Betrachtung kam, der nicht die Stahlischen Lehrbegriffe innen hatte. Gereizt durch diesen Ruf, begab sich Platner nach Halle, nicht als hing er eben von dem großen Lermen ab, von dem ihm Einsichtsvolle Männer gesagt hatten, daß er mehrentheils bey Akademischen Lehrern täusche, indem er beynahe nur von jungen Leuten und andern, nicht weniger der Sache Unkundigen, gewöhnlich sein Daseyn habe, sondern daß er selbst in Person sich von der Sache überzeuge, und mehr auf seine eignen Empfindungen, als auf das Gerede anderer sich verlasse, und durch Beleuchtung dessen, was an der Sache sey, ein Urtheil fällen könne. Da er nach Halle kam, fand er Stahlen zwar nicht selbst, denn er war ohnlängst nach Berlin gereist, wohin er, die Gesundheit des Königlichen Hauses zu besorgen, war gerufen worden: aber, er fand mehr als einen, mit der Stahlischen Lehrmethode sehr bekannten Lehrer, und indem er sie hörte, war es ihm, als ob er Stahlen beynahe in Person hörte. Und hieraus läßt sich ganz besonders Platners Feinheit im Urtheilen erkennen, daß er dennoch, als er durch ernstliche Prüfung und Fleiß dieses System hatte kennen lernen, nie ein Geheimniß daraus machte, daß er in sehr vielen Stücken hievüber ganz anderer Meynung sey. Zu gleicher Zeit kam er auch in Bekanntschaft mit Christian Thomasius, und erhielt beynahe dessen vertraulichen Umgang. Denn, er war nicht blos ein fleißiger Zuhörer in den Vorlesungen, worinnen er über die rechtlichen Cautelen, wie er es nannte, oder über Pufendorfs Geschichte der Römischen Hierarchie las, sondern hatte sich dem Manne, bey öfterm Besuche desselben, durch sein gefälliges Betragen, durch seine Wissenschaften und die Annehmlichkeiten seines Genies so sehr empfohlen, daß er, da in Thomasiussens Bibliothek, von einem Ausschuß von Männern bestimmte Zusammenkünfte gehalten wurden, in denen kleine Abhandlungen über die seltensten Bücher gedachter Bücher-Sammlung hergelesen wurden, die auf gemeinschaftliches Urtheil der Gesellschaft gedruckt werden sollten, auch selbst vom Thomasius unter diese Zahl aufgenommen wurde. Damals erhielt auch die Liebe zur Bücher-Kenntniß, die er bey Menken eingesogen hatte, bey dem er wohnte, mit dem er speiste, dessen Bibliothek und dessen Unterricht er übrigens, so lange er in Leipzig gewesen war, benutzt hatte, ihre Stärke und Vollkommenheit. So gar wenig ließ er etwas unbenutzt, das entweder für das Interesse oder für die Zierde derjenigen Wissenschaft vortheilhaft seyn könnte, welche er vorzüglich zu seinem Hauptstudium gemacht hatte, oder etwas, das seinen Verstand, sonderlich für Artigkeit und angenehmen Umgang mit jeder Art Leuten von guter Politur, zu verfeinern vermöchte.

So nun, mit jeder erforderlichen sowohl als eleganten Wissenschaft ausgebildet und bereichert, machte man ihn erst in Leipzig zum Magister der freyen Künste, und dann in Halle zum Doktor der Medicin, mit solcher Ehre, daß er nach dem Urtheil eines Jeden, zum Nutzen der Studierenden, medicinische Collegia halten konnte. Er aber, der es dahin gebracht hatte, daß er andern in den Kenntnissen der Kunst Satisfaktion that, war selbst mit sich noch nicht zufrieden. Denn, er besaß eine solche Geistes-Größe und Erhabenheit, daß er mit dem Mittelmäßigen nicht zufrieden seyn konnte, und in der Meynung stund, er dürfe eher nicht nachlassen, bis er es zu etwas Vorzüglichen gebracht habe, wodurch er sich von Alltags-Männern ausnehmen und unter großen Leuten ausgezeichnet seyn könne. Er ging daher erst nach Regenspurg, nachdem er auf der Reise diejenigen

beſucht hatte, ſo damals.in Nürnberg, Altdorf, Augs⸗
burg, Ulm, Tübingen und Stuttgard durch medicini⸗
ſche Kenntniſſe in großen Ruf waren, oder einen an⸗
ſehnlichen Vorrath entweder von mediciniſchen Inſtrumen⸗
ten oder Bücher⸗Sammlungen hatten. Es war zu der
Zeit in Regenſpurg ein gewiſſer Marius ein Franzos,
als geſchickter Lehrer und Prakticus in der Chirurgie in gro⸗
ßem Anſehn. Zu dieſem hielt er ſich daher hauptſächlich
und war ihm ſtets zur Seite, wenn er die Chirurgie
durch Vorträge und Operationen lehrte. Da er übri⸗
gens auch bey Beſuchung der öffentlichen Krankenhäuſer
und Abwartung aller Arten chirurgiſcher Operationen die
Sachen öfters mit Augen ſahe, auch nicht einen vor⸗
bey ging, der an dieſem Orte entweder wegen ausgezeich⸗
neter Kenntniſſe in der Heilkunde oder eleganter Gelehrſam⸗
keit in vorzüglichem Anſehen ſtund, ſo machte er ſich
auch alle durch den Umgang und öftere Geſellſchaft mit
ihnen, ſo zu Freunden, daß er ihnen außerordentlich
werth und lieb war. Nach ſeiner Abreiſe von hier, kam
er durch die Schweiz, ein Stück von Savoyen, ſodann
durch Leiden und Dijon in Bourgogne nach Paris.
Hier gab er ſich beynahe ganz mit der praktiſchen Heil⸗
kunſt ab, die den Kranken durch die Hand Hülfe ſchaft.
Denn, die ſämmtlichen chirurgiſchen Handgriffe lernte
er vom Antonius Thibald und einige, die nicht von der
gar zu gemeinen Art ſind, von jedem ſolchen, der auf
irgend eine Gattung derſelben ſich beſonders angelegent⸗
lich gelegt hatte, z. B. die Handgriffe der Geburtshülfe,
lernte er von Ludwig Philipp Gregorius, deſſen Beglei⸗
ter er oft, bey der Geburtshülfe der Kreiſſenden, in ſchwe⸗
ren Geburten war. Vornehmlich lernte er die Augen⸗
Operationen von Thomas Wollhouſen, einem Englän⸗
der, dem er nicht nur die Augenkrankheiten mit vieler
Geſchicklichkeit behandeln ſah, ſondern es ihm auch nach
und nach mit vielem Glück nachthat. Er ließ auch die
Kunſt, Verbände und Bandagen anzulegen nicht aus der
Acht, worinnen ihm der geübte Meiſter, Ceſavius, Au⸗

weisung gab.   Er glaubte, daß nach der Regel, die Celsus praktischen Aerzten giebt, der Schüler der Heilkunst
eben dergleichen sehen müsse, damit er auch mit den al-
lergeringsten Kleinigkeiten bekannt sey:   wiewohl dieses
nicht so sehr zu den Kleinigkeiten gehört, als es gewöhnlich darunter gerechnet wird.   Da er durch Betreibung
solcher Dinge eine genugsame Fertigkeit in derjenigen
Kunst erworben hatte, die hauptsächlich sein Fach war,
so dachte er auf die Rückreise ins Vaterland, weil überdem die Aeltern in Briefen in ihn drangen, deren Sehnsucht durch das Absterben des zwenten Sohnes, stärker
nach ihm geworden war.   Er richtete übrigens die Reise
so ein, daß er durch Holland ging und die Boerhaven und
Albine, damals ohnstreitig Aerzte von erster Größe, und
das Anatomische Kabinet kennen lernte, das Rupsch in
Amsterdam angelegt hatte.   Als er von hier bey den
Seinigen wieder eingetroffen war, reiste er kurz nachher
nach Leipzig, um hieselbst, als dem von ihm bestimmten
Wohnort, medicinische Lehrvorträge zu halten und zu
prakticiren.   Das geschah im Jahr 1720.   In Leipzig
zeigte sich damals sein hervorstechendes Genie, sein Lehrvortrag und die Geschicklichkeit in Heilung der Krankheiten sehr bald:   sonderlich, da er die Augen-Krankheiten
mit Geschicklichkeit und Glück behandelte, für die man
ehedem Hülfsmittel, nämlich bey solchen, wo die Arbeit
der Hand erforderlich ist, mehrentheils bey Marktschrey-
ern zu suchen gewohnt war.   Deshalber kamen auch leute von fremden Orten her, die in dieser Art von Krankheit sich seines Raths und seiner Hülfe bedienten; worunter auch einer vom Dreßdner Hofe war, der am Au-
genschmerz, dabey ein gefährliches Geschwür am Horn-
häutgen sich befand, laborirte.   Dieser Mann, der durch
die Scarifikation, die er Wolhusens Methode zu danken hatte, glücklich war geheilet worden, brachte es durch
seine gute Empfehlung dahin, daß ihm die außerordentliche Professur der Anatomie und Chirurgie aufgetragen
wurde.   Und das war für ihn der Anfang seines Akade-

miſchen Berufs, von welchem er nach und nach auf allen Stufen, bis zu der höchſten Stelle der mediciniſchen
Fakultát hinauf ſtieg: hierüber bekam er noch von Zeit
zu Zeit Gnaden-Geſchenke vom König, zum Benſpiel
das Stipendium, das er auserordentlich genoß und zuletzt auch die Ehre und den Titel eines Hofraths. Gegen dieſe Wohlthaten war er ſo dankbar, daß er durch keine,
auch die herrlichſten Bedingungen ſich verleiten ließ, den
Wohnſitz ſeines Glücks mit einem andern Orte zu ver-
tauſchen. Er ſtund daben, durch das Urtheil und die Zuneigung aller Gattungen von Menſchen, in einem ſo
großen Anſehn, ſeine Lehrvorträge wurden von den Studierenden, ſeine Berathungen von Kranken, ſein Umgang und Freundſchaft, von allen Klaſſen von Menſchen
einer feinen Lebensart, ſo geſucht und dann lebte er in einer Stadt, die ſeinem eleganten und edeln Witz und Geſchmack ſo angemeſſen war, daß er an dieſem, einmal für ſich
beſtimmten Wohnort, durch mannigfaltige Verbindungen,
bis an ſeinen Tod angeſeſſelt wurde. Ehe ich davon rede, glaube ich von ſeiner Lehrform, ſeinen Einrichtungen
und gänzlichen Lebensart, Nachricht geben zu müſſen.

Er forderte, daß ſeine Schüler nicht ſeichte Kenntniſſe, ſonderlich in der Griechiſchen und Lateiniſchen
Sprache haben möchten. Denn er ſelbſt redete ben
ſeinen Vorleſungen lateiniſch, und wünſchte, daß
die Griechiſchen und Lateiniſchen Schriftſteller der ál-
tern Heilkunde, beſonders Hippokrates, Aretáus und
Celſus geleſen würden. Er empfahl daher das Stubium
bender Sprachen unaufhörlich, jedoch in ſo fern, daß
man ſich nicht ſo gänzlich damit abgäbe, oder durch ſeinen Reiz bezaubert, die mediciniſchen Wiſſenſchaften
ſelbſt vernachläßige. Er ſelbſt brachte ſeine Erholungs-
Stunden gern mit dem leſen älter Schriftſteller aller
Art zu, und es war ihm die Freundſchaft und der
Umgang derer am liebſten, von denen er wußte, daß ſie
in dieſen Wiſſenſchaften am meiſten bewandert waren.

Mit dem Schönen und Feinen dieser Wissenschaften verband er auch das Ernsthafte der mathematischen Wissenschaften und das Mannigfaltige in der Natur, da er bey des in solche Gränzen einzäunte, daß er die auf Muthmaßung gegründete medicinische Wissenschaft nicht auf mathematische Subtilität, noch das Studium der Naturforschung mehr auf leere Spielerey, als auf den Nutzen der Arzneykunst anzuwenden gestattete. Er billigte diejenige Aufsuchung der Ursachen, die theils in unsern Kräften, nicht in so verborgenen und von der Natur gänzlich versteckten Dingen besteht, daß sie aller Scharfsichtigkeit des Verstandes undurchdringlich bleibt, theils auch zu Kenntniß und Abhaltung der Krankheiten dienlich ist. Uebrigens hielt er es für rühmlicher, seine Unwissenheit zu bekennen, als wegen eitler Chimären von Weisheit, sich auslachen zu lassen. Und so wie er seinen Schülern die Dummheit und Unbesonnenheit der Quacksalber zum Abscheu machte, eben so bewies er ihnen, daß nichts so abgeschmackt und so schädlich sey, als die in die Lehre der Medicin eingeschalteten Meynungen, nach welchen der Grund von jeder Sache angegeben werde, welches die heutigen Logiker Hypothesen nennen, wodurch kurzsichtige Leute durch einen Schein von Weisheit getäuscht, und von der Erreichung der richtigen Erkenntniß der Natur und überhaupt der Heilkunde abgeführet würden. Zuförderst hielt er eine genaue Kenntniß des Menschen-Körpers, die man durch öftere und fleißige Anatomirung der Kadaver und durch Beobachtung aller seiner Verrichtungen und Geschäfte erhalte, für vollständige und regelmäßige Wissenschaft der Arzneykunst; ferner die Kenntniß jeder Krankheit und der Ursachen, aus welchen sie, auf was für Art und an welchem Flecke sie entweder erzeugt würde, oder sich verändere, oder endlich zum Nutzen oder zum höchsten Nachtheil des Menschen gehoben würde, welches er aus einer und derselben Quelle hergeleitet wissen wollte: sodann die Kenntniß der medicinischen Materialien und überhaupt der

Heilmittel, die von chemischen Versuchen und von
Beobachtungen herkommt, die die Kräfte von jedem, bey
der Krankheit und auch im Körper lehret: und übrigens
die kluge Auswahl der Heilmittel und den für die Natur
eines jeden Körpers und zur allerschicklichstem Zeit, an-
gemessenen Gebrauch. Vor allen andern empfahl er das
Studium der Chirurgie, der allerältesten Heilart, und
vertheidigte sie gegen ihre Gegner: ja er wollte, daß
man sie, nicht bloß um die Kurart der Wundärzte
mit Klugheit zu ordnen und alberner Unbesonnenheit vor-
zubeugen, sondern auch innerliche Krankheiten zu vertreiben, anwenden mögte: von welcher Methode man
ihn für den ersten Urheber ausgiebt. Denn, seinen Gedanken nach, konnte man mehrentheils von solchen weder eine gründliche Einsicht haben, noch sie Kunstmäßig
und mit glücklichem Erfolg curiren, wenn man nicht eine gnügliche Kenntniß von der Art solcher Gebrechen habe, wo die Hand des Wundarzts nöthig ist: weil eben
diejenigen Zufälle, die die äußerlichen Theile treffen, und
die in die Sinne fallen, auch bey den Krankheiten der
innerlichen Theile und der Eingeweide sich vorfänden,
die nicht gehörig zu erkennen wären, wenn man nicht jene äußern Mängel genau geprüft habe, von welchen sie
mehr dem Sitze als dem Wesen nach unterschieden wären. Er hielt daher beständig Chirurgische Vorlesungen und um sie desto nutzbarer zu machen, so schafte er
den ganzen Vorrath chirurgischer Bücher und Instrumente zusammen, ohne irgend die mindesten Kosten zu
schonen, damit er das, was irgendwo in dieser Art geschrieben oder erfunden worden, vorlegen konnte. Er
las außerordentlich fleißig, mit größter Geschicklichkeit
und Treue. Im lateinreden hatte er eine große leichtigkeit, eben so Deutlichkeit und Nettigkeit, die noch durch
eine angenehme Aussprache gewann. In den Sachen
war eine vortrefliche Auswahl und bündige Ordnung.
Die Demonstrationen hatten Gewicht, Subtilität und
Verständlichkeit, fast für den gemeinsten Mann. Die

ganze Art des Lehrvortrags war mit einer gewissen reiz-
baren Anmuth gewürzt. Nichts war Geheimnißvoll,
alles aufgedeckt und allen mitgetheilt: wie er denn sogar
die Augenbürste *), deren Kunstgebrauch er, nebst dem
Instrumente, Wolhusen mit einer schweren Summe Geld
abgekauft hatte, jedermann ohne alles Interesse mittheil-
te. Aus dem Grunde nun, hat er uns, bey dem Wunsche und der Sehnsucht nach ihm, den einzigen Trost
zur Beruhigung hinterlassen, daß auch nicht einer nach
ihm zu finden ist, der ihm gleichkäme. Und wir beklagen nicht so sehr die mit ihm verloren gegangenen Wissenschaften, als ihn selbst.

Er machte den praktischen Arzt zur größten Ehre
seines Namens, denn, bey seinen Kuren bewies er Mäßigung, Behutsamkeit und Eifer: auch war er nicht weniger angenehm und glücklich. Er trug sich niemand an,
und doch schickten mehrere nach ihm, als ihm lieb war.
Er that nicht mit Wundermitteln groß; andere sah er
nicht für unbedeutend an: in Reden und Handlungen
brauchte er die größte Verschämtheit, worinnen er verlangte, daß der Arzt seine vorzüglichste Empfehlung suchen solle. Bey Fassung eines Rathschlags ging er weder rasch noch kühn, indem er für besser hielt, mehr langsam, wenn nur sicherer, als zu geschwind, aber mehr
mit Gefahr, eine Entscheidung zu thun. In gefährlichen Fällen ging er höchst bedachtsam und war gewohnt

---

*) κόρις oculorum, ein Augen-Bürstchen, aus einem Bü-
schelchen Hülsen bestehend, die aus einer Art Kornähren
herausgerissen sind. Dieses Büschelchen ist an einem Stiele
befestiget und mit diesem Bürstchen wird die innere Haut der
Augenlieder gekratzt und blutrünstig gemacht. So beschreibt
es Platner in seiner Chirurgie, S. 283. Einer unserer ältesten
und gelehrtesten Aerzte erzählte mir, daß Platner Wool-
housen, für eine solche κόρις 300 Livres bezahlt habe und
daß ihm Mouchart in Tübingen, der zu gleicher Zeit mit
Platner in Paris war, eben so viel habe dafür bezahlen
müssen. d. U.

auch ſeine Bedenklichkeiten und die Gefahr zu erkennen zu
geben: aus welchem Grunde unerfahrne und übelgeſinn-
te Leute das für Feigheit ausgaben, was Aufrichtigkeit
und Fürſichtigkeit war. Wenn er aber, nach reiflicher
Erwegung und Erkenntniß aller Umſtände, einmal eine
Entſchließung gefaßt hatte, ſo führte er mit zuverſichtli-
chem und feſtem Muth ſeinen Vorſatz aus, und ließ ſich
durch zufällige Erfolge nicht davon abbringen: indem er
ſich auf das Bewußtſeyn ſeiner Einſichten und richtigen
Handlungsart verließ, welches alle Zaghaftigkeit und
wankenden Muth entfernet. Er fürchtete ſich auch nicht
vor harten Mitteln, da wo mit gelinden und angenehmen etwas auszurichten nicht möglich war; indem
er das für gräßliche Schonung hielt, mit welcher Gefahr des Patienten vergeſellſchäftet wäre. Er brauchte
daher zuweilen zur Heilung der Kranken auch etwas hef-
tige Mittel, Fieber, Spasmen, Entzündungen, Eite-
rungen, durch die Kunſt gemacht. Wo er übrigens
eine gelindere Manier für wirkſam genug hielt, gab er
gelindern Mitteln den Vorzug, der Rhabarber, minera-
liſchem Waſſer, der China-Rinde und ähnlichen. Damit man ſähe, daß er ſich mehr durch Vernunft als
durch Gewohnheit leiten laſſe, ſo that er oft vieles wider
den Schlendrian und verjährte Meynungen der Aerzte,
daher anfänglich die Weiberchen beynahe wider ihn zu
Felde zogen, die in der Einbildung ſtünden, daß auch
ſie die Heilung Kranker, ſonderlich der Kindbetterinnen
verſtünden. Die erſten Tage nach der Geburt reinigte
er den Unterleib, entweder durch Chyſtire oder Laxative,
zur großen Erleichterung der Wöchnerinnen. Denn
durch dieſe Methode trieb er nicht ſelten den drohenden
Frieſel zurück, ſondern ſtellte auch den weggebliebenen
Fluß der Lochien wieder her. Auch fand er kein Bedenken, in allen hitzigen Krankheiten ſich der Chyſtire zu bedienen, bey welchen ſich das äußert, was man Exan-
themata nennt, welches bey vielen einen glücklichen Erfolg hatte. Mittel von korroſiviſcher Art, zu Stärkung

des Magens verwarf er und bewies, daß sie die Kräfte
des Magens mehr schwächten als stärkten. Er hat viel
berühmte Kuren gemacht, da er oft Leute, die man ganz
aufgegeben hatte, wieder ins Leben zurück rufte. Der
Augen=Kuren nicht zu denken, davon ich oben sprach,
die er mehr als hundertmal sonderlich durch Applicirung
der Augenbürste glücklich gemacht hat. Viele, von denen
man glaubte, daß sie an einer unheilbaren Schwindsucht
laborirten, heilte er durch anhaltenden Gebrauch des
Rhabarber von Grand aus. Die Wassersucht hat er
wenig Jahr vor seinem Tode zweymal glücklich curirt:
auch einmal bey einem entkräfteten und im höchsten Grad
durch die Schwindsucht ausgezehrten Menschen. Einem
Knaben hat er das Knie, so durch einen unglücklichen
Sprung gelähmt worden war, durch Eintropfung des
Wassers gestärkt: Taubheit vertrieb er durch ein bewürk=
tes großes Geschwür auf den Knochen, den man ma=
stoides nennt: Fisteln am Gesäß, die man mehrmalen
zu schneiden ohne Glück versucht hatte, hob er durch
die Section. Weibern, denen es einigemal unrichtig
gegangen war, stärkte er die Mutter durch Rhabarber
mit Erden und Nitrum versetzt, daß die Frucht bis zur
Reife bey ihnen blieb: alte Geschwüre am Füßen und
Schwulsten, woran andere ihre Hülfe umsonst versucht
hatten, hat er durchs Schnüren auf immer gedämpft,
und ausgetrocknet: einer Frau half er von einem faulen
Geschmack im Munde, wovon keine Ursache anzugeben
war, durch einen Schnitt im Fleische über den Brüsten,
davon sie, weil sie darauf Acht haben sollte, einigen
Schmerz empfunden hatte, nachdem vieles Eiter, und
das abscheulich stinkend, herausgedrückt worden war.
Durch solche und viele andere ähnliche Dinge erwarb er
sich ein so großes Vertrauen bey den Leuten, daß sie in
den schwersten und verzweifeltsten Krankheitn, zu ihm,
als dem sichersten Retter, ihre Zuflucht nahmen. Er wi=
derstund aber den Krankheiten weder immer durch viel
oder bloß durch Arzneymittel, welches sich, sagte er, ehr

für Arzney-Krämer; als für Aerzte schicke, sondern uns
sogar am meisten durch Anordnung der Diät, und in
dem er der Regel des Celsus zu Folge, die genaueste Beobachtung auf solche Dinge richtete, die man gewöhnlich für Kleinigkeiten hielt: worüber man auch eine Rede vom Celsus hat. Eben so sorgfältig wachte er auch
über die gute Gesundheit der Leute, indem er bey öffentlichen Gelegenheiten auf dem Katheder und in Familien
Anweisung von dem gab, was für die Dauer der Gesundheit zuträglich und was ihr schädlich wäre: dahin
gehört das, was er über die Krankheiten wegen Unrein-
lichkeit, von den Knochen der Brust, von der Heilkraft des Quellwässers, von der Bleichheit, die vom üblen
Gesundheitszustände entstanden, vom Schlafe der Kinder durch die Wiege, vom Schlafen in heißen Stuben,
von Einschränkung zu häufiger Motion, der Gesundheit
halber, geschrieben hat. Die Geschicklichkeit und Klugheit bey den Kuren empfahl das Angenehme seines offenen Kopfs und die ganz außerordentlich feine Manier
in seinem Betragen. Man fand ihn nie ungestüm, außer es mußte es die Nothwendigkeit und die Wohlfarth des
Patienten fordern, oder es mußte der zu unrechter Zeit
angebrachten und nachtheiligen Geschäftigkeit der Weiberchen, auf keine andere Art Einhalt gethan werden können; alles das geschah mit Mäßigung und mit einer ganz
außerordentlich artigen Manier. Es fiel ihm jedesmal ein, was, wann und wo er mit Anstand, Artigkeit
und Anmuth reden sollte. Diese Fähigkeit, die er dem
Genie zu danken hatte, erhöhte er durch dazu schickliche Lektüre. Wenn er nun Zeit hatte, setzte er sich zu Stunden
bey den Patienten hin und unterstützte sie eben so sehr
durch seine Berathungen, als er sie durch den Discours
erheiterte. Sogar bewürkte er, daß die stumme und
bittere Kunst, zur beredten und süßen Kunst wurde.

Er hatte am angelegentlichsten dafür gesorgt, daß er
die Kenntnisse, die theils zum gründlichen Vortrage,

theils zur Praxis der Heilkunde erforderlich sind, in seiner Gewalt habe, und sich nicht in die Nothwendigkeit
gesetzt sähe, in denen medicinischen Auslegern ängstlich
herumzublättern, so oft er Vorlesungen zu halten hatte,
oder Patienten zur Hülfe gerufen wurde. Wer seine
Zuflucht dazu nehmen muß, es sey in irgend einer
Art von Wissenschaften, wahrhaftig der lebt nur für einen Tag. Daher kam er auch zum Examen derer, die
um die Erlaubniß, sich zu habilitiren, ansuchten, selbst eben
so wenig vorbereitet, als die Candidaten, da er dann
das Verhältniß von sich und ihnen ins Gleiche brachte, weil er für unbillig fand, daß der junge Mensch, ohne Vorbereitung, das beantworten sollte, was der Alt-
bärtige unvorbereitet nicht fragen könne: er brauchte
auch die Fragen nicht vom Zettel abzulesen, wodurch er,
wenn er das Auge davon wegwendete, oder entweder
durch des Candidaten Ignoranz oder Schalkheit davon
abgeleitet würde, sich gefangen und verrathen sähe. Aus
diesem Grunde that er auch die sichern festen Schritte,
die er, wie ich sagte, gewöhnlich bey den Kuren der
Kranken machte, da er überzeugt war, er thue, was er
thun müsse, wenn auch der Erfolg der nicht wäre, den
er wünschte.

Er hat sehr vieles bey Akademischen Vorlesungen
geschrieben, theils wenn er selbst das öffentliche Lehramt
antrat, theils bey Promotionen der medicinischen Dok-
toren, theils wenn er öffentliche Sectionen der Kadaver ankündigte oder junge Leute aufs Kath der führte, die
ihre Fähigkeiten im Disputiren zeigen wollten. Die
Materien, diejenigen nämlich weggerechnet, die ich oben
erwähnte, sind fast mehr aus der etwas feinern Anatomie, vorzüglich aus der Chirurgie, welche, wie gesagt,
sein Lieblings Studium war. Bey Doktor Promotionen hat er eine ziemliche Menge Reden gehalten. In
diesen handelte er nicht schwere Kapitel der Kunst ab, die
niemand als der Kunsterfahrne verstünde, sondern die

jeder, wie billig, verstehn, und die jedermann zum Nu#
#en und zum Vergnügen seyn könnten, weil er es für
sehr unmanierlich hielt, da doch Leute von allerhand Klaf#
fen hierzu eingeladen waren, Sachen aufs Tapet zu brin#
gen, die entweder nicht gern jeder hören wollte oder sie
verstehen könne. Diesen Gebrauch beobachtete er auch
bey vielen Programmen, in denen er zu feyerlichen Pro#
motionen einlud: da ers für schicklich hielt, die Leute
mit solchen Sachen einzuladen, die verständlich für sie
wären. Ich habe auch die Bemerkung gemacht, daß er
öfters dahin Rücksicht genommen hat, daß die Materie
der Programmen und Reden, dem Inhalte der Dispu#
tation, die zur Erhaltung der Doktor#Würde aufs Ka#
theder gebracht wurde, entspräche. Da er z. B. das
Programm zur Disputation de Rubore schrieb, handel#
te er von der Bleichheit, die von einer übeln Gesund#
heit erzeugt worden und zum Schluß derselben von der
Schamhaftigkeit des Arztes, woraus jeder weder alltäg#
liche Gelehrsamkeit noch allgewöhnliches Genie erkennt.
Hatte er hierzu keine Veranlassung, so paßte er, unbe#
schadet derjenigen Popularität im Vortrage, wovon ich
sprach, die Rede der Person des Doktoranden oder den
Zeiten so an, daß die Feinheit in der Auswahl der Ma#
terie augenblicklich einleuchtete. Unter seinen Schrif#
ten behalten ohnstreitig die Institutiones Chirurgiae ra#
tionalis, sowohl der medicinischen als derjenigen, die durch
Operationen geschieht, welche ihre Entstehung aus den
Chirurgischen Vorlesungen, die er viele Jahre gehalten
hat und durch die täglichen Erfahrungen und Beobach#
tungen erhielten, den ersten Rang; ein Werk, das durch
Erklärungen, Deutlichkeit und Subtilität und durch den
Reichthum mannigfaltiger Gelehrsamkeit, aber auch
durch seine Eleganz, Empfehlung verdient. Da er den
Anfang mit den Entzündungen macht, erklärt er die ver#
schiedenen Folgen derselben. Von da kommt er auf die
Wunden, Geschwulsten, Geschwüre, mancherley Gat#
tungen der Fisteln, auf die Knochen#Krankheiten und

überdem auf andere Gebrechen, die zu ihrer Heilung
die Kur der Hand erfordern. Gleich nachher schaltet er
Heilungs - Regeln für die übrigen Krankheiten ein, worinnen
er jungen Lehrlingen so wie denen Lehrern, zu ihrem Besten, seinen Rath ertheilt, damit sie nicht, wenn sie von
ihm getrennt wären, in die lästige Nothwendigkeit gerie-
then, das, was ich vorher gesagt habe, nachzuholen.
Nie ist von irgend einem, in irgend einer Art, Etwas,
so in dieses Fach einschlägt, endecket worden, das man
in diesem Buche vermissen sollte: und das alles wird mit
einer ganz vortreflichen Auswahl, bewundernswürdigen
Kürze, ohne die mindeste Dunkelheit, vorgetragen; zumal
wenn einer mit der alten, zuweilen mehr künstlichen Latinität
bekannt ist, wovon er der größte Liebhaber war. Hier
und da führt er diejenigen an, die von jeder Materie
insbesondere geschrieben haben: welches einem Manne
leicht war, der einen so herrlichen Bücher-Vorrath besaß. Bey dem Style war er vorzüglich dafür besorgt, daß
er deutlich seyn möchte: sonderlich, da er fast einzig und
allein sich mit Vorlesungen beschäftigte. Es hatten daher
seine Discoure nicht ganz die gehörige Bindung und er
häufte die Pronomen mit unter mehr, als es die Delikatesse
des Ohres vertrug. Die Reden sind mehr gefeilt, die
aber auch selbst sanft und sich immer gleich im Ausdrucke fließen. Was die Reinigkeit des Lateins betrift, so
beobachtete er, weniges ausgenommen, die'elbe sehr sorgfältig. Vor andern sah er auf die Auswahl der Worte:
und nach seiner eignen Aussage, schrieb er aus keiner andern Ursache mit so großer Mühsamkeit, als weil er sich,
in Auswahl der Wörter, nicht leicht genug that.

Er verließ eine Bibliothek, dergleichen man in unserer Stadt zuvor nie fand: war sie es nicht in Ansehung
ausgesuchter alter Griechischer und Römischer Schriftsteller und der Anzahl, oder in einer andern Art der schönen Litteratur, wiewohl er auch hierinnen viel Vortrefliches besaß, so war sie es doch wegen des Vorraths medici-

M

nischer Bücher, die er sowohl in jeder Art außerordentlich schön, als auch im Anatomischen und Chirurgischen Fache und in der medicinischen Geschichte so reichhaltig und vollständig hatte, daß ihm nichts fehlte, das zu irgend einer Zeit oder an irgend einem Orte über solche Materien geschrieben und zu haben war. Ja, wenig Tage vor seinem Tode, hörte man selbst von ihm sagen, er für seine Person wisse eben nichts im Chirurgischen und Anatomischen Fache, wovon er dächte, daß es noch hinzu kommen könne. Wenigstens pflegten fremde Aerzte, die ihm ihren Besuch machten, zu bekennen, nirgend etwas dem ähnliches gesehen zu haben: daß man wohl bedauren möchte, daß ein so großer, durch so vieler Jahre Arbeit und mit so ansehnlichen Aufwand zusammengebrachter Schatz, so bald zerstreuet werden solle.

Da ich nun gnüglich von seiner Lehrmethode und von seinen Einrichtungen geredet habe, so will ich noch mit Kurzem hinzusetzen, was er für ein Mann nach seiner übrigen Lebensart war. Die Religion ehrte er, ohne Aufsehn damit machen zu wollen, auf gehörige Art und mit Würde, das heißt von Gott und göttlichen Dingen, ihrer Natur und dem Ansehn der heiligen Schrift gemäß, zu denken, auch sich und alle das Seine dem Willen Gottes zu überlassen, von dessen Güte er das ruhig erwartete, wornach andere durch allerley Kunstgriffe ängstlich streben. Gegen das Abergläubische hatte er nicht blos den Haß, den jeder Vernünftige dagegen äußert, sondern auch einen gewissen ihm ganz eigenen Abscheu, da er bewies, daß solches der gründlichen Arzneywissenschaft zu allen Zeiten viel Schaden gethan habe. Selbst so gar seine Feinde konnten es ihm nicht absprechen, daß er ein rechtschaffener Mann sey. Er nahm nie die Maske vor, er wußte nichts von Verstellung. Er war kein kriechender Schmeichler, wenn er gleich oft mit Prinzen und Hofleuten es zu thun gehabt hätte: er war kein Geizhals: er bediente sich weder beym Streben nach Eh-

renstellen noch um Vermögen zu erwerben, schlechter
und niedriger Kunstgriffe, da seine große Seele ihn über
alles Erniedrigende hinwegsetzte. Von Leuten, die davon
Gebrauch machten, war er der größte Feind. Ja, er
suchte den Ruhm eines redlichen und klugen Mannes,
nicht blos aus einer gewissen Seelengröße und durch sorgfältige Pflichterfüllung, sondern er hielt das Streben darnach, zur Vervollkommung seines Ruhmes
als Arzt, für wichtig. Uiber Freundschaften hielt
er mit um so größerer Unverbrüchlichkeit, je mehr er
Sicherheit für die süßen Freuden des Menschen-Lebens
auf sie baute. Er hielt nichts für zu schwer und für zu
lästig, das er nicht um seiner Freunde willen gern und
ohne Rücksicht auf das mindeste Interesse thun wolle.
Er öffnete ihnen übrigens seine ganze Seele, aber doch
nicht ohne Vorsicht, und mit denen verborgenen Winkeln
und der Tücke nicht unbekannt, die das Herz des Menschen zu haben pflegt. Hieraus sieht man sehr leicht,
was für große Sorgfalt er bey Auswahl der Freunde
brauchte. Er prüfte seine Freunde nach der Schönheit
des Talents, nach ihren Kenntnissen, nach dem Eifer
für das allgemeine Beste, und überhaupt nach der Liebe
zur Rechtschaffenheit, und nicht weniger darnach, nachdem
sie vertragen konnten, wenn man frey und ohne Maske
sprach. Seine Freundschaft hingegen wurde von vielen
um so mehr gesucht und geschätzt: je mehr vortheilhaft
man sie theils wegen der Gelehrsamkeit und Einsichten,
theils je angenehmer man sie wegen des reizenden Genie
des Mannes fand.

Um so weniger darf man sich wundern, daß sein
Tod für jedermann höchst empfindlich und beklagenswür-
dig war, da wohl niemand seyn dürfte, der nicht gewissermaßen durch ihn Verlust gelitten zu haben glaubte.
Es überfiel ihn solcher am 19ten December 1747 nach
einer schweren une jählingen Brustbeklemmung, die ihn
in der Gesellschaft guter Freunde zugestoßen war. Denn,

da er aus derselben in einer Sänfte nach Hause getragen worden war, starb er, als er kaum in das Schlaf-
zimmer eintrat, am Schlage. Er verließ zwey Töchter und eben so viel Söhne *) von denen zu wünschen
ist, daß sie nach den Gaben ihres Talents, den Ruhm
des Vaters erhalten, und ihn mit neuem Lobe bereichern
mögen.

*) Er verheyrathete sich 1724 mit Jungfer Christianen So-
phien, Herrn D. Christoph Schreiters, Pandect. P. P. Ord.
der Juristen-Facultät Ass., der Univers. Synd. und Cano-
nici in Zeiz, ältesten Tochter, st. 1790. Die hinterlassenen
Töchter und Söhne waren:
1. Herr D. Friedrich Platner, Churf. Sächs. Appellat.
   Rath, P. P. und der Jur. Fak. Assessor, geb. 1730. gest.
   1770.
2. Jungfer Sybilla Platnerin, geb. 1736. verheyrathet
   allhier, an den Churf. S. Kammerrath Herrn Ernst Wilhelm Faber, auf Stetteritz, sie starb 1788.
3. Jungfer Christina Platnerin, geb. 1740. verehliat mit
   Herrn Christian Felix Weise, Churf. Sächs. Creyß-
   Steuer-Einnehmer und Mitglied der teutschen Gesellschaft in Leipzig: die Ehre der teutschen Nation und einer der ersten und besten ihrer Schriftsteller.
4. Herr D. Ernst Platner, der Physiol. ord. Prof. Beysi-
   her der med. Fak. der Akad. Decemvir, des großen Für-
   sten-Kollegiums Kollegiat, der Sächs. Nat. Senior und
   Ehrenmitglied der Oekon. Gesellschaft, Philosoph vom
   ersten Range, Leipzigs Stolz, Sachsens Ruhm und Teutschlands Zierde. Geb. 1744.

## Lobschrift

### auf

# Justus Gottfried Günzen,

Justus Gottfried Günz, wurde in dem Städtchen am
Fuße des Königsteins, woher es auch den Namen
hat, drey Meilen von Dreßden, im vierzehnden dieses
Jahrhunderts, am 1. Mart. geboren. Sein Vater war,
Gottfried Günß, damals Prediger daselbst. Da er die
Anfangsgründe in den Wissenschaften von einem Hauslehrer erhalten hatte, schickte man ihn nach Görliß in
der Lausiß, um Bildung in allen schönen Wissenschaften
zu erhalten, von da er mit guter Vorbereitung nach
Leipzig ging, die höhern Wissenschaften, besonders die
der Arzneykunde, zu studieren.. Auf dieses Studium
legte er sich, sey es nun durch Antrieb der Güte des Talents, oder auf Anmahnung guter Rathgeber, auf solche
Art, daß er dachte, er müsse sich nicht blos eine mittelmäßige, theils theoretische, theils praktische Kenntniß
der Kunst erwerben, sondern daß er den Wunsch hatte,
sich in beyden einmal vorzüglich auszuzeichnen. Er hielt
sich daher zuförderst zu den Physikern, doch zu solchen,
die durch Anwendung der Experimente, Gelegenheit gaben, die Natur selbst, so zu reden, zu hören und zu sehen. Mit dem Angenehmen der Physik, verband er das
Ernsthafte der mathematischen Wissenschaften, ohne welche man, und hier hatte er Walthern, der damals der
vornehmste Arzt war, zum Währmann, zu keiner gründlichen und nützlichen medicinischen Gelehrsamkeit gelangen könne, indem er sich des Unterrichts der vortreffli-
chen Männer, Richters und Hausens bediente. Mit
solchen Vorkenntnissen schritt er zur Erlernung aller Theile
medicinischer Wissenschaften, die Walther, Platner,
Hebenstreit, Quellmalz, Petzold und Creß ihm vortru-

gen, deren eines jeden Geschicklichkeit und Treue er
rühmte und ihre Geneigtheit gegen sich sehr zu schätzen
wußte, besonders aber Walthers glückliche Mühsamkeit
und Scharfsinn in Entdeckungen, Platners Eleganz
und Subtilität im Lehrvortrage, dessen Eifer, sanfte Behandlung Art und Festigkeit bey der medicinischen Praxis,
Hebenstreits unglaubliche Mannigfaltigkeit und Reichthum der Gelehrsamkeit bewunderte, sie zu erreichen
strebte und endlich durch Thathandlungen bewies, daß
er sie erreicht habe. Er fing hierauf, da er nach abgelegten gehörigen Proben, erst zum Magister der Philosophie, dann zum Doctor der Arzneywissenschaft ernen-
net war, an, indem er andern seine mit Glück erlernten
Kenntnisse vortrug, sich den Weg zur Stelle eines öffentlichen Lehrers der Medicin zu bahnen, den er bald
nachher durch die vorzügliche Empfehlung und Stimme
Walthers erhielt. Denn, er bekam den Befehl, neben
den Königlichen Professoren, Anatomie und Chirurgie
außerordentlich zu lesen. Vorher aber, ehe er die öffentlichen Vorlesungen anfing, machte er eine Reise über
Jena, Gotha, Cassel, Marburg, Gießen, Maynz,
Worms, Regenspurg und durch Lothringen, nach Paris. Ueberall wo er durchging, hatte er nicht nur die
berühmtesten Aerzte, sondern auch die Gelehrten, Historiker, Philosophen, öffentliche und Privatbibliothe-
ken, und was nur Sehenswürdiges in jeder Stadt war,
besucht und kennen lernen. Doch in Paris, wohin
hauptsächlich die Absicht seiner Reise ging, that er zwar
das alles mit vieler Sorgfalt, doch weit ernstlicher, das
heißt, er benutzte in dem äußersten Grade von Fleiß und
Emsigkeit, durch die Anrathungen und das Beyspiel der
berühmtesten Männer, so es damals gab, unterstützt,
die anatomischen und chirurgischen Uibungen z. B. in
Secirung der Kadaver, Haunolts und Bertins; in
Operationen, Querin und Lebrans: in der Geburtshülfe
ganz besonders Gregori: und endlich in Augenkuren
Saint Yons. Bey allen diesen Männern erwarb er sich

durch die Verbienſte, die man ſowohl bey Gelehrigkeit
und übenden Arbeiten, lobt, theils durch diejenigen, die
uns in der Lebensart und durch vertraulichen Umgang
beliebt machen, ſolchen Beyfall, daß ſie ihn auch abwe-
ſend rühmten, liebten und durch jede Art von Dienſt-
leiſtungen ihre Hochachtung erwieſen. Da er unter ſolchen Beſchäftigungen zehn ganze Monate in Paris zugebracht hatte, wurde er, durch die plötzliche Nachricht
vom Tode ſeines Vaters äuſerſt gerührt, und in die
Nothwendigkeit geſetzt, mit Aufgebung ſeines Vorſatzes
länger in Paris zu bleiben, ſich zur Rückreiſe ins Vaterland anzuſchicken. Aber auch dieſe ordnete ſein Durſt
nach Bereicherung ſeiner Kenntniſſe, der unerſättlich war.
Denn, er ging durch Flandern und Brabant nach Holland, beſah die Inſeln, Gandau, Brüſſel, Antwer-
pen, Rotterbamm, Harlem, Haag, Leiben, Utrecht,
Amſterdam und andere. Hier kam er nicht nur mit vielen der größten Männer in der Arzneykunde in Bekannt-
ſchaft, ſondern in Freundſchaft: ſo ſehr geſchwind ver-
liebten ſie ſich theils in ſeine Wiſſenſchaften, theils in
ſeinen angenehmen Charakter: unter ſolchen, mit Swie-
ten, den zweyten Boerhaven, die von der Zeit an, bis
an den Tod unter ihnen fortdauerte, und durch beſtändige Correſpondenz und alle Arten von Gefälligkeiten,
unterhalten wurde. Als er nach Leipzig zurück war, und
das geſchah zu Ende des Jahres 1739. fieng er bald an
öffentliche und Privatvorleſungen zu halten, vornehmlich in dem Fache, auf das er ſeinen mehreſten Fleiß
verwendet hatte, da er denn auch mit unter etwas von
ſeltenen Bemerkungen oder von ſeinen Entdeckungen herausgab: z. B. von den Manieren des Steinſchnitts,
die die franzöſiſchen Wundärzte erfunden hatten, von
der bequemſten Lage der Kreißenden, von der innern Arterie der Kinnlade, von den Brüchen: welches alles bey
Sachkundigen ſo viel Beyfall gefunden hat, daß ihn
ausländiſche Aerzte, denen Männern ihrer Fakultät vom
erſten Range an die Seite ſetzten. Doch auch die vor-

nehmsten Aerzte unsrer Stadt fällten nicht weniger dieses Urtheil, nahmentlich Platner; gewiß ein unbefangener Richter und der, bekannt, mit seinem Lobe nie
verschwenderisch war, welcher ihn unter seinen Freunden für den gelehrtesten Medicus hiesiger Stadt ausgab.   Wiewohl, er bewies auch durch die That,
daß dies sein Urtheil von ihm sey, da es sein Wille
war, er hauptsächlich solle die Institutiones der Chirurgie, die er Kränklichkeit halber selbst nicht zu
Ende bringen könne, vollends beendigen.   Um so weniger darf man sich wundern, wenn in kurzer Zeitperiode,
alle Ehrenposten, von allen Seiten her, ihm zuflossen, die
einem Manne von seinem Metier zufallen können.   Denn,
im Jahr 1744. ward er auf die empfehlende Stimme
des Herrn Bertin, als Mitglied der Akademie der Wißsenschaften zu Paris aufgenommen: zuerst in so weit,
daß er den Akademikern seine Erfindungen und Beobachtungen schriftlich einsendete, bald hernach selbst in die
Zahl der Akademiker einträte.   Im Jahr 1746. aber
wurde er zum Mitglied der Rothomagensischen, und zuletzt der Schwedischen Akademie der Wissenschaften erwählt.   Es fehlte ihm auch nicht an Belohnungen im
Vaterlande.   Denn im Jahr 1747. bekam er den Befehl zur physiologischen, gleich das Jahr darauf, zur
anatomischen und chirurgischen ordentlichen öffentlichen
Professur: zwey Jahr hernach aber erhielt er den Ruf
nach Dreßden als Königlicher Leibarzt, und dem Collegium Medico Chirurgicum durch seine Berathungen und
Ansehen vorzustehen, mit der Bedingung, seine Stelle
unter den Leipziger Professoren beyzubehalten, und denjenigen selbst auszusuchen, der an seiner Statt in Leipzig
Anatomie und Chirurgie lesen sollte.       :       ' '  :

Anatomie, war vorzüglich seine Lieblingssache. Nach
seinem Urtheil verriethen diejenigen, so sie als eine schmutzige, ekelhafte und eben nicht sonderlich nützliche Sache
entweder versäumten oder geringfügig hielten, nichts anders, als ihre Faulheit.   Und doch ists warlich nicht

ſauberer und nieblicher, Fiſteln am Maſtdarm zu beguⸯ
cken, und mit Brüchen zu thun haben, auch nicht
geſünder, die Lazarethe beſuchen. Und auch darum könnte
man es für das reinlichſte halten, weil das gewiſſenloſe
Volk der Charletans ſich dafür hütet. Doch iſts von
allen Branchen der mediciniſchen Wiſſenſchaften die
ſchwerſte, da ſelbſt Hippocrates (de Corde init.) geⸯ
ſteht, es ſey nicht eines jeden Sache, Kadaver durch
Anatomirung gut zu behandeln. Aber Günzens Sache
war das. Denn er ſchonte nie weder Koſten bey Anⸯ
ſchaffung anatomiſcher Inſtrumente, noch Arbeit und
Mühe bey Gebrauch derſelben, noch ſich ſelbſt: er hatte
Bewuſtſeyn, Auge, Hand, und dazu ſelbſt die Meſſerⸯ
chen durch Fleiß und Gewohnheit, ſo in ſeiner Gewalt,
daß er nie einen Fehler machte. Uibrigens traute er bey
ſolcher Zergliederung der Menſchenmaſchine blos den Auⸯ
gen, und dann erſt verließ er ſich auf ſie, wenn ſie ihm
eine und dieſelbe Sache mehrmalen angezeigt hatten:
ihm war nicht unbekannt, daß das Auge gar leicht ſähe,
was wir ſehen wollten, und wie leicht es durch leeren
Schein getäuſcht werde: auf Muthmaßungen ließ er
nichts ankommen, alles aufs Meſſer, und dann bediente
er ſich einer ſolchen Reinlichkeit, daß ſo gar das Auge
der ſüſſeſten Herren ſich bey ſeinen Demonſtrationen nicht
wegwanndte, die noch dazu eine gewiſſe Leichtigkeit in Erⸯ
klärung der Dinge und die Angabe der Urſachen und der
Beſchaffenheit empfahl, welche bekannt ſo groß war,
daß jedermann einleuchtete, es habe der Mann das längſt
in ſeiner Gewalt gehabt, was er andern lehrte.

In allen Fächern der mediciniſchen Wiſſenſchaften
hatte er theils vieles entdeckt und zuerſt geſehen, oder
es in ſolches Licht geſetzt, daß es ſeine eigene Entdeⸯ
ckung zu ſeyn ſchien. Die innerſte Arterie der Kinnlade,
in der ſich ſeiner Meinung nach die äußerſte Carotis enⸯ
dige, hat er weit deutlicher und fleißiger, als ſelbſt Winsⸯ
low, beſchrieben: aber er iſt der erſte, der die lymphati

schen Gefäße und Adern, die in dem Ligament, daran
die Leber hängt, links und rechts bis zum Quernetz und
das Peritoneum hinaufgehen, beschrieben, durch eine
Kupfertafel deutlich gemacht und gezeigt hat, was für
Nutzen sie im Menschenkörper haben. Die Struktur
und Figur der Glandel θυρεοειδὴς den Knorpel κρικοειδῆ,
die Muskeln στερνοειδὲς, στερνοθυρεοειδὲς, συλουοειδὲς
κρικοθυρεοειδὲς, und andere hat er mit neuen Beobachtungen, welche in die Commentare der Pariser Akademie eingerückt sind, erläutert; eben so hat er zuerst ge-
wiesen, daß die Netze, durch welche sehr viel Hölungen
im Menschenkörper getrennt werden, nicht mitten durchgehen, sondern daß jede Höle ungleich getheilt werde,
wie von der Spina, der Römische Circus. Uiber die
Theile des Gehirns, die pia mater und ἀραχνοειδὲς, die
Eintheilung der Lunge und Leber, über die Substanz
des Herzens und des Marks, die sichelförmige Fortlau-
fung der mater dura und ihren Vertiefungen, über die
glandula pinealis, über die ventriculos, das infundibu-
lum, fornax und anderes, hat er nicht weniger Licht
verbreitet. Um nichts gab er sich so äußerst viel Mühe,
als um die richtige Erklärung und Beschreibung der Lage
aller Theile des Körpers, wovon sich in der Schrift:
de vtero et muliebribus nutzbare Proben seines Fleißes
finden. Eben so sehr sorgte er dafür, daß er, so wie
andre Entdeckungen der Aerzte und Wundärzte, nicht
weniger diejenigen, die irgend einer der fleißigsten aus-
ländischen Forscher der Theile des Körpers gemacht
hatte, sowohl sich selbst bekannt mache, als solche auch
denen Studierenden in den Vorlesungen mittheile z. B.
vom Bau, der Figur, den Veränderungen und dem
Dienste der Knochen bey neugebornen Kindern, Knaben
und Jünglingen und sehr viel andern Dingen, da er denn
keinen Aufwand schonte, wenn er nur seinem Studium
genug that und den Nutzen der Studierenden beförderte.
Er war zudem damit nicht zufrieden, die Natur eines
jeden Theils des Körpers aufs genauste kennen gelernt zu

haben, und nur bloß entweder Vergnügen oder Ruhm
von ſeinem Beobachtungsgeiſt zu erwarten, ſondern er
verſuchte bey Kuren, ſowohl bey denen, dabey Arzneymittel gebraucht werden, als bey ſolchen, wo die Hand
nöthig iſt, es anzuwenden: denn er hatte theils die
Krankheiten, theils die Gebrechen, die den menſchlichen
Körper angreifen, darunter ἀμαύρωσιν, ϛαφύλωμα und
den Staar, ſo auch Brüche, und das Kinnladenge-
ſchwär ſo durchſtudiert, daß er neue und beßre Kurar-
ten dafür herausbrachte.   Hierbey begegnete ihm mit
unter das, was viele große Männer vor ihm erfuhren,
daß er von denen beneidet wurde, die nicht leiden wollen, daß ſo gar in Krankheitskuren etwas Neues gethan
werde, wenns nicht von ihnen iſt: z. B. da er die Chi-
narinde und Brechmittel bey ſolchen Krankheiten anwendete, bey denen die Gewohnheit und die Zuſtim-
mung der Aezte, ihnen den Zutritt zu der Heil-
methode noch nicht verſtattet hatte.   Doch, er über-
wand dieſe Scheelſucht großmüthig und durch den glücklichen Erfolg großer Kuren, der ihm öfters ſo gelang,
daß ihn andere bald bewunderten bald nachahmten, diejenigen aber, die an gefährlichen Krankheiten lagen, vornehmlich ſeinen Beyſtand erbaten.

Er hat viel geſchrieben, das meiſtens voller Beobachtungen und auch von anderm gutem Nutzen iſt; das
mehreſte bey akademiſchen Veranlaſſungen, z. B. bey
Doctorpromotionen, bey den Anzeigen anatomiſcher
Uibungen, oder wenn er junge Leute bey Diſputationen
aufs Katheder führte; hierüber einiges, das in die Com-
mentarien auswärtiger Akademien eingerückt ward, das
meiſte, über mediciniſche Bücher in die leipziger Acta,
und überdem andere Schriften.   Die Bücher des Hippocrates: de humoribus purgandis et de Diaeta acuto-
rum; desgleichen Epidem. Sect. I. die Wilhelm Dure-
tus mit einer lateiniſchen Uiberſetzung und gelehrten Noten herausgegeben hatte, ließ er nicht nur in leipzig nach-

drucken, ſondern vermehrte ſie auch mit neuen Anmerkungen über Wörter und Sachen, nachdem er eine elegante und gelehrte Vorrede vorausgehen ließ. Er war
auch willens den andern Band des Aetius und den Celſus, dazu er ſich die Hülfsmittel, theils an Manuſcri-
pten, theils an Ausgaben von allen Orten her angeſchaft
hatte, herauszugeben, aber ſein allzufrüher Tod verei-
telte dieſen Vorſatz.

Denn, da er von früher Jugend an, von einer
unglaublichen Wißbegierde glühte, und unter wenigen
hervorſtechen wollte, ſo fiel er in eine gewiſſe Unmäßig-
keit im Leſen und Denken, wodurch er ſich das Uibel der
Hypochondrie zuzog. Die Gewalt dieſes Uibels brach
im Jahr 1746. nicht ohne Lebensgefahr aus: zwar ent-
gieng er ihr damals noch, übrigens empfand er nicht
nur, ſondern er fürchtete auch die Uiberreſte jenes Uibels.
Da ſich nachher ſowohl ſeine Geſchäfte als die Bürde
ſeiner Aemter gehäuft hatten, ſo war der Körper, der
ſeiner Beſchaffenheit nach nicht eben ſo gar ſehr feſt war,
von Tag zu Tag mehr geſchwächt worden, deſſen verſteckte Mängel die blaß gelbe Couleur des Geſichts ſeinen
Freunden deutlich genug verrieth. Auch er ſelbſt kannte
die über ihm ſchwebende Gefahr. Denn, ein ganzes
Jahr vor ſeinem Tode fühlte er, daß der Pulsſchlag bey
jedem dritten Schlage ſtocke, auch merkte er, daß die
Schwäche des Körpers mit jedem Tage zunehme. Ent-
ſcheidende Lebensgefahr überfiel ihn im Jahr 1754. im
Monat Junius, eben da er Anſtalten zur Reiſe nach Pohlen machte, wohin er in der königlichen Suite gehen
wollte. Denn, erſt überfiel ihn plötzlich eine Schwäche,
wie ſie nach einer ſtarken Abmattung zu ſeyn pflegt: bald
darauf ein heftiger Catharr, aber mit ſo großer Hitze,
die in ein hitziges Entzündungsfieber ausſchlug, wovon
eine Inflammation entſtund, deren ſichtbare Merkmale
am ſechſten Tage den nähen Tod ankündigten, der den
andern Tag nachher, oder am 22. Junius zur großen Be-

trübniß seiner Familie, und zum Schmerz eines jeden erfolgte, der die Talente, die Gelehrsamkeit, die Kunst
und die vortreflichen Eigenschaften des Mannes kannte,
und beurtheilen konnte, wie wichtig der durch ihn erlit-
tene Verlust sey. Seine Gattin war Johanna Charitas Hochheimerin, eines leipziger Kaufmanns Tochter,
eine Frau vom vortreflichsten Charakter, mit der er zwey
Töchter*) und zwey Söhne zeugte, denen wir die Erb-
schaft des väterlichen Ruhms zu erhalten wünschen.

*) Unter denen, Jgfr. Friederica Charitas Günzin, geb. 1750.
verehelicht den 1sten November 1775. mit Herrn D. Georg
Gottlieb Börner, Churfürstl. Sächß. würklichen Appella-
tions-Rath, des Consistorium und Schöppenstuhls Beysitzer,
auch Baumeister des Raths zu Leipzig.

# Johann August Ernesti

## Erzählung

### von

# Johann Matthias Geßnern,

#### an

den berühmten Ruhnken in Leiden.

Indem Sie, vortreflicher Ruhnken, den Wunsch äußern, eine Schilderung vom Leben, vom Genie, von den Einrichtungen und dem moralischen Charakter Geßners von mir zu haben, so wollen Sie, daß ich den empfindlichsten Schmerz noch einmal fühlen soll: und da Sie überzeugt sind, daß sein Tod, sowohl der Litteratur halber allgemein höchst bejammernswürdig sey, als daß sie ihn auch in Ansehung meiner beklagen, so fällen Sie nicht nur das allerrichtigste Urtheil, sondern sie geben auch einen Beweis der liebevollsten Gesinnung gegen mich. Denn, er war wirklich gerade der Mann, wie ich vor nicht gar langen Jahren, das Gemälde von ihm, in der Vorrede zu den Werken des Homers gezeichnet habe, (die er im letzten Briefe an mich, seine Grabschrift nannte). Er war unter der Nation der Teutschen (ich sollte noch dazu gesetzt haben, nicht blos in diesem unsern, sondern auch in jedem Zeitalter) der größte Mann in der griechischen und aller schönen Litteratur: wegen seines glücklichen Genie und des Umfangs gründlicher und ausgezeichneter Gelehrsamkeit, in Absicht auf Eleganz und Annehmlichkeit des Stils aber, dem Besten unter den Alten an die Seite zu setzen: und ich denke nicht, daß Ihnen oder irgend Jemand, der Talente und Wissenschaften richtig zu messen weiß, das zu übertrieben vorkommen solle. Hätten Sie das Glück gehabt, ihn von Person zu kennen und ihn zu sprechen, einen oder den an-

dern Tag mit ihm vertraulich zuzubringen, so gebe ich
Ihnen mein Wort, Sie würden so eingenommen für
ihn, von ihm weggegangen seyn, wie unser Askew, der
gelehrte Britte, der auf Reisen von Geßnern zu mir
kam, und bey erster Erwähnung des Namens Geßner,
voll Erstaunen sowohl über dessen Gelehrsamkeit, als über
seine Menschenfreundlichkeit, über seine feine Manier
und über sein Angenehmes, sagte: „dergleichen Mann
„habe ich nie gesehen“. So sehr brachte er die Größe
des Geistes und der Gelehrsamkeit auch mit jenen äußerlichen Gaben ins Ebenmaaß. Aber ich! wie sollte ich
bey dem Tode dieses Mannes nicht von ganz besonderm
und dem bittersten Schmerze genagt werden, der mich
als einen noch ganz jungen Mann, so bald er mich sah
und mit mir über die Litteratur gesprochen hatte, so in-
nig liebte und so mich seines Beyfalls würdigte, daß er
mir vor allen mir Aehnlichen, so gar mit einer gewissen
Anfeindung seiner, öffentlich den Vorzug gab; mit dem
ich drey ganze Jahre auf der Thomasschule in der angenehmsten Verbindung lebte*), nachher 27 Jahr lang

*) Von Geßners menschenfreundlichem Charakter, wohlwol-
lender Güte und Freundschaft gegen Männer, die mit ihm
in kollegialischer Verbindung stunden, nicht weniger von
Anerkennung und Würderung ihrer Verdienste, findet sich
ein redender Beweis in einer Note seines Quintilians. No.
1-3. die seinen ehemaligen Collegen, den berühmten Johann Sebastian Bach, Fürstl. Cöthenschen Capellmeister
und Cantor der Schule zu St. Thomas in Leipzig angeht
und Geßners Herzen Ehre macht. Bey der Gelegenheit,
wo Quintilian von der Geschicklichkeit und Kunst der alten
Citherspieler spricht und sie bewundert, sagt Geßner in der
Anmerkung: Du würdest, Fabius, das für ganz unbedeutend halten, wenn du, aus dem Grabe erweckt, das
Glück hättest, Bachen, (um den vorzüglich zu nennen,
weil er vor nicht gar langer Zeit mein College auf der
Thomasschule in Leipzig war) zu sehen, wie er mit beyden Händen und allen Fingern, entweder unser Clavecin
tractiret, das gar viele Cithern allein in sich faßt, oder
wie er die mächtige Orgel, deren unbeschreibliche Menge

unverbrüchliche Freundschaft unterhielt, und nun dem
Herzen, den Gesinnungen und der Denkungsart nach,
über die Litteratur selbst und über andere Dinge so har-
monisch mit mir war, daß er nicht nur in seinen Briefen an mich, sondern auch gegen andere oft selbst über
eine so große Uebereinstimmung unsers Genie und unserer Herzen sich wunderte. Seine Verdienste um mich,
die mannigfaltig und beträchtlich und angenehm waren,
will ich nicht erwehnen. Wie brünstig ich ihn aus diesem Grunde liebte, das habe ich theils in gedachter Vorrede, in Briefform gesagt, theils war es dem Publikum so sehr bekannt, daß auch ein gewisser Freund von mir,

Pfeifen die Windbälge beseelen, im Manual mit der rechten und linken Hand, im Pedal aber durch den allerge-
schwindesten Dienst der Füße hindurchläuft, und er allein
derselben, ein ganzes Heer der allerverschiedensten und unter sich harmonierenden Töne ablockt: ich sage, wenn du
den Mann sehen solltest, wie er, indem er das leistet, was
ein ganzer Trupp eurer Citharnötgen, und was sechshun-
dert Pfeifer nicht zu leisten im Stande wären, nicht, wie
der Citherspieler, etwan nur auf ein einziges Stück und
dessen Vortrag seine Gedanken richtet, sondern wie derselbe auf das ganze Orchester die genaueste Aufmerksamkeit
hat, und unter 30, auch 40. Musikern, den durch ein Ni-
cken, den andern durch ein Fußstampfen, den dritten
durch einen drohenden Wink mit dem Finger, wieder auf
die Mensur und in den Takt bringt — dem im Discant,
einem andern im Baß, dem dritten im Alt den Ton angiebt,
den er singen soll, und wie so gar ein einziger Mann, bey
dem größten Lerm des Musikchors, wo er unter allen die
schwerste Rolle hat, dennoch so gleich es wegbringt, wenn
etwas wider die Harmonie ist und wo es steckt, wie er
das ganze Chor in Ordnung erhält und überall forthilft,
auch so es irgendwo hinkt, ganz allein bey allen Arten des
Takts, die Harmonie wieder in den Gang bringt — wie er
allein, durch sein scharfes Ohr, mit einem Ton, der aus
so enger Kehle kömmt, die Stimmen aller nachgebend
macht. Ich, sonst der größte Favorit des Alterthums, bin
der Meynung, daß mein lieber Bach, oder irgend etwan
ein andrer seines Gleichen, einzig und allein viele Orpheus
und zwanzig Arions, ausmache. d. Uebers.

auf die Nachricht von seinem Tode, eiligst zu mir kam,
und mich durch Umschweife dahin leitete, ihn zu ahnden,
damit ich nicht durch die plötzliche Ankündigung heftiger
als mir dienlich wäre, über einen so wichtigen Verlust
erschreckt werden möchte.

Es war aber zu eben der Zeit ein andrer Gram
über den Tod eines lehrers, des einzigen, der sie
alle überlebt und sich um mich bestens verdient gemacht
hatte, über Friedrich Gotthilf Freytags Tod, der über
dreyßig Jahr der Schulpforta mit Ruhm als Rector
vorgestanden und ihren alten Glanz beynahe allein erhal=
ten hat, noch ganz neu. Denn, er hatte anderer treff=
lichen Eigenschaften nicht zu denken, vortreflicher Kennt=
niße in der griechischen und lateinischen litteratur, und be=
sonders war er in feinster Beurtheilung der Eleganz des
Stils sehr stark. Dieser Mann hat meine Schreibart
durch seine scharfe Feile zuerst polirt, mich angeführt, sie
in die gehörigen Gränzen einzuschränken und sie voll und
rund zu machen. Er hatte über dieses ein bewunderns=
würdiges Kunststück, dem Stil junger leute Ausbildung
zu geben, nicht nur, indem er ihre geschriebenen Auf=
sätze nach dem Maaße des Talents und der Kräfte eines
jeden musterte, sondern auch, indem er durch Regeln,
Erinnerungen und Anmahnungen zur Vorsicht, der Be=
handlung selbst und gleichsam dem Streben zum Schrei=
ben und zur Ausarbeitung einer Rede nachhalf. Ja,
ihm allein habe ich die liebe zur griechischen Sprache zu
danken, indem er mir die Neigung zu Erlernung dersel=
ben, da ich keine lust dazu hatte, weil ich mir hatte ein=
reden lassen, daß sie mir in der Folge meines lebens
eben nicht sonderlich nützen dürfe, bey gewisser bequemen
guter Gelegenheit, so würksam einflößte, daß er nach=
her so gar nöthig fand das Uebermaaß im lernen einzu=
schränken. Endlich brachte er mich in Stieglitzens Haus,
der phrasing Bürgermeister unserer Stadt war, und der
jedermann bekannt ist, wie sehr ich von diesem Mann

N

unterstützt, mit Würden beehrt und übrigens geliebt
wurde, und daß ich demselben einen ansehnlichen Theil
meiner Renommee schuldig bin, so habe ich nicht nöthig
davon zu sprechen. Da ich nun von Freytags Tode be-
nachrichtiget worden war, so überfiel mich, wenn mir
gleich das Herz viele der angenehmsten Dinge, davon
ich vorher sprach, ins Andenken brachte, dennoch eine
weit tiefere Betrübniß, die zugleich das Schicksal gedachter Schule und das mir zum öftern einfallende und
sich mit einmischende Andenken an Stieglitzen noch drü-
ckender machte; dessen Klugheit, Würde und Anstand,
unzuerschütternden Muth und Wichtigkeit des Ansehens,
das die Bürgerschaft zur aller unbequemsten Zeit in ihm
verlor, wir noch gegenwärtig beklagen.

Wie nun zu diesem Schmerz noch Geßners Tod
hinzukam, so läßt sich unglaublich sagen, von welchem
tiefen Gram ich gepreßt wurde. Da Sie, verehr-
rungswürdiger Mann, bald nach der Nachricht, die man
in Holland von der Sache erhalten hatte, mich um diesen Aufsatz ersuchten, so schmackerte ich um desto mehr
dafür. Jetzt, da nach einem längern Zwischenraume
von Zeit, jener höchste Grad von Harm sich wieder ge-
leget hat, und Sie mich neuerlich daran erinnert haben,
so nahm ich mir vor, Ihnen ein Gemälde von dem Manne zu machen, nicht als ob ich das besser könnte als irgend ein Anderer oder mir zutraue ein so großes Genie
und so große herrliche Eigenschaften in ihrem ganzen
Lustre darzustellen, sondern Ihnen, die Sie blos das
Glück haben der Mann aus seinen Schriften zu kennen,
so gut als möglich, eine Skizze von dessen so bekannten
herrlichen Talenten und dem Umfange seiner Verdienste zu machen, die wahrhaftig viel ausgebildeter wären
als sie übrigen werden können, die sich ein Bild aus
seinen Schriften entwerfen. Heut geht mirs beynahe
wie denen, die ein zärtlich geliebtes Weib durch einen
schmerzlichen Tod verloren. Denn, aus Neugierde

welches Anfangs, wenn die Wunde noch frisch ist, das Herz
in solchem Grade beunruhiget und durch Gram verzehrt,
daß man es sogar von solchem Tiefsinn abziehen und zu=
rückhalten muß, empfängt allmählich ein so großes süßes
Wohlbehagen, daß es sich sogar Vergnügens halber da=
mit unterhält und ihm äußerst gern nachhängt. Indem
ich diesen Aufsatz schrieb, und meine Seele die großen
Gaben des Mannes überrechnete und sich vorstellte, so
schwamm ich nicht nur in solcher Wollust, daß ich Ih=
nen für die ernstliche Veranlassung zu diesem Aufsatze im
Stillen dankte, sondern ich empfand auch eine so brennende
Liebe für den Mann, daß mir es, da ich ihn unaus=
sprechlich geliebt hatte, dennoch so vorkam, als liebe ich
Geßnern weit stärker, als zuvor. Und daher verspreche
ich mir, daß Sie nicht weniger so wie jeder, der das nur
liest, so hingerissen vom lesen weggehen werden, daß sie
fühlen, die vormalige große Meynung von Geßnern, so
vortrefflich sie auch war, habe einen sehr ansehnlichen
Zuwachs erhalten.

Er wurde 1691. in einem Fränkischen Dorfe bey
Nürnberg, doch unter Anspachischer Hoheit, geboren.
Sein Vater war Johann Samuel Geßner, Prediger
daselbst, der den großen Ruhm eines frommen Wandels
hatte. Läßt sich gleich wegen seiner Vorfahren nichts
sicheres von mir angeben, woraus erhelle, ob unser
Geßner mit dem bekannten großen Geßner gleiche Ab=
stammung habe, so schrieb er mir doch vor vielen Jah=
ren, daß er durch einige Spuren darauf gebracht werde,
zu glauben, er sey mit ihm von eben derselben Familie:
und darum habe er kein Bedenken getragen, hauptsäch=
lich auf Einredung Johann Jacob Geßners, einer glän=
zenden Zierde des Gymnasium zu Zürch, es Conrad
Geßnern nachzumachen, und die vier Zeichen der Elemen=
te in dem Petschier zu führen. Das schrieb er mir des=
wegen, weil ihm, ich weiß nicht wer, es verarget hat=
te, daß er, der nichts außer den Namen mit jener Fa=

mälie gemein habe, sich dieses Siegels bediene, und ihm
den Vorwurf einer stolzen Anmaßung und der Eitelkeit
machte. Er aber, der seinen Namen durch sein helles
Genie mehr als zu glänzend gemacht hatte, brauchte den
Glanz seines Namens von keinem andern zu borgen.
Doch, der berühmte Hamberger, der einen Commen-
tar über Geßners Leben zu schreiben gesonnen ist, wird
zu seiner Zeit sichere Nachrichten hievon liefern.

Seinen Vater verlor er zeitig, im eilften Jahre:
aber der Stiefvater, der dem Knaben, nicht nur so lange
er ihn zu Hause hatte, Unterricht in Sprachen gab, sondern ihn auch aufs Gymnasium nach Anspach brachte,
wo er ganze acht Jahre den öffentlichen Convicttisch und
Anweisung in den Wissenschaften genoß, ersetzte ihm die
zärtliche Liebe und Sorgfalt des Vaters. Es war dazumal George Nicolaus Köhler, ein Mann von großen
Kenntnissen und ausgezeichnetem Eifer im Lehrvortrage,
dem es aber an verdientem Rufe fehlte, weil er nicht darauf dachte sich dem Publikum durch Schriften bekannt
zu machen, Rector des dasigen Gymnasium. Indessen
aber ist das ein herrliches Denkmal für jeden Lehrer
solcher Art, das er sich durch seinen Unterricht in Geßners Ausbildung verdiente und von dessen angenehmer
Beredtsamkeit erhielt, in der er sein Bild lebendig dar-
stellte. Köhler hingegen hatte ein unaussprechliches
Vergnügen über dieses Product seiner Zucht, und freute
sich, daß der Jünger an Wissenschaften und Beredtsamkeit über seinen Meister hinweg sey. Wenn er daher
an ihn schrieb, brauchte er die Uiberschrift: Lentulus an
seinen Cicero. Zu den Einrichtungen dieses Mannes,
woraus man sieht, daß er vom pädagogischen Schwulst
sehr weit entfernt war, und seine Lehrmethode denen verschiedenen Genies anzupassen gewohnt war, will ich vornehmlich das rechnen, was Geßner so gern erzählte.
Wenn er in den Lectionen Dinge vorzutragen fand, die
nicht für Geßnern waren, und einsah, daß er, wenn

er nichts anders thun oder nichts thun wollte, welches
von einem Knaben von feurigem Genie sich kaum erwarten läßt, wenigstens nicht die Zeit verlöre, brachte er
ihm etwas, womit er sich abgesondert von den übrigen,
beschäftige, eine etwas schwere Stelle aus einem griechischen Schriftsteller oder aus dem hebräischen Coder, öfters so gar Stellen, die nach einander fort und ohne Ac-
cente geschrieben waren, eben so, griechische oder hebräische Wörter, die zufällig, und ohne Ordnung zusammen-
hiengen, die er unter dem Unterrichte, den er den andern
gab, erkläre, und erklärt sodann dem Lehrer übergäbe,
wodurch der Verstand des jungen Menschen zum Nachdenken und zum Forschen außerordentlich geschärft wurde. Hatte er bey dergleichen Gelegenheit nichts mitgebracht, so durfte er sich indessen mit etwas andern zu
thun machen, syrische, arabische, äthiopische, samaritanische Buchstaben malen oder sich in der Fertigkeit des
Lesens üben, wozu er ihm auch Bücher gegeben hatte.
Und zu Erlernung der Anfangsgründe aller dieser, auch
der neuern Sprachen, der französischen, italienischen
und englischen, führte er ihn privatim durch Anweisung
und Ermunterung an. Er gestund, daß ihm diese kluge
Einrichtung sehr viele Vortheile gebracht habe, und erzählte mit Vergnügen, wie viel Zeit ihm jene Sorgfalt
und nachsichtliche Güte des Lehrers gewonnen habe, die
ihm bey dem Unterricht eines andern würde seyn verloren gegangen, und die sehr vielen hervorstechenden Köpfen durch Trägheit ihrer Mitschüler und durch stolze Unwissenheit der Lehrer verloren geht, die sich der Geringschätzung Preis zu geben glauben, und aufgebracht werden,
wenn sich einer nicht um manche schöne Stunde bringen lassen will. Ich besinne mich, daß auf die nämliche Art einer
meiner Lehrer einstmals unzufrieden war, da er es entweder selbst weggebracht, oder von andern erfahren hatte, daß ich, indem er nach seiner Methode dasjenige erklärte, was er in der Hand hatte, etwas anders läse.
Er erklärte zu einer gewissen Zeit die Geschichte des He-

robianus, schritt aber, war es nun so seine ganz eigene
Manier, oder geschah es mehr um derer Willen, die
noch weit zurück waren, deren es im Griechischen eine
große Menge giebt, äußerst langsam fort, da er sich bey
einzelnen Wörtern lange aufhielt, und alles bis aufs
kleinste Stäubchen ausschüttelte: da ich ungeduldig über
solche Trödeley, ihm bey Lesung des griechischen Textes
so weit voraus kam, daß ich mit dem letzten Buche am
Ende war, da er sich noch mit dem ersten herum plackte.
Als er nun einmal gewahr wird, daß ich, mit mehr als
gewöhnlicher Aufmerksamkeit, beym Lesen auf mein Buch
geheftet war und ganz gewiß glaubte, ich läse etwas anders, als was er vortrug, steigt er, da der andere her-
sagt was ihm aufgegeben war, plötzlich vom Katheder
herunter, und daß er mich überfallen wollte, schleicht er
auf den Zehen hin zu mir.    Er befiehlt mir, in der
Lection die der andere angefangen hatte, fortzufahren.
Ich fing an, die Stelle zu suchen: vom Nachbar, da er
selbst hinein sah, mir das Buch auszubitten.    Hierauf
fing er an, als hätte er mich auf einem offenbaren Verbrechen ertappt, sich über meinen Stolz zu beschweren.
Und bey einem Haar — Ich aber, da ich mir ein Herz
gefaßt hatte, wieß ihm, daß es der Herodian sey, den
ich läse, da es ihm auch meine Nachbarn versicherten:
und die Sache selbst machte es ihm glaubend, da ich kein
anders Buch in Händen hatte: ich sagte, daß mir das
Ding zu langweilig gehe, daher ich im Lesen vorausge-
laufen sey, und sehr weit im letzten Buche wäre.    Ich
wieß ihm auch Zettel, worauf ich Excerpte aus jedem
Buche geschrieben hatte.    Auf diese Legitimation schwieg
er ganz betroffen still, und ließ mich nachher zufrieden.
Hinterdrein erzählte mir Freytag, daß er sich bey ihm
unter dem Vorgeben beklagt habe, daß diese Geschichte
zum Nachtheil seines Respects scheine gereichen zu können: er aber habe ihm das zur Antwort gegeben; da
mein Fleiß jedem bekannt sey, und er selbst wisse, daß
ich das Griechische bereits ins dritte Jahr ernstlich treibe,

so sey er sicher vor mir, und er habe nicht darnach fragen sollen, was ich lese.    Es ist wahrhaftig eine Sache, die mehr Klugheit und Kunstgriff verlangt, als
man mehrentheils glaubt, bey so großer Verschiedenheit
der Köpfe, dazu genommen auch ihrer Kenntnisse, in
einem und demselben Unterrichte viele beysammen zu halten, oder den Lehrvortrag denen mannigfaltigen Genies
so anzumessen, daß man zu einer und derselben Zeit der
Langsamkeit und Lebhaftigkeit nützlich werde, jene auf-
wecke, diese nicht ermüde und schwäche.. Die Behandlungsart hierinn ist mehr als eine einzige, und nicht eines
jeden Lehrers Kopf ist hierzu gemacht.    Doch, hier ist
der Ort nicht davon zu reden und Regeln zu geben: ich
war gesonnen von Geßnern zu sprechen: ich will also auf
ihn wieder zurückgehen.

Geßner war nicht allein der Liebling seines Lehrers,
sondern er hatte die Gewogenheit aller derer, die vortrefliche Talente beurtheilen und lieben gelernt hatten: unter solchen stund er in vorzüglicher Liebe bey Johann Friedrich Weilen, einem Mann von mannigfaltiger und feiner Gelehrsamkeit, welcher mit größter Treue und gleichem Ruhm Hofmeister der Prinzen von Anspach, Friedrichs und Wilhelm Friedrichs gewesen war. Er erzeigte
Geßnern nicht damals bloß viel Wohlthaten, sondern
sorgte auch für ihn voraus auf die Universitätsjahre, da
er ein beträchtliches Stipendium erhielt, wodurch er bey
geringen Vermögensumständen unterstützt wurde.    Da
er vom Gymnasium zu Anspach entlassen worden war,
ging er nach Jena und hörte die vortreflichsten Lehrer der
Philosophie, Mathematik, Geschichte, in Sprachen und
in der Theologie: hauptsächlich aber hielt er sich zu Dan-
zen und dem Buddäus. Von jenem nun wurde er in das
Innerste der hebräischen Litteratur geführt, und eben
so lernte er von ihm hinlänglich syrische, chaldäische
und arabische und zur hebräischen Litteratur nützliche
Sprachkenntniß.    Den Buddäus hörte er über die Theo-

logie, Controversen und Kirchengeschichte lesen, und
auch des Grotius göttliches Werk de jure belli et pacis
erklären. Zudem hatte Geßners ausgezeichnetes bewun-
dernswürdiges Genie, gründliches Studium der Wissenschaften und bald hernach seine Kenntnisse und herrlichen
Eigenschaften, diesen Mann so eingenommen, daß er zu
seinem Sohn, Carl Franz, der am Hofe des Fürsten
von Gotha die Stelle eines Hofraths, und zuletzt eines
Procanzlers mit vielem Ruhm bekleidete, und der vor
wenig Jahren starb, auf die Stube ziehen mußte. Er
benutzte auch in Privatangelegenheiten, die zum Fache
der Wissenschaften gehörten, seine Dienste. Aber er
brauchte ihn nicht wie einen Bedienten, sondern wie seinen Freund, oft auch zum Rathgeber und ließ ihn an allem seinem Glücke Theil nehmen. Es stund ihm die Bibliothek des Mannes und noch vielmehr er selbst, das
heißt sein Unterricht, sein guter Rath und sein Herz, offen. Er mußte öfters sich mit ihm unterhalten, und wenn
es Umstände und Witterung gestatteten, mit ihm im Gar-
ten spazieren: so oft er seine Ruhestunden vergnügt zubringen wollte, ließ er Geßnern holen, nicht blos ihn zum
Gesellschafter seines Vergnügens zu machen, sondern
damit er ihm dasselbe auch durch seinen Witz und angenehme Unterhaltung empfindbarer mache. Buddäus
aber war, wie Geßner erzählte, ein Mann von größter
Ernsthaftigkeit: doch, wenn er sich eine Erholung machte, und sich von ernsthaften Geschäften zu Arbeit freyer
Aufgereimtheit herunter gestimmt hatte, so war er von
ganz außerordentlich gefälliger Laune. Da nun eben zu
einer solchen Zeit Geßner die gute Gelegenheit zu benutzen wußte, so horchte er ihn durch den Discours über
Dinge aus, worüber er nur wollte, oder davon er gern
Kenntniß haben mochte, und ging nach solcher Unterre-
dung jedesmal reicher an Kenntnissen von ihm weg. In
diesem Hause keimte auch der erste Hang zu der Gelehr-
tengeschichte, zu deren Erlernung ihm theils die zahlreich-
ste Bibliothek, theils und noch weit mehr aber ihr Bes-

ßer sehr großen Stof hergaben. Da Buddäus übrigens
völlig einsah, was für große Materialien Geßners Kopf
enthielt, auch was er bereits für Kenntnisse in vielen Fächern der litteratur, und vornehmlich in dem Fache, das
die schönen Wissenschaften angeht, besitze, dabey mit
Gewißheit glaubte, daß die studierende Jugend einen vortreflichen Lehrer an ihm haben werde, so drang er in ihn,
zuförderst um die Würden anzusuchen, wodurch man
das Recht zu lesen auf Universitäten erhält, kurz nachher aber bewürkte er durch seine Empfehlung, daß er den
Ruf zum Lehramt bey der Schule zu Weimar erhielt,
dem er dreyzehn Jahr mit größter Treue und eben so
großem Ruhme vorgestanden hat.

    Diese Stelle war weit unter den Talenten und der
Gelehrsamkeit des Mannes. Man trug ihm daher ansehnlichere und glänzendere Aemter an. Es gab aber
andere Dinge, die ihn so zurückhielten, daß er unter
keiner Bedingung von diesem Plaße wegzubringen war:
vor allen andern war es, die unveränderlichste Gnade
und seltene Generosität Friedrich Wilhelm Marschalls
von der Greiffen, des ersten Ministers am Herzoglichen
Hofe. Denn, weil er selbst der größte Gelehrte und
Liebhaber der sämmtlichen litteratur war, auch Geßners
ausgezeichnetes Genie und Wissenschaften hatte kennen
lernen, so war ihm Geßner so unentbehrlich geworden,
daß er so gar unter Tischgesellschaftern vom größten
Range bey ihm speiste, mit ihm aufs Landgut ging, sich
mit ihm in seine Bibliothek, die die herrlichste Sammlung enthielt, setzte, um sich mit ihm zu besprechen, auch
überdem ihn in allem, was zum Kirchen- und Schulwesen gehört, zu Rathe zog Geßner sprach auch mit Vergnügen von diesem Vortheile, den er hievon gehabt hatte, daß er mit vielen großen Männern Bekanntschaft
auch Freundschaft errichtet habe, wodurch er nachher
vielen nützliche Dienste habe leisten können. Es war
auch nachher die Aufsicht über die Bibliothek hinzugekom-

men, die aus der langauischen und Schurtzfleischischen
auf dem Fürstlichen Schloße angelegt war und einen
reichen Ueberfluß von den schönsten Büchern, besonders
im historischen Fache enthielt. Die Aufsicht über diese
Bibliothek führte er sieben ganzer Jahre so, daß er jede
Minute, die ihn von andern Besorgungen und Geschäften
frey blieb, auf die ordentliche Einrichtung derselben und noch
weit mehr auf die Verfertigung der Katalogen verwendete:
nicht solcher, welche die in eine gewisse Ordnung gebrach-
ten Titel der Bücher enthielten, sondern solcher, die die
Materien von ganzen Büchern oder einzelnen Theilen derselben, nicht nur mit Vorsatz und nach der Absicht jedes
Buchs, sondern auch im Vorbeygehen abgehandelt, erklärten. Hierbey ging er so zu Werke, daß, wenn er
jedes Buch durchblättert, auch oft gelesen hatte, die Titel vom Inhalt auf Zetteln anmerkte und in gewisse Ordnung gelegt, in Kästen aufbewahrte, die er endlich, wenn
er mit allen durch war, in die Katalogen nach ihrer Ordnung vertheilte, und auf diese Art theils sich, theils andern Gelegenheit gab, das zu finden, was von jeder
Materie in den Bänden dieser Bibliothek befindlich sey.
Ich hörte öfters von ihm sagen, daß er bey dieser großen
und langwierigen Arbeit durch die Hofnung bey der Lust
erhalten worden wäre, weil er den Gedanken habe, daß,
wenn sie zu Stande sey, diese Bibliothek der Wohnort
eines allgemeinen Orakels seyn würde, welches so wohl
denen die es selbst, oder es durch ihn zu Rathe zögen,
von allem Antwort gäbe: manchmal belegte er sich selbst
im Spaß, mit dem Namen des Orakels. Doch es wurde ihm jene Hofnung durch ein widriges Schicksal, wo-
für mans damals ausgab, und wie der Erfolg lehrte,
durch eine gewisse göttliche Vorsehug vereitelt, welche die
Fesseln zerriß, die ihn so fest an Weimar ketteten, damit
er an solche Orte geführet würde, wo er das Glück habe,
den Schauplatz, der eines so großen Genie und so großer
Gelehrsamkeit würdig war, und ein weiteres Feld zu finden,

sich um die Wissenschaften verdient zu machen.  Ja es
war mehrentheils hiervon sein liebstes Gespräch, nicht blos
um die Vorsehung Gottes, die ihm so viel Beweise seines
Wohlwollens gegeben, zu verherrlichen, sondern um andere
im Vertrauen zu stärken und ihre Hofnung auf die wohlthätige Weisheit dieser Vorsehung zu lenken, da ihm nichts
von dem allen geglückt sey, worauf sein Herz Gedanken
gehabt, und was er als einen Theil der größten Glückseligkeit sich gewünscht habe: (dergleichen Fälle er mir bey
mannigfaltiger Gelegenheit viele, auch um mein selbst Willen erzählte) doch alles anders, besser als er gewünscht
und gehoft habe.  Darunter rechnete er insbesondere den
Fall in Weimar.   Denn, da nach des Herzogs Wilhelm Ernsts Tode, Marschall die Staatsverwaltung
verlor, und wie es geht, vielen zugleich ihre Posten
abgenommen wurden, die ihre Stelle durch seine Gnade
erhalten hatten, so traf auch Geßnern dieses Unglück,
seiner und eines jeden Erwartung entgegen.  Denn, er
hatte sich der Gnade des neuen Fürsten so sehr zu er-
freuen gehabt, daß jedermann glaubte, er wenigstens
sey geborgen, und viele sogar sich einbildeten, er werde
noch ansehnlichere Würden erhalten.  Der Fürst liebte
Wissenschaften.   Geßner war ihm vom Buddeus, der
ehemals des Prinzen Lehrer in Halle gewesen war, empfohlen: er hatte ihm oft die gnädigsten Versprechungen
gethan und andere Beweise seiner Huld gegeben.  Einstmals war einer zu ihm gekommen, der vorgab, daß der
größte Schatz von Gold und Silber an einem gewissen
Flecke vergraben läge, und versprach, wenn er ihn durch
seine Kunst ausgespüret habe, daß er ihn heben wolle.
Man nahm das Versprechen des Betrügers gnädig auf:
hielt ihn herrlich, bis daß er sein Versprechen erfüllte.
Ein, zwen, dren Tage vergehn: es wird nichts.   Da
eine ziemliche Zahl von Tagen, ohne Wort zu halten,
verflossen waren, und nachdem er ins Enge gebracht war,
der Fürst auf ihn losbrang, wendete er vor, es sey ihm
den Schatz zu finden, nichts im Wege, als eine einzige

Formel, deren Kraft und Nachdruck er nicht völlig her=
ausbringen könne: hier läge der Hund begraben: wenn
ihm einer da heraushelfen könne, dann werde er das an=
gefangene Werk zu Stande bringen. Man gehe zu Geß=
nern, sagt der Prinz, der Mann weis alles. Sie lau=
fen also zu Geßnern. Geßner spricht, er habe sich nie
auf Zauberkünste gelegt und sie prakticiret, doch wolle
er über die Beschwerungs=Formel nachdenken. Ihm fällt
ein, einmal etwas dergleichen in einem gewissen Buche,
vermuthlich in des Thrithemius Steganographie, gelesen
zu haben. Er sucht also zuförderst darinnen nach, und
siehe er findet da die ganze Formel. Da man die Sache
an den Prinzen bringt, und den Betrug einsieht, so
macht sich der Betrüger, da er seinen Lohn wie verdient
erhalten hatte, aus dem Staube. Geßner erhielt übri=
gens die größten Lobsprüche — es hieß, das wäre doch
ein Mann — er genöße gegenwärtig viel zu wenig Ehre,
wenn er zur Regierung gekommen seyn würde, sollte er
ein weit vornehmerer Mann werden. Und nun dachte
man ihm also in denen Gedanken der Leute und nach dem
Rufe nicht nur Sicherheit, sondern auch neue Würden
zu. Aber es ging alles ganz anders. Man nahm ihm
die Aufsicht über die Bibliothek, aller Fürbitten derer, die
bey dem Fürsten etwas vermochten und der Betheurung
ohnerachtet, daß er allein der geschickte Mann sey, der
sie besorgen könne. Geßner bat, daß man ihn doch nur
die angefangene Arbeit beendigen lassen möchte. Auch
das wurde ihm abgeschlagen. Von der Zeit nun an
wollte es ihm in Weimar, sowohl darum, weil er sich
in dem engen Bezirk des Schul=Amts einschränken lassen
mußte, als auch deswegen, weil er sah, daß das gegen
ihn so wohlthätige Haus und andere, die er ehrte und
liebte, so sehr gedrückt wurden, länger nicht gefallen. Da
ihm nun kurz nachher das Direktorat über das Gymna=
sium zu Anspach aufgetragen wurde, so nahm er diese
Stelle, gleichsam als ein ihm vom Himmel gesandtes
Geschenk, das dazu viel Empfehlendes von Seiten der

guten Gelegenheit, sich um die Schule und Stadt, der
er so mannigfaltiges Gute zu verdanken hatte, wohl verdient zu machen, mit Vergnügen an, und reiste noch im
nämlichen Jahre, da die schlimme Geschichte vorgefallen
und die Sache vorbey war, ab.   Alles empfing ihn da
mit offenen Armen, — die Hohen und Niedern erschöpf-
ten sich in Gunstbezeugungen gegen den Mann.   Er hat
mir auch selbst erzählt, wie viel innige Freude er nach
einem Zwischenraum von vielen Jahren empfunden habe,
da er an jenen Pflegeort seiner Kindheit und in die Umarmungen seines alten Lehrers gekommen sey, der vom
Schul Posten als Präsul nach Schwabach versetzt worden war.   Doch er rühmte, daß ihm die ganze Zeit,
die er hernach in Anspach zugebracht habe, höchst vergnügt vergangen sey.   Einen ansehnlichen Theil dieses
Vergnügens schrieb er Oedern dem vortreflichen Manne
zu, den er bey Besorgung des Schulwesens zum innigst
einstimmigen Kollegen und im täglichen Umgange zum
angenehmsten Gesellschafter gehabt hatte.   Um desto lieber war es ihm, dessen beyde Söhne, die er in Unterricht nahm, ernstlich in den schönen Wissenschaften zu
bilden, nachher, da sie gut vorbereitet waren, beyder
Glück zu befördern.   Denn der älteste erhielt auf seine
Empfehlung das Direktorat des Gymnasium in Thorn
und stund diesem Posten mit größter Geschicklichkeit vor:
starb aber, wie ich vom Geret, dem so berühmten Superintendenten der Kirche zu Thorn und Geßners Vet-
tern erfuhr, von zu vielem Studieren, und wie ich vermuthe, auch aus Gram über den, bey der Niederkunft,
erlittenen Verlust seiner Gattin, einer Geretin, eines
frühzeitigen Todes: der andere steht als Lehrer der Philosophie und Mathematik mit größtem Ruhm am Kol-
legium Carolinum zu Braunschweig.

Doch sein Aufenthalt in Anspach dauerte nicht lang:
ohngefehr 13 Monat.   Eben damals war das Rektorat
der Thomas-Schule allhier erlediget worden.   Da der

Rath solches mit einem vorzüglich geschickten Manne zu
besetzen wünschte, empfahl der erlauchte Graf Bünau,
der zu der Zeit dem Ober-Konsistorium zu Dreßden als
Präsident mit höchster Würde vorstund und jedem, der
ausgezeichnende Wissenschaften besaß, aufrichtigst und
aufs innigste geneigt war, Geßnern denen Vornehmsten
des Rathskollegium. Denn, er war zufällig hier, um
die Universitäts-Angelegenheiten in Leipzig zu untersuchen.
Es wurde dieser vortheilhafte Rath von denen, die sonderlich das Beste der Schule wünschten, angenommen,
und er wurde um so leichter und williger genehmigt, da
man nicht nur von des Mannes Gelehrsamkeit überzeugt
war, sondern es auch einige gab, die den auszeichnenden menschenfreundlichen Charakter und die feine Lebensart des Mannes kannten. Denn wenig Jahr vorher
war Thomas Fritzsch, der eine ansehnliche Buchhandlung
in hiesiger Stadt hatte, nachdem er den Buddäus zu
Jena ein Ruhmvolles Urtheil von Geßners Wissenschaften hatte fällen hören, aus Verlangen ihn kennen zu lernen, auf der Rückreise hieher, über Weimar gegangen,
und hatte ihn theils Vergnügens halber, theils sich über
gewisse Dinge, die er vorhatte, hauptsächlich wegen einer
neuen Auflage von Fabers Lexicon, und zugleich wegen des
historischen, seines Raths zu bedienen, auch mit sich her
nach Leipzig gebracht. Dieser nahm ihn denn auch mit
in das Kränzchen der vornehmsten Männer, eines Stieglitz, Börner, Baudius, Menke, Mascov, Wagner,
die an jeder Mittwoche von 6 Uhr an zusammen kamen.
Hier sprach man erst vieles über die Litteratur, sodann
folgte ein mäßiges Abendessen, das durch dergleichen Discoure auch selbst zur Aufheiterung beytrug. Das Amt,
den Wirth für die Gäste zu machen, ging die Reihe
herum, und wenn einer einen Freunden bekommen hatte,
dessen Talent sich zur Absicht dieser Zusammenkunft schickte; so konnte er ihn mitbringen. Stieglitz erzählte mir
damals, als man wegen seiner Herberufung zu Rathe
ging, daß jeder von des Mannes Genie und Gelehrsam-

samkeit, die er ohne pädagogischen Schwulst bemerken
ließ und über die Artigkeit des sittlichen Betrogens ganz
außerordentlich eingenommen worden wäre. Der Rath
ließ ihn also durch Briefe zum Rektorat der Thomas-
Schule einladen. Er nahm auch kein Bedenken den
Ruf anzunehmen: nicht, als wenn er mit seiner Lage und
den Anspachern unzufrieden wäre, sondern weil er glaubte, daß er einen größern Wirkungskreis, sich um die
Litteratur mehr verdient zu machen, erhalte, und daß
ihm dieser Posten nicht ohne göttlichen Wink aufgetragen worden sey. Im Monat Septembris 1730 kam er
hier an, und man empfing ihn so, daß er ganz leicht die
wohlwollendste Zuneigung und das stärkste Vertrauen in
seine Gelehrsamkeit und Geschicklichkeit bemerkte, indem
ihm die angesehensten Männer nicht nur die größte Ehre
erwiesen, sondern ihm auch freye Hand gelassen wurde,
das Schulwesen nach seinem Gutdünken einzurichten.
Die Vornehmsten der Stadt hatten ihn öfters theils
zur Unterhaltung, theils zu Tische, bey sich: sie gaben
ihm die Söhne zum Unterrichte, und er wurde mit aller
Art von Generosität überhäuft. Es wird genug seyn,
nur eins von solcher Art zu erzählen. Als er im ersten
Winter, da er, weil der Schulbau und die Wohnung,
die ihm angewiesen wurde, noch nicht fertig war, etwas
entfernt von der Schule wohnte, erhielt er Geld aus
dem Aerarium, sich eine Sänfte zu miethen, die ihn in
die Schule und nach beendigter Aktion wieder nach Hause tragen könnte. Doch, am vorzüglichsten vor allen
liebte ihn Stieglitz, damaliger Vorsteher der Thomas-
Schule und war sein unveränderlicher Patron, der ihm
auch seine Liebe bis ans Ende in so hohem Grade erhielt,
daß er sich sogar freute, wenn er Geßners Namen hörte. Es ist unglaublich zu sagen, was er dieser Schule
theils durch regelmäßige Einrichtung ihrer Disciplin und
durch neue Geseße, um sie auch mit Würde zu regieren,
theils durch eine bey uns unbekannte und schöne Manier im Vortrage der Wissenschaften für Nußen geschaft

hat. Eben das kann man von seinen Verdiensten um
die Litteratur allgemein sagen. Denn wahrhaftig, er
machte auch den Anfang, unsre Zeitgenossen über schöne
Wissenschaften und ihre wahre und richtige Kenntniß,
auch über die Geschicklichkeit gut latein zu schreiben, richtiger und besser urtheilen zu lernen. Dieses zog ihm zugleich den Neid einiger zu, die es, als man ihn kennen
lernte, fühlten, daß die ehemalige Meynung von ihnen
sehr herunter gefallen sey, da man sie zuvor für große
Meister in diesen Wissenschaften gehalten hatte. Die
Mißgunst wuchs durch das ungewöhnliche Bestreben der
angesehensten Männer ihn, für andern zu loben, zu
verehren und ihm ausgezeichnete Merkmale der Hochachtung zu geben, welches er jedoch durch Bescheidenheit und
durch das größte menschenfreundliche Betragen gegen jedermann zu mildern suchte. Doch die Luft, Speisen,
hauptsächlich das Wasser, schien, wie er sagte, seiner Gesundheit nicht wohl zu behagen. Denn, er war die mehr-
teste Zeit nicht ganz gesund, und lag zweymal so krank
darnieder, daß er in Lebensgefahr war: das erstemal im
ersten Jahre, und wieder im vierten, gerade zu der Zeit,
da ihm die Stelle in Göttingen angetragen wurde: wiewohl auch die letztere Krankheit eine andere Ursache gehabt haben konnte, die ich eben anzugeben nicht für nöthig finde. Desto leichter war er dahin zu vermögen, daß
er für gut fand, diese Station anzunehmen. Er ging
also, mit schmerzlicher Empfindung für alle, die es einsahen, was die Schule und selbst die Stadt für großen
Verlust leide, nach Göttingen. Hier war er einer der
Vorzüglichsten, von denen, die diejenigen, welche der
Ruf der neuen Akademie dahin gezogen hatte, durch
Vorlesungen belehrten und, durch den Ruhm ihres Namens, andere dahin lockten. Ja, es ist außer allem
Zweifel, daß er zu jeder Zeit der Vornehmste unter denen war, die gedachter Universität durch Lehrvortrag
und Berathungen am mehresten Nutzen schaften, und
ihren Glanz durch den Ruf des Genie und der Gelehr-

samkeit und durch ihre vortreflichen Werke weit umher
verbreiteten. Er hatte daher den größten Beyfall, und
war der erste Liebling vom großen Münchhausen, nächst
Gott dem Werkzeug des allervortreflichsten Instituts und
nicht von diesen allein, sondern auch dem alleinigen Unter-
stützer der Litteratur selbst, so lang er lebte. Wenn ich
mich über sein Lob, wie er es verdient und wie ich es
empfinde, heraus lassen wollte, so würde ich die längste
Rede darüber halten müssen, wozu dieser Ort zu eingeschränkt ist. Zudem so sind seine Werke und glänzenden
Handlungen beredter als die beredteste Rede. Geßner für
seine Person, rechnete sich das aufrichtigst für den schönsten und ihm vorzüglich schmeichelnden Theil seiner Glückseligkeit, und nicht minder seiner Ehre an, daß er wisse, alles was er entweder an Vortheilen oder an Ehrenzeichen
zu erhalten das Glück gehabt habe, aus Münchhausens
Händen empfangen zu haben. Er machte aber eine viel-
fache Person daselbst: erstlich den Professor der schönen
Litteratur allgemein, zweytens den Bibliothekar, drittens
den Direktor des Philologischen Seminariums, viertens
den Inspektor der sämmtlichen Schulen in den Lüneburg-
gischen Landen. Doch, wenn ich Ihnen, liebster Ruhnken,
sagen wollte, wie er dem erstern Posten vorgestanden habe,
so würde ich Ihrer Einsicht nicht im mindesten Gerechtigkeit
wiederfahren lassen. Was er für ein Bibliothekar war,
darnach läßt sich nach dem, was ich von der Aufsicht über
die Bibliothek in Weimar gesagt habe, und seine mannigfaltige Kenntniß in Sprachen und Wissenschaften dazu genommen, nicht fragen. Er war nicht blos vermöge seiner Kenntnisse der erste aller Bibliothekare, sondern
auch vom allerfeinsten artigsten Betragen und bereitwil-
ligster Gefälligkeit gegen Fremde. So oft die Bibliothek zum gemeinen Gebrauch offen stund, pflegte er selbst
bey der Hand zu seyn, um die Personen herum zu gehn,
die da waren, ihnen Rede abzulocken, zu rathen, schickliche
Bücher über die Materie, nach der sie fragten, anzugeben, sie vorzuzeigen, den gewissen Weg zu weisen,

O

wie sie etwas suchen und wie sie es brauchen sollten. So-
bald aber Fremde kamen, die Bibliothek zu besehen, so
leitete er den Discour auf eines jeden Studium, legte
ihnen vor, was in diesem Fache selten vorzüglich und
das eigentliche sey; über die Materie selbst sprach er
so, wie es der Fähigkeit eines jeden angemessen war, und
wie er es, ohne schulpedantische Prahlerey, konnte.
Daher gingen sie so wieder von ihm, daß es ihnen schwer
war zu entscheiden, ob sie mehr seine Gelehrsamkeit oder
seine Politesse und menschenfreundlichen Charakter rühmen sollten. Auch ist, wenn irgend einer sich den Posten eines Bibliothekar wünschen möchte, jene Bibliothek
einen Bibliothekar wie Geßner werth. Ich will nicht
davon sagen, wie schön sie nach dem Gebäude angelegt
war, wiewohl man auch das zum Lob einer Bibliothek zu
rühmen pflegt. Ihr erster Umfang, wie ich es bey Einwei-
hung der neuen Schule gesehen habe, war so, wie er
für eine vollständige Bibliothek gehört. Doch seit der
Zeit hat sie, nachdem man sie auf beyden Seiten auf
dem Platze, wo sie steht, erweitert hat, eine solche Vergrößerung erhalten, dergleichen eine andere an Größe
kaum in drey hundert Jahren zu erwarten hat. Was
irgendwo heraus kam, das dieser Bibliothek würdig war, das wurde hier angeschaft: was irgend einer
der öffentlichen Lehrer wünschte, daß es da seyn möchte,
dafür wurde gesorgt, daß es da wäre. Die Bücher-
Katalogen aus allen Provinzen Europens bekömmt
Münchhausen; von ihm erhält sie der Bibliothekar, damit dasjenige, was ihm, was den Professoren gefällt, ge-
kauft werde, ohne daß die Menge, der Generosität des
großen Mannes, lästig würde.

Das Philologische Seminarium, das nach seiner
Angabe und Absicht angelegt wurde, hatte diesem Mann
sogar seine Entstehung und Direktion zu danken. Er hatte ehemals, da er fast noch Jüngling war, in Jena, nach
dem Plan und Sinne des Buddäus Institutiones rei schola-

ſticae geſchrieben. Damals hatte er mit dieſem Buche
die Abſicht, daß er in denen hierüber zu haltenden Vorleſungen, junge Leute zu einem Schul-Amte gehörig
bilden und geſchickt machen wollte, damit ſie es nicht
endlich in dem Amte erſt lernen müßten. Er war aber
zu ſelbiger Zeit, durch den Ruf nach Weimar, an dieſem
Vorhaben gehindert worden. Zu Ausführung dieſer
Sache ſchien er in Göttingen die bequemſte Gelegenheit
erhalten zu haben, da, wo theils eine Anzahl junger Leute waren, die ſich um ſolche Kenntniſſe beeiferten, theils
das Bedürfniß eines ſolchen Inſtituts einleuchtend gemacht werden konnte, vorzüglich aber, wo er einen hohen
Gönner habe, der durch ſein Herz und Geneigtheit und
Freygebigkeit zu allem höchſt bereit ſey, was zu heilſa-
men Entzwecken in Vorſchlag kam. Nun wurde alſo
dieſes Seminarium errichtet. Man nimmt junge Studierende, nach vollendeten Studenten-Jahren hinein,
die nach Einſicht des Vorſtehers, vermittelſt des Talen-
tes und ihrer Neigungen geſchickt zur Verwaltung des
Schulweſens ſind. Hier werden ſie von ihm durch Unterricht, durch gemachte Bemerkungen und durch Uibungen, dieſer Art von Amtführung vollkommen vorzuſte-
hen und jedes Fach derſelben richtig zu behandeln, vorbereitet. Es werden ihnen auch, durch Königliche Wohlthätigkeit, Stipendien ausgeſetzt. Jedoch, man hat
von der ganzen Beſchaffenheit des Inſtituts eine Beſchrei-
bung von Geßnern ſelbſt, und ſie bedarf keiner Erzählung von mir. Daß aber dieſes Inſtitut einen ſehr großen Nutzen für ſehr viele Schulen gehabt habe, werden
Sie, glaube ich, damit ich nichts davon erwähnen darf,
von ſelbſt beurtheilen.

Die Schul-Inſpektion hatte eben kein ſonderliches
Glück, woran Geßner nicht Schuld hatte, deſſen Wille
es war, daß allen ſowohl Lehrern als Aufſehern über
Schulen, der Schatz ſeiner Einſichten geöfnet ſeyn möchte: erſtern in der Art des Lehrvortrags, dieſen in Aus-

wahl der Lehrer und der Anordnung ihrer Geschäfte und
Aufsicht über ihre Lebensart, sittlichen Charakter und die
dazu gehörige Disciplin und Lehrart. Aber, theils war
vielen von den Docenten nicht sonderlich mit einem solchen Hofmeister und Lehrer gedient, theils fürchteten die
andern, daß ihre Rechte Abbruch leiden dürften: gleich
als ob es ein würklicheres und besseres Recht gäbe, als
recht zu thun und nützlich zu seyn, mag man es nun von
freyen Stücken oder auf den Rath und die Erinnerung
eines andern thun. Ja, ich höre, daß, nach Geßners
Tode diese Stelle einer Schul-Inspektion, auf Ansuchen der Stadträthe und aus Nachgiebigkeit und schonender
Güte der Vornehmsten am Hofe, sey aufgehoben worden.

Zu diesen vier Bestallungen kam vor nunmehr zehn
Jahren die fünfte, da ihm, nach Errichtung der Akademie der Wissenschaften, die Klasse der Geschichte und
Philologie, und endlich auch das Direktorat über die
ganze Akademie anvertrauet wurde. Auch diesen Posten
stund er also vor, daß er nicht nur der Universität durch
seinen Namen den größten Glanz gab, sondern auch über
sehr viel Fächer der Litteratur ein neues Licht verbreitete,
da er sichs sehr angelegen seyn ließ, solche sorgfältiger zu
bearbeiten und zu erläutern. Worinnen das bestehe, darüber geben die Akademischen Nachrichten, und die Göttingischen Zeitungen, die von neuen Büchern handeln,
Auskunft. Bey dieser Gelegenheit wurde er auch auf
die Optica geleitet, wenigstens um sie mit genauem Fleiße zu bearbeiten, wovon ich nachher reden werde. Allein so vielfach und groß und voller Arbeit dieses war, so
gab es ihm doch noch nicht so viel zu thun, daß ihm
nicht Zeit übrig geblieben wäre, den Wissenschaften durch
Schriften nützliche Dienste zu leisten und sie zu verschönern: deren wir von ihm so viele und von solcher Be-
deutung haben, daß es den Anschein haben könne, als
hätte er nie etwas anders gethan. Zu Leipzig hat er
nämlich unter vielen und bestimmten Arbeiten und denen,

die wegen des neuen Schulbaues außerordentlich hinzu
kamen, der kleinern nicht zu denken, die Scriptores rei
rusticae zu Ende gebracht und das Fabrische lexicon ganz
wieder durchgesehen, verbessert und vermehrt. In Göttingen aber hat er, wie Sie wissen, den Lucian ins schönste Latein übersetzt und mit den ausgesuchtesten Anmerkungen verschönert. Quintilians Institutiones Oratorias,
Plinii Episteln und den Panegyricus, den Horatius und
Claudianus hat er verbessert und sie sowohl mit den nutz-
barsten als von einer gründlichen Gelehrsamkeit strotzen-
den Noten erläutert, und dann gab er den Thesaurum
Latinitatis, das größe, mühsamste und gelehrteste Werk
heraus, das sogar einzig und allein zur Unsterblichkeit
seines Namens und zu seinem immerwährenden Ruhme
hinlänglich zureichend wäre. Ich rechne hierzu nicht einmal die beynahe unzählich kleinen Piecen, die er theils
bey feyerlichen Gelegenheiten öffentlich, theils aus andern Privat-Absichten geschrieben hat.

Indessen war er in Göttingen am Körper so gesund,
daß er nur ein einzigsmal, vor jetzt zehn Jahren, gefähr-
lich krank darnieder lag. Da er dieser Gefahr entgan-
gen war, so wurde er dennoch von den Uiberresten des
Uibels befallen, das ihn auch zuletzt zu Boden warf.
Bald fingen ihm von den zurückgebliebenen Uiberbleibseln
des Uibels die Füße an zu schwellen, woran sich eine
juckende Röthe befand: bald wurde, indem das Uibel
herauf nach den Eingeweiden stieg, die Verdauung und
Ausleerung in Unordnung gebracht, dazu zuweilen auch
noch obendrein ein bösartiger Durchfall kam. Doch,
die natürliche Lebhaftigkeit der Seele und des Körpers
hielt das Uibel aus, daß er seine Arbeiten verrichten
konnte und auch die ehemalige Munterkeit behielt. Und
es ist nicht zu zweifeln, daß er sein Leben höher gebracht
haben dürfte, wenn nichts dazu gekommen wäre, wodurch
das Uibel stärker gereizt und seine völlige Niederlage be-
schleunigt worden wäre. Der Krieg, und hauptsächlich

die Strenge des vorigen Winters, der durch die unreine
luft, den damaligen Mangel und die ungewöhnlichen Nah-
rungsmittel so gar den gesundesten Körper, geschweige
denn schwächliche und kränkliche leute angriff, war also
an seinem geschwinden Tode schuld. Denn das Absterben seiner Gattin, das man selbst auch mit zu einer Ursache hievon angeben könnte, trug er mit solcher Gelassenheit, daß es kaum das Ansehn hatte etwas zum Ruin
seines Körpers beygetragen zu haben. Im Monat September 1760 da er auf der Rückreise von der Gesand-
schaft an den Prinzen Xavier, auf dem Weser-Fluß
die nasse luft etwas zu lang eingeschluckt hatte, bekam
er das erstemal, einen härtern Anfall als gewöhnlich.
Er sprach daher im vorigen Jahr in allen Briefen an
mich, von dem ihm näher drohenden Tode, so daß er
auch mit unter an der völligen Ausarbeitung der Orphica
zu zweifeln schien. Wenn er aber in einem Briefe vom
27sten May schrieb, daß er wegen Akademischer lektions-
Ferien, mit dem Syntagma orphicum zu Stande zu kommen denke, so setzte er doch hinzu, wenn nicht härtere
Zufälle und etwas von der Art Beschwerlichkeit der
Diarrhoe, die unsre Aerzte zu einer Paralyse der Eingeweide und zur Gefahr eines nahen Todes rechnen, dar-
zwischen käme. Es traf auch diese Prophezeihung ein.
Denn gegen das Ende des Julius, nahm die Heftigkeit
des Uebels und die Schwäche des Körpers so zu, daß
Anzeigen eines nahen Todes da waren, welcher am 12.
August erfolgte. Ich denke, daß Sie, vortreflicher
Muncken, während der ganzen Erzählung, die Bemerkung gemacht haben, daß Geßner eben so ein Beyspiel von seltnerm Glück als Gelehrsamkeit abgebe. Die
Ehe, mit Elisabeth Charitas Eberhardina, der Tochter
des Predigers zu Gera im Fürstenthum Gotha, die er,
blos durch ihr vortrefliches Herz und Verdienst gereizt,
in Weimar geheyrathet hatte, vermehrte seine Glückseel-
igkeit, ja sie machte einen sehr großen Theil davon aus.
Sie besaß alles was eine Ehe glücklich machen kann; lie-

be und außerordentliche Hochachtung gegen ihn als
Mann, die genaueste Sorgfalt für ihre Kinder, eine
einsichtsvolle Verwaltung der Oekonomie, mit Gewissen-
haftigkeit und Wirthschaftlichkeit, wobey die Ehre nichts
verlor, und die dem Hange des Mannes nicht entgegen
war. Ich erinnere mich, daß, da sie beym Empfange
einer ziemlichen Anzahl von Büchern, die er in einer
auswärtigen Auction hatte erstehen lassen, dabey stund,
als die Preise von jedem genennt wurden, ihr die Wohl-
feilheit des Kaufs gefiel, sie die Schönheit der Bücher
lobte, und dann wünschte, er möchte noch mehrere haben erstehen lassen. Ich will nicht gewiß sagen, ob sie
das im Ernst gesprochen habe oder nicht: wenigstens war
in der Sprache und in der Mine nichts, was Verdacht
von Verstellung erwecken konnte. Hat sie übrigens, so
wie es die Art der Weiberchen ist, anders von dieser
Art des Aufwands gedacht, so sieht man doch hieraus die Klugheit der Frau, die dem unschuldigen Hang
des Mannes nicht entgegen war, sondern ihm vielmehr den Worten nach, Beyfall gab. Um so weniger darf man sich über ihre unveränderliche Harmonie
und gegenseitige Liebe wundern, wovon ich kaum ein anderes schönres Beyspiel gesehen habe. Und diese so großen
Verdienste, erhielten auch durch Kinder, von vortreffli-
chem Genie und wünschenswerthem Glück, die würdigsten Belohnungen. Denn der Sohn Carl Philipp, wurde wegen seiner medicinischen Kenntniß und Praxis, nicht
weniger wegen anderer hervorstechenden treflichen Eigenschaften, Königl. Pohlnischer Leibarzt und hatte die Ehre
den Hofraths-Titel zu erhalten; die Tochter aber, Chri-
stiana Elisabeth, ist an Johann Jacob Hubern, Hessen-
Casselischen Hofrath, einem Mann von gleichen Wissenschaften, Glück und Range verheyrathet, denen theils um
ihrer selbst, theils um ihrer Aeltern Willen zu wünschen ist,
daß Sie auch für die Zukunft das größte Glück genießen.

Das wären denn die Umstände, die ich Ihnen,
Verehrungswürdiger Mann, von dem Leben dieses gro-

ßen Mannes zu erzählen hatte, in welchen ich Ihnen selbst das Gemählde von ihm, das heißt von seinen Talenten, von seinem Herzen und sittlichen Charakter, wenn nicht völlig ausgemahlt, doch in einem ganz ähnlichen Schattenrisse gezeichnet habe. Aber ich muß Ihnen diese Skizze noch besser ausarbeiten, damit Sie Geßnern ganz kennen und ihn Ihre Seele nach allen Zügen betrachten kann, als warum Sie mich, wie ich merkte, hauptsächlich ersucht haben.

Daß er, von allen Seiten betrachtet, ein Mann von ausgezeichnetem Genie und seltnem Benspiel war, daran wird niemand zweifeln, dem es bekannt ist, was er geschrieben und wie er geschrieben hat, auch was er für Kenntnisse in Dingen solcher Art besessen habe, von denen wir keine öffentlichen Denkmäler haben, an wenigsten der, so ihn nicht durch vertraulichen Umgang gekannt hat. Wie leicht und geschwind er faßte, und wie fest er das Gefaßte behalten konnte, davon giebt die Menge von Sprachen und Disciplinen Beweis ab, die er als Knabe fast völlig innen hatte, in erwachsenen Jahren aber entweder ganz außerordentlich gut, oder mehr als mittelmäßig verstund. Und doch sagte er, daß das Gedächtniß nicht immer so stark sen, als er wünsche, lachte auch über einige der neuern Philosophen, die da vorgäben, daß die Stärke des Gedächtnisses die Stärke der Beurtheilungskraft schwäche, diese aber bey denen größer sen, die ein schlechtes Gedächtniß hätten. Er hingegen konnte sich in Dingen, wo er mit seinem Genie ganz zu Hause seyn wollte, völlig auf sein Gedächtniß verlassen: Er bediente sich daher nicht der Hülfe durch Excerpte, oder eines andern Hülfsmittels fürs Gedächtniß, so viel mir für meine Person bekannt ist, außer, daß er zuweilen vorn am Anfange der durchgelesenen Bücher, gewisse vorzügliche Sachen, gutes sowohl als schlechtes, anmerkte. Wenn er sich hinsetzte zu schreiben, so fiel ihm ohne angestrengtes Nachdenken alles ein. Er gab sich daher zur

nicht lange ängstliche Mühe, sondern wurde in kurzer Zeit
fast ohne alle Arbeit, mit dem fertig, worüber sich ein
anderer baß placken mußte. Wenn er auf eine schwere
Stelle stieß, z. B. auf Verbesserung oder Erklärung derselben, so fand er beynahe bey der ersten Anspannung
seines Witzes, was er suchte: hatte er die Sache ein-
zweymal versucht, und es gelang ihm nicht, so forschte
er nicht weiter. Denn, man müsse dem Genie nicht
Gewalt anthun: das, womit man sich den Beyfall eines
geübten und feinen Beurtheilers erhalten wolle, müsse
man heraus locken, nicht heraus zwingen: was mit übertriebener Mühsamkeit gesucht sey, sehe wie ein geschmink-
tes Gesicht: das waren seine eignen Worte, die er im
Scherz brauchte. Und daher kommt jene natürliche und
liebenswürdige Simplicität, die uns für seine Entdeckungen und Sentiments über alles, unsere Zustimmung
beynahe abnöthigt. Aber mit diesem glücklichen Genie
verband er auch sehr viel Naivität und Angenehmes,
nicht nur ein solches, welches man dem ganzen Bau des
rednerischen Vortrags und der Behandlungsart der Sachen ansieht, sondern auch diejenige Anmuth, die sich in
einzeln Sentenzen und Worten äußert.

Er hatte eine fast unbeschreibliche Menge Kenntnisse. Die Sprachen der Morgenländer, die Hebräische, Chaldäische, Syrische, Samaritanische, Arabische, Aethiopische konnte er beynahe alle. In der Hebräischen litteratur war er so vorzüglich stark, daß er
mit den größten Meistern dieser Sprache um den Vorzug
streiten konnte. Ich habe ihn sagen hören, daß, wenn
Danzens Schriften über diese Sprache verloren gingen,
er sie wieder herstellen wolle. Niemand wird Bedenken
haben, in der lateinischen und Griechischen litteratur ihn
den größten Männern in diesen Sprachen an die Seite
zu setzen. Die Poeten, Redner, Geschichtschreiber und
Philosophen hatte er mit eben so vielem Eifer als Sorgfalt gelesen, und die Materien nicht weniger mit Ih-

schungsgeist, als die Worte behandelt. Für die Alten
war er auch nicht so gar sehr eingenommen, daß er die
Neuern darneben verachtet hätte. Denn auch diese hatte er durch die lektüre kennen lernen. Die Theologie,
die er durch die ausgesuchtesten lehrvorträge des Buddeus
gelernt hatte, hatte er nie liegen lassen, und es war
nicht irgend etwas in dieser Disciplin, das ihm unbekannt
gewesen wäre. Doch lobte er diejenige Theologie, die
aus den Quellen der heiligen Schrift geleitet und durch
litterarische Wissenschaften ausgeschmückt wäre. Die
jetzige neue Subtilität metaphysischer Demonstrationen gefiel ihm so wenig, als jene alte scholastische, und
er lobte und forderte in theologischen Sachen weit mehr
die ἀσφάλειαν, die untrügliche Sicherheit von Seiten
des ihnen durch die Schrift eingedrückten Sinnes und des
durch dieselbe wirkenden heiligen Geistes, als die, so von
spitzfindigen Beweisen hergenommen wird. Es war ihm
daher fast unausstehlich, daß man das Zeugniß des heil.
Geistes, wie wir es in der Schulsprache nennen, verwarf,
worüber er mir auch nur wenig Monate vor seinem Tode seinen Unwillen in Briefen ausschüttet, da er wußte,
ich habe mit ihm hierüber einerley Meynung. Spitzfindigen und zur Hauptsache der Religion nicht gehörigen,
sondern mehr Streitsätze als Wahrheit und Nutzen ent-
haltenden Fragen, suchte er auszuweichen. Er lehnte
daher auch die Disputationen hierüber von sich ab, indem er sagte, er sey kein Theolog und sich im Spaß des
Italiänischen Ausdrucks des Sixtus bediente: Io non so-
no Theologo: welches ich ihm sogar, aus Unwissenheit
oder Tücke auf einer schlimmen Seite habe auslegen sehen.

Von der Philosophie war er ein außerordentlicher
Freund. Er war der größte Kenner der alten Philosophie und kannte auch die Neuern mit ihren Entdeckungen, ohne an einer Secte zu hängen. Da er hier in
Leipzig war, unterhielten wir uns eben so oft mit der Philosophie als über Griechische und lateinische litteratur

In die Naturgeschichte hatte er sich, nach sorgfältiger lektür des Plinius, des Geschichtschreibers der Natur, sehr
verliebt. Doch bewarb er sich auch sehr genau um
Kenntniß der Beobachtungen der Neuern.| Hierignen
war ihm zu Göttingen, der Umgang mit mehrern Na-
turforschern, Hallern, Segnern, Hollmannen und vorzüglich die neu errichtete Akademie, von der ich oben
sprach, sehr zu Hülfe gekommen. Aber schon in Leipzig
hatte er von Waltern und Platnern, die er sich sehr zu
Nutze machte, so auch von Hausen, viel profitiret, dessen physikalischen Experimente, welche er zu der Zeit denen, so Natur-Wissenschaften studiren wollten, das erstemal vortrug, er zu sehen wünschte, da er glaubte, es
sey keine Schande für ihn, wenn er als Zuschauer bey
denselben, unter den jungen Leuten säße: da Leute, von
jedem Alter, untermengt, in die bekannten pantomimi-
schen Schauspiele, ohne Schande, gingen. Es führt
mich aber diese Erinnerung an Hausen, meinen liebens-
würdigsten Lehrer, den vortreflichen und demonstrativi-
schen Mathematiker, auf dasjenige Fach der Kenntnisse
von Geßnern, womit sich Männer, die von mehrern
litterarischen Wissenschaften Profession machen, gewöhnlich nicht befangen, da jene ältern Gelehrten vom ersten
Range, Melanchton, Camerarius, Jos. Scaliger, P.
Victorius und andere sich mit großem Fleiße darauf legten. Daher trift es mit unter, andere Unbequemlichkeiten nicht zu denken, daß sie in den Poeten, wenn sie
auf astronomische Dinge stoßen, sich entweder nicht zu
rathen wissen, oder schändlich straucheln. Doch Geßner war in diesem Theile der Gelehrsamkeit kein Fremdling, da er auch sogar Algebra getrieben hatte: er behauptete, daß man ohne diese Wissenschaft nicht so glücklich seyn, und vollkommne Kenntniß der schönen litteratur erlangen könne. Er empfahl auch diese Wissenschaft
den jungen Leuten unablässig, wodurch zugleich der Kopf
zur richtigen Fassung jeder Art von Wissenschaften und
zur Einschränkung des allzuübertriebenen Witzes und zur

Erlangung der höchsten Genauigkeit in allen Klassen von Disciplinen, scharfdenkender gemacht wurde.

Die alte Geschichte hatte er nicht nur so innen, daß er darinnen Meister war, sondern er hatte auch die neuere nicht vernachläßiget. Da man mit der zweyten Ausgabe des historischen lexicon, das Thomas Fritzsch, nach dem Plan des Buddeus besorgt hatte, umging, so trug man ihm denjenigen Theil auf, der die Braun-schweigische und Brandenburgische Geschichte angeht: und was in den Nachrichten von neuen Büchern IX. 9. so wie dasjenige, was in einem gewissen Programm, über die Geschichte des Russischen Reichs von ihm gear-beitet worden ist, das fand auch so vielen Benfall, daß es mit in die Sammlungen der Petersburger Akademie eingerückt wurde. Er hatte zu seiner Vervollkommung in dieser Wissenschaft, durch die Bibliothek in Weimar, in welchem Fache nicht leicht eine andere Bibliothek reich-haltiger ist, die herrlichste Gelegenheit. Unter seinem Lehrer, Laurent. Andreas Hambergern, den er in Jena über Gravins Origines Iuris hatte lesen hören, hatte er auch Kenntnisse vom Römischen bürgerlichen Rechte er-halten. Denn, er wußte es gar zu gut, wie manches in den lateinischen Schriftstellern vorkäme, das ohne Ver-ständniß jenes Rechts nicht gänzlich verstanden und er-kläret werden könne.

Daß er ein gleich vortrefflicher Lehrer der lateinischen Beredsamkeit als das regelmäßigste und allerschönste Mu-ster in derselben gewesen sey, das wird kein Mensch be-zweifeln. Regeln zur Beredsamkeit hielt er nicht für un-nütz, doch war er der Meynung, man müsse sie beym Unterricht junger Leute sparsam gebrauchen: und seinen Schülern gab er die öftere Erinnerung, sie möchten in Ansehung der Geschicklichkeit gut zu reden und gut zu schreiben, nicht allzuviel von ihnen erwarten, sondern weit mehr von der genauen Bekanntschaft mit guten Mu-

stern, von anhaltendem Fleiße und von der Ausdauer in
Uibungen. Er rieth ihnen die Abcopirung guter Originale
an, doch nicht jene sklavische, sondern freye Nachahmung, die in richtiger und fleißiger Bekanntschaft mit
guten Mustern und in Güte des Talents bestünde, oder
diejenige, der er sich selbst bedienet habe. Das Reine
im lateinischen Styl lobte er und sagte, daß Knaben,
deren Alter diese Aufmerksamkeit verlange, ganz besonders darauf zu denken hätten: im übrigen mißbilligte er
allzueigensinnige Grillenfängerey, und sagte, daß man
viel eher für die Einrichtung und den Bau der ganzen
Rede und sie nach regelmäßigen Mustern zu formen, besorgt seyn müsse. Bey Befeilung und Beurtheilung der
schriftlichen Aufsätze sowohl seiner Schüler als anderer,
war er daher, was Wörter und Sprache betraf, eben
nicht zu sehr strenge, auch ein bisgen furchtsam, nicht
etwan zu tadeln, was sich durch Anführung unverwerf-
licher Beyspiele rechtfertigen lassen könne, und konnte leiden, daß seine Schüler ihm Einwendung machten. Mit
der Gewohnheit bey Schulen, die Ausarbeitungen eines
jeden zu Hause, und wenn diejenigen, von denen das
Scriptum ist, nicht zugegen sind, zu korrigiren, war
er nicht zufrieden. Er hielt diese Arbeit beynahe für verloren angewendet, weil die mehresten entweder zu nach-
lässig wären, nachzusehen, was abgeändert worden, oder
die Art und die Gründe der Verbesserung nicht wüßten.
Er hatte deswegen auf der Schule zu St. Thomas die
Einrichtung getroffen, daß bey öffentlichen Uibungen im
Schreiben, die Größern und Geübtern sogleich lateinisch
nachschrieben, was er teutsch diktirte, und er diejenigen,
so er aufrufte, im Beysein aller corrigirte, damit auch
die andern Nutzen davon hätten, und ihre Fehler verbesserten. Uibrigens fragte er, wenn er jene vorlesen hörte,
bald den bald jenen, was er für seine Person geschrieben
habe, oder sah ihre Exercitien-Bücher nach: bisweilen
ging er auch mit den Schülern über die Art, einen Gedanken theils richtig auszubrücken, oder das Geschriebene

zu verbessern, um jeden scharfsichtig zu machen, gleichsam selbst zu Rathe *). Sein Styl selbst ist rein, zierlich, deutlich und einnehmend, sogar wenn er von ma-
gern, Schmuckleeren z. B. von grammatischen und kritischen Dingen handelt: in den übrigen, die einigen Schmucks
fähig sind, hat er öftere, witzige und neue, auch, nachdem
die Sachen sind, entweder pathetische oder reizvolle Sentenzen, hat Blumen in Worten mit untergestreut, aber
nicht damit überladen, ist sanft fließend, hat eine vollkommne Bindung und ist, um vieler Ursachen willen, bis
zur Bewunderung schön und angenehm. Man las, dieser
treflichen Eigenschaft halber, was er auch schrieb, mit
größter Begierde. Was er über Sachen und für die
Personen schickliches sagen sollte, daran fehlte es ihm niemals. Selbst jene kurzen Eingänge von den Anschlage-
Zetteln, die die Lektionen der Professoren ankündigen,
enthielten jedesmal einen gewissen schönen und nicht alltäglichen Gedanken, oder der, wenn er dieses war, doch
die Miene hatte, als wäre er neu, und eben deswegen
empfahl er sich durch sein anzüglich Angenehmes. Er
hatte ein bewundernswerthes Kunststück, das Gemählde
von Personen zu zeichnen, bey denen er die kleinen Fleck-
chen, die auf ihrem übrigen schönen Bilde saßen, so auf-
zutragen wußte, daß er fremde Leser eben das Vergnügen daran finden ließ, das dem Ennius die Narbe
an einem Gliede eines schönen Knabens machte, und die
Anverwandten nicht verdrüßlich darüber werden konnten.

---

*) Der seel. D. Ernesti, als Nachfolger Geßners im Rekto-
rate der Thomas-Schule, copirte ganz dieses sein Original, wie im Studium der Litteratur überhaupt, so auch
bey Ausbildung des Styls seiner Primaner. Er gab entweder Materien zu Briefen oder Thema zu lateinischen Reden, die die ganze Klasse ausarbeiten mußte. Acht Tage
nachher mußte jeder seine Arbeit fertig haben, und nun
rufte er einen und den andern auf, sein Scriptum zu lesen: er hörte ambulirend zu, und korrigirte, wodurch
er nicht für einen allein, sondern für alle, ungemein viel
Nutzen stiftete. d. U.

Ob er ein ganz vollkommner Redner war, so wie ihn
Cicero schildert, die Frage lasse ich unbeantwortet, oder
man kann es nehmen wie man will. Wenn ein voll=
kommner Redner derjenige ist, der von jeder Sache so
spricht wie es der Sache angemessen ist, so wird man
ihm dieses Lob nicht absprechen können. Denn, was
hat er wohl geschrieben, das nicht der Materie und den
Personen angepaßt wäre? Wenn es aber derjenige ist,
der auch von erhabnen Dingen, sie mögen nun ihrer Na=
tur, oder dem Gemüths=Affekt nach, es seyn, mit
Würde sprechen kann, so giebt er, der zur Anwendung
jener erhabenen Beredsamkeit keine Gelegenheit hatte,
noch sie bey seiner Lebensart haben konnte, keinen Stoff
her, darüber zu entscheiden. Ich besinne mich übrigens,
von ihm gehört zu haben, daß ihm die Benutzung jener
erhabenen Art zu reden, versagt wäre, weil er nicht das
Glück besitze eine hierzu passende Stimme und Lunge er=
halten zu haben, und daß jene, in Sentenzen, durch
Stimme und Aktion ungleich feurigern Reden, wider die
Sitte unsers Zeitalters wären.

Neben der Geschicklichkeit des Redners besaß er
auch die des Dichters, worinnen er den Beyfall der
geübtesten Kenner durch die vortreflichsten Muster erhal=
ten hat. Diese Geschicklichkeit war er mehr der Güte
der Natur, die durch das Lesen der Poeten unterstützt
worden war, als kopfbrechenden Uebungen schuldig. Und
er mochte Elegien, Oden oder Hexameter schreiben, so
ging ihm das glücklich von statten, und er behielt diese
Fertigkeit bis in sein sechszigstes Jahr, in welchem er,
wie ich oben gedacht, eine schwere Krankheit hatte. Denn,
von dieser Krankheit an, hatte er sie so verloren, daß
er vergebliche Versuche machte Verse zu schreiben. Doch,
worüber sich jeder um so mehr verwundern muß, wenig
Jahr vor seinem Tode bekam er sie auf einmal wieder.
So wenig ist diese Kunst in unserer Gewalt!

Die Art seines Lehrvortrags war nicht nur deutlich und bestimmt, sondern empfahl sich auch, ohne mit Gelehrsamkeit und Belesenheit zu prahlen, durch gewisse Annehmlichkeit des Witzes.　Bey Erklärung griechischer und lateinischer Schriftsteller hatte er sein Augenmerk zuerst darauf, daß die Zuhörer die Wörter und den Sinn der Gedanken richtig verstehen möchten: ferner, daß sie angewöhnt würden, die Stärke der Gedanken und Wörter zu fühlen, daß sie Geschmack am Feinen und Schönen finden lernen, daß sie sich an das Gefühl vom Edeln und Anständigen gewöhnen möchten; vor allem aber, daß sie den Bau der ganzen Rede im Zusammenhange und die Bearbeitungsart einer jeden Materie einsähen. Er machte auch daher bey der Interpretation meistens etwas geschwinde Fortschritte, und war mit denen nicht eben zufrieden, die beym Erklären z. B. eine Rede des Cicero, in zu viel und zu kleine Stücke abtheilten, und um sich die Miene der mühsamsten Accuratesse zu geben, sich bey jedem zu lang aufhielten, dabey nichts vorbey ließen, und sich bestrebten, alles für ihre Schüler genießbar zu machen.　Denn, wenn auf solche Art die jungen Leute alles aufs genauste einzusehen schienen, so verloren sie dadurch vielmehr die Gelegenheit zur Uebersicht des Ganzen.　Aus dem nämlichen Grunde mißbilligte er es, wenn über dem Lesen einer und eben derselben Oration, eines und eben desselben Schriftstellers, zu viele und zu lange Pausen gemacht würden: vielmehr wollte er, daß eine und dieselbe Sache in aneinander hangenden Stunden getrieben, und andere Dinge inzwischen bey Seite gesetzt würden: auf solche Art würden in kurzer Zeit ganze Reden zu Ende gebracht, so, daß diejenigen, die mittelmäßigen Fleiß darauf wendeten, den Inhalt des Ganzen, alle Stücke, in ihrer Verbindung und nach ihrer Erklärung, innen hätten.　Wer Lust hat, kann die Gründe hierzu in der Vorrede zur Ausgabe des Leipziger Livius finden.　Ich selbst für meine Person, habe diese Methode auf der Thomasschule unabänderlich be-

folgt. Abwechselnd, um das anzuführen, erklärte ich
in den Vormittagsstunden die Reden und Briefe des
Cicero so, daß ich eins und das andre Buch der Episteln, in den sechs Tagen jeder Woche, ohne abzusetzen
durchnahm: wenn ich ohngefähr in Monatsfrist damit
fertig war, so erklärte ich auf nämliche Art einige Reden. Auf diese Weise fand es sich, wenn ich am Ende
des Jahres die Summe der vollendeten Arbeiten zog,
daß ich wenigstens die Hälfte der Bücher von den Episteln und mehr als sechszehn Orationen durcherkläret
hatte. Eben so erklärte ich, da ich die Bücher des Cicero von den Pflichten vortrug, auf die gedachte Manier, jedes Buch in einem Zusammenhange, daß ich nicht
bey Kapiteln und kleinen Abschnitten absetzte. Diejenigen nun, so vier oder drey Jahr meinen Lehrunterricht
genossen hatten, waren mit dem Cicero nicht nach einem
oder dem andern Stücke, sondern größtentheils mit ihm
bekannt geworden, und ich weis es, daß diese Methode
meinen Schülern theils zum Verstehen, theils zum
Schreiben, sehr viel Nutzen geschaft habe. Ich hatte
aber bey gedachter Schule freye Hand dergleichen Einrichtungen zu machen, weil ich mich nicht durch jenen
elenden Zwang der Gesetze durfte binden lassen, dem
auf andern Schulen, auch geschickte Lehrer sich unterjochen
lassen müssen, daß sie nicht ihrer eignen Anordnung folgen dürfen: und ich that das, ohne bey denen darum
Anfrage gehalten zu haben, die wie gewöhnlich den Namen der Inspectoren führen. Ich erinnere mich dieses
Deylingen erzählt zu haben, nachdem ich bereits viele
Jahre mich dieser Methode bedient hatte. Da ich mich
wegen dieser getroffenen Einrichtung zu entschuldigen
dachte, sagte er dagegen, daß ich es so gar klug gemacht
habe — denn durch die Befragung um Rath würden
öfters die besten Absichten verdorben — ich aber müsse,
wenigstens solle ich, gründlicher als alle Inspectoren,
verstehen, was jungen Leuten zum Nutzen gereiche.

P

Doch, wieder auf Geßnern zu kommen, so war er
für gute Köpfe und solche, bey denen er Eifer fand, besorgter als für langsame und träge.    Wenn er durch
den Umgang und mehrmalige Versuche in der Sache,
welche hatte kennen lernen, die aus Mangel des Talents,
oder der Neigung nichts lernten, um die bekümmerte er
sich fast nicht, damit er nicht mit ihnen die Zeit ver-
dürbe, die andern nützlich seyn könne.    Und es sind mir
einige bekannt, die aus Scham, als sie merkten, man
mache sich mit ihnen nichts zu thun und da sie die Ursache
hievon einsahen, zum Eifer in Wissenschaften angefeuert
wurden und darinnen zu wachsen anfiengen.    Man hielt
ihn auch zuweilen für etwas hitzig und murrisch beym
Lehrvortrage: er gestund auch ein, daß er in den Jahren, die von Natur etwas aufbrausender sind, einige
Schwachheit hierinnen gehabt habe, und setzte im Scherz
dazu, Cicero habe ihm und andern, beym Lehrunter-
richte noch hitzigern, einen ehrenvollen und großen Be-
ruhigungsgrund gegeben, indem er sage, daß je mehr
Kopf einer habe, desto hitziger sey er beym Lehrvortrage
(Rofc. Com. c. II.).    Im höhern Alter, soll er, hörte
ich, gern und öfters auszuschweifen gewohnt gewesen
seyn, so auf die Manier des Moralisirens und locos
commune. von dieser Art zu erklären, fast wie bey Predigten.    Schickte sich das eben nicht zur Absicht des Lehrvortrags, so war es doch dem Gewicht der Jahre angemessen, denen wie Cicero sehr richtig sagt, Ernsthaftigkeit und Nachdruck bey Erinnerungen und Vermahnun-
gen, zudem beym Schmälen eigen ist, die auch das Alter selbst schwazhafter macht, sonderlich bey einem Manne, der so gar unter beständigem Umgang mit Wörtern
grau geworden war.

Die aller mehresten Schriften von ihm gehören
zur grammatischen und kritischen Klasse.    Die akademischen Angelegenheiten zu Göttingen gaben ihm öfters Veranlassungen, wo er Beredtsamkeit und Witz etwas mehr

zeigen konnte.  Ich besinne mich, da wir mit einander
vom Bücherschreiben redeten, daß er den Wunsch äußerte, einmal über etwas schreiben zu können, wo Genie
und Witz hervorstechender seyn müsse als Mühsamkeit.
Denn, theils läse man es mit größerm Vergnügen, theils
fände es mehrere und wünschenswerthere Leser, theils
bringe es mehr Ruhm, da den mühsamen Fleiß jeder in
der Gewalt habe, Kopf und Witz aber von der Natur
abhänge, und es leichter sey gelehrt, als witzig und naiv
zu schreiben.  Die Bücher nun, die aus dem grammа-
tischen und kritischen Fache sind, oder die griechischen
und lateinischen Schriftsteller, so er besorgt hat, sind würklich von der Art, daß sie eine gewisse Norm und Anweisung geben, dergleichen Werke gehörig und nutzbar
auszuarbeiten.  Seine Kritik ist bescheiden, streng und
gründlich, gelehrt, aber auch glücklich.  Das Schwere
und Dunkle, wollte er lieber erklären, als durch Cor-
rection zur Verständlichkeit für jeden einrichten.  Witzig
scharfsinnige Conjecturen lobte er mehr, als daß er sie
billigte, und er gab die Lehre, daß man sich für nichts
so sehr als für die so schmeichelnden Kirrungen des Witzes, bey Beurtheilung der Lesearten hüten müsse.  Doch
hielt er auch etwas auf Scharfsinn und Witz, den man
durch Sprachen und Wissenschaften eine Zeit lang geläutert hätte, wodurch er auch selbst vieles glücklich verbessert habe. Zur Beurtheilung und Erklärung der Schriftsteller gab er dem ununterbrochenem Lesen eines jeden
Autors und der öftern Wiederholung desselben in einem
Feuer, wodurch man eben desselben Schriftstellers Denkungsart durch und durch kennen lerne, und sich beynahe
ganz eigen mache, den Vorzug.  Die mehresten mevne-
te er, hätten besonders aus diesem Grunde öfters das
Wahre nicht gesehen, ganz etwas anders, als was des
Schriftstellers Sinn war, vorgetragen, und sich einander widersprechende Dinge geschrieben, weil sie das Lesen des Autors auf eine dergleichen Art nicht beobachtet
hätten.  In der Vorrede zu den Scriptoren rei rusticae

hat er gründlich davon gehandelt.    Er war daher mit
der allzugroßen Zauberen der Herausgeber von Schriften
gar nicht zufrieden, als wodurch sowohl dasjenige, was
der Schriftsteller., als auch was der Ausleger desselben
vorher gesagt habe, in Vergessenheit käme.    Ben Uibersetzungen und Erklärungen befliß er sich der Kürze, doch einer
solchen, die nichts daben vermissen ließ. Aus dem Grunde
überschwemmte er die leser nicht mit Anmerkungen, sondern er unterstützte sie damit.    Er bekümmerte sich nicht
blos um die Wörter, sondern so gar vielmehr um die Sachen.    Meinen Gedanken nach hat man kein anderes
schöners Muster,  griechische Schriftsteller gut und schön
zu übersetzen , als die lateinische Uibersetzung vom lucian,
die der große Hemsterhuis liegen ließ und die er selbst übernommen hatte: so sehr rein, nett und der lucianischen
Manier getreu ist sie, der latinität unbeschadet.    Doch,
ich vermuthe, daß er auch aus der Ursache diesen Schriftsteller mit vorzüglichem Glück bearbeitet habe, weil er
ihn in jüngern Jahren sehr fleißig gelesen und fast ver-
schluckt hatte.    Eben am lucian hatte er benahe zu al-
lererst und hauptsächlich gelernt, was aneinanderhängen-
de lectür, und wenn man gleichsam das Ganze vom Anfang bis zu Ende wiederholt durchläuft, und den ganzen
Zusammenhang der Sachen verfolgt,  zur Erfindung
und Kritik für Nutzen habe.    Denn, hier gewann er
erst den lucianischen Geschmack, der ihn in ganzen Büchern sowohl als in einzeln Wörtern auf das feinste un-
terscheiden ließ, was dem lucian gehöre oder nicht;
ferner gewann er die Scharfsichtigkeit zu fühlen,
was an seinem oder an einem fremden Orte stehe,
z. B. im Encomium des Demosthenes, das er zuerst,
durch Versetzung einer einzigen Seite, glücklich wieder
hergestellet hat.  Und durch den nämlichen Weg hat er
unter allen zuerst den richtigen Sinn des Buchs im Hippocrates von der Diät, aufgesucht und von der Dunkelheit befreyet, da er den Schatten des Hippocrates aus
dem Grabe hervorgerufen hatte, woben ihm aber auch

sein scharfer forschender Geist und die mühsame Sorgfalt, theils in Beurtheilung dessen, was zu verstehen
oder nicht zu verstehen sen, theils in bestimmter Festse-
tzung der Wörter und Sachen sehr viel geholfen hat.
Als Greiß machte er sich nochmals mit vorzüglichem
Fleiße über die Bearbeitung der Orphicorum, mit dem
Vorsatz, durch ihre Verbesserung und Erläuterung derselben, dieser Art von Arbeiten und Werken, die Krone
aufzusetzen: das war eine Materie, die eines so großen
Genies und so ausgebreiteter Kenntnisse würdig war. Ja
ich bin vollkommen versichert, daß dieses Werk, dem zu
seiner Vollständigkeit, wie ich höre, nichts als die Vorrede fehlen soll, des Geßnerischen Namens würdig und
Teutschlands Ehre seyn werde: Sie werden finden, theu-
rester Ruhnken, daß er sich darinnen auch mit Ihnen
viel zu thun gemacht habe, da er Sie, ihres Genies und
Gelehrsamkeit halber, sehr bewundert und auch um mei-
netwillen liebte.

Der müßte entweder äußerst unwissend oder unverschämt seyn, der es bezweifelte, oder sich so stellte als
ob er bezweifele, daß er die Art und Manier lexicons
entweder zu verfertigen oder zu vermehren und zu verbessern nicht aufs Beste verstanden habe. Der lateinische Mischmasch, dem ehemals Faber zuerst seine Einrichtung gegeben hatte, hat den jetzigen ansehnlichen Zuwachs
erhalten, und ist, durch seine Hand bearbeitet, zuerst so
heraus gekommen, daß man ihn für den Gebrauch der
Schüler sowohl als der Lehrer für hinreichend halten
konnte. Und dennoch dachte er auf ein größeres Werk,
auf den Thesaurum Latinitatis, der nach der Form
des Stephanischen Thesaurus eingerichtet ist, welchen
er aber, wie er dazu Recht hatte, allein unter seinem
Namen herausgab. Denn die Stephanische Arbeit benutzte er anders nicht, als zur Grundlage seines Werks:
übrigens hat er es nicht nur den Wörtern und Phrasen,
sondern auch der Erklärung unzähliger Stellen nach, so
verbessert, so vermehrt, daß man es für ein ganz neues

Werk ansehen kann. Ich für meine Person kann am
Besten hierüber urtheilen, der ich das Werk in seinem
eignen Manuscript gesehen und durchgesehen habe. Er
wollte jedoch das Werk nicht für so vollkommen angesehen haben, oder wollte, daß es so vollständig seyn solle,
daß es nicht durch den Fleiß eines andern Zuwachs bekommen könne; solches von einem einzigen Manne zu
verlangen, verriethe Unerfahrenheit und Unbilligkeit. Er
wußte gar wohl, daß das ohnmöglich sey, so bald nicht
einer alle Autoren, der Ordnung nach, mit dem einzigen
Vorsatz läse, daß er alles und jedes unter sein gehöriges
Fach ordne: welches warlich nicht die Sache eines einzigen Mannes, von einem solchen Alter ist, welchs einer
dergleichen Arbeit genug gewachsen wäre. Er für seine
Person ärgerte sich nicht über Leute, welche die Lexica
und ihre Herausgeber für sehr unbedeutend zu halten
schienen, und überhaupt diese Arbeit als sehr geringfügig
und unter der Würde gelehrter Männer, herabwürdigten, wie ich, theurer Ruhnken weiß, daß es unter
Ihren Landsleuten einige gegeben hat: übrigens war er
gewöhnt ihre Verächtlichkeit zu verachten, und über ihre
Großsprecherey zu lachen. Recht so. Denn, das sind
nur immer, entweder diejenigen, die von dieser Art Arbeit
richtig zu urtheilen, den Verstand nicht haben, oder sie wollen selbst durch diese Geringschätzung den Verdacht von
sich ablehnen, daß sie aus solchen Büchern ihre Weisheit
nähmen. Warlich, es ist viel leichter, und es braucht
weniger Gelehrsamkeit, in einem oder einigen lateinischen
Schriftstellern, über Wörter und Phrasen, nach Gefallen und nach Vermögen, entweder um sie zu übersetzen oder zu erläutern, etwas vorzubringen, als den ganzen Reichthum der Latinität durchzumustern, wobey man
keinen Theil unberührt vorbeylassen darf. Und wenn
man von den Noten jener Großthuer wegnehmen will,
was dem Lexicon gehört, oder aus dem Lexicon, wenn
nicht offenbar, doch mit List und mit einem gewissen
Kunstgriff gestohlen ist, was wird die Summe des Rests

seyn? Doch hiervon hat er theils in der Vorrede zum
Thesaurus, theils in derjenigen Vorrede, die er vor
Reihers Thesaurus schrieb, selbst geredet, durch welche
auch, wie ich weiß, ein gewisser Landsmann von ihnen
sich nicht wenig beleidigt gefunden hat: sey es nun, daß
er sich so fühlte, daß er dasjenige, was er dort, diese
seine Meynung betreffend, auf sich zog, oder hatte ihm
jemand, wie ich mich erinnere, daß mir es erzählt wurde, jenes Blatt aus Leipzig zugeschickt, und ihm weiß
gemacht, daß das, was in Absicht dieser Sache gesagt
wäre, auf ihn gemünzt sey. Doch, das bisherige mag
von Geßners Genie, Gelehrsamkeit und Verdiensten um
die Litteratur, gesagt seyn: lassen Sie uns nun auf sein
Herz und auf seinen sittlichen Charakter kommen, welches Stück, ich müßte mich denn sehr irren, Sie noch
dazu reißender und angenehmer finden werden.

Ich will von der Hochachtung gegen die Religion,
von der Liebe und Ehrfurcht gegen Gott anfangen. Ja,
was Religion betrift, so war seine Verehrung derselben
so groß und sie war seinen Gedanken nach ein so wichtiges Glück für Menschen, daß er diejenigen für allgemeine Feinde des Menschengeschlechts hielt, auch sie deshalber des äußersten Hasses werth achtete, die sie dem Menschen zu entreißen oder ihre Würde wankend zu machen
sich unterstünden. Er sagte, er habe die Wahrheit der
christlichen Religion und ihre Vortreflichkeit mehr durchs
Gefühl und aus Erfahrungen als durch Subtilität der
Beweise kennen lernen, besonders in Krankheiten, wenn
es das Ansehn gehabt habe, daß er am Rande des Grabes stehe: nicht, als wenn er gelehrter Männer Versuche
in Beweisen gänzlich verachte, sondern weil er dafür halte, daß sie mehr Nutzen für andere, als für den, so den
Beweiß geführet, hätten, daß sie kräftiger wären die Herzen für sich einzunehmen, als sie mit Gewißheit zu über-
zeugen: daß der bekannte seligmachende Glaube, als der
Sieg über irdische Dinge und über den Tod, selbst

durch die vom heiligen Geist gewürkten Empfindungen her-
komme. Seine liebesvolle Ehrfurcht vor Gott war aufrichtig, durch keine Prahlerey geschminkt: Ehrfurcht die sich
mehr in Handlungen als in Schein und Worten, durch regelmäßige Einrichtung, Gerechtigkeit und Billigkeit im ganzen Leben, zu erkennen gab. Er wurde weder durch Glücks-
fälle, die er beynahe sein ganzes Leben hindurch erfahren hatte, stolz, noch durch widriges Schicksal so sehr außer Fassung
gebracht, daß er sein Herz nicht zu einer gelassenen Lage
hätte erheben können. Bey den Gefahren, die Göttingen bedrohten, ehe es zum zweytenmale von den Feinden eingenommen wurde, hatte er unter dem Vertrauen
auf die göttliche Vorsehung, sein Herz gewöhnt, das
Beste zu hoffen: wäre der Erfolg anders, zu bulden,
was ihm begegne. Leuten, die ihm die Hofnung ent-
reissen wollten, gab er zur Antwort, laßt uns indessen
die Zinsen davon ziehen. Die ganze Zeit über, die
von der zweyten Eroberung der Stadt an, welche unter
allgemeinen und großen Beschwerden, so die Stadt
wegen der Blockade im vorherigen Winter drückten, hin-
ging, that er in seinen Briefen an mich nicht sonderlich kläglich, sondern erzählte alles, als leiblich. Eine
solche, sich so gleiche und unerschütterte Gemüthsfassung
ist ohne eine lautere liebesvolle Hochachtung Gottes, welche den Muth gegen die schmerzhaften Empfindungen
stählt, sie mäßigt und ihnen ihre Kraft nimmt, und
dem Herzen die ehrfurchtsvolle Unterwerfung unter den
Willen Gottes lehrt, ganz ohnmöglich. Zu Anfange
der Göttingischen Unruhen, da noch nicht alles in Ordnung gebracht war, erfuhr ich, daß Leute, die da la-
mentirten, daß sie an vielen Dingen Mangel litten, sich
gewöhnlich über ihn geärgert hätten, wenn er sagte, ihm
für seine Person fehle es an nichts. Ach freylich fehlte
ihm das alles, woran es andern fehlte, und vermuthlich noch weit mehrers, als einem Manne, der in Leipzig
alles vollauf gehabt hatte: aber ihm mangelte es nicht am
gelassenen Herzen, das sich schmiegen und in die Umstän-

de schicken konnte, und welches nicht verlangte, daß
Dinge, die der menschlichen Herrschaft uhgewohnt sind
und sich um die Wünsche menschlicher Leidenschaften nicht
bekümmern, ihm zu Gebot stehen sollten. Es ist das
reizendste, was sich sagen läßt, auf was für eine Art er
den allerschmerzlichsten Verlust seiner besten Gattin, mit
der er so viele Jahre gelebt hatte, und deren Beystand
er, bey der so schwächlichen Gesundheit, ganz besonders
nöthig hatte, zu ertragen wußte. Einige Tage nachher
schrieb er an mich: „Ich habe mich von der Betrübniß
„des Herzens, womit mich der Anblick meiner sterben-
„den und todten Gattin und das Leichenbegängniß um-
„nebelt hatte, wieder gesammelt. Es war besser, daß
„ich sie, als daß sie mich verlor, wenn einmal eines das
„andere einbüßen mußte.‟

Er war gegen Glücksgüter eben so billig, als
gegen Menschen. Nach seinem Urtheil mußte man jedem
das Seine wieder erstatten, auch mit Profit, niemand
um sein Glück beneiden, am allerwenigsten unter allen,
um Beyfall und Ruhm. Leute von Kopf, hatten seine
Gunst vielmals mehr, als sie es verdienten, theils aus
der bereits gedachten Liebe zur Billigkeit, theils wegen
seiner Beeiferung, Menschen durch sein Lob entweder
nützlich zu werden, oder sie dadurch zu ermuntern. Und
darum war er auch gegen Vergehungen und Fehler nach-
sichtig, deckte sie zu und that mehr als ob er sie nicht
wisse, als daß er sie laut machte oder sie vorrückte. Nur
diejenigen konnte er nicht wohl ausstehen, die bey ihrer
Dummheit zugleich unverschämt waren und mit Wissenschaften groß thaten, in denen sie nicht einmal das Mittelmäßige erreicht hatten. Er gestund, daß dieser Unwille hierüber durch die Erinnerung an die betrügliche
List bey ihm erweckt worden, die ihm öfters durch dergleichen Unverschämtheit und Großsprecherey gespielt worden
wäre. Dieser sein Unwille war aber von der Art, daß
es bey ihm weiter nicht als zu Worten kam, und die ließ

er blos gegen solche Leute selbst, um sie zu bessern, oder
gegen Freunde ausbrechen.    In Schriften hat er nie
jemand wegen einer dergleichen Veranlassung empfindlich
behandelt, außer den einzigen Helladius, den er seiner
Unverschämtheit halber, in den ersten Leipziger vermisch-
ten Nachrichten, mit scharfem Salze durchrieb.   Ja,
ich habe öfters von ihm den Wunsch gehört, daß er jenes Produktchen jugendlicher beißender Anzüglichkeit und
fast Muthwillens, wieder zurück nehmen könne, und
dieses Verlangen hat er auch, wo ich nicht irre, in einer
Schrift geäußert.

    Gleiche Billigkeit beobachtete er auch gegen diejeni-
gen, mit denen er, theils in Fassung eines Rathschlags, theils
in den Wissenschaften, die sie zugleich mit ihm betrieben, verschiedner Meynung war, und nie habe ich jemand gekannt, der, wenn die Wahrheit nicht auf seiner Seite war, williger die Meynung eines andern angenommen hätte: indem er nicht auf sich, sondern auf
Wahrheit Rücksicht nahm.   Und auch so gar, wenn er
mit einem hartköpfigen Gegner beym Disputiren zu thun
kriegte, ob er schon etwas Falsches behauptete und er,
nach mehrmaligem Versuche der Zurechtweisung, nichts
ausrichtete, stellte er sich als ob er ihm Recht gebe,
mit einer solchen Miene, daß sich jener Narre viel darauf zu Gute that, ihn eingetrieben zu haben: er sagte,
daß er um dieses Vergnügen niemand beneide.   Doch
nahm er sich sehr in Acht, sich in Zukunft in eine dergleichen Disputation wieder einlassen zu dürfen.   Und ich
weis, es gab einen, dem er auf alle Art auswich, um
sich mit ihm über Erklärung und Berichtigung schwerer
Stellen, nicht ins Gespräch einzulassen.

    Denen aber, die auf nämliche Art ihn etwas zu hart
behandelt hatten, antwortete er nie bitter.   Peter Burt-
mann hatte Geßners Widerspruch bey Stellen des Quintilians, nicht verdauen können.   Er hatte also in den No-

ten über den Lucian, wie Sie, vortreflicher Rhunken,
wissen, einigemal heftig wider ihn losgezogen. Was
that Geßner? Weiter nichts, als daß er im sanftesten
Ton bey Bruckern, den Rechtsgelehrten, Burrmanns
Kollegen, über das zugefügte Unrecht sich beklagte, der
Burrmannen mit dem willigsten Herzen dringend bat, daß
er des alten Mannes, der an einer sehr harten Krankheit leide, schonen möchte. Wie er sich bey des Pon-
tedera mehr bittern und argwöhnischen Anzüglichkeiten
als Beschwerden, benommen habe, da er (praef. Luciani)
ohne sich im mindesten zu rächen, beißenden Vorwüfen,
gegründete und unbeleidigende Klagen entgegen setzte, das
ist Ihnen bekannt. Von Menken will ich nicht sprechen,
der ohne alle vorhergehende Beleidigung, meinen Gedanken nach, mehr aus körperlicher Hypochondrie als
kranker Seele, eine Dosin verdorbener Galle über ihn
ausgegossen hatte; welchen er für die bittere Behandlung
blos mit dem Programm de ministerialibus criminum
(Bolzendrehern) welchen Titel ihm Menke angehangen hatte, bezahlte, ohne Menken nur mit einer Sylbe zu be-
leidigen. Auf diese Manier ging, durch diese Schäke-
rey, möcht ich sagen, die Sache vorbey. Wie viel
giebt es, die mit Wahrheit sagen können, daß sie es zu
einem solchen Grad von Klugheit und Kaltblütigkeit gebracht haben? Aber noch weit bedeutender war sein
Benehmen, gegen den Popewitz, der in der Schrift unter dem Titel: de mari, den Thesaurus Latinitatis mit
eben so viel Unverstand als Bitterkeit getadelt hätte.
lieber Ruhnken, wollen Sie wissen, warum? Er hatte
nämlich in dem lexicon, das er nicht blos für Teutsche
oder vorzüglich für Teutsche geschrieben hatte, in welchem seiner Absicht nach eben so wenig ein teutsches, als
nach der Absicht der Englischen Herausgeber ein Engli-
sches oder ehemals nach des Stephanus Absicht ein franzö-
sisches Wort seyn sollte, in diesem lexicon sage ich, hatte
er zu den lateinischen Namen der Pflanzen, Thiere und
Bäume, die eigentliche teutsche Benennung nicht darzu

gesetzt. Ein abscheuliches Verbrechen, das wohl einer
solchen Mordgeschichte werth war! Das Faberische le-
ricon lobte er dagegen, welches Geßner zweymal ganz
durchgearbeitet hatte, so daß er, wenn es sein Endzweck
gewesen wäre, alle teutsche Wörter leicht in den neuen
Thesaurus hätte übertragen können. Aber es war jener,
entweder aus übertriebener Liebe und Neigung für die
vaterländische Sprache, worüber so gar, da er kurz darauf, als das Buch heraus gekommen, in Leipzig war,
die Weiblein mit unter spotteten, gereizt, oder wie damals
die Rede ging, von Geßners Verläumdern zu dieser Tücke
verleitet worden. Es war mir damals nicht unwahr-
scheinlich diese Sage für gegründet zu halten, weil mir
mehr als zu bekannt war, daß einer von dem gedachten
Völkchen, gegen einen gewissen nichtswürdigen und ver-
hungerten Kerl, der wider denjenigen, der die Scriptores rusticos an sich gehandelt hatte, ich weis nicht
warum, einen Groll hegte, sich rühmte, er habe bey Kor-
rektur der Drucker-Bögen, eine Menge grammatikali-
scher Fehler ganz geheim aus den Noten herausgehoben,
und nun habe er ihm ein Stück Geld geboten, daß er
sie öffentlich in einer Schrift herausgeben möchte. Ich
schreibe dieses in der Absicht, damit neidische und tückische Leute sehen mögen, wie dergleichen niederträchtige
und geheime Ränke, nicht unbekannt bleiben, sondern
zu ihrer Verachtung und Schande heraus kommen, sogar nach ihrem Tode bekannt werden. Doch, Geßner,
um wieder auf ihn zu kommen, war so gar wenig über
diese Ungerechtigkeit aufgebracht, daß er auch dem Menschen den Einschlag gab, ein lateinisch-teutsches Na-
men-Register über Kräuter, Bäume, Fische 2c. mit
den richtigsten Erklärungen dieser Dinge, wie sie Kenner der Naturgeschichte verlangen, zu verfertigen, und
ihm das Versprechen that, daß, wenn er nach Göttingen kommen, und diese Arbeit dort zu unternehmen
dächte, er ihm hiebey auf möglichste Art behülflich
seyn wolle.

Doch, diese so große Güte und Sanftmuth darf man nicht auf die natürliche Unempfindlichkeit und Gleich-gültigkeit gegen den guten Ruf rechnen, auch nicht auf die Ungewohnheit, Beeinträchtigungen zu ertragen, die nach und nach abhärtet, sondern auf die Anleitung sei-nes Herzens hierzu, welche allein, eine des Philosophen und Christen würdige Großmuth bewirkt. Denn man fand bey ihm von Natur eine gewisse Zärtlichkeit und Weichheit des Herzens, zu einem wie zum andern, so daß Wohlthaten und Beeinträchtigungen einen scharfen Eindruck bey ihm erregten. Erstere hatte sich durch die ununterbrochene Güte, womit ihn die größten Männer, viele Jahre lang unaufhörlich begünstigt hatten, erhalten und vermehrt. Es griff ihn daher, wie er mir selbst ge-stund, Anfangs sehr an, wenn ihm etwas begegnete, woran er nicht Schuld war, und man sah ihm den Schmerz der Seele selbst an der Miene an. Doch, und das konnte der Beobachter bald wegbringen, verbiß er den Verdruß mit aller Gewalt und zwang das Herz ihm zu verdauen: anfänglich zwar nicht ohne Nachtheil der Gesundheit, nach und nach ohne Schaden und mit vie-ler Großmuth, die ich sowohl von andern als auch von Brendeln, dem gelehrtesten und berühmtesten Göttingi-schen Arzte, rühmen hörte, da er kurz nach Geßners schwerer Krankheit, wovon ich vorher sprach, sich einige Tage in unserer Stadt aufhielt und oft in meiner Ge-sellschaft war. Denn er sagte, daß er nichts sonst so sehr an Geßnern bewundere, als die Gelassenheit und Duldung bey Ertragung solcher Kränkungen. Es wäre unglaublich zu sagen, was er und mit was für großer Ge-lassenheit und kaltem Blute er sie mit unter, bey öffentlichen Konferenzen, von einigen seiner Kollegen angehört habe. Doch aber unterdrückte er den Schmerz nicht auf solche Art, daß er das Andenken davon aufbehalten und bey Gelegenheit in Reden und Handlungen geäußert hät-te, daß er es nicht vergessen habe. Auch wenn er, von einem jählingen und nicht vorausgesehenen Verdruß überfallen wurde, so nahm er sich doch bald zusammen, und war theils zum Verzeihen theils zur freundschaftlichen Verbindung willig, wenns jemand verlangte.

Ja, es ist mir kein Mensch in der Welt vorgekommen, der entweder von Natur und durch Talent, oder dem Herzen und moralischen Charakter nach, mehr Geneigtheit und Anlage zur Freundschaft gehabt hätte. Der Mann, der so gern sich mit Todten unterhielt, deren er eine ausgesuchte Gesellschaft zu Hause, und die schönste Sammlung auf der öffentlichen Bibliothek hatte, unterhielt sich dennoch eben so gern theils mündlich theils schriftlich mit Lebenden. Er war für Jedermann: niemand war von dem Zutritt zu ihm, von seinem Umgange, von Unterredungen mit ihm, ausgeschlossen, und, wie ich oben rühmte, so konnte er mit einem Jeden sprechen, so wie es seiner Person angemessen war. Der Ruf von seiner Gelehrsamkeit und Politesse, zog ihm aber alle Klassen der besten Menschen zu, und wer zu ihm kam, und sich mit ihm besprach, den nahm er durch seine reichhaltigen, nützlichen, abwechselnden, gefälligen, und zudem, wenn die Leute, die Sachen und die Zeit darnach waren, durch launig angenehme Discoure ein. Weder gegen diejenigen, mit denen er in Gesellschaft war, noch gegen die, von denen gesprochen wurde, gab er sich ein vorzügliches Ansehen und hohe Miene; er pflegte niemand herabzusetzen, auch sich nicht über wahres Verdienst zu erheben und unter diejenigen, die entweder am Range oder Talenten oder an Wissenschaften ihm gleich oder unter ihm waren, sich zu erniedrigen. Seine fast unbeschreibliche Lektür erstreckte sich auch auf die neuen Französischen, Englischen, Italiänischen und Teutschen Schriftsteller. Er konnte daher nicht blos auch hierüber schwatzen, sondern er wuste zudem eine Menge Sachen, Geschichten und launiger oder witziger Reden, durch deren Erzählung er die Gesellschaft belustigte. Und er selbst wurde im Scherze stechend witzig. Doch, seine Art zu

spaßen war edel, angenehm, launig und unter Gelehrten auch gelehrt. Um so weniger darf man sich wundern,
wenn er, die ältern Zeiten nicht zu erwehnen, so lange
er in Göttingen lebte, so gar von Leuten vom ersten Range und von der ausgesuchtesten poliertesten Lebensart, zum
Gesellschafter erbeten wurde. Die Französischen Genele
z. B. die während des Kriegs das Kommando über die
Besatzung in Göttingen hatten, waren durchgehends mit
Vergnügen in seiner Gesellschaft, und kamen öfters zu
ihm, um sich mit ihm im Gespräch zu unterhalten, so
ganz unangemeldet zum Besuche, damit sie ihn mitten
unter seinen gelehrten Arbeiten überfallen möchten, und
mit ihm von denen Sachen, über deren Bearbeitung sie
ihn fänden, sich besprechen möchten. Da der Herzog von
Neu-Castell, vor einigen Jahren in der Suite des Kö-
nigs, zu Göttingen war, so unterhielt er sich mit niemand
sonst lieber in Gesprächen und erwies ihn vor allen übrigen die größte Gnade.

Doch, so, wie solche Dinge zu Freundschaft-Er-
richtungen und Freundschaft Erhaltungen außerordentlich wirksam sind, so sind sie doch so zu reden, blos Plai-
santerien und Konfekt für Freundschaften. Aber man fand
das, was weit größer, heiliger und von ausgebreiterm
Nutzen für Freundschaften ist, Treue, Rechtschaffenheit, das reinste Vergnügen, den wärmsten Eifer in
Dienstleistungen, und dann unveränderliche Dauer derselben, bey ihm in gleichem Grade. Mißtrauen, Scheel-
sucht, flüchtiger Leichtsinn, Dinge, die Freundschaften wankend machen oder zerrütten, waren von ihm weit entfernt. Verdacht, sowohl gegen Freunde, als andere, war
so wenig seine Passion, daß er sich auch öfters von Leuten hintergehen sah, von denen er es nie vermuthet hatte, und es waren ihm Warnungen guter Freunde nöthig, auf seiner Hut zu seyn. Doch wollte er in diesem Stücke, auch mit einigem Nachtheil und empfindli-
chem Gefühl auf seiner Seite, lieber betrogen seyn, als

Gegentheils ungerecht gegen Unschuldige und lieber für allzugut als auf tückische Art für vorsichtig angesehen werden.

Es war, sowohl für Freundschaften, als für jeder-mann, kein Mensch dienstgeflissener als er. Und bey Dienstleistungen, wie ich das bey vielen Fällen und bey vielen Personen bemerkt habe, benahm er sich so, daß man sah, er freue sich einer Dienstgefälligkeit und setze hierein den Genuß der Freundschaft. Es ist mir bekannt, daß kein einziger in irgend einer Angelegenheit, eine Fehl-bitte um seinen Beystand that, die in seinem Vermögen stund. Mit unter genoß er nicht eben sonderliche Er-kenntlichkeit dafür und dennoch reuete es ihm nicht. Was aber er für seine Person theils von Obern, theils von Freunden, sowohl seines Gleichen als denen so unter ihm waren, an Wohlthaten erhielt, das empfing er auf eine solche Art, daß es so gar durch seine liebenswürdige Er-kenntlichkeit einen höhern Werth erhielt, daß es ihm in immerwährendem Andenken blieb und er es für eine ihm erzeigte Wohlthat ansah, wenn ihm diejenigen, denen er Dank schuldig war, eine Veranlassung gaben, ihnen Ge-gendienste dafür zu erweisen.

Gegen die Seinen war er von ganz bewunderns-werther, doch unschädlicher Zärtlichkeit, durch die auch das Gewicht der Vater-Pflichten sehr wohlthätig in Gränzen ge-halten wurde. Die Kinder hatten daher für sein Ansehn in solcher Maaße Respekt, daß alle knechtische Furcht wegfiel, und es ihr Vergnügen war, in ihres Vaters Gesellschaft und unter seinen Augen zu seyn, und alles zu thun was er wollte, und wovon sie errathen konnten, daß er es gern sähe. Es ist hier am rechten Ort, von den Ein-richtungen der väterlichen Erziehung zu erzählen, daß er seine Tochter so wie den Sohn, von Kindheit an, alles mit ihm lateinisch zu reden gewöhnet hatte, zu welcher Färtigkeit er sie selbst, nicht nach Strenge der Schulleh-

ter und daß er Schulstunden mit ihnen hielt, sondern
indem er sich sanfter Güte und Kunstgriffe bediente, die
einer Spielerey ähnlicher als schulmäßigem Unterricht
waren, darzu angeführet hatte. Man hat mir gesagt,
daß er mit seiner Enkelin von der Tochter, es sowohl auf
eben die Art gemacht, als daß er es auch eben dahin
gebracht habe.

Sein Gebrauch im häuslichen Leben was folgender.
Bis sechs Uhr schlief er, es mußte denn nöthig seyn daß
er früher aufstehe: um 10 Uhr legte er sich zur Ruhe:
anders war er kaum völlig zur Arbeit munter. Nach
dem Mittags-Tische erwartete er den Schlaf auf dem
Stuhle sitzend, der ihm willig und sehr gerne zu Diensten stund, aber, so wie artige Leute, die Geschäfts-
Männern aufzuwarten pflegen, kaum über eine Viertel
Stunde sich aufhielt: und doch stund er ganz erquickt
wieder auf. Er sagte, daß er ohne solche Erholung für
den übrigen Theil des Tages nicht heiter genug sey.
Nach dem Abendessen, das leicht und mäßig von ihm
genossen wurde, ging er auf die Studierstube, und beschäftigte sich mit dem Studium der Wissenschaften, oder
mit Briefschreiben bis um zehn Uhr. Diese Zeit, die
er ohne Ueberlauf und Störung zubringen konnte, war
ihm besonders lieb, und er ließ sich sehr ungern um solche bringen. Bester Ruhnken, Sie werden erstaunen, wie er bey dieser gewohnten Lebensart, die er von
Anfange bis zum Ende beybehielt, unter so vielen Arbeiten für den Katheder, so vielen andern öffentlichen Geschäften, öftern Unterbrechungen von Besuchen, Sorgen, häuslichen Angelegenheiten, da er überdem öfters
und viel Correspondenz hatte, ja sogar jedem, der ihn
in Briefen anging, antwortete, wie er eine so große
Menge Wissenschaften sich verschaffen, so viel Bücher
und andere Schriften zu verfertigen im Stande seyn
konnte. Aber zum Stellvertreter eines längern Zeit-

raums, hatte er die bewundernswerthe und allersorgfäl-
tigste Eintheilung des Tags genommen, die ihm keine
Minute unthätig vorbey streichen ließ: und er hatte von
Natur eine erstaunliche Geschwindigkeit und Leichtigkeit
im Arbeiten, wovon ich oben dachte, und er vermochte
mehr durch die Glückseligkeit eines stets aufgelegten Genie
und durch die Wirksamkeit der Angewohnheit, als durch
Arbeit und Anstrengung. Ueberdem blieb diese Lebhaftigkeit bey ihm den ganzen Tag über gleich stark und erhielt sich bis zu der gesetzten Schlafstunde; und wenn die
Stunde da war, so legte er sich mehr, weil die Gewohnheit ihn lehrte, als weil ihn die Müdigkeit nöthigte, zu Bette: wenn er sich kaum ins Bette gelegt hatte,
so schlummerte er, wiewohl er nicht so abgemattet war,
dennoch bald ein und schlief, ohne mit unter schlaflose Perioden zu haben, sehr ruhig bis zur gedachten Stunde fort.

Die Bildung des Körpers, hatte bey einer regelmäßigen Statur viel Würde; und wie ich höre, so hat
er sie bis ans Ende unverändert behalten. Die Gesichtszüge sind auf dem Kupferstiche, der den Titel des Thesaurus ziert, vollkommen ausgedruckt; außer, daß der
Künstler, da er der Miene durch die Radiernadel Freundlichkeit und Heiterkeit zu schaffen suchte, (oder war das
die Schuld des Mahlers) sie mehr einem spöttisch lächeln-
den ähnlich gemacht hat: worüber, wie ich mich erinnere
mir Geret von dem ich oben sprach, seinen Unwillen zu
erkennen gab. Denn er hatte in der Miene sehr viel
Ernstes, das aber bey weitem nicht ins Finstre fiel, und
durch gefällige Freundlichkeit gemildert ward. Im Gespräch mit Freunden und denen, die zum Besuch kamen,
bekam sie auch etwas Aufgeräumtheit, wodurch er die
Herzen der Leute leicht für sich einnahm. Er sprach deutlich, doch gedrängt und mit gewisser Anmuth. Im
Gange, im Tragen des Körpers und in jeder Action desselben, wurde jene Lebhaftigkeit des Genie und des Herzens

anschaulich. Diese verlor er auch nicht so bald nach jener schweren Krankheit, doch schien sie nach und nach
etwas stumpfer zu werden.

Sogar beym Sterben verlor er nichts von Lebhaftigkeit und Stärke des Geistes, noch weit minder verließ ihn
die Ruhe und Gelassenheit der Seele. Man weis, daß er
selbst auf dem traurigen Sterbe-Lager mit Büchern um-
geben war, und etwas gelesen oder geschrieben habe. Auch
die Orphica lagen bey ihm. Da es zum Ende ging, ließen ihm die Aerzte durch einen gewissen vertrauten Freund
ankündigen, daß sein Lebensziel nicht mehr weit entfernt
sey. Da er diese Ankündigung hörte, sagte er, „recht
„wohl. Was Sterbende mit Gott abzumachen haben,
„das habe ich nicht bis auf diesen Zeitpunkt verspart —
„und den Meinigen habe ich das Mehreste anbefohlen —
„lassen Sie uns nun das übrige besorgen.“ Und das that
er denn nun auch. Die nächsten zwey Tage nachher
brachte er ohne die mindeste Bänglichkeit, durchgehends
still und ruhig zu, da selbst die Gesichtszüge und jede seiner Reden die Ruhe des Herzens unveränderlich zu erkennen gaben. In seinen Gesprächen selbst war alles
eines Mannes würdig der wahrer Christ war, und so
viel Jahre im Umgange mit göttlicher und menschlicher
Weisheit verlebt hatte: und eben unter solchen Reden
gab er sanft den Geist auf. So nahm der Mann, der
fast sein ganzes Leben mit mündlichem Lehrvorträgen,
mit Unterricht in den Wissenschaften und in Thätigkeit
zugebracht hat, auch ein solches Lebensende, das die
schönste Anweisung gäbe, wie man weise und glücklich
sterben soll und welches bey der Nachwelt eben so in Ehren bleiben wird, als seine übrigen Verdienste des Genie, des Herzens und des Lebens ihren Ruhm behalten
werden, so lange Wissenschaften und Weisheit und Tugend ihre Ehre behaupten.

Habe ich wahr geredet, vortreflicher Ruhnken, da ich im Anfang sagte, wie empfindlich gerührt Sie vom lesen dieses Aufsatzes weggehen würden? Das sey nun wie es will, wenigstens ist dasjenige, was ich von Geßnern gesagt habe, in der lautersten Wahrheit gegründet und ich kann nichts Wahres sagen, als daß ich das Andenken des Mannes mit größter liebesvoller Ehrfurcht bis an den Tod erhalten, und daß mir dasselbe unter allen Dingen im Erdenleben das liebste und Angenehmste seyn werde. Leben Sie wohl!

www.ingramcontent.com/pod-product-compliance
Lightning Source LLC
Chambersburg PA
CBHW021057030726
47496CB00006B/1878